一個人的聖經

諾貝爾文學獎得主暢銷萬本經典之作
出版20週年紀念版本

高行健

目次

序言一

《一個人的聖經》出版二十週年紀念版序言

接到聯經出版公司總編輯胡金倫先生的電郵，囑託我為《一個人的聖經》二十週年紀念版寫篇序言。這期間我正忙個不停，先是法國中部盧瓦爾河畔的朔蒙城堡舉辦我的題為「呼喚新一輪文藝復興」展，主要展出我的畫作，也包括三部電影、書籍和攝影，有許多採訪與報告會。隨後我又去義大利米蘭藝術節，當晚演講，第二天趕到羅馬，接受羅馬獎的授獎，來來回回的路途上一直在想怎樣寫這篇序言。這書初版的序言和跋都是我的兩位朋友寫的，該書的法文譯者杜特萊教授和劉再復教授都寫了很好的導讀，我卻難以做出這樣精煉的歸納。

這本書極其龐雜，從中國到西方，從現實的地獄到人世間，涉及現時代東西方世界人生存的種種困境，難以概述。我的另一位老朋友克羅德・馬騰曾任法國駐華和駐德大使，三十二年前親自從德國與法國的邊境把我接到巴黎，我才有了新的一生。這本書也是我在巴黎寫完《靈山》之後的又一部新作，所以題為《一個人的聖經》，講述的是脆弱的個人怎樣從困境中得以解救。

我的一位新朋友珊達爾・柯勒—杜蒙女士，曾任法國駐義大利和駐德國文化參贊，現任索蒙城堡領地主任，正是她在這聯合國列為世界文化遺產文藝復興的寶地，達・文西逝世五百週年紀念之際，策展了我這呼喚新文藝復興的展覽。這裡不妨引用展覽的畫冊序言中我和她對談的一段話：「不必重建烏托邦，需要的是清醒面對現實，從而喚醒人這種覺悟。藝術與文學有助於喚醒人的覺悟。重要的是清醒，我稱之為第三隻眼睛。這第三隻眼凌駕於我們之上，並非上帝，而是喚醒的覺悟。」

然而，無論東方還是西方，共產主義烏托邦的陰影猶在，二十世紀這意識形態的迷霧也還未消散。這本書寫的雖然大都已成了歷史，卻並未過時。新近，我無論在法國還是義大利都有讀者和觀眾提及這本書，幾天前居然還收到一位法國學者的來信，說他書架上有我的七本書，這本書他一讀再讀。文學與歷史都可以說是人類生存的見證。不同的是，歷史隨政治權力的更替與需要不斷改寫，而文學作品一旦發表，便不再更改。經得起再讀的作品也就經得起時間的檢驗，這才是文學的價值。

剛剛授予我的羅馬獎的頌詞寫道：「高行健，法籍華人，是我們現時代一位傑出人士，他豐富的創作多方位，作家又是畫家，還是劇作家和戲劇與電影導演。他獲得有象徵意味的二〇〇〇年諾貝爾文學獎，以其複雜的經驗將中國與亞洲數千年的智慧同歐洲偉大的經典奇妙地融合在一起，這東方與西方罕見而珍貴的交融，以至於人們稱之為『高氏世界』。他新近在義大利出版的《呼喚新一輪文藝復興》一書，又以其獨特而不容忽視的聲音，確認跨國界、超越政治與意識形態真正的文學的理由，期待新一輪的文藝復興。」這既是對我這一生創作的總結，也確實是我的期待。

二〇一九年十月於巴黎

序言二

諾埃爾・杜特萊

這二十世紀暴力與殘酷蔓延，觸及的國家之廣，受害者之多，前所未有，如今人都承認。從阿爾明尼亞的種族滅絕和消滅猶太人，到南京大屠殺，乃至前不久南斯拉夫的種族清洗和盧汪達的屠殺，種種慘劇，都說明了儘管科學技術一個世紀來取得了難以想像的進步，人卻仍在想方設法消滅行為與想法不同的同類，而不是去謀求對話與討論。傳播通訊雖然已如此發達，這些悲劇的真相要揭露出來卻依然困難重重。死亡營的囚徒們一再說過，正是想要做見證才使得他們能苟活下來，可一旦到了能說話的時候，轉述竟往往也如此艱難。義大利小說家普利莫・勒委留下他那本無情的見證《要還是個人的話》，選擇了自殺。喬治・散普蘭在《書寫與人生》一書中表明，只有通過文學才能接近經歷過的現實而表述得令人滿意。

了解恐怖的人雖然做了這許多努力，可是那些「否認主義者」卻仍在對真相散布懷疑，阿爾明尼亞的種族屠殺哪怕早已過去，有關的國家卻從未公開承認。歐洲至今有人還否認納粹死亡營的真相，日本某些人士也把南京屠殺的人數盡量減少。因此，明白真相的人們的見證就十分必要。中國從一九四九年共產黨當政以來發生的那些事件，歐洲的新聞報導卻令人吃驚，無論是

「大躍進」、「反右派」，還是所謂的「文化革命」，對中國人生活的真相毫不了解。更糟糕的是，法國某些知識分子，法共一些老的「同路人」，受到毛批判蘇聯的誘惑，竟也唱起對當時的共產制度的頌歌。他們從中看到對史達林官僚體制的質疑，便想當然以為人民能自由言論，想像一種直接的民主的新形式在北京誕生了。他們拒絕了解真相，而香港很早就有文革的消息，一些西方的漢學家運動伊始便試圖介紹，他們相反卻繼續吹噓不已。

毛澤東死後，熱潮消退，幻覺很快破除，令人目瞪口呆，來自中國的報導越來越多。然而，中國並未出現像作家索忍尼辛激發的那一類的現象：對蘇聯勞動營的見證有力推動了這種制度的崩潰。張賢亮揭露了中國「勞改」的若干面貌，但他對馬克思主義不動搖的信仰減弱了他揭發的意義。百花齊放運動中北京人民大學的女英雄林希翎新近在法國出了本從各方面來說都引人入勝的回憶錄，但同文學毫無關係。相比之下，楊絳的文字尤為珍貴，對知識分子只因為是知識分子便有步驟加以鎮壓做了很有意思的描述。有其重要歷史意義的著名「傷痕文學」就不談了，它停留在歷史的摩尼教的視野裡，並不敢揭露悲劇的那些深刻原因。之後的新一代作家，不願意直接觸及悲劇，也由於他們年齡的關係，往往不甚了解。

高行健的努力是獨特的。他面臨文革的悲劇之前已深深掌握了中外文化。他多次說過他如何得力於會法文才接觸到外國現代文學，而他從兒時起對藝術與文學的感觸又如何得力於他家庭環境的精神開放。文革期間，他不得不銷毀大量的手稿。這之後，他首先致力於對形式的思考。（他那些短文集《現代小說技巧初探》在中國介紹西方現代文學，起到了先驅的作用。）他在北京人民藝術劇院對戲劇的試驗，其實是為了更好地說出真實，他找到了表述荒誕與非現實的一種方式。

八〇年代初，毛之後的中國，他仍然有所顛覆，在官僚體制不斷的煩擾下，還得逃。因此，在高的作品中形成了一種理論，其實也是一種生存的藝術。唯有藝術與文學才值得人活，也才能讓人活下去，唯一的出路便是逃亡。逃亡也是《靈山》這部小說的根由。在這部小說中，高行健把他收集在短篇小說集《給我老爺買魚竿》中已試驗過的文學觀念，諸如我、你、他不同人稱的變換，無情節，相對於「意識流」的「語言流」等等，都加以運用，同時開始呈現中國的現實，而又把夢境與現實，令人驚駭與色情的景象，歷史知識與神話和民間故事交織在一起。高行健重新接上中國白話小說傳統的同時，創造了一部全然具有現代性的作品。《靈山》在瑞典和法語國家取得極大的成功之後，還繼續從事繪畫與劇作的高行健，又在他新的長篇小說《一個人的聖經》中回到同真實的聯繫。這部小說竟然是對中國的極權制度一番無情的揭露，作者認為，其暴力與犬儒主義同納粹主義、史達林主義、法西斯主義及其後繼相比，毫不遜色。這書名就已含意甚多，這部書，這部聖經，並非是一本旨在教育全人類的樣本，它僅僅訴諸一個人，或者，悉聽尊便，它只反映孤單單的一個人的情感。它也從不屬於任何主義（這些赫赫昭著的「主義」本世紀之初，曾是陳獨秀與胡適爭論的焦點），高行健恰如在他的〈沒有主義〉一文中那樣，一概拒絕。自然，所有這些並不一定就構成一部好小說。然而，文學創作的魔力就以他那作家與戲劇家的才能在此全力展開。通過一個以「你」或「他」指稱的人物同一位年輕女人的對話（而這位德國的猶太女子並非來得偶然），這真實竟變得如此貼近。兒時的溫馨，對人事的醒覺，然後接觸到殘暴，痛苦與創傷都一無掩飾，有些段落十分嚴酷，引導出既是對人自身也對這半個世紀來中國經歷過的悲劇的深刻思考。

高行健幸虧出逃，先從中國，隨後浪跡全世界，他幸虧深深置身於藝術與文學的實踐，同時又對行將結束的這一個世紀導致人類瀕臨深淵的那些偌大的原則和偉大的意識形態一概拒絕，才創造了這樣一部令人如此困惑又如此著迷的作品。人們終於得到了這世紀末中國小說的偉大之作，敢於揭露他那國家由中國共產黨建立的極權制度而又始終不放棄最大膽的文學手段，給世界上這片土地帶來一束強光的這部小說。

諾埃爾·杜特萊，法國愛克斯普羅旺斯大學中文系系主任。

一個人的聖經

1

他不是不記得他還有過另一種生活，像家中一些還沒燒掉發黃的老照片，想來令人有點憂傷，但太遙遠了恍如隔世，也確實永遠消失了。被警察查封的北京他那家，曾保留他已故的父親留下的一張全家福合影，是他那大家庭人口最齊全的一張。他祖父當時還在，一頭白髮，已經中風了不能言語，躺在一張搖椅上。他是這家的長子長孫，照片上唯一的孩子，夾在祖父母之間，穿的開襠褲，露出個小雞，卻戴的一頂美式船形帽。那時一場八年的抗戰剛打完，另一場內戰還沒打響，照片在花園裡的圓門前拍的，滿園子開的金黃的菊花和紫紅的雞冠花，夏天的陽光十分燦爛，那是他對這花園的記憶，照片上卻沾了水跡變得灰黃。背景上，圓門後的那兩層英式樓房，下有迴廊，樓上有欄杆，住的便是這一大家。照片上他記得有十三人，這不吉祥的數字，有他父母和他的叔叔姑姑們，還有個嬸嬸，可除了那位在美國的大姑和他之外，連同圓門後的樓房竟全都從這世界上消失了。

他還在中國的時候，有回路過這座城市，找過這院落，原本在他父親工作過的銀行後面，但只有幾棟蓋了也有若干年灰磚的簡易居民樓。問起進出的人有沒有過這樣一個院落，都說不清楚。可他記得這樓房的後門，石台階下便是一片湖水，端午節那天，他父親和銀行裡的同事都擠在石階上看龍船比賽，紮彩的龍船敲鑼打鼓，來搶臨湖一家家後門口用竹竿挑出的紅包，包裡自然有賞錢。他三叔、小叔、小姑還帶他上船，去湖裡撈過新鮮的菱角。可他從沒有去湖對岸，即使再繞到湖那邊反過來觀望，遠遠的怕也辨認不出這如夢一般的記憶。

那是一個敗落的家族，太溫和太脆弱，這時代不宜生存，注定後繼無人。他祖父去世之後，他父親在銀行裡當主任的好差很快也丟了，這一家便迅速敗落。唯有他好唱兩句京劇的二叔，仗著是民主人士同新政權合作了沒幾年，轉而又打成右派，從此沉默寡言，一坐下來便打瞌睡，隨後成了個提不起精神乾癟的老頭，硬撐了些年，便無聲無息死了。他這一大家人不是病死的便是淹死的，自殺的，發瘋的，或跟隨丈夫去勞改的，爾後也就斷了香火，留下的只是他這樣的孽種。如今只有他那位大姑媽，曾經是籠罩他們全家的陰影，前些年據說還健在，但自從拍那照片之後他再也沒有見過。他這大姑的丈夫當時在國民黨空軍中服役，做地勤的，沒扔過炸彈，逃到臺灣後沒幾年就得病死了。他這姑媽怎麼去的美國，他卻無從知道，也沒費心再去打聽。

可他過十歲生日時，老習慣依照農曆才九週歲，這一家還人丁興盛，那生日也過得很熱鬧。早起下床穿上新衣服和新皮鞋，皮鞋那時對一個小孩子來說，是過分的奢侈。還收到許多禮物，風箏、跳棋、七巧板啦，外國的彩色鉛筆和打橡皮塞子的汽槍啦，上下兩冊有銅版畫插圖的《格林童話全集》；而紅紙包的幾塊銀元是他祖母給的，有大清帝國的龍洋、袁世凱的大光頭和蔣介石一身軍裝的新銀元，敲起來音色也都不同，後者晶晶的，不如噹噹作響的袁大頭那麼厚重，都擱到他的一個放集郵冊和各色玻璃彈子的小皮箱裡了。隨後一大家人便去館子吃蟹黃小籠湯包，在一個有假山還養一池金魚的花園飯店裡，擺了個特大的圓桌面，方才坐得下。他頭一回成了一家的中心，坐在祖母身邊，該是才去世不久他祖父的位置，彷彿就等他來支撐門戶。他一口咬了個滾燙的湯包，新衣上濺滿油汁，也沒人斥責他，大家都笑，卻弄得他十分難堪。他所以記得，大抵也因為剛脫離孩子的朦朧而自覺成人，才感到狼狽。

他也還記得他祖父過世的時候，那靈堂裡掛滿了孝幛，像戲園子裡的後台，比他那小孩子的生日要有趣得多。一班和尚敲敲打打，還一邊念經，他掀動孝幛鑽進鑽出，煞是好玩。他母親要他穿上麻鞋，他勉強接受了，可頭上要纏塊白布，卻死活不肯，嫌不好看。那大概是他祖母的意見，他父親卻不能不頭纏白布，穿的卻是一身白色亞麻的西裝。弔唁的來賓也大都穿西裝，打領帶，太太們都是旗袍、高跟鞋。其中有位太太會彈鋼琴，唱的是花腔女高音，像羊叫那樣顫抖哆嗦，當然不是在這靈堂，而是有那麼一次家庭晚會上，那是他頭一次聽見這樣唱歌，止不住笑。他母親在他耳邊低聲斥責他，可他還是忍不住笑出聲來。

他記憶中，祖父去世那時像個難得的節日，沒絲毫悲傷。他覺得老人家早就該死了，中風已久，白天也總躺在搖椅上，歸天只是早晚非常自然的事，死亡對他來說還喚不起恐懼。而他母親的死，卻令他震驚，淹死在農場邊的河裡，是早起下河放鴨子的農民發現的，屍體已鼓漲漂浮在河面上。他母親是響應黨的號召去農場改造思想，死時正當盛年，才三十八歲，在他心中的形象便總那麼美好。

他兒時的禮物中有支派克金筆，是他父親在銀行裡的一位同事送給他的。他當時拿了這位方伯伯的筆玩得不肯撒手，大人們認為這是有出息的徵兆，說這孩子沒準將來會是個作家。

這方伯伯竟十分慷慨，便把筆給了他。這不是他過生日那時，而是更小的時候，也因為他寫過一篇日記，差不多八歲吧。本該上學可瘦弱多病，是他母親教他識字讀書的，又教他用毛筆在印上紅模的楷書本子上一筆一畫，他並不覺得吃力，有時一天竟描完一本。他母親說，好了，以後就用毛筆寫日記吧，也省些紙張。買來了有小格子的作文本，即使寫滿一頁，得耗掉半天時間，也算是他的作業。他的第一篇日記寫的大約是：雪落在地上一片潔白，人走過留下腳印，就弄髒了。是他母親宣揚的，弄得全家和他家的熟人都知道。他從此一發而不可收拾，把夢想和自戀都訴諸文字，便種下了日後的災難。

他父親並不贊成他成天守在屋裡看書寫字，認為男孩子就要頑皮些，出去見世面，廣交際，闖天下，對當作家不以為然。他父親自認很能喝酒，說是嗜酒倒不如說逞能，他們那時候叫作打通關，也就是酒席上同每一位一個個分別乾杯，要有三桌或是五桌都轉上一圈，還能頂下來方為好漢。有一回便不省人事給抬回家來，擱到樓下他過世的祖父那張躺椅上，家中正巧男人們都不在，他祖母、他媽和女傭都沒法把他爸弄到樓上的床上去。他記得竟然從二樓窗口放下繩子，不知怎麼的便將躺椅和人吊了起來，緩緩拉將上去，他父親高高懸空，醉醺醺還面掛微笑，在他記憶中搖搖擺擺，這便是他父親的一大業蹟，就不知道是不是他的幻覺，對一個孩子來說，回憶和想像也很難分得清。

十歲以前的生活對他來說如夢一般，他兒時的生活總像在夢境中。哪怕是逃難，汽車在泥濘的山路上顛簸，下著雨，那蓋油布的卡車裡他成天抱住一簍橘子吃。他問過他母親是不是有這樣的事，他母親說那時橘子比米還便宜，村裡人給點錢便隨人往車上裝，他父親在國家的銀行做事，銀行有押運鈔票的警衛，家眷也隨銀行撤退。

如今夢境中多次出現他家的故居，不是他祖父一家住過有圓門和花園的洋樓，而是他外婆留下的一棟帶天井的老房子，也死去了的外婆那小老太太，總在一口大箱子裡翻騰什麼。夢境中他是從上俯視，那房子沒有天花板，下面一間間木板壁隔開的房間卻空寂無人，只有他外婆匆匆忙忙在箱子裡翻找個不息。他還記得他家有一口老式的上過彩漆的皮箱，衣箱底藏了他外婆的一包房契和地契，那些產業其實也早已典當或賣掉了，等不到新政權來沒收。他外婆和他媽燒掉那包發黃的爛紙時很慌張，他沒有告發也因為沒人來查問過。可要是真盤問到他，他也很可能告發，當時他覺得他媽和他外婆同謀在銷毀什麼罪證，儘管她們都很疼愛他。

這夢境是在幾十年之後，他早已到了西方，在法國中部圖爾市的一個小旅館裡，老舊的百葉窗油漆剝落，半掩的窗外隔著半透明的紗簾，梧桐樹葉子之間透出陰灰的天。他醒來還恍恍惚惚，在剛才的夢境中，站在那老宅子內沒倒塌的閣樓牆角，扒在一根搖搖欲墜的木欄杆往下俯視，門外是南瓜地，南瓜藤裡的瓦礫堆中他還抓過蟋蟀。他還清清楚楚記得，夢境中那由板壁隔開曾經有過許多房客的一間間房，住戶卻都消失了，如同他那外婆，如同他有過的生活。那種生活回憶和夢境混雜在一起，那些印象超越時間和空間。

因為是長子長孫，他一家人也包括他外婆，都對他寄予很大希望，可他從小多病，令他們很操心，給他多次算過命。第一次他記得是在個廟裡，那是他父母帶他一起在廬山避暑，那裡的仙人洞是個名勝，邊上有座大廟，也開個招待遊人的齋堂和茶座，廟裡清涼，遊人不多。那時上山坐的是轎子，他在母親懷裡，手緊緊捏住前面的扶桿，還止不住望邊上的深淵看。他離開中國之前，舊地重遊，自然已有公共汽車直達，卻沒找到這廟，連廢墟也蕩然無存。可他記憶中清清楚楚記得，這廟裡的客堂掛了一副長軸，畫的是一臉麻子的朱元璋，說是自明代便供奉，朱元璋當皇帝之前曾在此避難，這麼具體而複雜的事不可能出自孩子的幻想。而朱元璋麻臉的畫像，幾年前他在臺北故宮博物院的珍藏中居然看到了。那麼這廟子就確實存在過，那記憶便並非幻覺，那老和尚給他算命也就確有其事。老和尚當時大聲喝斥道：

「這小東西多災多難，很難養啊！」還在他額頭上重重拍了一巴掌，令他一驚，但是沒哭。

他所以記得，也因為一直受嬌慣，還不曾挨打過。

許多年後，他重新對禪宗有了興趣，再讀那些公案才醒悟到，這或許就是老和尚給他最初的人生開導。

他不是沒有過另一種生活，之後竟然忘了。

2

窗簾半開，黑暗的山影中聳立一座座燈光通明的大廈，山影上空灰暗，夜市燈火一片繁華，都落在窗沿下端。對面的塔樓那透明的後現代建築，內臟看得一清二楚，電梯在喉管中徐徐上升，到和你差不多的高度，連電梯裡有幾個人都大致可見。用長焦鏡頭從那裡想必也可以拍到你這室內的情景，你同她怎麼做愛的都可以拍下。

你倒無需隱避，也無所顧忌，又不像影視明星、政界要員或香港當地的富豪，怕報紙曝光。你持的法國旅行證，政治難民的身分，應邀來訪，人家訂的房間也是人家付款。你出示證件住進由大陸官方買下的這大酒店，也就輸入大堂服務台的電腦。那位領班和櫃檯小姐聽你這一口北京話似乎頗為困難，可幾個月之後香港回歸祖國，他們大該也得改說京腔，還沒準正在補習。掌握旅客的動向是他們的本分，老闆如今既已轉為官府，你剛才這番赤裸裸做愛的場面，沒準就已經錄下了。再說，偌大的酒店為安全起見，多裝些電眼也不枉花這錢。你坐在床沿，汗水全收，覺得有些冷，想關掉嗡嗡作響的空調。

「你在想什麼？」她問。

「沒想什麼。」

「那你看什麼？」

「對面那塔樓，電梯上上下下，裡面的人都看得見，有兩人正在接吻。」

「我可看不清，」她從床上抬了抬頭。

你說的是用長焦鏡頭的話。

「那就把窗簾拉上。」

她仰面躺下，白條條全身赤裸，只胯間棕茸茸好茂盛的一叢。

「要錄像可是毛髮分明，」你調笑道。

「你說誰？這房裡？誰錄像？」

你說機器，全都自動的。

「這不可以的，又不在中國！」

你說這酒店已經由大陸官方買下。

她輕輕嘆口氣，坐起說：「你有心病。」伸手撫弄一下你頭髮。「開檯燈吧，我去把頂燈關了。」

「不用，剛才太匆忙，還沒好好看看。」

你報以溫存，俯身親了親明亮的燈光下她白得耀眼的下腹，問：「覺不覺得有點冷？」

「這會有一點，」她笑了，「要不要再來點白蘭地？」

你說你要咖啡。她下床關了空調，插上電壺，杯裡倒上速溶咖啡，一對飽滿的乳房沉甸甸直晃。

「你不覺得太胖了？」她笑道，「中國女人身材更好。」

你說未必，你就喜歡她這乳房，實實在在，很肉感。

「你沒有過？」

她在你對面窗前的圈椅上坐下，靠在椅背上，乾脆仰面由你看個夠。窗外塔樓中透亮的電梯被她擋住，背後的山影顯得更幽黑。這奇妙的一夜，你說她這裸體白晃晃得不可思議，似乎不是真的。

「所以要咖啡，好清醒一下？」她眼光中帶點嘲弄。

「好更好把握此刻！」

你還說生命有時像個奇蹟，你慶幸還活著，這一切都純屬偶然，而且真真切切，並非是夢。

「我倒希望永遠在夢中，但這不可能，寧可什麼也不去想。」

她喝了口酒，闔上眼睛，睫毛挺長，好一個毫髮分明的德國白妞。你叫她把腿分開，好看得清清楚楚，深深印入記憶。她說她不要記憶，只感受此時此刻。你問她感覺到了嗎，你這目光？她說她感到你正在她身上遊走。從哪兒到哪兒？她說從腳趾頭到腰，啊一汪泉水又流出來，她說她要你。你說你也要她，就想看見這活生生的軀體怎麼扭動。

「好拍攝下來？」她閉著眼問。

「是的，」你盯住她，目光在她周身上下搜索。

「全都能拍下來？」

「沒有遺漏。」

「你不怕？」

「怕什麼？」

你說你如今已無所顧忌。她說她更不在乎。你說這畢竟是香港，中國離你已非常遙遠。你起身重新貼住她，她叫你把頂燈關了，你於是又進入她潤滑的肉體裡。

「深深吸引你？」她微微喘息。

「是的，埋葬。」你說你就埋葬在她肉裡。

「只有肉？」

「是的，也沒有記憶，有的只是此時此刻。」

她說她也需要這樣交融在黑暗中，一片混沌。

「只感受女人的溫暖……」

「男人也滾熱的，很久沒有過……」

「沒有過男人？」

「沒有過這樣激動，這樣哆嗦……」

「為什麼？」

「不知道，不知道為什麼……」

「說說看！」

「說不清楚……」

「來得突然，毫無預料？」

「別問。」

可你就要她說！她說不。你並不放過，一次次深入，一而再追問，因為偶然相遇？因為相互並不了解？因為陌生才更刺激？或是她就追求這種刺激？她都搖頭說不。她說她早就認識你，雖然是許多年前只見過兩面，可那印象還在，而且越來越清楚，還說她剛才，幾個小時前，同你一見面就受觸動。她說她不隨便同人上床，並不缺男人，也不是賤貨，別這樣傷她……你受了感動，也需要同她親近，不只是性刺激，這香港於你於她都是異地，你同她的那點聯繫，那記憶也是十年前，隔海那邊，還在中國的時候。

「那是在你家，冬天夜裡……」

「那家早已查封了。」

「你那家很暖和，很特別，氣氛很溫暖……」

「是熱電站的管道供暖，暖氣管總很燙，房裡冬天也只要穿件單衣。你們來的時候，都穿的棉大衣，還翻起領子。」

「怕被人發現，給你惹麻煩——」

「倒是，樓前就經常有便衣，夜裡十點下班，再站下去夠嗆，北京冬夜那嗚嗚的風。」

「是彼特突然想起來看你，也沒給你打電話。他說帶我去你家，你們是老朋友，夜裡去更好，免得碰上盤查。」

「我家沒裝電話，怕朋友們在電話裡隨便亂說，也避免同外國人往來。彼特是個例外，他來中國學的中文，當年熱中過毛的文革，我們時常爭論，算是多年的老朋友。他怎樣了？」

「我們早就分手了。他在一家德國公司駐中國的辦事處當代表，找了個中國女孩結婚帶回德國去了。聽說他現在自己開家小公司，也當了老闆。我那時候剛去北京學習，中文還講不好，同中國人交朋友很困難。」

「記得，當然記得，你進門脫了棉大衣，解下毛圍巾，好漂亮的一個洋妞！」

「胸很高，是不是？」

「當然，一對大奶，白裡透紅，沒抹唇膏嘴唇也這樣鮮紅，特別性感。」

「那時，你不可能知道！」

「不，這麼豔紅，不會不注意。」

「那也因為你房裡很熱，又騎了一個多小時的車。」

「那一晚你默默坐在對面，沒說什麼話。」

「我一直努力在聽，你和彼特滔滔不絕，談的什麼記不得了，再說那時我中文也聽不很懂，可我記得那一夜，感覺奇特。」

你當然也記得那冬夜，房裡點的蠟燭，更增添點溫暖，從樓下望你這窗戶也不清楚有沒有人在。你終於爭得了這麼個小套間，有個像樣的窩，有了個家，可以抵禦外面的政治風雨。她背靠書櫃坐在地毯上，出口轉內銷的剪羊毛地毯，哪怕是減價的次品也夠奢侈的，足足抵你一本書的稿費，可你那本毫不言及政治的書卻給你惹來許多麻煩。她衣領敞開，窿起的胸脯特白，光溜溜的黑絲襪，那雙長腿也特別誘人。

「別忘了，你房裡還有個女孩，也穿得很少，好像還赤腳，我要沒記錯的話。」

「通常是裸體，甚至在你們進門之前。」

「對了，那女孩是我們都喝上酒，坐了好一會，才悄悄從那間房進來的。」

「你們顯然不會立刻就走，我叫她過來的，這才套上條裙子。」

「她只同我們握了握手，一個晚上也沒說什麼話。」

「同你一樣。」

「那一夜很特別，我還沒見過中國人家有這種氣氛……」

「特別是，有個突如其來的德國白妞，嘴唇鮮紅……」

「還有個赤腳的小京妞，苗條可愛……」

「晃晃的燭光……」

「在你那挺舒適暖和的房裡，喝酒，聽窗外寒風呼呼叫……」

「就像這會一樣不真實，外面沒準還有人站崗……」

你不由得又想起這房裡有可能在錄像。

你也沒有挽留。」

她夾緊你，你閉上眼感受她，摟緊她肉乎乎的身體，喃喃道：「不用天亮前就走……」

「當然不用……」她說，「我當時並不想動，大冬夜還得再騎一小時自行車，是彼特要走，

「還不真實嗎？」

你說你也一樣，還要騎車送她回兵營。

「是，是的。」

「什麼兵營？」

你說她在軍隊的醫院當護士，不許可在外過夜。

她鬆開你問：「說的是誰？」

你說的是她那軍醫院在北京遠郊的軍營，每星期天她上午來，你得星期一凌晨三點以前動身，再騎上兩個多小時的車，天亮前把她帶回部隊駐地。

「你說的是那個中國女孩？」她抽身推開你，坐起來問。

你睜開眼見她那雙大眼凝視你，有些抱歉，只好解釋，說是她談到了你當時的那位小情人。

「你很想她？」

你想了想說：「可這已經是很遙遠的事了，早已失去聯繫。」

「也沒有她的消息？」她屈腿坐了起來。

「沒有，」你也起來，回到床邊坐下。

「你不想找她？」

你說中國，對你來說已非常遙遠。她說她明白。你說你沒有祖國。她說雖然她父親是德國人，可母親是猶太人，她也沒有祖國，但擺脫不了記憶。你問她為什麼擺脫不了？她說她不像你，是個女人。你只說了個啊，便沒再說話。

3

他需要一個窩，一個棲身之處，一個可以躲避他人，可以有個人隱私而不受監視的家。他需要一間隔音的房間，關起門來，可以大聲說話，不至於被人聽見，想說什麼就說什麼，一個可以出聲思想他個人的天地。他不能再包在繭裡，像個無聲息的蛹，他得生活，感受，也包括同女人盡興做愛，呻吟或叫喊。他得力爭個生存空間，再也忍受不了這許多年的壓抑，也包括重新醒覺的欲望，都不能不有個地方發洩。

當時他那個小隔間剛放得下一張單人床、一張書桌和一個書架，冬天裝上取暖的煤爐和鐵皮的抽風管道之後，再多一個人在房裡都難轉身。簡易的隔牆後面，那對工人夫妻夜裡行房事和嬰兒撒尿全都能聽見。那院子還有兩戶人家，公用的自來水管和下水道都在院裡。那姑娘每次來他這小屋都在左右鄰居注視下，他得讓房門半開，不是閒扯，便是喝茶。他結婚十多年來一直分居的妻子通過作家協會的黨委就找居民委員會調查過，黨什麼都要管，從他的思想、寫作到私生活。

這女孩來找他時穿的一身過於寬大的棉軍裝，戴的紅領章，漲紅個臉，說看了他的小說非常感動。他對穿軍裝的女孩有所戒備，又見那一副娃娃臉，便問她多大。女孩說軍隊醫校還沒畢業，正在部隊醫院實習，今年，說的是當年，十七歲了。他想正是女孩子容易動情的年紀。

他關上房門，同這姑娘接吻時還沒拿到同他妻子離婚的法院判決。他屏息撫摸那女孩時，同樣也聽見鄰居在院子裡放水、洗衣、洗菜、往下水道倒髒水和過往的腳步。

他越益明確，所以需要個家並不是擁有個女人，要的首先是一個不透風雨的屋頂和四堵封閉而且隔音的牆。可他並不想再娶妻，這十多年徒有法律約束的婚姻已經夠了，他得放縱一下。對女人他心存疑慮，尤其是可能傾心愛慕的這種年輕漂亮似乎有出息的姑娘。他已經多次被出賣和告發過。還在上大學期間，他愛上同班的一位女生，長相和說話的嗓音同樣甘甜。這可愛的姑娘又追求進步，向黨支部書記彙報思想，把他對當時共青團倡導青年必讀的革命小說《青春之歌》的挖苦話順帶也報告了。這女生當然不是故意害他，對他也並非毫無情意，可越是多情的姑娘相反越止不住向黨交心，如同有信仰的人需要向神父懺悔內心的隱祕。共青團支部便認為他思想陰暗，這還不那麼嚴重，雖然他未能入得了團，大學還是讓他畢業了。嚴重的是他妻子，要是告發有據，拿到他偷偷寫下的哪怕是一張紙片，那年代就足以把他打成反革命。啊，那革命的年代，姑娘們也革命得發瘋，革命得令人恐怖。

他不能信任這麼個穿軍裝的女孩子。人來向他請教文學的，他說當不了老師，建議去大學夜校。現今有各種各樣的文學班，交點錢就可以報個名，過兩年還能多拿個文憑。這女孩問他讀些什麼書才好？他又說最好別讀教科書，圖書館大都已重新開放，是凡以前招禁的書不妨都可找來看看。這姑娘說也想學習寫作，他勸說她最好別學，弄不好只會耽誤前程，他自己就麻煩不斷。

這麼單純的女孩，穿的軍裝又學了醫，前途就很有保障。可這女孩說她並不那麼單純，不像他想像的那樣，她想知道更多的東西，想了解生活，這同穿軍裝和學醫並不矛盾。

他對這女孩並不是沒興趣，可他寧願同在社會底層泥坑裡滾打過的那種濫妞輕輕鬆鬆做場愛，不必費口舌去教這女孩什麼是生活，而何謂生活？只有天知道。

他無法對來求教的這女孩解釋什麼叫生活，更別說何謂文學，恰如他無法向領導他的作家協會黨的書記解釋他之所謂文學，無需由誰指導乃至批准，因此，他才屢屢倒楣。

面對這麼新鮮可愛的姑娘穿的那身軍裝，他動不了心思，更沒有遐想。他沒有想到碰她，更沒想到同她上床。這女孩還來從他書架上取走的幾本書，說都看了，面孔紅撲撲的，剛進門還微微喘息。他照樣給她泡上一杯茶，像接待約稿的編輯那樣讓她在房門背後靠書桌的椅子上坐下，他則坐在書桌前的另一把靠背椅上。這小房裡還有一張簡便的沙發，那時已入冬，屋裡安上了取暖的煤爐，沙發便挪到緊挨床頭的牆邊。要讓這女孩坐到沙發上，煤爐上安的鐵皮抽風管道便擋住臉面，談話不很方便。他們就都坐在書桌邊，這女孩手還在撫弄還來的那幾本因為反動和色情曾經招禁的小說，就是說，這姑娘已經嘗了禁果，或者說知道什麼是禁果才這麼不安。

他注意到這女孩的肌膚始於那纖細柔嫩的手，近在咫尺，還不停撫弄書。這姑娘也注意到他在看她那手，便把手收到桌面以下，面孔就更紅了。他開始詢問女孩對書中的主人公主要對女主人公的看法，那些書中女人的行為都不符合當今的道德和黨的教導。他說這大概就是所謂生活吧，生活並沒有尺寸。這姑娘有一天要也揭發他，或是她服務的軍中黨組織命令她交代同他的往來，他這話也沒大錯，他以往生活的經驗就這樣時時提醒他。啊，那也叫生活！

這女孩後來說毛主席也有許多女人，他才敢於吻她。女孩也閉上眼睛，聽任他撫摸寬大的軍棉衣裡敏感得像觸了電的身體。當時，這姑娘問還能不能再借些這樣的書給她看？說她什麼都想知道，這並沒什麼可怕的。他這才說要是書籍也成為禁果，這社會就真可怕，終於宣告結束了的所謂文革多少人因此葬送了性命。女孩說這她都知道，打死的人她也不是沒見過，烏黑的鼻血叮滿蒼蠅，說是反革命沒人收屍，她那時還是小孩子。可別把她當孩子了，她已成年。

他問成年又意味什麼？她說別忘了她可是學醫的，抿嘴一笑。他隨後捏住她手，吻到了她漸漸鬆軟的嘴唇。之後，她時常來，還書借書，總在星期天，待的時間越來越長，有時從中午到天黑，但她必須趕晚上八點的班車，回遠郊軍營駐地。總是在天黑時分，院子裡打水洗菜的聲音漸漸稀疏平息，鄰居也都關上房門，他才把門縫闔上，同她親熱一下。她也從未脫下軍裝，看著桌上的鐘，末班車的時間快到，便匆匆扣上制服的鈕扣。

他越加需要一間能庇護隱私的房間，好不容易拿到了法院的離婚判決書，依照官方對生活的正統觀念提出要結婚，並且說女方同他結婚登記的條件，是他得先有間正經的住房。他已有二十年的工齡，包括文化革命中弄去農村改造的那些年，按有關分房的文件規定，早該分到住房。可他還得折騰兩年多，同管房的幹部大吵大鬧了不知多少幾回，趕在領導作家協會的更高的黨的領導對他下手批判之前，總算爭得了一個小套間。動用了他全部的積蓄，還預支了一本書的部分稿費，且不管這書能否出版，好歹安置了一個小安樂窩。

這姑娘來到他新分配的房裡，房門的彈簧鎖剛碰上，兩人便激動得不行。當時還沒粉刷完，滿地的石灰漿，也沒有床，就在一塊沾了石灰的塑料布上，他剝光一直藏在寬大的軍服下還是少女那細條條的身體。但是，這姑娘求他千萬別進入她身體裡，她軍醫院有規定，每年要做一次全面的體格檢查，未婚的女護士還得查看處女膜是否無恙。她們服役前都經過嚴格的政治審查和身體檢查，除了日常的醫務工作，還隨時可能有軍事任務陪同首長出差，以保證首長們的健康。她許可的結婚年齡為二十六週歲，結婚對象得經部隊領導批准，之前不得退伍，據說有可能涉及國家機密。

他什麼都做了，只沒有插入，或者不如說他遵守諾言，雖沒有插入其他能做的卻都做了。不久，這女孩果然接到軍務，陪同部隊首長去中越邊境視察，便斷了消息。

將近一年之後，也是冬天，這姑娘突然出現在他面前。他是半夜裡從一位朋友家喝酒剛回來，聽見有人輕輕敲門。這姑娘哭喪個臉，說在外面等了足足六個小時，都凍僵了，又不敢待在樓道裡，怕人看見問她找誰，只好躲在外面的工棚裡，好不容易才見這房裡燈亮。他連忙關上房門，拉上窗簾，這姑娘嬌小的身子還裹在寬大無當的軍大衣裡沒緩過氣來，就說：

「哥，你操我吧！」

他在地毯上操了她，翻來覆去，不，翻江倒海，光溜溜像兩條魚，不如說像兩頭獸，撕咬搏鬥。她嚶嚶哭了，他說放聲哭好了，這裡外面聽不見。她便嚎啕大哭，繼而又喊叫。他說他是一頭狼。她說不，你是我好哥。他說，他想成為一頭狼，一頭凶狠貪婪噬血的野獸。她說她懂他哥，她就是她哥的，她什麼也不怕了，從今以後只屬於他哥，她後悔的是沒早給他……他說別說了……

之後，她說要她父母無論如何想法讓她離開部隊。其時，他得到國外的一份邀請而不能成行。她說她可以等他，她就是他哥的小女人。而他終於拿到了護照和簽證，也是她催他快走，免得變卦。他沒想到這便是永別，或許不願不肯這樣想，免得觸動內心深處。

他沒有讓她來機場送行，她說也請不了假。從她的軍營即使乘早晨頭班車進城，再轉幾次車到機場，在他起飛前趕到估計也來不及。

這之前，他沒有想到他會離開這國家，只是在飛機離開北京機場的跑道，嗡的一聲，震動的機身霎時騰空，才猛然意識到他也許就此，當時意識的正是這也許，就此，再也不會回到舷窗下那土地上來，他出生、長大、受教育、成人、受難而從未想到離開的人稱之為祖國的這片黃土地。而他有祖國嗎？或是這機翼下移動的灰黃的土地和冰封的河流算是他的祖國嗎？這疑問是之後派生出來的，答案隨後逐漸趨於明確。

當時他只想解脫一下，從籠罩住他的陰影裡出國暢快呼吸一下。

為了得到出國護照，他等了將近一年，找遍了有關的部門。他是這國家的公民，不是罪犯，沒有理由剝奪他出國的權利。當然，這理由也因人而異，要找個理由怎麼都有。

過海關的時候，他們問箱子裡有什麼？他說沒有違禁的東西，除了日用的衣物。他們叫他打開箱子。他開了鎖。

「裡面是什麼？」

「硯台，磨墨用的。新買的一塊硯台。」他意思是說不是骨董，不在查禁之列，可他們要扣下他盡可以找任何藉口，他畢竟有些緊張。一個閃現的念頭：這不是他的國家。

同時，他似乎聽見了一聲「哥——」，他趕緊屏息，鎮定精神。

終於放行了，他收拾好箱子，放到傳送帶上，拉攏隨身的旅行袋的拉鍊，轉向登機口。又聽見一聲喊叫，似乎在叫他名字。他裝沒聽見，依舊前去，但還是回了一下頭。剛檢查過他行李的那主看的是板壁隔成的通道中幾名外國人，正在放行。

他這時又聽見長長的一聲，一個女人的聲音在叫他的名字，聲音來得很遠，飄浮在候機大廳哄哄的人聲之上。他目光越過入關處的板牆，尋找聲音的來源，看見二樓漢白玉石的欄杆上伏著一個穿軍大衣的身影，戴的軍帽，卻分辨不清面目。

同她告別的那一夜，她委身於他時在他耳邊連連說：「哥，你別回來了，別回來了……」那是她預感？還是就為他著想？她比他看得更透？還是對他心思的猜測？他當時沒有說話，還沒有勇氣下這決斷。但她點醒了他，點醒了這個念頭，他卻不敢正視，還割不斷這情感與欲望的牽掛，捨棄不了她。

他希望伏在欄杆上那綠軍裝的身影不是她，轉身繼續朝登機口去，航班的顯示牌上紅燈在閃光。他又聽見身後一聲分明絕望的尖叫，一聲拖長的「哥——」那就肯定是她。他卻沒有再回頭，進入登機口。

4

溫熱潤滑，肉蠕動不已，記憶正在恢復，你知道這不是她，那玲瓏嬌小的身體可以任你擺弄，這肥臀壯實，緊緊擠壓你，那麼貪婪，那般放縱，你也竭盡全力「說下去！那個中國女孩，你怎麼享用的，又怎麼把她丟棄？」你說她是一個十足的女人，那姑娘只是個想成為個小女人，沒她這樣浪蕩，這樣貪婪。「你難道不喜歡？」她問。你說當然，這恰恰是你夢寐以求，這樣放縱，這般盡興。「也想把她，你那小妞，也變成這樣？」「對！」「也一汪泉水？」「要的就是這樣，」你喘息抽動。「女人對你來說都一樣？」「不。」「怎麼不一樣？」「那是另一種緊張。」「有什麼不同？」「有種憐愛。」「你就不享用她？」「也享受，但不一樣。」「這會兒你只有肉慾？」「就是。」「誰在吸你？」「一個德國妞。」「一個過夜的婊子？」「不，」你叫出她的名字：「馬格麗特！」她就笑了，捧住你頭親了一下，跨在你身上的兩腿卷曲鬆弛下來，側臉撩開垂在眼前蓬散的頭髮。

「你沒叫錯？」她聲音有些異樣。

「你不是馬格麗特？」你也反問她，有些疑惑。

「是我先說出來的。」

「可就在你問還記不記得的時候，你名字已到嘴邊。」

「可無論如何是我自己先說的。」

「你不是讓我猜？可以再等一秒鐘。」

「我當時有點緊張，怕你記不得，」她承認。「劇場門口戲剛散，還有些觀眾等在邊上要同你說話，真不好意思。」

「沒關係，都是幾位熟朋友。」

「他們說幾句話就走了，為什麼不一起去喝酒？」

「大概是有你這個洋妞在，不便打攪。」

「你當時就想到要同我睡覺？」

「沒有，可看得出來你很激動。」

「我在中國待了許多年，當然懂。你認為香港人都能看懂這戲？」

「不知道。」

「這要付出代價，」她又顯得很深沉。

「一個深沉的德國妞，」你說笑道，想調節一下氣氛。

「不，我已經說過了，我不是德國人。」

「得，一個猶太妞。」

「總之是一個女人，」她聲音倦怠。

「這樣更好，」你說。

「為什麼更好？」那異樣的語調又冒出來了。

你也就說從來還沒有過個猶太女人。

「你有過許多女人？」暗中她目光閃爍。

「離開中國之後，應該說，不少。」你承認，對她也沒有必要隱瞞。

「每次這樣住旅館，都有女人陪你？」她進而追問。

「沒這樣走運，再說住這樣的大酒店也是邀請你的劇團付錢，」你解嘲道。

她目光變得柔和了，在你身邊躺下。她說她喜歡你的直率，但還不是你這人。你說你喜歡她這人，不光是她肉體。

「這就好。」

她說得真心，身體挨住你，你感到她身心都柔軟了。你說你當然記得她，那冬夜。後來她還特地來看你。她說是路過，經過環城路那座新修的立交橋，看見你那棟樓，不為什麼就去了，也許是想看看你房裡的那些畫，很特別，就像幽黑的夢境，外面是風，德國的風不那樣吼叫，德國一切都靜悄悄的，令人煩悶。那天夜裡又點的蠟燭，覺得挺神祕，想白天去看個清楚。

「都是你的畫？」她問。

你說你房間裡不掛別人的畫。

「為什麼？」

「房間太小。」

「你也是畫家？」她又問。

「沒得到批准，」你說，「當時也確實如此。」

「不明白。」

你說當然她也無法明白，那是在中國。德國的一家藝術基金會邀請你去作畫，中國官方沒有批准。

「為什麼？」

你說你無法知道，當時輾轉打聽，也是託朋友去有關部門問到的官方答覆，說是你的職業是作家，不是畫家。

「這也算是理由？為什麼作家就不可以畫畫？」

你說她是無法明白的，雖然她懂中文，可中國的事情單靠中文說不明白的。

「那就別說了。」

她說她記得那天下午，房裡陽光明亮，她坐在沙發上端詳那些畫，很想買你一張，可當時還是學生，花不起那錢。是你說可以送給她，她說不行，那是你的創作。你說你經常送朋友畫，中國人不買畫的，說的是朋友間。她說同你剛認識，還不算是朋友，不好意思要。

你有畫冊的話，可以送她一本，她也可以買。可你說你那些畫在中國出不了畫冊，既然她這麼喜歡，不妨送她一張。她說你那張畫現在還掛在她法蘭克福的家裡，對她是個很特殊的記憶，一個夢境，不知身在何處，一個心象。

「你當時為什麼一定要送給我？還記得那張畫嗎？」她問。

你說那張畫倒是不記得了，可你記得你想畫她，想她做你的模特兒，那時你還沒畫過洋妞。

「那很危險，」她說。

「為什麼？」你問。

「對我沒什麼，說的是對你很危險，你當時沒說話，大概，就是這時候有人敲門了。你打開房門，是來查電錶的，你給那人一把椅子，他站上去，看了看門後上方的電錶，記下數字便走了。你相信是來看電錶的嗎？」她問。

你沒有回答，這你已經記不清了，你說在中國的生活雖然時不時出現在噩夢中，你有意要忘掉，可潛意識中還時不時冒出來。

「他們不事先通知隨時可以到人家去？」

你說那是在中國，沒有什麼不可以的。

「那以後，我也就再也沒去過你那裡，怕給你帶來麻煩，」她柔聲說。

「想不到……」你說。

你突然想溫存她一下，捣住她鼓漲漲的乳房。她也用手指撫摸你手背，說：「你很溫柔。」

「你也是，溫柔的馬格麗特，」你笑了笑，問，「明天就走？」

「讓我想一想……我也可以留下來，不過得改回法蘭克福的機票。你什麼時候回巴黎？」

「下星期二，是便宜機票，不好更改，如果有必要，加些錢也還可以改時間。」

「不，我最遲得週末就走，」她說，「下星期一在德國有個中國代表團要去會談，我做翻譯，不像你那麼自由，替老闆工作呢。」

「那麼，還有四天。」你算了算。

「明天，不，已經過了一夜，只有三天。」她說，「待會兒，我先打個電話同老闆告個假，再改機票，然後去旅館把我的箱子拿過來。」

「你這老闆呢？」

「走他的好了，」她說，「我這裡的工作已經結束了。」

窗外很亮了，對面白端端的圓柱大廈上端雲翳繚繞，山頂籠罩在雲霧中，植被繁茂的山腰呈深黛色，要下雨的樣子。

5

他不知怎麼回到了北京那家，口袋裡卻摸不到鑰匙，開不了房門，急得不行，怕這樓裡上下的人認出他來。聽見下樓的腳步聲，他趕緊也轉身佯裝下樓。從上一層樓下來的那人在樓梯拐角同他擦邊而過，扭頭看了一眼，認出他來了，便問：「你怎麼回來了？」這人竟然是他多年前當編輯時的上司處長老劉，滿臉的鬍子茬沒剃就像文革中被揪鬥時那樣。他當年保過這老幹部，想必還念舊情，便告訴他找不到這房門的鑰匙了。老劉沉吟片刻，說：「你這房已經分配給別人了。」他這才記起他這房早已查封了。「能不能給我找個地方躲一躲？」他問。老劉面有難色，想了想說：「得通過房管部門，不好辦呀，你怎麼隨隨便便就這樣回來了？」他說買了張來回機票，沒想到……可他應該想到，怎麼這樣輕率，也因為在國外多年已經忘了他在中國的艱難。樓梯上又有人下來，老劉便趕緊下樓，裝作並不認識他，從樓門出去了。他也匆匆跟出去，免得再有人認出來，趕到樓下門外，老劉卻不見蹤影。滿天塵土飛揚，北京開春時節那風沙，此時也不知是春還是秋，他穿得單薄，覺得有些冷，隨即恍然大悟，這老劉早已在機關大樓墜樓身亡。他必須趕緊逃走，想在街上攔一輛出租車去機場，卻又想起他持的證件在海關立刻會被查出來，他是公認的敵人，可怎麼弄成為敵人的他卻很茫然，更茫然的是他生活過半輩的這都市竟無處可去。隨後到了市郊的一個公社，他想在村裡租間房。一個拿鐵鍬的農民領他進了個塑料薄膜蒙住的棚子，用鍬指了指裡面的一排水泥坑，想必是冬天存大白菜的土窖，抹上了水泥，多少總有些進步，他想。他不是沒睡過地鋪，去農場改造就睡的大通鋪，泥土地鋪上麥秸，一個挨一個，每個鋪位四十公分寬，沒這坑寬大，還是一人一坑，比合葬他父母骨灰盒子的墓地裡那種水泥格子要大出許多，還有什麼可抱怨的？進而又發現台階下還有一層坑，要租的話他寧可選擇底下那層，比較隔音，他說他老婆要唱歌，天知道，居然還帶個女人……醒來，是個噩夢。

他許久沒做過這類的噩夢，現今即使做夢都同中國沒什麼牽連。在海外他遇見一些中國來的人，每每對他說回去看看呀，北京的變化很大，你都認不出來了，五星級的飯店比巴黎還多！這他相信。人要說在中國現在可以發財，他便想問這人發了沒有？要是再問你難道不想中國嗎？他便說他父母雙亡。那麼鄉愁呢？他也已埋葬。他離開這國家十年了，不願意再回憶往事，也以為早已割斷了。

如今，他是一隻自由的鳥。這種內心的自由，無牽無掛，如雲如風。這自由也不是上帝賜予的，要付出多大代價，又多麼珍貴，只有他自己知道。他也不把自己再栓在一個女人身上，家庭和孩子對他來說都是過於沉重的負擔。

闔上眼睛，便開始神遊，也唯有闔上眼才不感覺別人的注視和監督，闔上眼自由便來了，便可以神遊在女人的洞穴裡，那奇妙的所在。他去過法國中部高原的一個保存完整的溶洞，遊人乘電纜車魚貫而入，伏在鐵欄杆上，左右上下橘黃的燈光映照那大岩洞，滿壁摺皺，層層疊疊，垂結的鐘乳和無數的乳突一概溼淋淋，點點滴滴，這自然造化的腔穴如同巨大的子宮，深邃而不可測。他在這大自然幽暗的洞穴裡，渺小如一顆精子，而且是一顆不孕的精子，只滿足於在裡面游動，那份自在則又在解脫了欲望之後。

童年性慾還沒覺醒的那時候，他就從母親買給他的童話中騎鵝旅行過，或是像安徒生筆下抱住一隻銅豬那無家可歸的孩子，騎在這銅豬背上夜遊佛羅倫薩公爵府。可他還能記得女性給予他最初的溫暖倒不來自母親，而是家中女傭叫李媽的，總給他洗澡。他赤條條在澡盆戲水，李媽抓住他貼住那暖乎乎的胸脯抱到床上，再給他抓癢，哄他睡覺。這年輕的農村女人當他小孩子面梳洗時也不避迴，他記得那一雙像梨樣垂掛的大白奶和垂到腰際油光鋥亮那一頭黑髮，得用骨頭做的篦子理順了挽成個大髻，裹個網套再盤到頭上。他母親那時候總是去理髮店燙髮，梳頭似乎並沒有那麼麻煩。他兒時見到最殘酷的事是李媽挨打，她男人找來了，硬要拖走，李媽便死死抱住桌子腳不放。那漢子一把揪住她髮髻，往地上撞，額頭上血都滴到磚地上，他母親也攔不住，他這才知道李媽是受不了她男人虐待從村裡逃出來的，把個印花藍布包裹積攢的一些銀圓和銀手鐲，好幾年的工錢，統統給了那男人，竟也贖不了身。

自由並非天賦的人權，而夢想的自由也不是生來就有，也是需要維護的一種能力，一種意識，況且也還受到噩夢的干擾。

「我提醒同志們注意，他們要復辟資本主義，我說的是上上下下，從中央到地方，那些牛鬼蛇神！中央有，我們要毫不留情把他們揪出來，我們要維護黨的純潔嘛，不容許玷汙我們黨的光榮！你們在座的中間有沒有？我可不敢保這個險，啊哈，你們這麼上千人，這會場上，就這麼乾乾淨淨？就沒有混水摸魚的，上串下跳的？他們要搞混我們的階級陣線，我勸同志們提高警惕，擦亮眼睛，誰反對毛主席，誰反對黨中央，誰反對社會主義，統統把他們揪出來！」

主席台上身穿草綠軍裝的首長話音一落，全場便持續高呼口號：

「橫掃一切牛鬼蛇神！」

「誓死保衛毛主席！」

「誓死保衛黨中央！」

「敵人不投降就叫他滅亡！」

他身前身後這時都有人領頭呼喊，他也得出聲高呼，讓周圍的人都聽見，不只是示意舉一下拳頭。他知道這會場上無論是誰，任何與別人不同的舉動都受到注意，連脊背上都感到注視的鋒芒，在出汗。他第一次覺得他大概很可能就是敵人，很可能滅亡。

他大概就屬於那個該滅亡的階級，可他已經滅亡了的父母究竟又屬於哪個階級？他的曾祖父想當官，把一條街的家產都捐了也沒買到頂烏紗帽便瘋了，夜裡起來放火，把留給自家住的那棟房也放火燒了，那還是大清帝國，他爸還沒出世。他外婆又把他外公留下的家產典當完畢，等不到他媽來敗掉。他父母兩家都沒人弄過政治，唯有他二叔為新政權扣下了銀行裡一筆外逃臺灣的資金，立過一功，得了個民主人士的頭銜，在打成右派分子之前七、八年。他們都靠工資吃飯，但不缺吃少穿，活得不差卻也都怕失業，都歡迎一個新中國，都以為新的國家總比舊的要好。

那是「解放」之後，「共匪」後來叫「共軍」，再後來叫「解放軍」，正規的稱謂「人民解放軍」，大軍進城，他父母親都覺得解放了。不斷的戰爭，轟炸、逃難和擔心搶劫，似乎都一去不復返了。

他父親也不喜舊政府，在當時的國家銀行裡當個分行的什麼主任，用他父親的話說，不懂裙帶關係的傾軋，把工作弄丟了，又當了一陣子小報的記者，那報紙隨後也關了門，只好靠變賣度日。他記得塞在五斗櫃底下的鞋盒子裡的銀大頭日益見少，母親手上的金鐲子也不見了。就那五斗櫃底下的鞋盒子裡，還藏過父親的一位神祕的朋友胡大哥偷偷帶來的一本用毛邊紙印的《新民主主義論》，是他見到的毛澤東著作最早的版本，同銀圓藏在一起。

這位胡大哥在中學教書，他一來小孩子便得趕開。可他們悄悄盼望「解放」的議論，他故意從父母房裡進進出出也聽到片言隻語。房東那胖胖的郵政局長說共匪可是共產共妻，吃大鍋飯，六親不認，殺人如麻，他父母都不信。當時他父親笑著對他母親說，「你那老表」，也就是父親的表兄，「就是共匪，一臉的麻子，要還活著的話……」

他這位早年在上海大學讀書時就參加了地下黨的表伯父，離家出走去江西投奔革命，二十多年後居然活著。他也終於見到他這表伯父，那出天花留下的麻臉不僅不可怕，一喝酒便紅紅的更顯得豪爽，呵呵大笑起來聲音宏亮，不過有些哮喘，說是打游擊的那些年弄不到菸抽，經常用野菜葉子晒乾了當菸葉抽落下的毛病。他這表伯父隨大軍進城，登報尋人，又通過老家的親戚打聽到他這表弟的下落。他們相見也頗有戲劇性，他表伯父怕見面時認不出來，信中約定，在火車站台上見一根紮白毛巾的竹竿認人。他的勤務兵一個農村出來的傻小子，一頭癩痢瘡疤，天再熱也總箍住帽邊都汗溼了的軍帽，在鬧哄哄攢動的人頭之上搖動根長竹竿。

他表伯父同他父親一樣也好酒，每次來都帶一瓶高粱大麵，打開一大荷葉包各種滷好的下酒菜，雞翅膀、鵝肝，或是鴨肫、鴨掌、豬舌條，攤得一桌，把勤務兵支走，同他父親往往聊到深夜，那小伙子再來接他回軍區大院。他這表伯父那許多故事，從早年舊式大家庭的敗落到游擊戰爭中轉戰的經歷，令他在一邊聽得眼皮都抬不起來，母親叫他幾遍還不肯去睡。

那些故事同他讀到的童話完全是另一個世界，他也就從童話轉而崇拜起革命的神話。他這表伯父還要培養他寫作，曾把他領去他家住了幾個月。他家沒有一本兒童讀物，倒有一套《魯迅全集》。他這表伯父給他唯一的教育是讓他每天讀一篇魯迅的小說，公務之後回來叫他複述一遍。他全然不明白這些陳舊的小說要說的是什麼，那時的興趣在牆腳的草叢裡瓦礫堆中抓蟋蟀。他這表伯父把他交還他母親，哈哈一笑，自認教育失敗。

他母親其實還年輕，不到三十歲，不想再帶孩子做家庭主婦，也一心投入新生活，參加工作沒時間再照看他。他學習沒有困難，立刻成為班上的好學生，戴上了紅領巾，班上一些男生說女孩的髒話和惡作劇他概不參加。六月一日兒童節，他被學校選派去參加全市的慶祝活動，給市裡的模範工作者獻花。他父母也都先後成了各自工作單位的先進，得了獎品，一個是搪瓷茶缸，一個是筆記本，都寫的或印上得獎者某某同志的大名。那對他來說，也是幸福的年代，少年宮時常有歌舞節目，他希望有一天也能登台表演。

他聽過個故事會，一位女教師朗誦了蘇聯作家科洛連柯的一篇小說。說的是一個夜晚風雪交加，小說主人公我駕駛的吉普車山路上拋了錨，見山岩上還有燈光，好不容易摸索到這人家，只有一個老婦。半夜裡山風呼嘯，這主人公我睡不著，細聽風聲中似乎時不時有人在嘆息，索性爬了起來。見老女人獨守孤燈坐在房裡，面對哐哐作響的大門。這我便問這老婦人為什麼還不去睡？是不是在等誰？她說在等她兒子。這我表示可以替她守夜，老女人這才說她兒子已經死了，而且就是她把兒子推下山岩的。這我當然不免打探一番，老女人長長一聲嘆息，說她兒子戰爭中當了逃兵溜回家鄉，她不能讓個當逃兵的兒子進這家門。這故事不知怎麼竟深深打動了他，令他感到成人世界不可理解。如今他不只是逃兵，就憑他從小腦袋裡轉動過的一些念頭，便注定他日後得打成敵人，而他是再也不會回到祖國母親的懷裡。

他還記得，最早動腦子思考大概是八歲的時候，從地點來推算，他寫第一則日記後不久，趴在樓上他那小屋的窗口，手上的皮球掉下去了，蹦蹦跳跳幾下，滾到一棵夾竹桃下的青草裡。他央求在樓下院子裡看書的他小叔把皮球扔給他。他小叔說，懶蟲，自己扔的自己下樓來揀。他說他媽規定沒寫完頭一天的日記不許下樓玩。他小叔說，給你揀了你又扔呢？他說不是他扔的，皮球自己掉下去了。他小叔很不情願，但還是把皮球給他扔進了樓上窗裡。他還趴在窗口，又問他小叔：

「這皮球掉下去為什麼蹦不回來？要多高掉下去蹦回來也多高，就不要煩你揀了。」

他小叔說：「就你這嘴會說，這是個物理問題。」

他又問：「什麼是物理問題？」

「這涉及一個根本的理論，說了你也不懂。」

他小叔當時是高中生，令他非常崇敬，特別說到物理，又說到什麼根本的理論。他總之記住了這兩個詞，覺得這世間的一切看來平常，卻深奧莫測。

以後，他母親給他買來過一套兒童讀物《十萬個為什麼？》他每本都看了，並未留下什麼印象，唯獨他對於這世界最初的疑問一直潛藏在心中。

遙遠的童年，如霧如煙，只記憶中浮現若干明亮的點，提起個頭，被時間淹沒的記憶便漸漸顯露，如一張出水的網，彼此牽連，竟漫然無邊，越牽扯頭緒越多，都若隱若現，一旦提起一頭，就又牽扯一片。不同的年代不同的事情都同時湧現，弄得你無從下手，無法尋出一條線索，去追蹤去清理，再說也無法理得清楚，這人生就是一張網，你想一扣一扣解開，只弄得一團混亂，人生這筆糊塗帳你也無法結算。

6

中午有位你不認識的先生請吃飯，電話裡那位祕書小姐說：「我們周董事長會準時親自到酒店的大堂來接你。」

你下到大廳，立刻有位衣著考究的先生過來，肩寬體胖，闊臉方腮，雙手遞上名片。

「久仰久仰，」對方還說看了你的戲，不揣冒昧，耽誤你一點時間，請你一起吃個便飯。

你上了他的賓士大轎車，富豪的標誌。董事長先生自己開車，問你喜歡吃什麼。

「什麼都好，香港是吃的天堂，」你說。

「不像巴黎，那裡可是美女如雲，」周先生邊笑邊說邊開車。

「也不盡然，地鐵裡也有的是流浪漢，」你說，開始相信對方確實是個老闆。

車馳過海灣，進入去九龍長長的海底隧道。

周先生說：「我們去馬會，中午那裡比較清靜，也好聊天。不賽馬的時候，平時去那裡進餐得是馬會俱樂部的會員。」

香港居然有對你這戲有興趣的闊佬，你也開始覺得有趣。

你們坐定，周先生點了些清淡的菜，不再說美女的玩笑，沉靜下來。這寬敞舒適的餐廳只幾桌有顧客，服務生遠遠站在門廳靜候，不像香港通常的飯店什麼時候都熙熙攘攘，食客滿堂。

「不瞞你說，我是從大陸偷渡游水過來的。文革時期，我在廣東的軍墾農場勞動，已經高中畢業，多少有點頭腦，不能一輩子就這麼葬送掉。」

「可偷渡也很危險。」

「當然。那時候我父母都關起來了，家也抄了，橫直是黑五類狗崽子。」

「要碰上鯊魚——」

「那倒不那麼可怕，還可以鬥一下，看運氣。怕的是人，巡邏的艦艇探照燈在海面上掃來掃去，發現偷渡的就開火。」

「那你怎麼游過來的？」

「我準備了兩個籃球膽，那時候的籃球有個橡膠胎，還有個長嘴子，可以吹氣。」

「知道，小孩子學游泳當救生圈用，那時候塑料製品還不普及，」你點點頭說。

「要有船過就把氣放掉，潛泳。我足足練了一個夏天，還準備了吸管。」周先生露出笑容，但似笑非笑，倒讓你覺得有些淒涼，不再像個闊佬。

「香港這地方好就好在怎麼都能混，我是個暴發戶，現今沒人知道我這來歷，我早已改名，人只知周某人，公司董事長。」他嘴角眼角都顯出幾分得意，恢復闊佬的樣子。

你明白這並非衝你而來，同你素不相識，居然毫無顧忌坦露自己的身世，這分自得不過是他現今的身分養成的習慣。

「我欣賞你的戲，可香港本地人不見得都懂，」他說。

「等懂往往就晚了，」你遲疑了一下，才說，「這得有些特殊的經驗。」

「是這樣的，」他肯定道。

「你喜歡戲劇？」你問。

「我平時不看戲的，」他說，「只看芭蕾舞，聽音樂會，西方來的著名的歌唱家，歌劇和交響樂，也都訂票。如今得享受享受藝術，可還沒看過先生你這種戲。」

「明白，」你笑了笑，又問，「那怎麼想起來看這戲的？」

「一個朋友給我打電話，向我介紹的，」他說。

「那就是說也還有人懂？」

「也是大陸出來的。」

你說這還是你在大陸時寫的戲，可只是在大陸之外才能演出。你現今的寫的東西同大陸已沒有什麼關係了。

他說他也是，妻兒都本地出生，道道地地香港人。他來這裡快三十年，也算是香港人了，同大陸只是業務上還有些往來，而且生意越來越難做，他已經把一大筆資金好歹撤出來了。

「準備投資到哪裡？」你禁不住問。

「澳洲，」他說，「看了你的戲，更堅定了這主意。」

你說你這戲沒十分具體的中國背景，寫的是人與人的一般關係。

他說他明白，他需要有個退路。

「澳洲就不會排斥華人嗎？要香港人都擁到澳洲去？」你問。

「這就是我想同你討論的。」

「不了解澳洲，我住在巴黎，」你說。

「那法國怎樣？」他眼盯住你問。

「哪裡都有種族主義，法國當然也免不了，」你說。

「華人在西方也很難啊……」他拿起還有半杯橙汁的杯子，隨後又放下。

你有些觸動，說他既然家小都土生土長在這裡，生意在香港看來還能做下去，當然不妨備個後路。

他說他很榮幸你肯賞光同他吃這麼頓便飯，文如其人，這麼坦誠。

你說坦誠的是他，中國人都活在面具下，摘下面具很不容易。

「也因為彼此沒有利害關係，才能成為朋友。」

他說得這麼透澈，顯然也看透了人世滄桑。

你下午三點還有個記者要採訪，約好在灣仔那邊的一個咖啡廳，他說他可以送你去。你說他也忙，不用客氣。他說你什麼時候再來香港盡可找他。你謝謝他的好意，說這恐怕是你在香港的最後一個戲，日後總有機會再見，但願不是在澳洲。他連忙說不不，他到巴黎去一定看你。你便留下你的地址和電話，他也即刻把他的隨身手提電話的號碼寫在名片上給你，說你有什麼事要幫忙的，可以給他打電話，希望有機會再見。

記者是一位戴眼鏡的小姐。你一進咖啡廳，她便從大玻璃窗前臨海的座位上站起，向你招手。她摘下眼鏡，說：「我平時不戴眼鏡，只見過你報上的照片，怕認不出來。」

她把眼鏡裝進提包，又拿出個小錄音機，問：「可不可以錄音？」

你說你沒有任何顧慮。

「我做採訪務求引言準確，」她說，「可香港不少記者都信手編寫，有時候弄得大陸的作家很生氣，甚至要求更正。我當然理解他們的處境，你不同，雖然也是大陸出來的，這我知道。」

「沒有領導？」你笑了笑。

她說她的主編倒還好，一般不會動她的稿件，她怎麼寫就怎麼發，她可受不了約束。九七之後，又是九七，要是實在做不下去，她可就走。

「能不能問問小姐打算去哪裡？」

她說她持的是英國的港人護照，也不能在英國定居，再說她不喜歡英國，她打算去美國，可她喜歡西班牙。

「為什麼是西班牙而不是美國？」

她咬了下嘴唇，笑了，說她有個西班牙男朋友，是她去西班牙旅行時認識的，但是已經分手了。她現在的男朋友也是香港人，是位建築師，他不想走。

「別處很難找工作，」她說，「當然，我最喜歡的還是香港。」她說已經去過許多國家，旅遊當然很好玩，可很難在那裡生活。香港不，她和她父母都香港出生，她可是完完全全的香港人，她還專門研究香港的歷史、人文、風俗的變遷，準備寫本書。

「那到美國去做什麼？」你問。

「進修，已經聯繫了一個大學。」

「讀個博士？」

「一邊讀書，或許看看有什麼工作可做。」

「那你男朋友怎麼辦？」

「我可以結了婚再走，或許……我也不知道該怎麼辦？」她那雙眼睛看上去並非近視，倒有些茫然。「是我採訪你，還是你採訪我？」

她收回眼神，按了一下錄音機。「好，現在請你談談，對香港回歸後文化政策的看法，香港的戲劇會不會受到影響？這是香港文化界關心的問題，你從大陸出來的，能不能談談你的看法？」

採訪結束之後，你又乘渡船過海灣去九龍，到文化中心的劇場同演員們交代一下，戲開演時便可回酒店，好同馬格麗特一起安安靜靜吃個晚飯。

陽光從雲層中斜射在海面上，湛藍的海水波光跳躍，習習涼風自然比室內的空調更令人適意。海水隔開的那香港島，鬱鬱蔥蔥的山坡上大廈群聳立，喧鬧的市聲漸漸退遠，一個有節拍的撞擊聲在海面上卻越益分明。尋聲望去，海濱那幢為九七年英中兩國交接儀式修建的大會堂正在施工，一下又一下砰砰打樁的汽錘聲明明白白提醒你，此時此刻，這香港，一分一秒，刻不容緩，也正在變成中國。波浪反射的陽光令你細瞇上眼睛，有些睏倦。你以為告別了的中國竟依然困擾你。你得澈底擺脫，想晚上同馬格麗特去蘭桂坊，那條非常歐化的小街，找個有爵士樂的酒吧陶醉一下。

7

砰！砰！汽錘一聲一聲，不緊不慢，三、四秒鐘的間隔，一下又一下砰砰的響，偉大光榮正確的黨！比上帝還正確，還光榮，還偉大！永遠正確！永遠光榮！永遠偉大！

「同志們，我代表毛主席，黨中央，來看望你們！」

首長中等身材，寬大的臉膛，紅光滿面，四川口音，中氣很足，一板一眼，一看就帶過兵打過仗。那文化革命剛起，只要是還坐在台上的首長，從毛夫人江青到國務院總理周恩來，連毛澤東本人都穿上了軍裝。首長由機關黨委書記陪同，端坐在禮堂鋪了紅台布的主席台上。他注意到會場的側門和背後的大門都有軍人和政工幹部把守。

將近午夜，全體職工按部門一批批集中在大禮堂裡，整個大樓一千多人無一缺席，連過道上都按順序就地坐滿了。一名從部隊轉業來的政工幹事也穿的舊軍裝，指揮大家唱連隊戰士們天天都唱的〈大海航行靠舵手〉，這音域高得吊嗓子的頌歌這些文人和機關幹部那時還唱不上去。「東方紅，太陽升，中國出了個毛澤東，」用的老民謠的這曲調誰都熟悉，可唱起來也還七零八落。

「我支持同志們，向反黨、反社會主義、反毛澤東思想的黑幫開火！」

會場裡頓時喊起口號，不知是誰先喊起來的，他還沒這準備，但不覺抬了抬手。口號聲也不整齊。擴音器裡首長的聲音更響，立刻蓋過了零零落落的口號聲。

「我支持同志們向一切牛鬼蛇神開火！請注意，我說的是一切牛鬼蛇神，隱藏在每一個陰暗角落裡各種各樣反動的傢伙。氣候一到，他們就跳了出來，猖狂得很哪！毛主席說得好，反動的東西，你不打，他們還就不倒！」

他身前和左右，這時候都有人站起來舉臂高呼：

「打倒一切牛鬼蛇神！」

「毛主席萬歲！」

「萬歲！」

「萬萬歲！」

口號聲這時便此起彼伏，一波比一波整齊，越加強勁，幾次疊進之後，便全場一致高呼，像沒過頭頂的波濤，如海潮勢不可阻擋，令人心裡發毛。他不敢再左右張望，第一次感到這司空見慣的口號具有的威懾力。這毛主席並非遠在天邊，並非是一尊可以擱置一邊的偶像，其威力無比強大，他不能不即刻跟上喊出聲，還不能不喊清楚，不能有任何遲疑。

「我就不相信，這在座的就都這麼革命？你們這知識分子成堆的地方，我不是說有知識就不好，這話我可沒說，我說的是耍弄筆桿子，接過我們革命的口號，打著紅旗反紅旗，說的是一套，想的又是一套的反革命兩面派！公開跳出來反革命，我量他也沒這膽子，這會場上有沒有？

有沒有人敢站出來，說他就反對共產黨，反對毛澤東思想，反對社會主義，哪一個敢說這話？我請他上這台上來講！」

會場上沒一點聲響，連呼吸都屏息，空氣凝重，要落根針在地上準聽得見。

「總還是無產階級專政的天下嘛！他們也得喬裝打扮，接過我們的口號，搖身一變，我剛才說混水摸魚嘛，趁我們搞無產階級文化大革命之機，煽陰風，點鬼火，上竄下跳，要搞垮我們黨的各級組織，把我們都打成黑幫，陰險得很哪，同志們，你們可要擦亮眼睛啊！都好好看一看，你們身前身後，把那些混在我們隊伍裡的敵人，野心家，小爬蟲，不管是混在我們黨內的，還是黨外的，把他們統統揪出來！」

首長離開之後，人們按順序靜靜退場，誰也不敢看誰，生怕自己目光透出心中的恐懼。回到一間間燈光明亮的辦公室，面對面，人人過關，檢討，懺悔，要求個別談話，向黨彙報悔過，痛哭流涕。人就這麼稀鬆，比麵團還軟弱，要洗清自己揭發他人又那麼凶惡。這子夜時分，人最為脆弱，本要靠床笫之歡求得安慰，審問與招供也抓住這時辰。

幾個小時之前，下班後的政治學習每人擱本《毛選》在桌上，翻翻報紙，裝模作樣熬過兩個小時便嘻嘻哈哈散場回家，這革命尚在黨中央高層翻騰，還沒落到眾人頭上。政治部的幹事來辦公室通知留下開職工大會，已經是晚上八點了，又耗了兩個多小時，還不見集中。處長老劉咧嘴叼個菸斗，一回又一回往菸斗裡按菸絲，人問還得抽幾鍋？老劉笑而不答，但看得出來心思沉重。老劉平時不怎麼擺官架子，眾人又因為他也貼了黨委的大字報，同他更加近乎，有人說跟老劉走不會錯的，他立刻舉起菸斗，糾正道：「得跟毛主席走！」眾人都笑，到此時為止，恐怕還沒有誰願意這階級鬥爭在同一個辦公室的同事間爆發。再說老劉是抗日戰爭時期的老黨員，論資排輩，他處長辦公室裡帶扶手的皮圈椅，不是誰都可以坐得上。室內散發菸斗絲帶可可味的芳香，氣氛依然一片輕鬆。

這後半夜，政工幹部和那些穩重不曾表態的黨支部書記們便分別坐鎮各個辦公室，每人挨個轉了一圈，檢討的、懺悔的，要哭的也哭過了，隨後進入相互揭發。做公文收發的黃老大姊在他之前發言，她丈夫在國民黨政府裡當過差，遺棄了她，帶小老婆跑到臺灣去了。老太太說是黨讓她新生，唏噓不已，掏出手絹，直擦眼淚鼻涕，真嚇哭了。他沒哭，可脊背心冒汗，這當然只有他自己清楚。

剛進大學的那年，他才十七歲，還差不多是個孩子，列席過一次對高年級右派學生的鬥爭會。他們新生分坐在階梯大教室的前排地上，算是入學政治教育的洗禮。點到名字的右派學生便站起來到階梯下，面對大家彎腰低頭，額頭和鼻子上汗珠直冒，又摻和了鼻涕和眼淚，跟前地上都滴溼了，那副老實可憐的樣子活像落水的狗。上講台的發言人都是同學，一個個慷慨陳詞列舉他們的反黨罪行。後來在大飯廳裡，不知從什麼時候起，這些不吭聲專找沒人的飯桌匆匆吃完就走的右派學生都不見了，也沒有人再談起他們，似乎就不曾存在過。

勞改這詞他直到大學畢業還不曾聽過，彷彿也屬於語言禁忌，不可以提及。他不知道他父親當年怎麼做的檢查，爾後去農村勞改，也只隱隱約約聽他母親含糊說過一句。那時他已離家到北京上大學了，是他母親在信裡提了一句，說的是「勞動鍛鍊」。又過了一年，暑假他回家時，父親已經從農村回來，恢復了工作，擦了個右派分子的邊。這事父母一直瞞著他，直到文革時他問到他父親，才知道是他老革命的表伯父干預了，他父親那單位打的右派又大大超過了上級規定的百分比，分子的帽子他父親才沒戴上，只降了工資，記入檔案。他父親的問題是寫了張一百來字的黑板報稿子，也是黨號召知無不言，言無不盡，幫黨改進工作作風，「鳴放」出來的。當時又何從知道這叫「引蛇出洞」。

他居然同他爸九年前一樣，也上了這圈套。誠然，他只是在一張大字報上簽了個名，「你們要關心國家大事，」毛主席的號召，《人民日報》上印的黑體字。他是上班時樓下大廳有人在張貼大字報，徵集簽名，他也就提筆一揮，把名給簽上了。他不知道這反黨的大字報怎麼策畫的，以及寫大字報的人的政治野心。他無可揭發，可他必須承認這大字報矛頭指向黨委別有用心，他簽了名也就迷失方向，喪失了階級立場。其實，他並不清楚他究竟屬於哪個階級，總歸算不得無產階級，也就沒有清楚的立場，不在這張大字報也會在另一張類似的大字報上簽名，他就是這樣檢查的，無疑犯了政治錯誤，從此也要記入他的檔案，他個人的歷史不再清白了。

那之前，他還真沒想到過反黨，他不需要反對誰，只希望人別打攪他的夢想。那一夜卻令他驚醒，看見了他險惡的處境。那鋪天蓋地無處不在的政治風險中，還能保存自己的話就不能不混同於平庸，說眾人都說的話，表現得同大多數人一樣，步調一致，混同在這大多數裡，說黨規定要說的話，消滅掉任何疑慮，就範於這些口號。他必須同人聯名再寫一張大字報，表示擁護中央首長的講話，否定前一張大字報，承認錯誤，以免畫成反黨。

順者存，逆者亡。清晨，樓道裡又蓋滿了新的大字報，今是而昨非，隨政治氣候而變化，人人都成了變色龍。令他觸目驚心的是由一位政工幹部剛貼出的大字報：

叛徒劉某，說你是叛徒，因為你違背黨的組織原則！叛徒劉某，說你是叛徒，因為你出賣黨的機密！叛徒劉某，說你是叛徒，因為你一貫投機取巧，隱瞞你地主家庭出身，混進革命營壘！說你劉某是叛徒，也還因為你至今仍然包庇你的反動老子，窩藏在家，抗拒無產階級專政！你叛徒劉某，正因為你的階級本性，藉運動之機，混淆黑白，欺騙群眾，跳了出來，把矛頭指向黨中央，你居心叵測！

革命的檄文都寫得嚇人。他頂頭上司老劉就這樣作為階級異己分子當即孤立了，從圍觀大字報的眾人中出來，回到辦公室，關上裡間處長室的門，再出來的時候，不再咧嘴叼個菸斗，也沒有人再敢同這位前處長打招呼。

通宵夜戰之後，窗外開始泛白。他去廁所洗了個臉，涼水讓頭腦清醒了一些，眺望窗外遠處，一片片灰黑的瓦頂，人們大都在睡夢中還沒甦醒，只有白塔寺那座圓頂染上了晨曦，越益分明，他第一次意識到他大概就是個潛藏的敵人，要苟活就不能不套上個面具。

「請注意關車門，下一站是太子站，」說的是廣東話，又說一遍英語，你打了個盹，坐過站了。這香港地鐵比巴黎的乾淨，香港乘客比大陸人守秩序。你得下一站再往回坐，回到旅館打個盹，不知今宵酒醒何處，總之在床上，身邊還有個洋妞。你已不可救藥，如今可不就是個敵人，你正在走向地獄，回憶對他來說如同地獄。

8

「說說你那中國女孩？她現在怎樣？」馬格麗特把手上的酒杯放下，抬起精心畫過又濃黑又長的睫毛，在小圓桌的對面望著你。

「不知道，想必總還在中國吧，」你含含糊糊，想繞開這話題。

「為什麼不讓她出來？你不想她？」她盯住你問。

「那已經是十年前的事了，還說這幹什麼，要不提起也就忘了。」你盡量說得很平淡，此刻要的是同她調情。

「那你怎麼還記得我？那一夜，第一次在你家見面？」

「這很難說，有時一丁點細節會記得很清楚，有時，哪怕當時很熟的人連名字都忘了，有時整年整年的，怎麼過的竟全然想不起來——」

「她的名字你也忘了？」

「馬格麗特！」你捏住她手說，「回憶總令人沉重，還是談點別的吧。」

「那也未必，也有美好的回憶，尤其是愛過的人。」

「當然，可過去了的寧可忘掉。」你一時還真叫不起那女孩的名字，喚起的只是某種痛楚，那聲音和容貌也模模糊糊了。

「你也會忘了我？」

「這麼活生生，這麼生動，怎麼能忘？」你盯住她睫毛下陰影擋住的眼睛，避開這話題。

「那她，那女孩難道就不？」她並不迴避你的目光，也直勾勾注視你說，「她那麼年輕，小巧可愛，還那麼性感，在我對面，手箍住裙子包著兩腿，可裙裾下垂，正好看見她裡面什麼也沒穿，要知道那時候是在中國，這印象很深。」

「很可能，聽見敲門那時沒準兒還正在做愛呢。」你咧嘴做個微笑，乾脆別裝正經。

「你也同樣會忘了我，還不用多少年。」她把手抽了回去。

「可這不同，很不一樣！」你只好辯解，一時沒詞，說得也不聰明。

「對男人來說，女人的身體管她是誰，都那麼回事。」

「不！」

你又能說什麼呢？每個女人都想證明非同一般，床上那絕望的鬥爭，在欲望中去找尋愛，總想肉慾過去之後還留下點什麼。

這藍桂坊小街最時髦的97酒吧裡，隔個小圓桌，你同她面對面靠得很近，努力捕捉她的目光。音樂搖滾，挺響，嚎叫的是英語。藍幽幽的螢光燈下白衣衫皙皙發亮，櫃檯後打領結調酒的男人和引座的女郎都是高個子的西方人。她一身黑衣服，影影綽綽，嘴唇勾畫得分明的紅唇膏發亮，螢光下呈暗紫色，像個幻影，令你迷惑。

「只因為是個西方女人？」她盯住你，眉頭微蹙，聲音來得也好像很遠。

「不單單西方女人，怎麼說呢，你女人味十足，可她再怎麼說，還是個女孩子。」你顯得輕佻，調笑道。

「還有什麼不同？」她似乎要問個水落石出。

從她一眨不眨的眼睛裡你看出狡黠，便說：「她還不會吸吮，只是給予，還不懂享樂……」

「這每個女人自然都會，或早或晚……」她收回目光，畫過睫毛的眼簾垂了下來。

你想到她肉體起伏波動，又僵硬還又柔軟，她那潤溼、溫香和喘息都喚起你的欲望，便狠狠說又想她了。

「不！」她斷然說，「你想的不是我，不過想從我身上得到補償。」

「哪兒的話！你很美，真的！」

「我不信你的話，」她低下頭，用指尖轉動酒杯，這小動作也是種誘惑，隨後又抬頭笑了，袒露出頭影擋住的乳溝，說：「我太胖了。」

你剛要說不，她卻打斷你：「我自己知道。」

「知道什麼？」

「我討厭我這身體。」她突然又變得很冷，喝了口酒，說：「得了，你並不了解我，我的過去，我的生活，你不知道。」

「那麼，說說！」你挑逗她說，「當然很想了解，什麼都想知道，你的一切。」

「不，你想的只是同我性交。」

得，你只好解嘲：「這也沒什麼不好，人總得活，要緊的是活在此時此刻，過去的就由它去，澈底割斷。」

「可你割不斷的，不，你割不斷！」她就這麼固執。

「要就隔斷了呢？」你做了個鬼臉，一個嚴肅的妞，中學時數學大概滿好。

「不，你割不斷記憶，總潛藏在心裡，時不時就冒出來，這當然讓人痛苦，但也可以給人力量。」

你說回憶也許給她力量，對你來說卻如同噩夢。

「夢不是真的，可回憶都是確有過的事，抹殺不掉。」她就這麼較勁。

「當然，再說也未必就過去了，」你嘆口氣，順著她說。

「隨時都可能再來，要不提醒的話，法西斯主義就是這樣。如果人都不說，不揭露，不譴責，隨時都會復活！」她越說越起勁，似乎每個猶太人的苦難都壓在她身上。

「那麼，你需要痛苦？」你問她。

「這不是需不需要的問題，痛苦確確實實就在。」

「那麼，你要把全人類的痛苦都承擔在你身上？至少是猶太這個民族的苦難？」你反問她。

「不，這個民族早就不存在了，他們流散在全世界，我只是一個猶太人。」

「這豈不更好？更像一個人。」

她需要確認自己的身分，你怎麼說呢？恰恰要摘掉你身上這中國標籤，你不扮演基督的角色，不把這民族的十字架壓在身上，你沒壓死就夠幸運的了。講政治她還太嫩，作為女人又太有頭腦，當然後兩句話你沒說。

幾個時髦的香港青年進來了，有紮馬尾辮子的，也都是男生。引座的高個子金髮女郎讓他們在你們旁邊的桌前坐下。他們中一位對引座女郎說了句什麼，音樂挺響，那女郎彎腰俯身，聽完一笑，露出的牙螢光燈下也白晢晢發亮。又挪過一張小圓桌，顯然他們還有約。兩位男生相互摸了摸手，都文質彬彬，開始點酒。

「九七以後，還允許同性戀這樣公開聚會嗎？」她湊近你，在你耳邊問。

「這要在中國，別說公然聚會，同性戀要發現了得當成流氓抓去勞改，甚至槍斃。」你看到過公安部門內部出版的文革時的一些案例。

她退回靠在椅背上，沒再說什麼，音樂依然很響。

「是不是去街上走走？」你提議。

她挪開還剩點酒的杯子起身，你們出了門。這小街霓虹燈滿目，人來人往非常熱鬧。一家接一家酒吧，還有些比較雅緻的糕餅店和小餐館。

「這酒吧還會存在嗎？」她問的顯然是九七年之後。

「誰知道？都是生意經，只要能賺錢。這民族就是這樣，沒有德國人的懺悔精神，」你說。

「你以為德國人都懺悔嗎？八九天安門事件之後，他們照樣同中國做生意。」

「可不可以不談政治？」你問。

「可你躲不開政治，」她說。

「能不能就躲開一會？」你似笑非笑，盡量問得有禮。

她望了望你，也衝你一笑，說：「好，那我們去吃飯，我有些餓了。」

「中餐還是西餐？」

「當然吃中餐。我喜歡香港，總這樣熱鬧，吃得好，又便宜。」

你領她進了一家燈光明亮的小餐館，熙熙攘攘，顧客滿堂。她同胖胖的侍者講中文。你叫了些風味小菜，要瓶紹興老酒。侍者拿來瓶浸在熱水桶裡的花雕，擺上酒壺，酒盅裡又擱了話梅，笑嘻嘻對她說：「這位小姐的中文可是——」他豎起大拇指，連連說：「少見！少見！」

她高興了，說：「德國太寂寞，我無論如何更喜歡中國。冬天，德國那麼多雪，回家路上很少行人，人都關在家裡，當然住房寬敞，不像中國，沒你說的那些問題。我在法蘭克福住的雖然是頂樓，可整整一層。你要來的話，也可住在我那裡，有你的房間。」

「不在你房裡？」你試探問。

「我們只是朋友，」她說。

從飯店再出來，路上有灘積水，你走右邊她繞左邊，之後，路上兩人也隔得很開。你同女人的關係總不順當，不知什麼地方觸礁了，便涼在那裡。你大概已不可救藥，上床容易了解難，無非匆匆邂逅，解解寂寞。

「我不想就回旅館，街上走走吧，」她說。

人行道邊上有個酒吧，臨街高高的大玻璃窗裡燈光幽暗，男男女女都面對小台子上點的蠟燭。

「進不進去？」你問，「或是去海邊，更加浪漫。」

「我生在威尼斯，就是海邊長大的，」她駁回你。

「那應該算義大利人了，一個可愛的城市，總陽光燦爛。」

你想緩和一下氣氛，說你去過聖馬爾克廣場，午夜時分廣場上兩邊的酒吧和餐館還坐滿了人，靠海灣的那邊一個樂隊在露天下演奏。還記得演奏的是拉維爾的〈波萊羅〉，那旋律反覆迴旋飄逸在夜色中。廣場上來往的姑娘們手腕、脖子或頭髮上紮個小販賣的夜光圈，綠瑩瑩的四處游動。出海的石橋下一對對情侶，或坐或躺在船頭高翹的孔多拉裡，船夫悠悠划著，有的船頭還掛盞小燈，滑向黑幽幽平滑的海面。可香港沒這份雅趣，只是吃喝和購物的天堂。

「那也是為遊客設計的，」她說，「你是去旅遊？」

「那時還沒這份奢侈，是義大利一個作家組織請的。當時想，要在威尼斯住下來，找個義大利妞該多美妙。」

「那是一座死城，沒有一點生氣，就靠旅遊維持，沒有生活，」她打斷你。

「無論如何，那裡的人還是過得挺快活。」

你說你回到旅館時已經深夜，街上沒有行人，旅館前兩個義大利姑娘還自得其樂，圍繞地上放的個手提錄音機跳舞，你足足看了好一會。她們好開心，還衝你說笑，說的是義語，你雖然不懂，可顯然並非是外來的遊客。

「幸虧你不懂，逗你呢，」她冷冷說，「兩個婊子。」

「沒準，」你回想了一下，「可畢竟挺熱情可愛的。」

「義大利人都熱情，可愛不可愛就很難說了。」

「你是不是有點太苛刻？」你說。

「你沒招呼她們？」她反問。

「花不起這錢，」你說。

「我也不是婊子。」她說。

你說是她談起義大利的。

「我再也沒有回去過。」

「那麼，不談義大利好了。」

你望了望他，十分掃興。

回到旅館，進了房間。

「我們不做愛好嗎？」她說。

「行，可這張大床分不開。」

你一愁莫展。

「我們可以一人睡一邊，也可以坐著說話。」

「一直說到天亮？」

「你沒有同女人睡在一起不碰她？」

「當然有過，同我前妻。」

「這不能算，那是你已經不愛了。」

「不僅不愛，還怕她揭發——」

「同別的女人的關係？」

「那時候不可能再有別的女人，怕揭發我思想反動。」

「那也是因為她不愛你了。」

「也因為恐懼，怕我給她帶來災難。」

「什麼災難？」

「這三言兩語無法說得清。」

「那就不說好了。你沒有同你愛的女人或是你喜歡的女人，睡在一起不同她做愛的？」

你想了想，說：「有過。」

「這就對了。」

「對了什麼？」

「你得尊重她，尊重她的感情！」

「倒也未必，要喜歡一個女人又不碰她，說的是睡在同一張床上，這很難，」對你來說。

「你倒是比較坦白，」她說。

你謝謝她。

「不用謝，還沒有得到證實，得看。」

「這是事實，不是沒有過，但之後又後悔當時沒能，可找不到她了。」

「那就是說，你還是尊重她。」

「不，也還是怕，」你說。

「怕什麼？怕她告發你？」

你說的不是你那前妻，是另一個女孩，不會告發的，是她主動，想必也想，可是你不敢。

「那又為什麼？」

「怕鄰居發現，那是個可怕的年代，在中國，不想舊事重提。」

「說出來，說出來你就輕鬆了。」

她又顯得頗解人意。

「還是別談女人的事。」

你想她在演個修女的角色。

「為什麼只是女人的事？男也好女也好，首先都是人，不只是性關係。我同你也應該這樣。」

你不知道該同她再談點什麼，總之不能馬上就上那床，你努力去看牆上描金的畫框裡筆畫工整的那套色版畫。

她摘下髮卡，鬆散開頭髮，邊脫衣服邊說，她父親後來回德國去了，義大利比較窮，德國好賺錢。

你沒有問她母親，小心翼翼保持沉默，也努力不去看她，心想無法再同她重溫昨夜的美夢。

她拿了件長裙，進浴室去了，門開著，一邊放水繼續說：「我母親去世了，我才去德國學的中文，德國的漢學比較好。」

「為什麼學中文？」你問。

她說想遠遠離開德國。有一天新法西斯抬頭的話，他們照樣會告發她，說的是她家同一條街的左鄰右舍，那些彬彬有禮的先生太太們，出門見面雖然少不了點個頭，淡淡問聲好。要週末碰上他們擦車，車擦得同皮鞋一樣仔細，她還得站下陪他們說上幾句，可不知什麼時候氣候一到，就像不久前在塞爾維亞發生的那樣，出賣、驅逐、輪姦甚至屠殺猶太人的也會是他們，或是他們的孩子。

「法西斯並不只是在德國，你沒真正在中國生活過，文革的那種恐怖絕不亞於法西斯，」你冷冷說。

「可那不一樣，法西斯是種族滅絕，就因為你身上有猶太人的血，這還不同於意識形態，不同的政治見解，不需要理論，」她提高聲音辯駁道。

「狗屁的理論！你並不了解中國，那種紅色恐怖你沒有經歷過，那種傳染病能叫人都瘋了！」你突然發作。

她不出聲了，套上件寬鬆的裙子拿個解下的乳罩，從浴室出來，朝你聳聳肩，在床沿上坐下，低下頭，洗去眼影和唇膏面容有些蒼白，倒更顯出女性的溫柔。

「對不起，性慾憋的，」你只好解嘲，苦笑道，「你睡去吧。」

你點起一支菸，她卻站起來，走到你面前，抱住你，貼在她柔軟的乳房上，撫摸你頭，輕聲說：「你可以睡在我身邊，但我沒欲望，只想同你說說話。」

她需要搜尋歷史的記憶，你需要遺忘。

她需要把猶太人的苦難和日耳曼民族的恥辱都背到自己身上，你需要在她身上去感覺你此時此刻還活著。

她說這會兒，她全然沒有感覺。

9

深夜，機關裡鬥爭會結束他才回到房裡，和他同住一間屋的同事老譚已經由紅衛兵關在辦公樓的會議室裡，隔離審查回不來了。他鎖上房門，掀開窗簾一角，見院裡鄰居家燈光全熄了，放下簾子，再仔細查看窗戶別漏一點縫隙，這才打開煤爐。旁邊放上個水桶，開始燒他那一疊疊的稿子，還有一堆日記和筆記，自他上大學以來大大小小有好幾十本。爐膛很小，得幾頁幾頁拆開，等焦黑的紙片燃透成為白灰，再鏟進水桶裡，和成泥，不容一點沒燒盡的黑紙屑飄留在外。

有一張他兒時和父母合影的舊照片，從日記本裡掉出來。他父親穿的西裝打的領帶，母親一身旗袍。他母親還在世，倒騰衣箱晒衣服的時候，他見過這件橙黃花朵墨藍底子的絲絨旗袍，照片上的著色已褪得很淡。父母相依含笑，夾在當中那清瘦的孩子，胳膊細小，睜一雙圓眼，彷彿在等照相機匣子裡要飛出的鳥。他毫不猶豫便塞進爐膛，照片邊緣噗的一聲燃燒起來，父母都捲曲了才想起去取，已經來不及了，便眼見這照片捲起又張開，他父母的影像變成黑白分明的灰燼，中間那精瘦的孩子開始焦黃……

就憑他父母這身衣著，很可能當成是資本家或是洋行的買辦，能夠銷毀的他都燒了，盡可能割斷過去的一切，抹掉記憶，就連回憶那時候也成為沉重的負擔。

他焚燒那些手稿和日記之前，目睹一群紅衛兵把個老太婆活活打死，光天化日，在鬧市西單那球場邊上。午間休息吃中飯的時候，大街上來來往往許多人，他騎車經過。十來個小伙子和幾個姑娘，穿的舊軍衣，戴的黑字紅袖章，都是十五、六歲的中學生，用軍用皮帶抽打一個在地上爬的老女人，頸脖子上吊個鐵絲栓的木板子，寫的是「反動地主婆」，已經爬不動了，但還在嚎叫。行人都隔開一段距離，靜靜觀看，沒有一個人上前阻止。戴大蓋帽的民警晃著白手套從馬路上經過，彷彿視而不見。其中的一個女孩，短髮紮成兩把小刷子，淺色的眼鏡框，更顯得眉清目秀，居然也掄起皮帶。皮帶的銅頭打在一叢花白亂麻般的頭上，噗的一聲，這老女人便雙手抱頭，滾倒在地上，血從手指縫裡流了出來，竟叫不出聲了。

「紅色恐怖萬歲！」紅衛兵糾察隊騎著嶄新的永久牌自行車，從長安大街上列隊馳過，一路高喊這口號。

他也碰到過他們盤查，夜間才十點鐘左右。他騎車從釣魚台國賓館有武裝警衛把守的大門前剛過，前面明晃晃的水銀燈柱下停了幾輛帶斗的摩托車，一排穿軍裝戴紅綢黑字「首都紅衛兵聯合行動委員會」袖標的青年攔在路上。

「下來！」

他猛的捏閘，差點從車上跌下來。

「什麼出身？」

「職員。」

「幹什麼的？」

他說出他工作的機關。

「有工作證嗎？」

他幸好帶著，掏出給他們看。

又有個騎車的年輕人從自行車上攔下來了，剃的平頭，那時候「狗崽子」自賤的標記。

「這夜裡還不老老實實在家待！」

他們放過他了。他剛騎上車，聽見背後那剃平頭的小伙子支吾了兩句便打得嗷嗷直叫，他卻不敢回頭再看一眼。

接連幾天，從深夜到將近天亮，他面對爐火，眼烤得通紅，白天還得強打精神，應付每天都可能出現的危機。等燒完最後一疊筆記本，泥灰攪拌得不露痕跡，再倒上一盤剩菜和半碗麵條，他已筋疲力竭，眼皮都撐不開了，和衣躺在床上卻不能入睡。他記得家中還有張可能惹是生非的老照片，是他母親年輕時參加基督教青年會的抗戰救亡劇團穿軍裝的合影，那軍裝想必是慰問抗日將士時賞給演員們的，軍帽上有個國民黨標誌的帽徽，這照片查抄到的話肯定會出問題，哪怕他母親早已去世。他不知道他父親是不是把這些照片也處理了，可又不便去信提醒。

銷毀了的那堆稿子中有一篇小說，他曾經給一位有名望的老作家看過，本指望推薦，至少得到認可，誰知老人毫不動容，沒有一句鼓勵後生的話，竟然沉下臉，聲色俱厲告誡他：「出手的文字，要三思而行！別隨便投稿，你還不懂文字的風險。」

他並非立即就懂。那年初夏六月，這文革剛發動，一天傍晚，他去老人那裡想打探運動的消息，剛進門，老人便趕快掩上，壓低聲音盯住他問：「有沒有人看見你進來？」

「院子裡沒人呀，」他說。

老人平時訓導青年雖不像那些老幹部，開口閉口我們黨我們國家如何如何，可好歹也是有一番革命資歷的名人，說起話來中氣也足，有板有眼，毫不含糊，此時突然蔫了，縮縮瑟瑟聲音都壓在喉管裡：「我已經是黑幫分子，別再到我這裡來了。你年輕，別惹上麻煩，你沒經過黨內鬥爭——。」

老人不容他把問候的話說完，緊張得不行，打開一線門縫，望了望，說：「以後再說，等過了這陣子，以後再說，你不知道延安整風！」

「延安整風怎麼的？」他還傻問。

「以後再告訴你，快走吧，快走！」

這前後時間不到一分鐘。一分鐘前，他還以為這黨內鬥爭遠在天邊，沒想到就到了跟前。十年之後，他聽說老人從牢裡放出來了，他那時也從農村總算回到了北京，去看望這老人家。老頭乾瘦得只剩下一副皮包的骨頭架子，斷了條腿，靠在躺椅上，手裡抱隻長毛的大黑貓，椅子的扶手邊擱根枴杖。

「還是貓比人活得好。」

老人咧嘴，似笑非笑，露出還剩下的幾顆門牙，一邊撫摸那老貓，深陷的眼窩裡，圓睜睜的眼珠也像貓眼發出奇異的光。老人在獄中的遭遇沒同他說一句，直到臨死前不久，他到醫院裡去看望時，才對他吐了真話，說一生最大的遺憾，便是不該入這黨。

當時，他從老人家門出來，便想到他自己的那些稿子，雖然同黨毫不相干，也會給他帶來災難。可那時還沒決心燒毀，背了一大書包，藏到他有次得痢疾住醫院結識的朋友大魯的家。大魯高個子，北京人，中學校教地理的，在追求一個嬌小的女子，一份份情書都是找了他代筆起草的。等大魯新婚的妻子發現是他幫助作弊，已生米成了熟飯，他同他們夫婦也就都有點交情。大魯同他父母住一起，自家有個四合小院，藏一包東西倒是不難。

八月盛夏，紅衛兵興起，大魯的妻子突然打電話到他辦公室，約他中午在一家喝牛奶賣西式糕點的鋪子見面。他以為他們夫妻間又出了什麼糾葛，騎車趕到那糕點鋪。老招牌已經摘掉，貼上了新標語「為工農兵服務」。鋪子裡的座位上方牆上，歪歪扭扭墨筆寫的一大條口號：「資產階級臭崽子們滾蛋！」

從中學校發端的紅衛兵「破四舊」，開始還像是小兒胡鬧，偉大領袖給他們寫了封公開信，稱讚「造反有理」，青少年的暴力就這麼煽動起來了。他橫豎不是臭崽子，進去了，牛奶倒是照賣。他還沒找座位坐下，大魯的妻子進來，便拉住他手臂像是他女友，說：「這會兒不餓，你先陪我街上走走，我要買點東西。」

他們出了糕點鋪，到了街上，她才小聲說，大魯被學校的紅衛兵嚇得自己先剃了光頭，因為家有房產，不算資本家也是小業主，紅衛兵隨時可能搜查，叫他把塞在他們家院子煤棚裡的那包東西趕快取走。

是林救了他。早晨剛上班不久，林在走廊上過了幾趟，他辦公桌面對走廊，注意到林在向他示意，便從辦公室出來，跟隨林到走廊盡頭樓梯拐角，見沒有人來，兩人便站住。林急匆匆告訴他，快回家準備一下，機關的紅衛兵馬上出發，要搜查他同屋的老譚的東西。他連忙下樓，拚命騎車，汗流浹背趕了回去，把他的東西全堆到他床上和床邊地下。又急忙翻了翻老譚書桌的抽屜，見到老譚解放前上大學時穿學生制服的一張舊照片，合影的一夥同學帽子上都有國民黨的十二角白日標誌的帽徽。他捏在手裡揉成個紙球，出去扔到院外街上公共廁所的深坑裡，轉身回到院裡，機關的小汽車就到了。

四名他機關裡的紅衛兵進到屋裡，林也在其中。林知道他寫作，卻沒有看過他的稿子，戀的是他，對他寫的什麼並不在意。她當然並非為他的稿子而來，放心不下的是他拍了她不少照片，並非怎樣裸露，卻也相當惹眼，是他們在西郊八大處樹林裡野合前後拍的，只要拿到一張，一眼就可斷定兩人早越過了同事乃至革命同志的關係。林是位副部長的小女兒，已婚，丈夫是軍人，也老革命家庭出身，在軍隊的一個研究所工作，研製的不外乎火箭或什麼新式武器。他對國防機密毫無興趣，迷戀的是這位麗人，林比他還更主動，也更火熱。

林故意顯得十分輕鬆，大聲嚷嚷：「你這房裡好小呀！也沒個地方可以坐的。」

她分明來過，當然是趁老譚不在的時候，那時穿的連衣裙，領口開得很低，背上的拉鍊一扯，便可撩開親到她的奶，不像這會兒改穿一身軍裝，鬆鬆一繫的大長辮子也剪成了兩把刷子，用橡皮筋紮著，部隊女兵標準的髮式，也是現今紅衛兵的款式。

「你弄點茶呀，渴死啦！」

林還故意敞開房門，站在門檻上掏個小手帕直搧，顯然要讓院裡在窗後張望的鄰居明白，他們來查抄的並非是他，把這番查抄也弄成像串門一樣熱鬧。

他趕緊給大家泡茶。那幾位都說不用，不用，可已經敗壞了這場清查具有的森嚴的氣氛。再說，平時大家都認識，沒帶紅袖章之前看不出家庭出身的界線，彼此彼此，似乎是平等的。紅衛兵的頭兒大年，一個胖墩墩的嘎小子，平時午間休息同他一起打乒乓球，他們混得還熟。大年的父親是部隊師政委，戴的是他老子的舊軍帽，洗得淺黃發白，紮的也是現役軍人都不用的舊皮帶，更顯出血統的革命接班人氣派。

紅衛兵剛成立的時候，他和一些非「紅五類」出身的青年也應邀列席會議。這大年嶄露頭角，騎坐在長桌的一端，對沒資格入紅衛兵的青年們說：「今天來列席我們紅衛兵會議的都算是咱們革命隊伍的同路人！」還指名道姓衝他說，「你當然也是！」以示不外。可他讀過《聯共黨史》，知道「同路人」到頭來意味什麼。這突然襲擊要不是林通風報信，查到他這些稿子的話，他可不就毀在這小子手裡了。

大年一時還沒拉下臉，只是說：「我們來查抄譚信仁的反動罪證，同你沒關係，哪些是你的東西？都分分開。」

他也做出笑臉，說：「東西都分開了，還有什麼要幫忙？」

他們也就都說：「沒你的事，沒你的事，哪是他的書桌？」

「那張，抽屜都沒上鎖。」

他指點給他們，站到一邊，這話算是他對同屋老譚能做的唯一的辯護，同時也就劃開了界線。他事後才知道，就在他下樓騎車往這裡猛趕的時候，機關大樓的前廳裡貼出了紅衛兵的通令：「揪出歷史反革命分子譚信仁！」老譚就此隔離在機關大樓裡，失去人身自由。

他們翻出了譚的筆記本、譯稿、信件、照片和英文書籍。譚業餘翻譯點英文小說，也都是亞非作家頗為革命的作品。可有本英文小說封面是個半裸的洋女人，這書便也擱到一邊。抽屜墊底的舊報紙下，還翻出個白信封，打開竟然有幾隻避孕套。

「這老東西還幹這檔子事！」

大年拎出一隻，晃了晃，大家都笑了。

不是當事人樂得輕鬆，人人都顯示出清白無辜，他和林也都笑了，但避免目光相遇。後來在批鬥老譚的群眾會上，追查有「不正當兩性關係」的這女人，懷疑是特務網路，譚不得不交代出這個寡婦，當即便通知這女人工作單位的紅衛兵，也抄家了。譚的抽屜裡一些感傷的舊體詩詞，也許是寫給那女人的，都成了「懷念失去的天堂，反黨反社會主義」的鐵證。

紅衛兵們見屋內磚地上有兩塊鬆動的磚，撬了起來。

「要不要找鄰居借把鐵鍬？」

他故意問大年，免得也處於受查抄的難堪境地，同時也想惡作劇一下，不如挖地三尺做考古發掘，恐懼來自事情發生之後。他去隔壁退休的老工人屋裡借來把鐵鎬，他們還真挖起來，弄得滿屋泥土和碎磚沒處下腳，鎬便扔下了，沒人再動手。

他後來才知道，機關的保衛處得到街道居民委員會的報告，說這屋裡有無線電發報機聲響，報告的想必就是隔壁鄰居那位姓黃的老工人。他和譚上班去了，這退休在家的老頭聽見上鎖的房門裡忘關了的收音機裡的雜音，想當然以為在祕密發電報，要能抓出個敵人，便足以證明對領袖和黨一片忠心。查抄之後，他在院子裡同這老傢伙照面，那老臉上的皺紋依然堆滿笑容。災難就這樣從他身邊擦過。

紅衛兵們走了，他望著一屋子挖開的磚塊和泥土，心想到等災難也這樣落到自己頭上就晚了，這才下決心，把那些稿子和日記付之一炬，終於埋葬了他的詩情，童年的記憶，青少年的自戀、幻想和當作家的夢。

10

熄了燈，暗中同一個女人躺在一張床上肌膚相挨，講什麼文革，沒有比這更無聊的了，也只有這樣學中文又有德國頭腦的猶太妞才有這興趣。

「還說下去嗎？」你問。

「聽著呢，」她說。

你說有位中年女編輯，同你在一個辦公室工作，政工幹部來叫她，說保衛處有她的電話。幾分鐘後她回到辦公室，收拾好桌上的校樣，望著一屋子的人面無表情，說她丈夫在家放煤氣自殺了，她回去處理一下。同辦公室的業務科長已經隔離了，處長老劉也被打成混入黨內的階級異己分子，她只好向大家請假。第二天一早，她已經在辦公室寫好了大字報，同「自絕於人民，自絕於黨」的她丈夫劃清界線。

「別說了，聽了特別憂傷，」她在你耳邊說。

你說你也沒一點欲望。

「這究竟為什麼？」她又問。

「要尋找敵人，要沒敵人這政權還怎麼專政？」

「這就是納粹！」她憤憤然，「你應該把這些都寫出來！」

你說你不是歷史學家，沒被這歷史吃掉就夠僥倖的了，不必再貢奉給歷史。

「那就寫你親身的經歷，你個人的經驗。應該把這些寫出來，會很有價值！」

「史料的價值？等有一天成千上萬噸的檔案都能公布，這不過是一疊廢紙。」

「可索爾任尼津——」

你打斷她說你不是鬥士，不充當旗手。

「可總有一天會改變的，你不相信？」她需要信念。

你說你不是預言家，不活在虛妄中，不期待夾道歡迎，有生之年你再也不會回去，也不必再浪費你剩下的這點性命。

她輕聲說對不起，勾起你這些回憶，了解你的痛苦也就了解你，這你還不懂？

你說你從地獄裡出來，不想再回地獄裡去。

「可你需要說出來，這樣你也許就輕鬆了，」她聲音變得很柔，想寬慰你。

你問她玩過麻雀嗎？或是見過小孩子玩麻雀嗎？用根繩子栓住腳，一端牽在手裡，翅膀一個勁直撲打，飛不了的那麻雀，撥弄來撥弄去，臨了便閉上眼，一動不動吊死在繩子上。你說你小時候捉過螳螂，那碧綠的身子細長的腿，兩把舉起像大刀樣的鉗子，挺神氣，到小孩子手上，拴根細線，兩折騰三折騰，幾下便支解了。你問她是不是也有類似的經驗？

「可人不是麻雀！」她抗議道。

「當然也不是螳螂，」你說，「也不是英雄，抗拒不了權力和暴力，只有逃命。」

房裡充滿黑暗，濃厚得似乎在流動。

「貼住我。」她聲音濃厚綿軟，折騰了你，又給你點安慰。

你隔著她的睡裙，抱住她肉乎乎的身子，但確實激不起欲望。她便撫摸你，手掌輕柔，在你身上遊走，給你女人的仁慈。你說你精神亢奮，有點神經質，闔上眼，想鬆弛下來，感受她的溫存。

「那麼，說說女人，」她柔聲在你耳邊撩撥，像個體貼的情人。「就講講她。」

「誰？」

「你那女人，她是不是叫林？」

你說那並不是你的女人，是別人的妻子。

「總之是你的情人，你有過許多女人？」

「要知道，那時候在中國，也不可能有。」

你又說，那是你第一個女人，說來她都不會相信。

「你愛她嗎？」她問。

你說是她先挑逗你，你並不想攪進這種沒希望的愛情中去。

「你還想她？」她問。

「馬格麗特，問這幹什麼？」

「我想知道女人在你心中的地位。」

你說她當然挺可愛，大學才畢業，人也漂亮，甚至可以說性感，那時在中國很少有像她這樣打扮的，穿的緊身的連衣裙，半高跟的皮鞋，當時都特別招搖。因為是高幹子女，處境優越，驕傲任性，缺的是點浪漫。而你只生活在書本和幻想中，照章行事的工作對你來說乏味透頂，可又總有那些積極分子，想入黨當官，下班之後還要加班搞《毛著》學習小組，拉人陪榜，誰不參加，便認為思想有問題。你只有晚上九、十點鐘之後，回到房裡，在自己的書桌前、檯燈下，沉浸在遐想裡，寫你自己的東西，這才是你。白天那異己的世界，也由於天天熬夜，人見你總恍恍惚惚，開會也總打盹，有個綽號叫「夢」，叫你瞌睡蟲你也答應。

「夢，這名字很美。」她格格笑了，厚實的胸脯裡聲音顫動。

你說對你這多少是個掩護，否則早就被揪出來了。

「她也這樣叫你？就這樣愛上了你？」她問。

「也許。」

你說你對她當然也有好感，不只是性誘惑。你對那時候上過大學的姑娘都心存戒心，她們追求光明，努力表現得像天使一樣純潔。你自知思想陰暗，大學裡那點戀愛的經驗你已經領教了。你私下說的些怪話，要是被女孩子向黨、團組織彙報思想時懺悔出來，把你順便也就貢奉給祭壇。

「她們難道就不是女人？」

「沒有在那環境下生活過，不可能明白。」

你問她會不會想同個可能揭發她猶太血統的納粹信徒做愛？

「不要提納粹！」

「對不起，打個比喻，這是同樣的心理，」你解釋道，「林當然不是這樣，也正因為享有她家庭帶來的許多特權，不求入黨，她爸媽、她家就是黨，無需故作姿態，去找支部書記彙報思想。」

你說她第一次邀你吃飯就是在個很講究的內部餐廳，不對外開放，憑證才能入門。當然也是她請，你沒那卡片都無法付款，心裡並不舒服。

「明白，」她低聲說。

你說林要你拿她丈夫的軍人證，一起去頤和園內供高幹和家屬休閒的賓館開房間，讓你冒充她丈夫。你說要查出來呢？她說不會查的，要不，你穿上她丈夫的軍裝。

「她真的很勇敢，」她喃喃說。

可你說你沒這麼大膽子，這種冒險偷情令你很不自在，可你還是同她做愛了。第一次是在她家。她家獨門獨戶，一個很大的四合院，只有她父母和一個專職看門、打掃庭院、燒燒鍋爐的老頭，夜晚他們都睡得早，院子裡很寂靜。是她讓你成為男人的，無論如何，你非常感激她。

「這就是說你還是愛她的，」她胳膊撐起，在暗中審視你。

「她教會的。」

你回想起那些情景，愛的不如說是她那美好的身體。

「教會你什麼？」

她頭髮掃在你臉上，你看見她眼白微微發亮，一雙大眼在俯視你。

「她更主動，剛成個少婦。」你說，「那時好歹我也二十出頭了，可還沒沾過女人，是不是可笑？」

「別這樣說，那時在中國都得是清教徒，我理解……」

她手指在你身上做細小的遊戲。你說你並非清教徒，也想。

「因為受壓抑，才想放縱？」

「就想在女人身上放縱！」你說。

「也想女人放縱，是不是？」她軟茸茸的聲音在你耳邊，「那你就操我吧，像操你在中國的那些女人。」

「誰？」

「林，或那姑娘，你忘了名字的那個女孩。」

你翻身擁抱她，撩起睡裙，滑入她身體裡……「想發洩你就發洩……」「發洩在誰身上？」「一個你想要的女人……」「一個淫蕩的女人？」「你難道不想？」「一個婊子？」「就是。」「賣過？」「是的，不只一次……」「在哪裡？」「義大利……」「賣給誰？」「誰想要就給——」「真賤！」「不，你付不起，要的是你的痛苦……」「都已經過去了。」「不，就在你身邊裡……」「那深處？」「是的。」「深深的，盡裡，一直到底……只怕你到不了……」「所以才榨取，啜吸？」「都發洩出來！別管啦……」「你不怕？」「怕什麼？」「要是懷孕了？」「再打掉，」「你瘋啦？」「怕的是你，想縱欲又不敢，別擔心，我吃藥了。」「什麼時候？」「在浴室。」「上床之前？」「是的，知道你還要操我。」「那為什麼折騰這麼久？」「別問，要用就用……這身肉……」「一個婊子的肉體？」「我不是婊子。」「不明白。」「明白什麼？」「剛才說的。」「說什麼了？」「說的是賣過。」「你不可能明白，你不了解，不可能知道！」「就要知道這內裡的一切！」「要用就用好了，別傷害我。」「不已經是個婊子了？」「不，只是個女人，過早成為女人。」「什麼時候？」「十三歲……」「胡說！編的故事？」

她直搖頭。你要她說！她喃喃吶吶說她什麼也不知道，也不想知道……她需要痛苦，痛苦中求得快感。你需要女人，需要在女人身上發洩，欲望與孤獨。她說她也孤獨，才渴望了解，才付出。好換取愛和享受？是的，就要，也給，也付出。也出賣？對。也淫蕩？也賤！她翻滾到你身上，你闔眼之前，看見她暗中目光尚尚，隨後便張開嘴呼叫……

11

躺在林新婚不久的床上，他睜開眼，還很難相信是不是夢。赤條條美好的林就這樣俯視他，教會他成了個男人。是林把他從客廳引到迴廊盡頭她這臥室，厚厚的絨窗簾垂地，只開了一盞罩上菊黃燈罩花瓶式的高座檯燈。林讓他坐在書桌前，從抽屜裡拿出一大本燙金邊的照相簿，翻開的全是她在北戴河新婚旅行時她丈夫給她拍的照片，無袖開領的連衣裙露出手臂、肩膀和腿，或是溼漉漉的游泳衣貼住身軀。林此刻就俯身在他身邊。他感到她的頭髮絲撩在他臉頰上，便轉過身便抱住這細巧的身腰，臉貼在乳房上，聞到她身上溫香的氣息，急急忙忙拉開她脊背上連衣裙的拉鍊，把她翻倒在彈簧床墊上，狂亂吻她，從嘴、臉、到頸脖子，到扯開胸罩露出的乳頭。這正是他夢寐以求的，急躁得不行，把那市面上買不到的精緻性感的內褲也扯壞了，卻勃起不了，無法進入她身體裡。又是林叫他別緊張，說這麼晚她父母睡覺了，不會到她房裡來的，她丈夫那尖端武器研究所遠在西郊山裡，軍隊紀律嚴格，不到週末回不來的。他突然又憋尿了，林套上裙子，赤腳出去，立刻拿了個臉盆回來。他還去插上門栓，在搪瓷臉盆裡撒尿那麼響，都令他覺得像做賊一樣。隨後熄了燈，林幫他脫了鞋襪，讓他光身躺到床上，蓋上被子，像他少年時夢中的一個大女孩，一位耐心照看他的戰地護士，那堅決而柔軟的手在擦拭他流血的傷口。他才突然勃起，翻身壓住這生動活潑的女人，做成了他生來還沒有過如此重大的那事。

天將亮之前，他從林的房裡出來，院裡四下漆黑，一棵老柿子樹頂上方天空墨藍。林悄悄挪動門槓，厚重的大門吱呀一聲，開了。他側身出門，回頭見鑲滿一顆顆鉚釘老舊的大門闔上縫，便推車走到胡同當中。他不急於騎上自行車，聽著自己的腳步穿過一個又一個胡同，不想就回去。同屋的老譚要是問起，還得費口舌編排。大街上，腳步聲被都市正在甦醒的種種聲響漸漸掩蓋了。農民運送蔬菜的騾馬車，柏油路面上鐵掌聲清脆，油餅豆漿鋪子鼓風機嗚嗚響，空盪盪的頭班無軌電車呼嘯而過，前前後後的自行車和行人也越來越多。他深深呼吸，肺腑舒張，那種清新令他十分快意，體味到一種恬靜的自信。

中午，在機關的大飯廳他見到林穿了件長袖衫，還繫了條紗巾，把衣領子都紮起來。坐在一張飯桌上的同事剛走開，林瞟他一眼，悄悄說了句：「我脖子弄紫了，都是你嘬的。」隨即低頭抿嘴一笑，並沒有責怪的意思。

他很難說是不是愛林，卻從此貪戀那姣美的身體。他們又一再約會，可他不能經常上林家。要是她父母在，還得恭聽他們對國家大事發表感慨，少不了一番教導。他得在老人面前表現良好，好像他也是革命後代，順應他們說些言不由衷的話。直到兩位老人打哈欠，離開客廳，林才遞過眼色，同他說些機關裡的屁事，熬到她父母那邊房裡的響動平息，他起身，大聲說幾句告辭的話。林同他一起出了客廳，到熄了燈的院子裡，他再悄悄折進迴廊，靠在廊柱後，等林把客廳和她自己房裡的燈一一關了，再暗中溜進她房裡，徹夜盡歡。

可他寧願同林在外面約會，公園裡或城牆跟下，紫丁香和迎春花叢裡，把上衣鋪在地上，再不就靠在棵大樹上，站著匆匆野合。要是林的丈夫到軍事基地出差，星期天一早，兩人便去郊區八大處的山窪裡，待上一天，直到斜陽西下，晚風颼颼，在暮色中摸索下山，趕最後一班公共汽車回城。有時乘火車去更遠的西山，在發現北京猿人的門頭溝，或隨便哪個只停一分鐘的小站下車，帶上些吃的，爬到個望不見道路的山頭背後，在太陽下，呼呼的山風中，盡可放肆。只有這時，躺在荒草中，望著空中飄浮的雲緩緩移動，沒有顧慮，沒有風險，男歡女愛，他方才感到自在。

林比他大兩歲，一團烈火，愛得炙熱，有時甚至喪失理智。他不能不控制自己，林敢於玩火，他卻不能不考慮可能的後果。林無意同丈夫離婚，即使提出同他結婚，林的父母也不可能贊同，接納像他這樣平民出身連個共青團員都不是的女婿進入這革命家庭。再說，林的丈夫有軍人家庭的後盾，要告到他工作單位去，懲罰落不到林的頭上，遭殃的只能是他。那時候林也會清醒，不可能同家庭決裂，喪失掉這優越的地位，同他去過小百姓的日子。那時候，在婚姻法之外，又有了新規定，機關職工得年滿二十六週歲才許可結婚登記。日新一日曠古未有的新社會，愛情和婚姻都是為革命，當時的新人、新事、新戲、新電影就這樣宣講，公家發的票，還不許不看。

一天，局長辦公室的祕書越過科長、處長直接找他，要他立即去主任的辦公室一趟，他便明白絕非是工作上的事。主任王琦同志，一位中年女人，持重而慈祥，坐在寬大的辦公桌後面，辦公桌大小也表明幹部的等級。王琦同志起身，把辦公室的門關上，更表明非同尋常，他立刻緊張了。主任居然讓他坐在長沙發上，自己拉過張皮面的靠背椅，特意表現出為人隨和。

「我工作很忙，」這也是實在話。「沒有時間和你們這些新來的大學生們談談心，來這裡工作多久了？」

他做了回答。

「習不習慣機關的工作？」

他點點頭。

「聽說你很聰明，勝任工作也快，業餘還寫作。」

主任什麼都知道，都有人彙報，接著便告誡道：「不要影響到本職工作。」

他又趕緊點點頭，幸好還沒人知道他寫的什麼。

「有女朋友沒有？」

這便切入主題，他心立刻跳起來了，說沒有，可霎時感到臉紅。

「倒是可以考慮，找個合適的對象，」強調的是合適，「但結婚還太早，革命工作做好了，個人生活問題就好解決。」

主任說只是隨便談談，語氣始終那麼安詳，可這談話也在做革命工作。主任並非同他閒談，起身開門之前，便點醒他：「我聽到些群眾反應，你同小林的交往過於密切，要只是同志關係，又在一起工作，沒什麼不可以，但也要注意影響。組織上關心你們年輕人健康成長。」

這組織當然是黨，主任專找他談話自然也代表黨的關懷，又說到林：「她很單純，對人熱情，不懂世故。」

事端當然出在他身上，要是出事的話。這場不到五分鐘的談話便到此結束，還在文革爆發之前，主任的丈夫還沒打成反黨黑幫的幹將，王琦同志本人也還沒被打成反黨分子，還在組織委派的要職上。這暗示也好，提醒或警告也好，都已經很明白了。他當時心砰砰直跳，覺得面孔發熱，久久平息不下來。

他決定同林斷絕關係，下班時在樓下等她過來一起出了大樓，他知道會有人看在眼裡，他需要挑戰，但這種挑戰又自覺無力。他們推著自行車沿街走了許久，他終於告訴林這場談話。

「這有什麼？」林不以為然，「誰要說，去說好了。」

他說她可以沒什麼，可他不能。

「為什麼？」林站住了。

「這是種不平等的關係！」他說出了這句話。

「為什麼不平等？我不明白。」

「你當然不明白，因為你什麼都有，我什麼都沒有。」

「可我願意呀！」

他說他不要恩賜，不是奴隸！他其實要說的是這種難堪的處境，希望過一種心地光明的生活，一時卻說不清。

「那麼誰把你當成奴隸了？」

林在路燈下站住了，兩眼直勾勾望住他，引來過往行人的注意。他說去景山公園裡談。可公園九點半便停售門票，十點關門。他說他們很快就出來，看門的總算讓他們進去了。

往常約會，他們一下班就騎車趕到公園，上山找個不在路邊的樹叢，看得到一城燈火，林可以從容脫去連褲絲襪，這也是她特別招人之處，這種奢侈品那時只有出國人員服務部才供應，一般商店裡買不到。他們已經沒時間上山，只在進門不遠路邊的一棵大樹的陰影裡站住。他想應該同林說個清楚，這種關係就此結束。可林哭了，他不知所措，雙手捧住林的臉，用手掌抹去眼淚，林卻越哭越加厲害，出聲抽噎起來。他吻了她，倆人擁抱在一起，恰如一對傷心斷腸的情人。他又止不住吻她的臉蛋、嘴唇、頸脖子，她奶和小腹，廣播喇叭響了：

「遊園的同志們請注意！」

那時候公園裡都安上高音喇叭，一廣播便聲震耳膜。節日裡，從早到晚用來高唱革命歌曲，平時夜間關門驅逐遊客也用。

「遊園的同志們請注意！時間已到，馬上要清園關門了！」

他扯破了她裙子裡的連褲襪，他想這是最後一次。林也緊抱住他，渾身哆嗦得不行。但這並不是最後的一次，只不過在機關裡他們互相不再說話。下一次約會得分手前說好準確的地點，在哪個牆角，或樹下路燈照不到的某個陰影裡碰頭。一上路，便分別騎上車，前後間隔一、二十米以上。越隱祕，越具有偷情通姦的意味，他也就越加明白這關係早晚得結束。

12

電話鈴響了，你醒了，猶豫接還是不接。

「沒準是個女人，你忘了約會？」她依靠在枕頭上，側面垂眼望著你。

「沒準是服務台，」你說。

「你睡著的時候，就已經敲過門了。」她聲音倦怠。

你抬起頭，陽光從絨窗簾後透過白窗紗射在沙發的靠背上，門縫地上塞進來的是當天的報紙。你伸手去拿話筒，鈴聲卻停了。

「早醒了？」你問她。

「我覺得很空虛，你睡著了打呼嚕來著。」

「為什麼不推醒我？一直沒睡？」你撫摸她渾圓的肩膀，這身體已變得熟識而親切，連同她身體暖烘烘的氣味。

「看你睡得那麼熟，繼續睡吧，你兩夜沒好好睡了。」她深陷的眼窩發青，眼神散漫。

「你不也一樣？」你手順她肩膀滑下去，握到她乳房，緊緊捏住。

「你還要操我？」她垂頭問你，一副失神的樣子。

「哪兒的話！馬格麗特……」你不知如何解釋。

「你洩完了，在我身上呼呼就睡著了。」

「真糟糕，像個動物！」

「沒什麼，人都是動物，不過女人要的更多是安全感。」她淡淡一笑。

你說你同她在一起特別舒心，她很慷慨。

「也得看是誰，不是誰要都給的點心。」

「這還用說！」

你說你感激她對你這麼仁慈。

「可你早晚也會忘了，」她說，「我後天，不，該是明天，又過了一天，可能已經是中午了。我明天回德國，你也要回巴黎。我們不可能生活在一起。」

「我們肯定要再見面的！」

「再見也只能是朋友，我不想成為你的情人。」

她把你手從奶上挪開。

「馬格麗特，為什麼？」

你從床上坐起來，望著她。

「你在法國有女人，你不可能沒有女人。」

她聲音變得乾澀。你不知說什麼才好。射在沙發的靠背上的陽光伸展到把手上。

「這會兒幾點了？」你問。
「不知道。」
「你不也有男朋友？想必。」
這是你能找到的對答。
「我不想同你繼續這種性關係，可我想我們還是能成為朋友，沒準成為好朋友，沒想到一下子弄得這麼複雜。」
「這有什麼？」
你說你愛她。
「不，別這麼說，我不相信，男人同女人做愛時都會這麼說。」
「馬格麗特，你真的很特別。」
你想讓她寬心。
「只因為我是個猶太女人，你還沒有過？你不過一時需要，並不了解我。」
你說你很想了解，可她守口如瓶，你已經說了很多，而她就是不肯打開，你想起她同你做愛時那些喃喃吶吶。
「你要的是我的肉體，而不是我。」
她聳了聳肩膀。可你說你真的想了解她，她的生活，她內心，她的一切你都想知道。
「好作為你寫作的素材？」

「不，作為個好朋友，如果不算情人的話。」

你說她喚起你心裡許多感受，不只是性，你以為已經忘掉了的那些記憶都因她復活。

「你不過以為忘了，不去想就是了，可痛苦是無法抹去無法忘掉的。」

她仰面躺著，睜一雙大眼，抹掉了畫的眼影眼睛顯得更灰藍，白皙的胸脯上乳頭淺紅，奶暈很淡。她掩上床單，說別這樣看她，她討厭她的身體，這也是她做愛時說過的。

「馬格麗特，妳確實很美好，這身體也美！」

你說你喜歡克里姆特畫中肉感的女人，你想讓陽光射進來照在她身上，好看個清楚。

「別拉開窗簾！」她制止你。

「你不喜歡太陽？」你問。

「不想在陽光下看見我的肉體。」

「你真的很特別，不像個西方人，相反有點像中國姑娘。」

「因為你還不了解我。」

你說你真的很想了解，透透澈澈，不僅僅是她的身體，或者如她所說的肉體。

「可這是不可能的，一個人不可能完全了解另一個人，尤其男人對女人，以為得到了，可未必。」

「當然，」你有點頹唐，兩手捧住頭，望著她嘆了口氣。「要不要吃點什麼？可以叫服務員送到房裡來，或是去咖啡廳？」

「謝謝，我早上不吃什麼。」

「節食？」你故意問，「已經是中午啦！」

「你要的話就叫，別管我，」她說，「我只想聽你說話。」

你受到觸動，吻了吻她額頭，拖了枕頭，墊在身後靠在她身邊。

「你很溫柔，」她說，「我喜歡你，你要的都給了你，可我不想陷得太深，我怕……」

「怕什麼？」

「我怕會想你的。」

你有點憂傷，沒再說話，心想該有這樣個女人，也許真該同她生活在一起。

「繼續說你的故事，」她打破沉默。

你說，這會兒聽她談，談談她自己，她的身世，或是隨便談點什麼。可她說沒有什麼可說的，她沒有你那麼複雜的經歷。

「每個女人的經歷，寫出來都是一本書。」

「也許，一本平淡的書。」

「可都會有獨特的感受。」

你說你真的想知道，特別想知道她的感受，她這一生，她的隱私，心裡的祕密。

你問她，「做愛時說的那些，是不是真的？」

「我不會說的。也許，」她又說，「有一天，也許會告訴你。我希望同你真正溝通，不是只性交，我特別受不了寂寞。」

你說你倒不怕寂寞，正因為如此，才不至於毀掉，恰恰是這內心的寂寞保護了你。可你有時也渴望沉淪，墮落在女人的洞穴裡。

「那並不是墮落，把女人視為罪惡也是男人的偏見，只用不愛，才令人噁心。」

「那你愛過嗎？或是人就用用你？」

你企圖引誘她說出她的隱祕。

「以為是，後來發現不過是欺騙，男人要女人的時候都說得好聽，用完就完了。可女人又總需要這種假象，好自己騙自己，」她說，「你只不過還覺得我還新鮮，還沒有用夠，這我知道。」

「魔鬼在每一個人心裡。」

「不過你比較真誠。」

「未必。」

她格格笑了。

「這才是馬格麗特！」

你也寬心，笑了起來。

「一個婊子？」她坐起問。

「這可是你自己說的！」

「一個自己送上門的賤貨？」

她眼睛直勾勾盯住你，這灰藍的眼仁你卻看不透。她突然笑得雙肩發抖，一對像梨樣垂掛的大奶直顫。你說你又想她了，把她推倒在枕頭上，她剛闔上眼睛，電話鈴又響了。

「接你的電話去，你很快就會有個新的女人，」她推開你說。

你拿起電話，一位朋友請你去南丫島吃晚飯。你對電話裡說等一下，捂住話筒，問她去不去？不去的話，你就改一天留下來陪她。

「我們不能總在床上！要不你會弄成個骷髏，你的朋友得怪我了。」

她下床進浴室去了。門沒關，嘩嘩水響。你躺著懶得動彈，彷彿她就是你的伴侶，離不開了。你止不住衝她大聲說：「馬格麗特，你是一個好妞！」

「送給你的禮物，可你並不要！」

她也大聲叫，超過水響。你便大叫你愛她！她也說想愛你，可她怕。你立刻起身，想同她一起入浴，門卻關上了。你看見桌上的手錶，拉開窗簾，已經下午四點多鐘了。

從上環地鐵站出來，海邊一長串碼頭，空氣清晰。海灣裡往來的船隻染上金黃夕陽，十分明亮。吃水很深近乎到船舷的一艘駁輪，分開波紋，泛起白白的浪花。這岸上的建築物，混凝土和鋼材的質感都呈現得清清楚楚，輪廓一概像在放光。你想抽支菸，確認一下這是不是幻覺，你告訴她說腳底下都輕飄飄的，她挨緊你，吃吃一笑。

馬爾波羅香菸巨大的廣告下擺的一排小吃攤子。進了鐵閘門，卻像美國一樣到處是禁菸的標記。正是下班時間，每十五分鐘或二十分鐘一班渡船，開往各個小島，去南丫島的一多半是青年，也有不少外國人。電鈴聲響得刺耳，人們腳步登登急，匆匆卻很有秩序，一到船上，立刻打起瞌睡或是拿出書看，靜得便只聽見輪機的震盪。船迅速離開鬧轟轟的都市，一座高過一座的大廈簇群漸漸退遠了。

涼風吹來，船身輕微顫動，她睏了，先靠在你身上，隨後索性屈腿躺在你懷裡，你也覺得非常自在。她居然一下就睡著了，乖巧而安心，令你不免有些憐惜。人種混雜的船艙裡，除了禁菸的標記沒有別的提示，不像在香港，不像就要回歸中國。

甲板外，夜色漸漸迷濛，你也恍恍惚惚，或許就應該同她生活在一個島上，聽海鷗叫，以寫作為樂，沒有義務，沒有負擔，只傾吐你的感受。

下船出了碼頭，有人騎上自行車，這島上沒有汽車。路燈昏黃，一個小鎮，街也不寬，一家接一家的店鋪和飯館，竟相當熱鬧。

「這裡開個音樂茶座或是酒吧很容易活。白天寫作畫畫，傍晚開始營業。這主意怎樣？」

來接你的東平，留的一臉落腮鬍子，高個子，是個畫家，十多年前從大陸來的。

「要累了還隨時可以下海灘，游個泳。」

東平指點你們看，山坡石級小路下方的海灣裡停了些小船和划艇，說他的一位洋人朋友就買了條舊漁船，住在裡面。馬格麗特說她開始喜歡香港了。

「你可以到這裡工作，中文這麼好，英文又是你母語，」東平對她說。

「她是德國人，」你說。

「猶太人。」她糾正你。

「出生在義大利，」你補充道。

「會這麼多語言！哪個公司不高薪聘請？就不必住這裡了，淺水灣在香港島那邊，海濱和山坡上有的是豪華公寓。」

「馬格麗特不喜歡同老闆在一起，只喜歡藝術家。」你替她說了。

「那正好，我們可以做鄰居，」東平說，「你也畫畫嗎？這裡可是有一幫畫畫的朋友。」

「以前畫過，只是喜歡，不專業，真學畫已經晚了。」

你說你還不知道她也畫，她立即用法語說你不知道的還多呢。此刻她同你保持距離，還又要同你有種私下的語言。東平說他也沒進過美術學院，不是官方認可的畫家，所以才從大陸出來。

「在西方，畫家不需要官方認可，也不一定都要進美術學院，誰都可以當畫家，主要是有沒有市場，畫賣不賣得了，」馬格麗特說。

東平說他的畫在香港也沒市場，畫商要的是仿照印象派炮製，簽上個外國人的名字，轉手到西方的畫廊，按批發價收購，他每回簽的名都不一樣，簽過多少個名字也記不清。大家都笑了。

東平住的這二樓上，客廳連著畫室，一屋子的人不是畫家、攝影家便是詩人或專欄作家。

唯有一個老外不搞藝術，是個長得挺帥的美國小伙子，東平一本正經向你們介紹說，這是批評家，一個中國出來的女詩人的男朋友。

每人手裡一個紙盤子，一雙筷子，海鮮則火鍋裡自取，不再生猛，卻很鮮。東平說你們來之前，他才從街上提來的，此刻下在滋滋水響的鍋裡，都捲縮不動了。這一群也很隨便，有赤腳走來走去的，有坐在地上的墊子上。音樂放得挺響，弦樂四重奏，大音箱，維爾瓦第嘹亮的〈四季〉。眾人邊吃邊喝酒，七嘴八舌，沒有中心話題。唯有馬格麗特顯得矜持而端莊，說的中文也流暢，立刻把那美國小伙子的洋腔洋調比下去了。他便同馬格麗特改說英語，還滔滔不絕，弄得寫詩的那姑娘大為吃醋。馬格麗特後來對你說他什麼也不懂，卻逗得這美國小伙子總在她身邊轉。

一位說是從北京圓明園掃除出來的藝術家，東村或是西村的，總之以整頓市容和社會秩序為名，兩年前都叫警察查封了。他向你詢問當今巴黎藝術的新潮是什麼？你說時髦年年總有。他說他是搞人體藝術的，你聽說他為這藝術在中國吃了不少苦，不好說這在西方如今已成了歷史。

大家不約而同又談到九七，說舉行中英交接儀式解放軍進駐的那天，各酒店的房間都預先訂滿，各國記者雲集香港，有說七千，有說是八千。又說英國港督將在七月一日凌晨中共黨的生日，中英交接儀式一完便去海軍基地，乘船離港。

「為什麼不坐飛機？」是馬格麗特在問。

「去機場的路上，那天都是慶典，看了傷心，」有人說，可也沒人笑。

「你們怎麼辦？」你問。

「那天哪裡也別去了，就我這裡吃海鮮，怎樣？」東平說，似笑非笑，顯得挺寬厚，不像早先那麼毛躁，也變得老成了。

沒有人說笑了，音樂頓時顯得更響，維爾瓦第的〈四季〉，不知到了哪個季節。

「沒關係！」美國小伙子高聲說。

「什麼沒關係？」他女朋友沒好氣，又頂上一句，「你中文總講不清楚！」

他這才摟住他女友說：「我們可以回美國去。」

飯後，這美國小伙子又獻出小指甲蓋大小的一塊鴉片，供大家享用。可你們得趕午夜的末班船回去。東平說這有的是地方，你們也可以在這裡過夜，明天早上還可以下海游泳。馬格麗特說她累了，再說是明天中午的飛機。東平又送你們上船，等到船離岸了，孤單一人還留在碼頭上，朝你們高高舉起手。你對馬格麗特說，在北京的時候你們就是老朋友，共過患難，很難得。他不懂外文，哪裡也去不了。他早先在北京的家警察就找過麻煩，他家總有些男女青年聚會，聽音樂，跳舞，鄰居以為是流氓活動，報告了。之後，他想方設法來到了香港，你這次來也算是同他告別。

「人在哪裡都很難活，」馬格麗特說，也有點感傷。你們倚在甲板的鐵欄杆上，海風清涼。

「你明天真要走？不能多留一天？」你問。

「不像你這麼自由。」

海風帶著水星子撲面，你又面臨一次分手，也許對你是個重要的時刻，似乎你們的關係不該就這樣結束，可你又不想有什麼承諾，只好說：「自由在自己手裡。」

「說得容易，不像你，我受僱於老闆。」她又變得冷冷的，像這涼颼颼的海風。海上漆黑一片，島上星星點點閃爍的燈光也看不見了。

「說點什麼有趣的，」她察覺到掃了你興，又找補道，「你說我聽著呢。」

「說什麼呢？說三月的風？」你信口胡說，又恢復調侃的語調。

你察覺到她聳了聳肩，說有點冷，你們回到船艙裡。她說睏了，你看了看錶，還有半個小時到香港，說她盡可以靠在你身上再打個盹，你也覺得睏倦不堪。

13

三月的風，為什麼是三月？又為什麼是風？三月，華北大平原還很冷。這黃河故道一望無際的泥沼和鹽鹼地，由勞改犯開闢為農場，冬天種下的小麥要沒有乾旱，開春後也就剛收回種子。這類勞改農場根據最高領袖新發布的最高指示，改為「五七幹校」，原先的犯人軍警再轉而押往荒無人煙的青海高原，也就改由從紅色首都清洗下來的機關員工來種。

「五七幹校不是階級鬥爭的避風港！」軍代表從北京來傳達了新的指示，這回清查的叫做「五一六」，一個龐大而無空不入滲透到群眾組織中的反革命集團。查到誰，誰便成了現行的反革命。他首當其衝，可已不是運動初期橫掃一切牛鬼蛇神的時候，嚇得當即作檢查。他這時已成了一頭狐狸，也可以反咬一口。他也會露出利齒，做出個凶狠的姿態，不能等一群獵狗撲上身來。生活，要這也稱之為生活的話，就這樣教會他也變成一頭野獸，但充其量不過是一頭在圍獵中的狐狸，一步失誤，就會被咬得粉身碎骨。

幾年來的混戰今是而昨非，要整誰都可以羅列出一大堆罪名。人一旦被置於受審的地位，就一定要查出問題，一個人出了問題，就一定要弄成敵人，這就叫你死我活的階級鬥爭。他既已被軍代表列為重點審查對象，就等群眾發動起來，火力集中到他身上。他完全清楚這一套程序，在滅頂之災到來之前，只能盡量拖延時間。

連指導員宣布審查他的前一天，眾人還同他嘻嘻哈哈。大家吃住在一起，在同一個食堂喝同樣的玉米糊，吃同樣的混合麵窩頭，都睡在倉庫的土地上，鋪的石灰墊上麥秸，一趟趟的大通鋪每人四十公分寬，不多不少，用皮尺量過，不管原先的職務，高幹還是勤務員，胖子還是瘦子，老人還是病人，只男女分開。是夫妻沒小孩要照料的，都不可同房，都按照軍隊班、排、連、營的編製，都在軍代表領導之下。清晨六點鐘廣播喇叭一響，便都起床，二十分鐘內刷牙洗臉完畢，都站到土牆上掛的偉大領袖像前早請示，唱一遍語錄歌，手持紅小書三呼萬歲，然後去食堂喝粥。之後，集中唸上半個小時《毛著》，再扛鋤頭鐵鍬下地，都一樣的命運，還鬥來鬥去鬥個什麼？

他免去勞動勒令寫檢查的當天，便彷彿患上瘟疫，人都生怕傳染，沒人再敢同他說話。他不知道究竟抓到了他什麼問題，瞅準同他混得還不錯的一個哥兒們進了土牆圍起住的糞坑，跟進去解開褲子，佯裝撒尿，低聲招呼了句：「哥們，他們抓住我什麼了？」

這哥們乾咳一聲，低下頭，好像專心致志在拉屎，也不再抬頭。他只得從茅廁出來，原來連他上廁所都有人盯梢，得到這番信任領有任務的那主正站在土牆外，佯裝望呆。

在幫助他的會上，所謂幫助，也即運用群眾的壓力迫使人承認交代錯誤，而錯誤與罪行同義。群眾就像一群狗，往哪頭抽鞭子，便竄向哪方咬，只要鞭子不落到自個兒身上。他已經清清楚楚懂得運動群眾這屢試不爽的訣竅。

安排好的發言一個比一個尖銳，越來越猛烈。發言前，導言先引用《毛語錄》來對照他的言行。他索性把筆記本擺在桌面上，大模大樣做紀錄，這也是他要表達的信號，故意做出個姿態，都記錄下來，有朝一日形勢翻轉，他也絕不饒人。幾年來的政治運動翻雲覆雨，人都變成革命的賭徒和無賴，輸贏都是押寶，勝為豪傑，敗為怨鬼。

他迅速記筆記，盡可能一句不漏，不僅不掩飾他此刻期待的正是那有朝一日，也會以牙還牙。正在發言的那位禿頂早衰的唐某，越說越加亢奮，引用的都是毛老人家對敵鬥爭的警句。他乾脆放下筆，抬頭兩眼直盯這主，手持紅皮語錄的唐某手開始哆嗦，也許出於慣性收不住了，越說越激昂，唾沫星子直冒。其實這唐某也同樣出於恐懼，地主家庭出身，哪一派群眾組織都沒能參加，不過想藉機表現，立功討好。

他也只能選擇這樣一個在恐懼中討生存的弱者，罵了句粗話，把手上的鋼筆摜了，說這樣的會他不開了，等著把他問題搞清楚，便離開開會的那片水泥地晒場。除了軍代表指定的幾位連、排幹部，這連隊上百來人大部分原先是他這一派的，馬上批鬥他氣候還沒到，他冒險做個姿態，也是讓他這派的穩住陣腳。當然也知道，這並阻止不了網織他的罪行，他必須在羅網收攏之前，逃出幹校。

黃昏時分，他一個人朝遠處的村子走去，出了幹校的邊界，立在地裡一長排望不到頭的水泥樁，有些剪斷了的帶刺的鐵絲還纏繞在水泥樁子上。

村邊有座燒石灰的窯，他來到窯前，看幾個農民在堆滿煤塊的窯洞裡澆上煤油，點起火，不一會便濃煙滾滾。他們把窯洞再封上，放了一串鞭炮，都走了。他又站了一會，不見從農場方向有人跟蹤過來。

暮色漸起，落日橙紅一團，農場那邊一排排房舍已朦朧不清。他於是朝落日走去，經過一壟壟還未緩青的麥田，再往前，泛白的鹽鹼地裡只有稀疏的枯草，腳下泥土越來越鬆軟，面前是一汪汪泥沼。大雁在枯黃的水草莖中鳴叫，落日變得血紅，緩緩落進更遠處黃河的故道。越益昏暗的霧靄中，腳下都是稀泥，沒一處可以坐下。他點上一支菸，思索有什麼去處可以投靠。

他兩腳陷在泥沼中，抽完了一支菸。唯有找個農村接受他落戶，也就是說吊銷他還保留的城市居民戶口，就當一輩子農民，還得在打成敵人之前。可農村裡他也沒有一個熟人，左思右想，突然想到中學時的同學孤兒大融，是十年前第一批去「建設社會主義新農村」的城市知識青年，之後在南方山區的一個小縣城安家了。沒準，通過這位少年時的同學，或許可以找個能接納他的去處。

回到宿舍，眾人紛紛在洗臉洗腳漱口，準備就寢。年老體弱累得不行的早已躺下了。他沒有去井邊打水漱洗便鑽進被窩，沒時間拖延，得當晚趕到縣城，給融發個電報，來回四十公里天亮前無論如何趕不回來。他得先溜進農場外的一個村子，找參加過他這派的一位幹部老黃借輛自行車，帶老人和小孩下來的職工都分插在附近村莊農民家落戶。

等最後躺下的人熄了燈，鼾聲已此起彼伏。暗中他身邊的那老幹部不斷翻身，麥秸悉索直響，大概天冷暖不過身來還沒睡著。他悄悄對老頭說，肚子拉稀要去茅坑。言下之意，萬一查夜問起他人哪裡去了，就這麼打發。他想，這老頭不會出賣他。宣布審查之前他帶一個班勞動，總是把最輕的活分派給老頭，修修鬆了的鋤頭耙子，看看晒場，別讓附近的農民順手裝一口袋糧食走。老頭是延安時代的老革命，高血壓有醫生開的病休證明，可運動中傾向他這一派，為軍代表不容也弄到幹校來了。

村子裡一片狗叫。老黃披件棉襖開的房門，他妻子還在土炕上被子裡，拍著驚醒了直哭的小女兒。他匆匆說了一下他緊迫的困境，說天亮前一定把自行車還來，絕不給他們夫婦惹麻煩。

去縣城的鄉間土路許久沒下雨，塵土很厚，又坑坑窪窪，騎在車上顛簸不已。風颳起來，灰沙撲面，嗆得喘不過氣來，啊，那早春三月夜晚的風沙……

還是在上中學的時候，他同他要求救的同學大融曾經討論過人生的意義，那是從一瓶墨水開始的。融被收養在一個孤寡的老太太家，離他家很近，放學後經常上他家一起做作業，聽音樂。融二胡拉得不錯，也迷上提琴，可別說買琴，連暑假期間最便宜的學生專場電影也看不起。有一次他多買了張票給融，融一再推託硬是不去。他不明白，說這票只好浪費了，融才說，看了會還想看，要上癮的。可融不拒絕上他家玩提琴。

一天，他們做完功課聽唱片，是柴可夫斯基的〈G大調弦樂四重奏〉，融聽呆了。他還記得很清楚，他們沉默良久。當時他突然說，要知道桌上的這瓶墨水並非藍色。融說，更確切，是墨藍。可他說，大家看到這顏色通常都說是藍的，或墨藍，也就約定俗成，給個共同的名稱，其實各人看到的顏色未必一樣。融說不，不管你我怎麼看，那顏色總不變。他說顏色固然不變，可各人眼裡看到的顏色是不是同樣的，誰也無法知道。融說那總得有個說法。他說溝通的不過是藍色或墨藍這個詞，其實同一個詞背後要傳達的視覺並不一樣。融問那這瓶裡的墨水究竟什麼顏色？他說誰知道？融沉默了一會，說這讓他有點害怕。

下午的陽光黃橙橙射到房裡的地板上，常年拖洗得木質紋理分明，他突然也感染上融的惶恐，連陽光照射的這實實在在的地板也變得有些古怪，是不是就這樣真實，不免也懷疑起來。人不可能了解這個世界，而這個世界的存在全憑個人的感覺，人一死這世界也就渾渾然，或者也就不存在了，那麼，活著還有什麼確定的意義？

他上大學之後，融在農村修小水電站，當了個技術員，還相互通信，這種討論繼續了好一段時間。這種認知竟動搖了他們在學校得到的教育，同為人民服務建設一個新世界那確定無疑的理想全然不同。他於是懼怕生命消失，所謂使命感或人生的抱負都彷彿失去著落。現如今，卻連活下去都成為沉重的負擔。

他敲了半個多小時縣城郵電所的門，臨街幾個窗子都敲遍了，終於亮燈，有人起來開門。他說是從幹校來的，有公文要發電報。寫電文時也很費周折，得用冠冕堂皇的詞句，根據有關下放人員的文件規定，又要讓他這位多年斷了聯繫的同學懂得事情急迫，盡快給他找個能落戶的公社，並火速電覆一個接受他當農民的公文，又別引起這郵電所發報人對他的懷疑。

回去的路上，經過只有幾間簡易平房的火車站，燈光昏黃，照著空寂的站台。兩個月前，軍代表指派他和十多個算是身強力壯的青年，來車站接應他們機關新下來的大批職工、幹部和家屬，老人、病人和小孩也都未能倖免，整整一趟專列幾十個車廂，站台上卸滿了鋪蓋捲，箱子、桌椅、衣櫃之類的各色家具，還有醃鹹菜的大缸，就像是逃難。軍代表叫做「戰備疏散」，黑龍江中蘇邊境的武裝衝突把京城的火藥味弄得濃濃的，連幹校也傳達了林副統帥簽署的「一號戰備動員令」。

一口大缸搬下車來磕裂了，醃滷流了出來，到處瀰漫一股酸菜味。原先在機關看後院大門的老頭，仗著是工人出身便破口大罵，不知罵的誰，也沒人阻止，總歸他一冬的鹹菜白白糟蹋了。人人都守在自己那堆家當前，寒風中裹住圍巾縮個腦袋，默默坐在行李捲和箱子上，聽候點名分配到幹校附近的一些村子裡去。臉蛋凍得紫紅的孩子在大人身邊嗚咽，也不敢放聲哭鬧。

好幾個公社動員來的三百多套大車堵塞在站台外，騾馬噴鼻嘶鳴，空中鞭子直響，比農村集市還熱鬧。農民們不是捏著事先分發的紙條子站在大車上吆喝，便擠來竄去，叫號領人。

一輛小汽車卡在騾馬車之間進退兩難，領章帽徽鮮紅的宋代表披件軍大衣終於從車裡出來了，上了站台，登上個木箱子，指東畫西。領導幹校的宋代表號兵出身，革命資歷算不了什麼，可也算馳戰過疆場，卻指揮不動這幫農民的大車，越弄越亂。

從中午到天黑，人總算一車一車領走了，站台上依然到處堆的沒能拉走的家具和木箱。他和幾個哥們由軍代表指定留下來看守。別人都到車站的候車室去避風，他一個人用木箱和衣櫃壘起個擋風處，又買了瓶燒酒和兩個摻了玉米麵凍得硬梆梆的饅頭，鑽進蓋上帆布的角落裡，望著站台上昏黃的燈光，他想到娶妻，要有女人和孩子便也可以同那些有家小的一樣，借住到村裡農家。橫豎是種地，多少也可以有間土屋，脫離人盯人的集體宿舍，連說夢話都擔心人聽見。

他想起一年前工廠和學校尚未由軍隊管制，到處在武鬥，長江堤岸下的一個小客棧裡，同那無處可藏的大學女生過的那一夜。「我們命中注定是犧牲了的一代」，這姑娘給他的信中居然敢這麼寫，想必也處於絕望的境地。

這是一個沒有戰場卻處處是敵人，處處設防卻無法防衛的時代。他已經到了無可再退的地步，只想在農村有間屋，同個女人廝守一起，不再有任何別的奢望，可就連這種可能眼看也要喪失掉。

天亮前，他騎車趕回村裡。老黃夫婦守了一夜沒睡，他們穿好了衣服，從北京帶來的煤爐也生著了，屋裡暖和起來。黃的妻子已經拼好了麵，要給他做碗麵湯。他沒有推託，晚飯沒吃，來回四十多公里一直緊踩快趕，也餓得不行了。他們看他把一大碗麵呼呼吃完。出門前他向他們揮手，說他沒有來過。他們也重複說，當然，沒有來過，沒來過。能做的他已經做完了，再就看運氣。

14

「你沒被打成敵人？」她用小勺攪弄杯裡的咖啡，冒出這麼一句。

「險險乎，總算逃脫了，」你還能怎麼說呢？

「那你怎麼逃的？」她問，依然漫不經心的樣子。

「知不知道擬態？」你做出個笑臉說，「動物遇到危險要不裝死，要不就也裝出凶狠的樣子，總歸不能驚慌失措。相反，你得異乎尋常冷靜，伺機逃命。」

「那麼，你是個狡猾的狐狸？」她輕輕一笑。

「就是，」你承認，「被狗圍獵的時候，你還就得比狐狸還狡猾，要不就被撕得粉碎。」

「人都是動物。你我都是動物。」她聲音裡有種痛楚，「可你不是野獸。」

「要人人都瘋了，你也就得變成野獸。」

「你也是野獸嗎？」她問。

「什麼意思？」該你問她了。

「沒什麼特別的意思，只是隨便問問，」她垂下眼簾。

「人要想心中保留一片淨土，就得想方設法逃出這角鬥場。」

「逃脫得了嗎？」她抬起眼簾又問。

「馬格麗特！」你收斂笑容，「再別講中國政治了。明天就要分手，總還有些別的可談吧？」

「這說的不是中國，也不是政治，」她說，「我想知道你是不是也是頭野獸？」

你想了想說：「是。」

她沒有出聲，就這樣面對面望住你。從南丫島回到酒店，在電梯裡她說不想就睡，你便同她來這咖啡廳，燈光柔和音樂也輕盈，另一頭還有一對男方在喝酒。她杯裡剩的那點咖啡沒加糖，卻還用小勺時不時攪弄，想必有些什麼話她不想在床上說。那一對夫婦或是情人招呼侍者，付了錢，起身挽著手臂走了。

「是不是再要點什麼？那位先生等著打烊呢，」你說的是侍者。

「你請我？」她揚起眉頭，有些異樣。

「當然，這算得了什麼？」

她要個雙份的威士忌，又說：「你陪我喝？」

「為什麼不？」你要了兩個雙分。

打領結的侍者彬彬有禮，但還是看了她一眼。

「我想好好睡一覺。」她解釋道。

「那剛才就別喝咖啡。」你提醒她。

「有些疲倦，活累了。」

「哪兒的話，你還年輕，這麼迷人，正是人生好時光，該充分享受享受。」你說正是她讓你重新充滿欲望，你捣住她的手背。

「我討厭我自己，討厭這身體。」

又是身體！

「你也已經用過了，當然不是第一個，也不會是最後一個，」她說，挪開你的手。

你那點迷惑也就過去了，手縮回來鬆了口氣。

「我也想成為野獸，可逃不脫……」她低頭說。

「逃不脫什麼？」該你問她了，這較為輕鬆，由女人來審問總導致沉悶。

「逃不脫，逃不脫命運，逃不脫這種感覺……」她喝了一大口酒，仰起頭。

「什麼感覺？」你伸手想撩開她垂下的細軟的頭髮，好看清她眼睛，她卻自己拂開了。

「女人，一個女人感覺，這你不可能懂。」她又輕輕一笑。

這大概也就是她的病痛，你想，審視她，問：「當時多大？」

「那時，」她隔了一會兒才說：「十三歲。」

侍者低頭站在櫃檯後，大概在結帳。

「早了點，」你說，喉頭有些發緊，拿起酒杯，喝了一大口。「講下去！」

「不想談這些，不想談我自己。」

「馬格麗特，你既然希望相互了解，不只性交，這不是正是你要求的，那還有什麼不可說的？」你反駁道。

她沉默了一會，說：「初冬，一個陰天……威尼斯並不總陽光燦爛，街上也沒有什麼遊客。」她的聲音也似乎來得很遠。「從窗戶，窗戶很低，望得見海，灰灰的天，平時坐在窗台上可以看見大教堂的圓頂……」

她望著大玻璃窗外漆黑的海面上方繁華的燈光。

「圓頂怎麼著？」你提示她。

「不，只看見灰灰的天，」她又說，「窗台下，就在他畫室的石板地上，室內有個電爐，可石板地上很涼，他，那個畫家，強姦了我。」

你哆嗦了一下。

「這對你是不是很刺激？」

她一雙灰藍的眼珠在端起的酒杯後逼視你，又像在凝視杯中澄澄的酒。

「不，」你說只是想知道，她對他，「是不是多少有些傾心，這之前或是這之後？」

「我那時什麼都還不懂，還不知道他在我身上做了什麼，眼睜睜看見灰灰的天，只記得那石板地很涼，是兩年之後，發現身上的變化，成了個女人，這才明白。所以，我恨這身體。」

「可也還去，去他那畫室？這兩年期間？」你追問。

「記不清了，開始很怕，那兩年的事完全記不起來了，只知道他用了我，總惶恐不安，怕人知道。是他總要我去他畫室，我也不敢告訴我母親，她有病。那時候家裡很窮，我父母分開了，我父親回了德國，我也不願待在家裡。開始是和一位同年的女孩去看他畫畫。他說要教我們畫畫，從素描開始……」

「說下去，」你等她說下去，看她轉動酒杯，剛喝過的流液在玻璃杯壁上留下幾道深淺不一的痕跡。

「別這樣看我，我不會什麼都說的，只是想弄明白，不清楚，也說不清楚為什麼又去……」

「不是說要教你畫畫？」你提醒她。

「不，他說的是要畫我，說我線條柔和，我那時細長，正在長個子，剛發育，他總擺弄我，說我的身體非常好看，奶不像現在這樣。他很想畫我，就是這樣。」

「那就是說——接受了？」你試探，想知道究竟怎麼回事。

「不——」

「問的是有沒有同意當他的模特兒，不是說那，強姦之後的事。」你解釋道。

「不，我從來也沒有同意，可每次他都把我脫光……」

「是之前還是之後？」

你想知道的是那之前，她是不是已經接受當模特兒？說的是呈現裸體。

「兩年來，就是這樣！」她斷然說，喝了口酒。

「怎樣？」你還想問個清楚。

「什麼怎樣？強姦就是強姦，還要怎樣？你難道不懂？」

「沒有這樣的經驗。」

你只好也喝口酒，努力去想點別的什麼事情。

「整整兩年，」她眉頭擰緊，轉動酒杯，「他強姦了我！」

就是說她再也沒抗拒。你不免又問：「那又怎麼結束的？」

「我在他畫室碰到了那個女孩，最初同她一起去他畫室的，我們早就認識，時常見面，可他強姦我之後在他畫室就再也沒見過。有一天，我穿好衣服正要出門，那女孩來了，在門廳的過道迎面碰上，想避開我，可她的眼光卻落在我身上，從上到下掃了一眼，轉身就走，也沒有問好，也沒說再見。我叫了聲她名字，她腳步匆匆，扭頭就跑下樓去了。我回頭見他站在畫室門口，不知所措，立刻都明白了！」

「明白什麼？」你追問。

「他也強姦了她，」她說，「兩年來，他一直強姦我，也強姦了那個女孩！」

「她，那女孩，」你說，「也許接受，也許情願，也許出於嫉妒——」

「不，那目光你當然無法明白！我說的是那女孩打量在我身上的那眼光，我恨我自己，不只是那女孩，從她眼中這才看見了我自己，我恨他，也恨過早成為女人的我這身體。」

你一時無言，點燃一支菸。大面積的玻璃窗外都市的燈光映射得夜空明亮，灰白的雲翳移動得似乎很快。前廳的燈都關了，只留下你們這後座上的頂燈。

「是不是該走了？」你問，望了望剩下的小半杯酒。

她舉起酒杯一口乾了，朝你一笑，你看出她已有幾分醉意，也就手把你的酒喝了，說算是為她踐行。

回到房間，她摘下髮夾散開頭髮，說：「你還想操我？」

你不知該說什麼，有些茫然，在桌前的圈椅上坐下。

「你實在要的話……」她喃喃說，嘴角撇下，默默脫了衣服，解開乳罩，褪下黑絲網的連褲襪和褲叉，面對你眼睜睜仰倒在床上，顯出一臉醉意，又有點孩子氣。你沒有動作，操不了，有些憐惜她，你得喚起點惡意，冷冷的問：

「他給過你錢？」

「你說誰？」

「那個畫家，你不是做他的模特兒？」

「最初幾次，我沒接受。」

「後來呢？」

「你什麼都想知道？」她聲音乾澀。

「當然，」你說。

「你已經知道得太多了，」她聲音淡淡的，「我總得留一點給我自己……我再也沒有回過威尼斯，打我母親去世後。」

你不知道她說的有多少是真實的，或還有多少是她沒說的。你說她是個聰明的女人，算是對她的安慰，又算是解嘲。

「聰明又有何用？」

她在網織一個羅網，要把你栓住。她要的無非是愛，你要的是自由。把自由掌握在自己手裡，為這點自由你已經付出了太多的代價。可你真有點離不開她，她吸引你，不僅是進入她身體，也還想深入她內心，那些隱祕之處。你望著這一身豐腴的裸體，剛起身，她突然側過臉來，說：

「就坐在那兒別動！就這樣坐著說話。」

「一直到天亮？」你問。

「只要你有可說的，你說，我聽著！」

她聲音像是命令，又像是祈求，透出嫵媚，一種捕捉不到的柔軟。你說你想感覺到她的反應，否則對空說話，她要是什麼時候睡著了也不知道，你會感到失落。

「那好，你也把衣服脫了！就用眼睛做愛！」

她竊竊笑了，起身把枕頭墊在背後床頭，兩腿盤開，面對你坐著。你脫了衣服，猶豫是不是過去。

「就坐在椅子上，別過來！」她命令道。

你聽從了她，同她裸體相對。

「我也要這樣看到你，感覺到你，」她說。

你說這不如說是你向她呈現。

「有什麼不好？男人的身體也一樣性感，別那麼委屈。」她這會兒嘴角挑起，一副狡獪得意的樣子。

「報復？一種補償？是嗎？」你嘲弄道，沒準這就是她要的。

「不，別把我想得那麼壞……」她聲音頓時像裹上一層絨。「你很溫柔，」她說，那聲音又透出哀怨。「你是個理想主義者，你還生活在夢裡，你自己的幻想中。」

你說不，你只活在此時此刻，再也不相信關於未來的謊言，你需要活得實實在在。

「你沒有對女人施加過暴力？」

你想了想，說沒有。當然，你說，性同暴力總聯繫在一起，但那是另一回事，得對方同意和接受，你沒有強姦過誰。你又問她，她有過的男人是不是很粗暴？

「不一定……最好說點別的。」

她臉轉了過去，伏在枕頭上。你看不見她的表情。可你說你倒是有過近乎被強姦的感覺，被政治權力強姦，堵在心頭。你理解她，理解她那種擺脫不了的困擾、鬱悶和壓抑，這並非是性遊戲。你也是，許久之後，得以自由表述之後，才充分意識到那就是一種強姦，屈伏於他人的意志之下，不得不做檢查，不得不說人要你說的話。要緊的是得守護住你內心，你內心的自信，否則就垮了。

「我特別孤獨，」她說。

你說你能理解，想過去安慰她，又怕她誤解你也使用她。

「不，你不理解，一個男人不可能理解……」她聲音變得憂傷。

你止不住說愛她，至少是此時此刻，你真有些愛上了她了。

「別說愛，這話很容易，這每個男人都會脫口而出。」

「那麼，說什麼？」

「隨你說什麼……」

「說你就是個婊子？」你問。

「好刺激欲望？」她可憐巴巴望著你說。

她又說她不是一個性工具，希望活在你心裡，希望同你內心真正溝通，而不只是供你使用。

她知道這很難，近乎絕望，可還這麼希望。

15

他記得小時候讀過一篇童話，書名和作者已經記不起來了，說的是這樣一個故事：在那童話的王國裡每人胸前都有一面明鏡，心中任何一丁點邪念都會在那明鏡中顯現，一覽無遺，人人都能看到，因此誰也不敢存一絲妄想，否則便無地自容，或是被驅逐出境，這便成了一個君子國。書中的主人公進入了這純淨至極的王國，也許是誤入其中，他記不很清楚，總之胸前也罩上了一面鏡子，顯出的竟然是一顆肉心，眾人大譁，他自己也十分惶恐。主人公的結局如何他記不清了，可他讀這童話的當時，一方面詫異，又隱約不安，雖然那時還是個孩子，沒有什麼明確的邪念，卻不免有些害怕，儘管並不清楚怕什麼。這種感覺他成人之後淡忘了，可他曾經希望是個新人，也還希望活得心安理得，睡得安穩，不做噩夢。

頭一回同他談起女人的是他中學的同學羅，比他大好幾歲，一個早熟的男孩子。還上高中羅就在一個刊物上發表過幾首詩，同學中便得到了詩人的稱號，他對羅也特別敬重。羅竟然沒考上大學，暑天烈日下，在學校空蕩蕩的球場上打個赤膊，一個人投籃，帶球跑跳再投籃，渾身汗淋淋，發洩過剩的精力。羅對於落榜似乎並不在意，只說要上舟山群島打魚去，他便越加相信羅天生就是個詩人。

又一個夏天，他從北京回家過暑假見到羅，在他家附近的一個菜場，紮個白圍裙賣豆腐。羅見他淡淡一笑，解了圍裙，把豆腐攤子託給邊上賣蔬菜的一位上了年紀的胖女人，同他走了。羅告訴他當了兩年的漁民，回來沒有工作，到這合作菜攤賣豆腐兼管帳，街道辦事處分派的。

羅的家可以說是道道地地的棚戶，一間斷磚砌的簡易房，竹片編起來抹的石灰，隔成裡外兩間，裡間他媽睡，外間既是堂屋又當廚房。一側的屋檐延伸出去，頂上搭了幾張模壓的石棉水泥板，弄出一小間，想必是他自己蓋的。緊裡邊直不得腰的角落，放一張摺疊的帆布床，邊上還有張只一隻抽屜的小桌，對面靠牆有個籐條的書架子，都收拾得有條不紊，乾淨俐落。羅的母親到工廠上工去了，羅卻依然把他帶進裡間雞籠小屋裡，讓他坐在桌前，羅自己坐到帆布床上。

「你還寫詩嗎？」他問。

羅拉開抽屜，取出個日記本，一首首的詩抄寫得很工整，都標明日期。

「都是情詩？」他邊翻邊問，想不到在學校總獨來獨往的這大小伙子寫得竟這般纏綿悱惻，他還記得教語文的老先生在作文課上宣讀過的羅的詩句，那一番少年意氣慷慨激昂，同這些詩迥然不同，他說出這看法。

「那為的發表，現今也發表不了。這都是寫給那小婊子的，」羅說，於是同他談到了女人。「這小婊子不過是釣釣我胃口，又找了個黨員幹部，比她大上十歲，就等結婚登記呢，在家整晚給那男人織毛衣。這本詩是從她那裡要回來的，現在也不寫了。」

他迴避了女人的話題，同羅談起文學，滔滔不絕，談到新的時代新的生活應該有新的文學，雖然他也不知道那新的生活的新的文學是怎樣的。總之他認為不能像報刊雜誌上通篇的好人好事和「大躍進」的新民歌。他講到格拉特柯夫和愛倫堡的小說，馬雅科夫斯基和布萊希特的戲劇。他那時還不知道史達林肅反和愛倫堡的《解凍》，而梅耶霍特早就給槍斃掉了。

「你說的這文學太遙遠了，」羅說，「我不知道文學在哪裡？我現在的日子是白天賣菜，晚上等一個個菜攤子收了，再點錢結帳。有時讀點書，也都是天邊的事，看看消遣解悶罷了。也不知道新生活在哪裡？做學生時的那點狂氣早煙消雲散，還不如找女孩子玩。」

羅這種頹廢比說那小婊子還更觸動他。他說他還真的沒碰過女人，這回驚異的倒是羅。羅畢竟比他大幾歲，也很寬容，說：

「你真是個書獃子！」這話也並不包含對他那似乎優越的處境有什麼嫉意。「我給你叫個女孩子來玩，這小五子，沾沾她準保沒事。」

羅說這小五子是很隨便的女孩，一個小騷屄，他從羅嘴裡又聽到對女孩的褻瀆。

「我把她叫來，這丫頭片子會彈吉他，不像大學裡的那些女生，一個個裝模作樣，」羅說。

他當然希望見識見識這樣的女孩，羅還真的出門去叫小五子了。他一邊翻看羅的那些情詩，有的寫得十分露骨，對性的詠嘆他以為遠超過了郭沫若當年的〈女神〉，很受刺激，越發相信羅真正是個詩人，同時也知道這絕對不可能發表，又為羅惋惜。

不一會，羅回來了。他轉身對羅說：「這才是詩！」

「咳，寫給自己看的，」羅苦笑。

小五子著的木屐來了。一個眉眼濃黑的少女，上身一件無袖圓領的小花布短衫，胸脯飽滿，這女孩才十五歲，已經發育得像個大姑娘。女孩沒進到這小間裡，側身依在門框上。

「他也寫詩。」羅向女孩介紹說。

其實羅從未看過他的詩，但這似乎是最好的介紹。就是說這女孩看過羅的這些豔詩，這種介紹也就有不言自明的含意。女孩抿嘴一笑，厚實的嘴唇隨後又張開了，他還沒有見過嘴唇這樣鬆弛的女孩。他把本子闔上，同羅又說起別的，不自在的是他而不是這少女。

羅從門背後拿出一把漆皮剝落的吉他，對女孩說：「小五子，給我們唱個歌吧。」

他算是從窘迫中解脫了。小五子接過琴，問：「唱什麼呢？」

「隨你唱什麼？就唱〈山楂樹〉吧！」

這是一首俄羅斯民歌，當時在青年學生中很流行，之後也由對新社會、對黨和領袖的頌歌替代了。

小五子低頭調弄琴弦，發出悶悶的聲音，很輕，眼神卻並不在聽，懶散的樣子，女孩抬頭看人時讓他覺得茫然。屋裡什麼地方有個電唧子也在叫，都輕輕的，小窗外陽光刺眼暑熱蒸騰。女孩撥了個旋律，又打住了，對羅說這會兒不想唱，又望望他，卻又像望著他頭頂上什麼地方。

「不想唱就不唱，」羅說，「要不晚上一起看電影去。」

女孩笑而不答，擱下琴，豎在門邊上，走到堂屋才扭頭說了聲：「人家裡還有事呢！」便出門走了。

「有個屁事，聽她鬼話，」羅說，「你真不會招女娃，你不想約她？」

他默默無言。羅說橫豎也沒什麼前途，他們落魄的那一夥經常找女孩子們鬼混，一起彈琴唱歌。有時候夜裡到城外湖裡游泳，或是偷偷解下隻小船，划到湖中荷葉叢裡偷蓮蓬。小五子也跟去，夜裡在水中誰都可以在她身上磨磨蹭蹭的，她也不說什麼，一個挺懂事的丫頭。

看得出來，羅愛她。可羅又說他有女人，也是從小在一起彼此看著長大的，進了軍區的歌舞團，不可能跟他這個賣菜的結婚，可是懷孕了，就去年冬天的事。上醫院打胎得要結婚證明和工作證，他哪裡弄去？再說這姑娘是軍人，結婚都得經領導批准，這事要她組織上知道了，開除軍籍不說，把她那好工作也弄丟了，還不恨他一輩子！再說，他這麼個合作攤販，那點工資剛夠餬口，怎麼再養得起女人和孩子？幸好他表舅在一個縣城當醫生，通過他表舅的關係同縣醫院的熟人說通了，羅帶她去就說是結了婚，才把個手術做了。

「星期天一早我陪她去的，當天夜裡十點前她還得趕回歌舞團晚點名，部隊裡的規矩。路上轉車，在汽車站牌子前等車的時候，天早黑了，又下的雨，路上鬼都沒有，她說她底下還在流血，我抱住她，兩人止不住大哭了一場。後來就這麼散了夥。這能寫嗎？」羅問，「新生活又在哪裡？」

羅說沒法不頹廢，搞女人是打魚的那兩年，島子上漁村裡男人出海哪天回來也沒個準。他學校裡剛出來的一個小伙子，漁村裡風騷女人有的是，就這麼開的頭。沒什麼浪漫的，玩過了就知道真他媽沒勁。沒有一個人可以談得來的，他寧可回來賣菜。

「你怎麼會想到去打魚的？」他問羅。

「沒法子，得找條出路。我當時不是不想和你一樣上個名牌大學，弄弄文學，你不曉得我怎麼落榜的？」羅反問他。

「你可是全年級的佼佼者，同學們公認的詩人，想不到弄到這地步，」他說。

「就他媽的這詩弄的，」羅說，「考大學那年正是反右之前，不是號召鳴放嗎？省裡的刊物把一些青年作者也找去參加了個會，要大家暢所欲言。我也就跟著幾位青年作者說了兩句，無非是選稿的題材太局限，詩就是詩，還分什麼工業題材、農業題材、青少年生活欄，發表的都是我最爛的詩，有那麼幾個好句子反倒給刪了。就說了這麼點話，後來轉了個材料到學校，教導主任找我談話，我才曉得捅簍子了。那幾個都不知弄到哪裡去了，我年齡最輕，說的話最少，還算能回來賣菜。」

之後，他買了三張電影票，在電影院門口等到已經開演了，小五子才一個人上氣不接下氣跑來，說羅夜裡菜場要值班看攤子，來不了。他不清楚羅是不是有意要把小五子推給他，總之，進了放映廳，黑暗之中，他拉住小五子的手，在邊上的兩個空位子坐下。整場電影演得什麼他全然沒有印象，只記得一直捏住女孩柔軟的手，熱呼呼的手掌心在出汗，他想既然這女孩男孩子們都摸過，他為什麼不能？這之前他還沒真碰過女孩，他嚮往的愛情全然是另外一回事。

上高中的時候，他鍾情過一個低年級的女生，在學校的新年晚會上跳舞時，才同這女生說上話。一夜通宵，不管是猜燈謎還是別的遊藝，他都追隨她那紅底青花罩衫的身影。天矇矇亮，或許是路燈下雪地映照，回家的路上他尾隨這女生，這女孩和幾個同路的女伴邊走邊嬉笑，時不時回頭看，他知道她們說的是他。

他沒有想到也可以隨便摸一個女孩。他同小五子從電影院出來，故意避開大街走進個巷子，一直牽住她手。這女孩挺順從，低頭望著鞋子走路，有時踢一下路上的石子。到了路燈照不到的一個拐角，他抓住小五子的手臂，想貼近她，女孩搖搖頭，睜著一雙大眼望住他，說：「你們男的都很壞。」

他說他不是這樣的，只想親她一下。

「為什麼？」她問，擰起眉頭，眼白和眼仁分明。

他便鬆開她，說還從來沒親過一個女孩子。小五子說，得讓她想一想。他垂手低下頭，沒想到小五子說：

「那你就親一下好了。」

他碰了一下她抿得緊緊的嘴唇，立刻離開了。小五子便垂下眼簾，鬆開嘴唇，他於是又吻了她，這回她那雙唇厚實而鬆軟。他隔著鬆寬的衣服握住緊緊的奶，女孩喃喃吶吶，說：「別弄痛我……」

他手伸了進去，在她尖挺的小奶上游移，但是他沒敢也沒想到同一個他並不真愛的女孩做愛，他也還不會就想到做愛，只覺得這女孩就夠慷慨的了。之後他收到小五子寄到他大學裡的信，那信寫得也很簡單，問他明年夏天還回來過暑假嗎？

那個夏天，他沒回得了家，那是「大躍進」之後鬧成了大災荒，大學生們暑期還得義務勞動，去北京西山挖坑種樹，弄得人人浮腫，還要做那些無聊的「好人好事」，把個假期也貢獻了。他後悔那年暑假同小五子廝混的時候沒能墮落，可他竊竊希望墮落。

16

送馬格麗特去機場的路上，計程車裡你們幾乎沒說話，能說的似乎已說完，還想說的又不便在車上說。

進海關的入口處，她同你輕輕擁抱了一下，如她所說就是朋友。她貼了下你臉頰，進去了，頭也不回。

你注意到她眼眶發青，雖然畫了妝，你想必更一臉青灰。你們都徹夜未眠，這三天三夜，不，四天三夜，從第一夜看完戲之後通宵到次日早晨，再從晚上到白天，之後又是一個通宵，此刻應該是第四天的上午，整整三個晝夜，反反覆覆顛三倒四，一次又一次做愛，盡量挖掘汲取對方，你也筋疲力竭。一場突如其來的狂熱，再像普通朋友一樣淡淡分手，不知什麼時候再見面。

從機場出來，陽光晃眼，熱氣蒸騰，等計程車的地方排的長隊，你非常睏倦。等你上了車，司機問去哪裡？你遲疑了一下，信口說中環，鬧市中心。你不想就回酒店，不想回到那張空床，她赤裸的身體已同那間房、那床、你的思緒都聯繫在一起，你已經習慣同她說話，連內心的言辭即使是自言自語也總以她為對象，都在說給她聽。她深入到你的感受和思想中，你擁有她肉體的同時她也占據了你的身心。

「去中環哪裡？」司機確認你是大陸來的，用夾生的普通話問。

你在車上打了個盹，睜開眼說：「中環到了？」

「這都是中環，你哪個街下？」

車在路邊停下，從車窗上的鏡子裡你看見司機露出幾分鄙夷，不想載你兜圈子去找你也說不清的去處。你付錢下車了，馬路兩邊高樓聳立，一時辨別不清確切的地點。沿街前去沒有目的，奇怪的是人行道上行人很少。這中環鬧市通常都人流如潮，喧鬧不堪，車輛也不像平時那麼堵塞，稀疏得很，快速流馳。隨後你又發現商店都關了門，只櫥窗陳列照舊，陽光大部分被高樓擋住，唯有馬路當中明晃晃的，不免像白日夢遊。

你記得她說的是星期一要趕回法蘭克福，她受僱的公司同中國方面有業務會談，你這才想起是星期天。這休假日上午，人通常全家老小或朋友相約，聚集在大大小小的飯店喝早茶，忙不迭的香港人以此作為一種享受。

一個多月來的排戲、演出和飯局，約會見面，你還沒有這樣獨自閒散過，漫步在這清寂的都市中心。你剛開始熟習這城市，但恐怕是不會再來了，恰如不知道還能不能再見到她，再同她那樣親近，那樣宣洩痛苦，那樣縱慾。

這最後一夜，她讓你強姦她，不是做性遊戲，她要你真把她捆起來，要你捆住她雙手，要你用皮帶抽打她，抽打她痛恨的身體，強姦過已不再屬於她這出賣了的肉體，便是她要傳達給你的感覺。

你用她的連褲襪把她手腕紮住，捏住皮帶的銅頭，用皮帶的末稍輕輕抽打她兩下，黑暗中笑出聲來，得讓她明白是遊戲，她要的性虐待，她也笑了。

但這不是她要的，她要你真打。你開始越打越重，聽見皮帶打在她肉上劈啪聲響，那肉體扭動躲閃，可她並不出聲制止。你不知道她忍受的極限，而她驚叫一聲，你立刻扔了皮帶去撫摸她。她罵了聲混蛋，掙脫捆住的手，坐了起來。你說對不起，她卻仰面躺倒在床上，你伏在她身上，臉上感到她流出的淚水，你眼淚於是也湧了出來。你說你強姦不了她，再說，已沒有欲望了。

她說你不可能懂得她的痛苦，一個過早成為女人遭到強姦的女人的痛苦，你要的只是性享受。

你說你愛她，正因為愛她才不可能強姦她，你痛恨暴力。

她又說，就要你哭出來，哭出來你才更真實，她又變得溫柔體貼，不斷撫摸你，渾身上下。

一個十足的女人，你說。不，一個淫蕩的女人，她說。你說不，她是個好女人。她說不，你不知道，待長了你就會討厭她。她過不了正經女人那日子，得不到滿足，可她很想同你生活在一起，但是不可能。又說你得原諒她這樣神經質，她不是不希望生活得安安穩穩，可沒有人能給她帶來那種安適與平和，你也不會娶她這樣的女人，只不過在她身上找尋你想得而尚未得到的享樂。

你說你害怕婚姻，害怕再受女人制約。你有過妻子，已經懂得婚姻是怎麼回事，自由對於你比什麼都更可貴，可你止不住愛她。她說她也不能當你的情人，你顯然有女人，沒有她你也會找到別的女人，說實在的，你很溫柔，也比較誠實，說的是比較，這並不是誇獎。你說她也是個很可愛的女人。但是不是對所有的男人，她說，她喜歡你所以才給，你也給予了她許多，這很平等。還說她過早懂得男人，已經不存幻想，這世界就這麼現實，她是她老闆的情婦，可他得回去同妻子兒女過週末，她作為情婦，也只是週末以外陪他出差，而他也需要她同中國做買賣。

她那濃厚的胸音、肉質、直率，可以感觸得到，如同她厚碩的肉體，牽動你的欲望，勾起你的回憶和對痛苦的回味，令這種回味也充滿性感，變得可以忍受。她的聲音不斷牽動你，彷彿依然在你耳邊低聲絮語，給你她的體溫，伴隨她身體的氣味，你備受壓抑的欲望藉她得以傾洩，這講述帶來的不只是痛苦，也有快感。你就需要同她講述不停，去追索那許多記憶，遺忘了的細節竟紛至沓來，越益分明。

眼前的中國銀行大廈從上到下的玻璃，如同鏡面，映出藍天上一絲絲白雲，這三角形建築一邊薄得像刀刃，被香港人說成是插在市中心的一把菜刀，敗壞了風水。邊上另一座某財團的大廈裝上些莫名其妙的鋼鐵器械，徒然與之抗衡，也是香港人的方式。立法局那棟伊麗莎白時代的府邸，圍在大廈群中毫不起眼，正是這即將結束的時代的象徵。

立法局邊上，立著女皇銅像的花園廣場人頭攢動，噴水池邊、迴廊裡、人行道上，一圈圈一簇簇連馬路當中都擠滿人。你以為遇上了什麼集會或示威，可人們有說有笑，地上到處攤開的食物，還有手提錄音機，放的是流行音樂，就差跳舞了。

樓群之間滿街蔓延的野餐會，一條街接一條街，令你不免詫異。你從中穿行，到了賣高檔消費品的太子大廈關閉的門前，竟掛上了布幡，印有基督受難的聖像，牧師在布道，信徒懺悔也在這露天下進行。聚集的十之八、九是女人，都膚色黧黑。你恍然大悟，估計是在港人富家打工的菲律賓女傭星期日在這裡休假聚會，她們在香港掙錢，再寄回去養家。一片嘰嘰喳喳說笑聲，你聽不懂她們的語言，也聽不出離家背井的苦悶。

這片社會景觀還能維持多久？會不會由大陸的新移民替代？全世界都在趕移民，這地方是不是就例外？你自然不必杞人憂天，藍天白雲下的大廈也不會坍塌，香港島也變不成沙漠，此時此刻你繞道穿行在人群中，卻深感寂寞。又總是這種孤獨感拯救你，你橫豎不是基督，不必犧牲自己來點醒世人，也不可能復活，要緊的是，就這現世好好活著。

你重新沉浸在她的聲音喚起的幽暗中，夢遊一般，一腳輕一腳重，光天化日之下，在這噪雜的人群中左右穿行，搖搖晃晃，新鮮和陳舊的記憶交織一起。

你說，馬格麗特，心裡對她說，新人是一個可怕的童話。如今，你再也不必洗心革面，清除錯誤和罪過。那清清楚楚乾乾淨淨的君子國，那全新的社會不過是個巨大的騙局，好將這原本不清不楚、混沌不堪、說不清自己行為同時也活生生的人一下子質疑，失去存在的根據。

你要說的是，馬格麗特，她也用不著清洗自己，無需懺悔，也不可能重新再活一次，她就是她，恰如你就是你！

是女人給你注入了生命，天堂在女人的洞穴裡，不管是母親還是婊子。你寧願墮落在幽暗混沌之中，不裝君子，或是新人和聖徒。

高架橋上，車輛在橋下奔馳不息。大廈與商場之間平時繁忙的這通道，星期日行人很少。你靠在欄杆上俯視下面的大街，睏倦得不行。你的戲還有最後兩場，日場是下午兩點，還有一個多小時，晚場在七點，演完得同演員們合影，然後一起聚餐，肯定會鬧到很晚。你該先補個覺，可又不想回到旅館，她仍然占據你的感覺，那離別前的狂亂，她周身上下的氣味，你的精液遍抹在她鼓張而舒脹的胸脯上。

你下到街上，路邊有家電影院，看都沒看放的什麼影片買張票便進去了。你需要在黑暗中獨處，沉湎在對她的思念中。一部無聊的港式鬧劇，闔上眼，聽不太懂的粵語讓你正好打盹。靠椅寬軟舒適，兩腿伸展。你慶幸居然贏得了表述的自由，再也無所顧忌，講你自己要說的話，寫你要寫的東西。也許，如她所說，得把這些都寫出來，對你自己做一番回顧。你應該以一雙超然的目光俯視你自己，一個人，或是一隻有意識的動物，一頭困獸在人世叢林。

你無可抱怨，享受生命，當然也付出了代價，又有什麼是無償的？除了謊言和屁話。你應該把你的經歷訴諸文字，留下你生命的痕跡，也就如同射出的精液，褻瀆這個世界豈不也給你帶來快感？它壓迫了你，你如此回報，再公平不過。

沒有怨恨。馬格麗特，你怨恨嗎？你問她怨恨你嗎？她搖搖頭，伏在你小腹上。你撫弄她蓬鬆的柔髮，讓她啜吮你。她說是你的奴隸，而你是她主人，她就屬於你。你不如她慷慨，總在攫取。

你應該歸於平和，以平常心看待這世界，也包括你自己。世界原本如此，也還如此繼續下去。一個人如此渺小，能做的無非是如此這般表述一番。

醒來，放映廳燈光已亮，觀眾紛紛起身散場。你從電影院出來，招呼了一輛計程車，回到酒店，櫃檯小姐交鑰匙的時候，還有兩張電話紀錄要你回話，想必又是飯局。你晚間得同演員們聚餐告別，不可能再去別處。回到收拾得整整齊齊的房間，床上地下和桌上沒有一樣她的衣物，彷彿並沒有女人同你住過。你不免有些悵惘，和衣仰倒在床，剛換的床罩和枕套燙洗過，氣息清新，空調機呼呼在響。沒有一點她的痕跡和氣味，你倒巴不得真有個窺探的錄像，那便可以證明她確實同你做過愛，並非你的幻想。

馬格麗特，你呼喚的是個實實在在的女人，不只是你內心的聲音，她喚起了你的以往，也歷歷在目。她已經同你的記憶融合一起，新鮮的和差不多遺忘了的記憶，你都止不住想搜尋。

她此刻正在飛機上，明天，這週末已過，如她所說，又會是他老闆的情婦，也會像同你一樣同她老闆做愛？這個受虐狂的婊子，可你已經愛上她了，還沒法不想，她的潤澤和氣味都喚起你的欲念。你想知道她說十三歲就被人強姦是否真的？還是她誘惑你的一種伎倆？還是就把她當成個賤貨？還是就讓她在思想中陪伴你，成為心中的伴侶，同她分享你的孤獨和她的痛苦？

你也許得下個決心，把她喚起的回憶，你這一生的經歷，原原本本寫出來，可這又是否值得？你不必再浪費生命，去做這毫無意義的事，那麼，什麼是有意義的？剛才演過晚上還要演你在大陸寫的一直禁演的這戲難道就有意義？就值得你為之受難？要沒有這些文字，活得豈不輕鬆得多？又何苦去寫作？

你表述才得以存在，果真是生存的理由？你難道是一部書寫的機器，受虛榮驅使，再徒然耗費生命？而她也許是對的，就沉湎在淫慾中，去玩味痛苦，既擺脫不了就乾脆沉淪。你何必去伸張正義，而正義又在哪裡？你對抗不了這世界，只逃逸在書寫的文字裡，從中找點慰藉與快感，也如同馬格麗特，忍不住還是要向你講述她的痛苦，好得以排遣。

你洗了個熱水澡，又沖了一番涼水，清醒了一些。你得去看你這戲最後一場演出，回到現實中來，同那幫青年演員，一起吃飯、喝酒、說笑、大聲說些人話，再把做人的困難留給他們。

17

一個剪裁得規規矩矩的新社會，嶄新光亮，人人也都是光榮的勞動者，從赤腳種田的農民到澡堂裡替人修腳繭子的，都納入到各種單位裡，全都組織起來為人民服務，幹得出色便選為先進模範，見報表彰。沒有閒人，也不許可行乞和賣淫，都按定量分配口糧，一碗飯也不會浪費。都消除利己之心，都靠工資或工分為生。一切歸社會公有，也包括每個勞動者，都嚴加管理，弄得天衣無縫，歹徒都無可逃遁，除了槍斃了的全都進了監牢，或押到農場勞動改造，紅旗飄飄，人類理想的天國雖然只是初級階段就這樣實現了。

新人也製造出來，一個完美的典型，一個小戰士叫雷鋒，無父無母的孤兒，在五星紅旗下長大，不知道何為個人，捨己救人，送了性命。這寡欲的英雄初通文字，能寫讀《毛著》的心得，對黨無限感激，情願做顆擦拭得鋥亮的螺絲釘，用來規範每一個公民，人人還非學不可。對這樣的一個新人，他心裡有點疑問，可那時大學裡的思想彙報制度人人都得向黨交心，自己的和別人的心也包括疑問都得在思想總結會上交出。他上了個當，不小心提了個問題，做英雄是不是也可以不撲到炸藥包上，不必炸得粉碎？一部馬達是不是比個螺絲釘的作用更大？立刻引起全班同學譁然，女生們叫得就更響。他受到批判，幸好還只是班級的討論會上，問題不十分嚴重，他卻從中得到個教訓：做人就得說謊，要都說真話，就別活了。而純潔的人之壓根兒不可能，他卻是很多年之後，從別人和自己的經驗中，別人的經驗也只有自己再驗證，再吃到苦頭之後才能領會。否則，哪怕是別人體驗過的經驗，都不可能成為教訓。

你如今再也不必開那種非參加不可的學習討論會，檢討自己的言行，再也不懺悔了，也遠離了這一類的新神話。然而，當時他卻鬱悶得不行，還想傾吐點感受，約過幾個都在北京上大學的中學同學，相聚在西郊的紫竹院公園。各在各的大學，好在沒有直接的牽連，也都春情發動好弄點文學，都寫過點詩之類的東西，又都想從思想禁錮的校園中出來透透氣。那時這公園開闢不久，還相當荒涼，只湖邊有個賣糕點的茶社，這些窮學生茶社也坐不起，湖邊稍遠處有的是清靜的地方，沒有遊人。樹蔭下草地上，微風吹來一陣陣麥子的清香，土埂邊上便是麥田，大抵是五月，麥子已經灌漿。

大頭說想寫一部類似馬雅柯夫斯基的〈澡塘〉的劇，所以綽號叫大頭，不光因為拿過全市中學生數學競賽的冠軍，也因為冬天戴的帽子比別的孩子確實都大那麼一兩號。大頭幸虧回到他的數學上去了，沒寫什麼澡堂泥塘的，可剛在國際數學學報上用英文發表了兩篇論文，革文化的命來了，便弄到農村去放了八年的牛。大頭的問題倒不出在這次聚會，而是後來畢業了，在他研究所的宿舍裡漏了句輕狂的話，被同行告發了。

當時出問題的是蔫乎乎的程馬褂，這綽號的由來是上中學那時總穿他爸以前的舊衣服，套到細瘦的身上晃裡晃盪。程的日記本被宿舍裡同學偷看了，裡面記載了他們這次聚會，報告到共青團支部，馬褂也是他們這一夥中唯一的團員，也不知怎麼混入的。日記本中倒未記載他們聚會時的言談，事情出在日記中寫到了女人，據說黃色下流，也不知是幻想還是確有其人。程的大學來人找到他調查，令他出了一身冷汗。

聚會時，他談到了愛倫堡的回憶錄中寫到世紀之初的巴黎，那幫子超現實主義詩人和畫家聚會的酒吧，也講到梅耶霍特因為搞形式主義給槍斃了。大頭的話更驚人，說赫魯曉夫反史達林的祕密報告令人驚心動魄，他是從英文的《莫斯科新聞》上看到的，當時大學圖書館裡的外文報刊還未嚴格控制。那次聚會的四人中，另一個學的是生物遺傳，侃了一通印度哲學，又說到泰戈爾的詩可是神人相交。來調查的都沒問到，就是說馬褂還是夠交情的，沒出賣大家。查問的是這次聚會有沒有女生，知不知道這傢伙在校外的男女關係？他這才化險為夷，僅此一次的聚會便就此終了。

你到巴黎這許多年也沒想到去找那酒吧。一次，純屬偶然，同一位也是從中國出來的詩人在一個法國作家家裡吃完晚飯出來。拉丁區午夜很熱鬧，路過個酒吧，玻璃門窗裡外坐滿了人，抬頭見那霓虹燈招牌——洛東達，沒準就是這酒吧！你們在人剛起身的一張小圓桌邊坐下，前後說的不是英語便是德語，都是觀光客，這即將來臨新世紀的法國詩人和藝術家還不知散落在哪裡。

沒有運動，沒有主義，沒團體，紫竹院的那幫同夥幸虧及時煞車了，誰也沒告發誰，可憑你們那些言論，即使不打成反革命，哪怕檔案中記上一筆，你也就沒有今天。之後，你們也都學會戴上面具，不泯滅掉自己的聲音，便隱藏在心底。

一覺醒來，窗外夜空中幾團白雲緩緩移動，你一時弄不清身在哪裡，舒懶適意不想動彈，許久沒這樣遊思往事。你看了看錶，翻身便起，得在戲散場之前趕到劇場，然後同劇組全體演員和舞台工作人員一起合影，再去餐館吃飯，最後一場演完總會有些惜別。

從一個城市到另一個城市，一個個不同的國家，比候鳥的行蹤還不穩定，你就享受這瞬間的快樂，還飛得動就努力飛，心肌梗死就掉了下來，如今畢竟是隻沒約束的鳥，在飛行中求得快感，不必再自尋煩惱。

餐廳裡定好的房間，幾十人滿滿一堂，碰杯說笑，互留地址，而十之八九不會再見，這世界委實太大。一個寬眼健壯的姑娘戲中演女主角的，要你在海報上給她留言，你在她名字後面畫一道，寫上「一個好女人」。她瞇起細眼，問得詭譎：「好在哪裡？」

「好在自由，」你說。

眾人都起鬨叫好，她也就舉起雙臂，轉了轉身，展示一下她那結實而美好的身腰。另一個楞頭楞腦的小伙子問：「你對婚姻怎麼看？」

你說：「沒結過的總得結一回。」

「結過了的呢？」他還問。

你只好說：「再結一回試試看。」

大家又鼓掌叫好。這楞小子卻盯住又問：「你是不是有許多女朋友？」

你說：「愛情就如同陽光、空氣和酒。」

大家都紛紛湊過來同你乾杯，同青年們在一起沒那些禮節和規矩，鬧得不亦樂乎。

「那麼藝術呢？」一個怯生生的聲音，你邊上隔一個位子那姑娘問。

「藝術不過是一種活法。」

你說你就活在此時此刻，不求不朽，墓碑都是立給活人看的，同死人沒有關係。你酒也喝多了，不妨發點狂言。做戲就圖個快活，要做就得盡興，你說同大家一起工作很快樂，感謝諸位。

你的助理導演個子細長，沉著持重，比這幫年輕演員都年長，代表大家說，他們非常喜歡你這齣十年前寫的戲，並沒過時，希望你再來再演你的新作。你不便令大家掃興，說世界不大，這香港在地圖上一眼便可看到，機會總是有的，心裡當然明白，從籠子裡飛出的鳥再也不肯鑽進籠子裡去。你想起法國中部那乾旱的高原，從峭壁上俯視山下小城中尖頂突出的教堂，遠離公路，那法國妞赤身裸體仰面躺在草叢中晒太陽。捣住眼的圓滾滾的手臂同那渾圓的軀體，在陽光下都白得晃眼，風聲傳來腳下懸岩中腰盤旋的鷹叫，還有翅膀呼呼搏擊的聲響，這些鷹是從土耳其買來放生的，法國本土的老鷹早已絕種。

你需要遠離痛苦，心境平和去俯視那些變得幽暗的記憶，找出若干稍許明亮的光點，好審視走過的路。

他們還年輕，你經歷的他們沒準還得再來一遍？這是他們的事，他們有他們的命運，你不承擔他人的痛苦，不是救世主，只拯救自己。

18

複述那個時代你發現如此困難，連當時的他如今對你來說都變得十分費解。要回顧過去先得詮釋那時代的語彙，還其確有的含意。譬如「黨」這麼個專有名詞，同他小時候他爸自命清高說的「君子群而不黨」全然是兩碼事，後來他爸也不敢這樣說了，一提到這字便十分嚴肅、恭敬，手直打顫，杯子裡的酒都晃出來了，要不也不會嚇得尋死。那專有名詞「黨」就是這麼偉大，這麼威嚴。那也偉大也威嚴的國家尚且在「黨」之下，更別說每人打工領薪吃飯的地方，所謂「工作單位」，也都從屬於「黨」。每人的戶口、口糧、住房和人身自由都由那「單位」的「黨」組織決定，這說的還不是敵人，於是「同志」這詞就變得至關重要，誰都得想方設法在自己的名字後面保住這稱謂，弄不好可不就成了「牛鬼蛇神」，便從「單位」裡「清理」掉，只得去「勞改」。

所以，黨一旦決定發動一場鬥爭，沒有一個單位不鬥得個你死我活，誰都怕給清理了。一個人，是革命同志（有二十六個等級），還是牛鬼蛇神（分為五大類），同此人的城市戶口（即不必從事農業生產而靠按月定量發放的糧票購買商品糧食養活的人口）與勞改與否，與其死活都聯繫在一起，都同黨中央（通常是黨中央委員會的政治局和書記處）內部那幾十個成員你死我活的鬥爭導致多變的政策由此下達而一般人看不到的黨內文件有關，一個人的命運便莫名其妙由此決定，比《聖經》中的預言要準確一萬倍，不符合規定的，輕者構成錯誤，重的便成為罪行，並從此載入該人的檔案。

這檔案，記載的當然不只是個人履歷，不當的言行、歷來的政治與品行表現，本人所寫的思想彙報與檢討，以及單位的黨組織做的結論與鑑定，盡收其中，由專職的機要人員保管，從此單位跟蹤本人到彼單位，當事者一輩子休想看到。

再譬如學習，不是字典裡說的掌握知識或學會某種技能，不，這專指肅清不符合黨當時規定的思想，清除掉黨認為不規矩的動機，哪怕僅僅是一個念頭，叫做「猛鬥私字一閃念」，不要笑！「私」字在此做個人解，也可進而解釋為心裡的罪惡，都要狠狠消除掉。而「五七幹校」絕非古今中外通常的學校，報名也好不報名也好，指定誰便非去不可，還不可以退學，在相互監督下通過繁重的體力勞動以杜絕思想，作為對受過文化教育會思考者的懲罰。黨只允許一個思想，即最高領袖的思想。這時候才不管是不是黨的幹部，是凡公職人員，也包括家屬，叫你「下放」到「幹校」，便不可違抗。「幹校」也如同工作單位一樣，制約人的口糧、戶籍和外出行動的自由，還不能像小孩子那樣逃學，再說又能往哪裡跑？

凡此種種。都有相應的語彙，足可以編一部詞典，可你又無心去編這麼本詞典為歷史考證效勞。

再說到歷史，譬如這「文革」距今才三十多年，黨代會的官方版本改來改去，從毛的「九大」版本到鄧小平的「三中全會」版本每次大變樣且不去說，何況現今又明令禁止不許追究。而民間修史也各不相同，是老紅衛兵大年的文革史？是造反派大李的文革史？下台的書記吳濤同志的回憶錄？還是打死了的老劉的兒子日後的申訴？還是餓死在浴血奮戰建立的這政權的牢房裡那位老將補開的追悼會上平反的悼詞？還是那抽象的人民的苦難史？而人民有歷史嗎？

當時人民都造反，正如這之前人民都革命，之後人人又都誨言造反，或乾脆忘掉這段歷史，人人又都成了大災大難的受害者，忘了在災難沒落到自己身上之前，也多多少少當過打手，歷史就這樣一再變臉。你最好別去寫什麼歷史，只回顧個人的經驗。

他當時那麼衝動，又何其愚蠢，受愚弄的那種苦澀像吃了耗子藥，怎樣吃進去怎樣吐出來，說得容易，可再怎樣嘔吐，也未必能吐得清爽。

正義的衝動與政治賭博，悲劇與鬧劇，英雄與小丑，都是由人操縱的把戲。呱啦呱啦，義正嚴詞，辯論和叫罵，都喊的黨話，人一旦失去自己的聲音，都成了布袋木偶，都逃不脫布袋裡背後操縱的大手。

如今，你一聽見慷慨陳詞就暗自發笑，那些革命或造反的口號都令你起雞皮疙瘩，英雄或鬥士來了你趕緊躲開，那種激情和義憤該拿去餵狗。你早就應該逃離這鬥獸場，不是你能玩的遊戲，你的天地只在紙筆之間，不當人手中的工具，只自言自語。

你努力搜索記憶，他當時所以發瘋，恐怕也是寄託的幻想既已破滅，書本中的那想像的世界都成了禁忌，又還年紀輕輕精力無處發洩，也找不到一個可以身心投入的女人，性慾也不得滿足，便索性在泥坑裡攪水。

新社會的烏托邦也同那新人同樣是神話新編。如今，你聽見人感嘆理想破滅了，心想還是破滅得好。誰又高喊起理想，你便想又是個賣狗皮膏藥的。誰滔滔不絕要說服你，給你上課，你趕緊說，得，哥們，改明兒見，溜之大吉。

你不再辯論，寧可去喝杯啤酒。生活不可以論證，這活生生的人難道可以先論證存在的理由然後才去做人？不，你只陳述，用語言來還原當時的他，你從此時此地回到彼時彼地，以此時此地的心境複述彼時彼地的他，大概就是你這番觀審的意義。

他本來沒有敵人，又為什麼偏要去找？你如今方才明白，倘若還有敵人的話，那就是也已壽終正寢的毛老人家在你心中留下的陰影。而你也只需要從中走出來，用不著同一個死人的影子打仗，再耗費掉你剩下的這點性命。

如今，你沒有主義。一個沒有主義的人倒更像一個人。一條蟲或一根草是沒有主義的，你也是條性命，不再受任何主義的戲弄，寧可成為一個旁觀者，活在社會邊緣，雖然難免還有觀點、看法和所謂傾向性，畢竟再沒有什麼主義，這便是此時的你同你觀審的他之間的差異。

19

機關大院裡發生了第一場武鬥，紅衛兵打紅衛兵。中午眾人從大樓裡出來去食堂吃飯的時候，一個外面來的紅衛兵在院牆上貼大字報，被保衛處的人攔阻，幾個機關的紅衛兵上前，把剛貼的大字報扯了。這小伙子戴的眼鏡，長得挺神氣，被團團圍住，仍高聲申辯：

「為什麼不讓貼？貼大字報這是毛主席給的權利！」

「他是劉屏的兒子，為他老子翻案的，不讓他搗亂！」保衛處的幹事對圍攏來的人揮揮手說，「不要圍在這裡，都吃飯去！」

「我父親無罪！同志們！」小伙子一手把那幹事推開，昂頭對眾人說：「你們黨委轉移鬥爭的大方向，對抗毛主席的革命路線，不要受他們蒙蔽！他們要不是有鬼，為什麼這樣害怕大字報？」

大年從默默圍觀的人群中擠出來，對機關裡的幾個紅衛兵說：「別讓這臭小子招搖撞騙冒充紅衛兵，還不把他的袖章摘了！」

小伙子舉起戴袖章的手臂，另一隻手護住袖章，繼續高喊：「紅衛兵同志們！你們大方向錯啦！踢開黨委鬧革命，不要當走資派的幫兇！一切要革命的同志們，到大學校園裡去看看吧，那裡已經是無產階級造反派的天下，你們這裡還在白色恐怖之下——」

小伙子被逼得後退，貼住牆，轉而向圍觀的人群求援，卻沒人敢上前去替他解圍。

「誰是你的同志？你他媽地主階級的龜孫子，還敢冒充紅衛兵？摘了它！」大年命令道。

一場爭奪紅袖章的武打，小伙子雖然壯實卻禁不住幾個人扭打，眼鏡先飛落到地上，亂腳下立刻踩碎了，紅袖章終於被扯掉了。這之前還理直氣壯的革命後代依住牆，雙手護頭，縮在牆根，蹲下，止不住失聲嚎啕大哭起來，頓時成了可憐的狗崽子。

老劉也從樓裡跌跌撞撞連推帶揪拖了出來，在大院裡當場批鬥，但畢竟是老革命，見過世面，不像他兒子那麼脆弱，還硬挺住頸脖子要說什麼，可立刻被紅衛兵們硬按住腦袋，一臉青灰，不得不低下了頭。

他夾在人群中默默目睹了這番場面，心裡選擇了造反。他是在上班的時間溜出去的，到西郊的幾所大學轉了一圈。在北京大學擠滿了人的校園裡，滿樓滿牆的大字報中，看到了抄錄的毛澤東那張〈炮打司令部——我的一張大字報〉。他回到機關裡的辦公室還激動發燒得不行，當天夜裡，等夜深人靜，也寫了張大字報，沒熬到人上班時再徵集簽名，怕早晨清醒過來也就失去了這番勇氣。他得趁夜半還沒消退的狂熱，把這張大字報貼出來，為打成反黨的人平反，群眾需要英雄為之代言。

空盪盪的樓道裡，零零落落的幾張殘破的舊大字報在過堂風中悉索作響，這種孤寂感大抵也是英雄行為必要的支撐。悲劇的情懷下萌生出正義的衝動，就這樣他投入賭場，當時卻很難承認是不是也有賭徒心理。總之，他以為看到了轉機，為生存一搏和當一回英雄，兩者都有。

運動初期打成反黨的勇敢分子還抬不起頭來，跟隨黨委整人的積極分子也沒有得到上級下達的指示，人們看了這大字報都保持沉默。整整兩天，他獨來獨往，沉浸在悲劇的情懷中。

對他的大字報第一個回應是書庫的管理員李大個子打來的電話，約他見面。大李和一個精瘦的小伙子打字員小于在樓下院子裡的鍋爐房前等他。

「我們贊同你的大字報，可以一起幹！」大李說，同他握了一下手，確認為戰友。

「你什麼出身？」大李問，造反也看出身。

「職員。」他沒做更多的解釋，這樣的問題總令他尷尬。

李看看于，像是在訊問。有人拎著水瓶來打開水了，三人都沉默。聽見水聲灌滿，打水的人走了。

「跟他說吧。」于也認可了。

大李便告訴他：「我們要成立一個造反派紅衛兵組織，同他們對著幹。明天在城南陶然亭公園茶社，一早準八點碰頭，開個會。」

又有人拎水瓶來打開水了，他們便立刻分開，誰也不理會誰各自走了。祕密串聯，他不去的話會是懦弱的表示。

星期天早晨很冷，路上結了冰碴子，踩上去像破碎的玻璃咔哧咔哧直響。他同四個年輕人約定在城南陶然亭公園見面。機關的宿舍區遠在城北，不太可能碰上熟人。天灰濛濛的，公園裡沒有遊人，這非常時期一切遊樂也都自動終止了。他咔哧咔哧踩在土路的冰碴子上，有種聖徒救世的使命感。

湖邊的茶座空空無人，掛上厚棉簾的門裡只兩位老人對坐在窗邊。他們聚齊了，在外面露天的茶座圍坐一桌，四個人各捧一杯滾燙的茶暖手。先自我介紹家庭出身，在紅旗下造反的先決條件。

大李的父親是糧店售貨員，他爺修鞋的，過世了。大李運動初期貼了書庫黨支部書記的大字報因此挨整。于年齡最輕，高中畢業來機關當打字員還不滿一年，父母都在工廠當工人，因為上下班遲到早退被排斥在紅衛兵之外。另一位姓唐的哥們，開摩托的交通員，退伍的汽車兵，出身無可挑剔，有些油嘴滑舌，照他的話說，哥們好學相聲，被紅衛兵列到編外。還有一位，他媽生病住醫院得照看，沒能來，大李帶話說，他無條件支持造反，跟他們保皇派幹？

最後輪到他，他剛想說當紅衛兵不夠格，不必加入他們的組織，話還沒出口大李卻擺手，說：「你的態度我們都知道，我們也要團結你這樣革命的知識分子，今天來開會的都是我們毛澤東思想紅衛兵核心組成員！」

就這麼簡單，無需多加討論，他們也自認是革命的接班人，理所當然捍衛毛的思想，誠如大李說的那樣：「大學裡造反派已經把老紅衛兵都打垮了，還等什麼？我們必勝！」

隨後，回到空空無人的機關大樓，當晚便貼出了他們造反派紅衛兵的宣言，一條條指向黨委和紅衛兵的大標語從各層樓道一直貼到樓下門廳和大院裡。

天亮前他離開大樓回到他小屋裡，爐火早熄滅了，屋裡冰涼，那番狂熱也已消退，躺進被窩裡，想思索一下這行為的意義和後果卻睏倦得不行，一覺睡去。醒來，天依然昏暗，竟是傍晚了，頭還是昏昏沉沉。幾個月來日夜提防積累的壓抑突然就這樣釋放出來，接著又沉睡了一整夜。

早起上班，沒想到響應他們的大字報居然樓下樓上貼滿了，霎時間他不說成了英雄，也好歹是眾人注目的勇士，辦公室裡緊張的氣氛一下子緩解了，幾天前迴避他的人這會兒個個笑臉相迎，同他招呼。當時做檢查痛哭流涕的黃老太太拉住他手不放，說：「你們講出了我們群眾的心裡話，你們才真正是毛主席的紅衛兵！」那番討好就像革命影片裡父老鄉親迎接解放他們的紅軍，連台詞都差不多。毫無表情的老劉也對他咧嘴凝視，默默點頭，顯出敬意，他這位上司也在等他解救。可誰也不知道他們只有倉促湊合的五個年輕人，突然變成一股不可阻擋的勢力，就因為衣袖子上也套了個紅箍。

有人聯名貼出聲明退出老紅衛兵，其中竟然有林。這令他閃過一線微弱的希望，也許可以恢復他們以往的親密。中午在食堂裡他四處張望，沒見到林。林或許恰恰要迴避這時候同他見面，他想。

樓裡走廊上，他迎面碰見大年過來，打了個照面。大年匆匆過去了，就當沒看見他似的，但收斂了那昂頭闊步的氣概。

沉悶的機關大樓一間間辦公室像個巨大的蜂巢，由權力層層構建起運作的秩序。原來的權力一動搖，整個蜂巢又鬨鬨鬧了起來。走廊裡一簇簇的人都在議論，他走到哪裡都有人同他點頭，或叫住他同他說話，哪怕平時並不相識，正如橫掃牛鬼蛇神時人們紛紛要找黨支部書記或政工幹部談話一樣。短短幾天，幾乎人人又都表態造反了，每個部門都撇開黨和行政組織成立了戰鬥隊。他一個小編輯，在這等級森嚴的機關大樓裡竟然成了個顯目的人物，儼然把他當成首領。群眾需要領導，猶如羊群離不開掛鈴鐺的，那帶頭羊不過在甩響的鞭子逼迫下，其實並不知要去哪裡。然而，他至少不必再回到辦公室每天坐班，來去也無人過問。他桌上的校樣有誰拿走替他看了，也沒再分派他別的工作。

沒到下班鐘點，他便回到家，一進院子，見個蓬頭垢面的人坐在他房門口的石階上，他愣了一下，認出來是少年時的鄰居家的孩子，小名叫寶子，多年不見了。

「你這鬼怎麼來了？」他問。

「找到你可就好了，一言難盡呀！」寶子也會嘆息了，這當年里弄裡的孩子王。

他開鎖打開房門，隔壁的退休老頭的門也開了，探出個頭來。

「一個老同學，從南方老家來。」

自從手臂上多了個紅箍，他也不在乎這老東西了，一句話堵了回去。老頭便露出稀疏的牙，堆起滿臉皺紋，笑嘻嘻道了個好，縮回去，門闔上了。

「逃出來的，連毛巾牙刷都沒帶，混在來北京串聯的學生當中。有什麼吃的沒有？我可是四天四夜沒吃過一頓正經飯，就這把零錢，哪敢花，混在學生堆裡，在接待站領兩個饅頭，喝碗稀粥。」

一進屋，寶子從褲袋裡抓出幾張毛票和幾個硬幣拍在桌上，又說：「我是夜裡爬窗戶跑的，第二天要全校批鬥。我們學校的一個體育教員，說是教體操時摸了女學生的奶，當壞分子給揪出來，活活被紅衛兵打死了。」

寶子額頭上有道抬頭紋，一副愁眉苦臉，哪裡是小時候暑天赤膊光頭的那淘氣鬼？寶子在水裡特別精靈，踩水、潛水、倒豎蜻蜓，他瞞著母親去湖裡學游泳就靠的這夥伴壯膽。寶子比他大兩歲，個子也高出他多半頭，打起架來凶狠，碰上別的孩子尋釁鬧事，有寶子在他就不怕，想不到這麼個拚命三郎如今千里迢迢找他來避難。寶子說，他師範學院畢業，分到個縣城的中學教語文，運動一開始就被黨支部書記丟出來當了替死鬼。

「這教材又不是我編的，我哪知道哪篇文章有問題？我不過講了點掌故，一些小故事，活躍活躍課堂教學，就成了重點，就我言論最多，教語文能不說話？把我關在個教室裡，紅衛兵日夜看守，我現今可是有家小的人，要有個三長兩短，別說把命白送了，就是弄成個殘廢，我老婆帶個剛滿週歲的兒子還怎麼過？我半夜裡從二樓的窗戶裡翻出來，趴住屋檐接雨水的管子著地的，這兩下子還行。家都沒回，怕連累我老婆。這一路火車上都擠滿了學生，也查不了票。我就是來告狀的，你得幫我問問清楚，像我這麼個芝麻大的教員，連黨票都沒有，能夠得上黨內黑幫的代理人嗎？」

吃了晚飯，他領寶子去中南海西門府右街的群眾接待站。大門敞開，燈光通明，大院裡人擠人，前推後擁，他們隨人流緩緩移動。院子中搭的棚子下，一張接一張的辦公桌前都坐的帶領章帽徽的軍人，在聽取記錄各地來人的申訴。人頭攢動，休想擠到桌邊去。寶子踮起腳尖，從人頭的間隙努力想聽到點「中央的精神」。可人聲嘈雜，擠到桌邊的都大聲搶話，爭著問，接待員的回答又都簡短，持重，很原則，有的只記錄而不正面回答。他們還沒擠到跟前便又被人推開了，只好任人簇擁，進入樓下的迴廊。

牆上貼滿了控告迫害的大字報和黨的要員講話的摘錄，這些新任命或還未倒台的中央首長們充滿殺機和隱語的講話又相互矛盾。寶子急得不行，問他帶紙筆沒有。他說不用抄，他就收羅了許多這類傳抄和油印的講話，回去再細細琢磨。

樓裡一間間房門大都開著，裡面也接待來訪，不那麼擁擠，可隊也排到門外。一間房裡在大聲哭訴，一個青年手裡捏個洗得發白的舊軍帽，聲淚俱下，江西或湖南方言，口音很重，聽不很清楚，哭訴的是當地集體大屠殺：男女老少連嬰兒也不放過，集中在打穀場上，用鋤頭、柴刀，帶鐵釬的扁擔一批批活活打死，屍體扔進河裡，河水都發臭了。這小伙子想必不是黑五類分子的子孫，手裡捏住不放的舊軍帽便是他的憑證，否則也不敢上京來告狀。堵在這房裡和門口的人都靜靜聽著，接待員在做紀錄。

從接待站出來，到了長安街上，寶子又要去教育部，想看看有沒有對中學教員的具體指示。教育部在西城，只有幾站。公共汽車站牌子前大都是外來的學生，一個個挎個繡上紅五角星的書包，堵在馬路上。車來還沒停住，便一擁而上，車裡也塞滿了人，下車和上車的都得往人身上直撲，車門關不上，人還夾在門上車便開了。寶子縱然有扒水管子跳樓的本事，也擠不過這些靈活得像猴子樣的孩子。

他們走到了教育部，大樓上下成了外來學生的一個接待站。從樓下前廳到各層走廊裡，辦公室也都騰空了，到處鋪滿麥秸、草薦、灰棉毯、塑料布，一排排亂糟糟的被褥，地上都是搪瓷缸、碗、筷、勺子，酸烘烘的汗味、醃蘿蔔和沒換洗的鞋襪的臭味瀰漫。學生們鬧鬨鬨，冬夜嚴寒無處可去，疲憊不堪的躺下已經睡了。他們都在等最高統帥明天或是後天，第七次或是第八次檢閱。每次超過兩百萬人，半夜裡開始集中，先把天安門廣場填滿，再排到東西十公里的長安大街兩邊。最高統帥由手持紅皮語錄的副統帥林彪陪同，敞篷的吉普從街兩邊凍僵了的學生們層層疊疊的人牆中驅車而過，青少年們熱淚滿面，揮舞紅寶書，聲嘶力竭，狂呼萬歲，然後帶回革命激情和憤怒，砸爛學校，搗毀廟宇，衝擊機關，要把這陳舊的世界打個稀巴爛。

他同寶子回到那間小屋已夜深人靜。打開煤爐，兩人烘烤凍僵了的手，門窗縫隙透進呼呼的風聲，臉上映著爐火時紅時暗。這番相見出乎意料，誰也沒心思去追索少年時那些恍如隔世的記憶。

20

「那裡有一塊石頭，」這主在你面前指點。

一塊偌大的石頭，你不會看不見，正要繞開，又聽見這主發話：

「挪挪看！」

何必去白費那勁，再說你也挪不動。

「一塊頑石，不可動搖，你信不信？」這主洋洋得意。

你寧可相信。

「不妨一試，」這主攛掇你，笑容可掬。

你搖搖頭，無心做這類蠢事。

「簡直是天衣無縫，比花崗岩還堅固，好一塊磐石！」這主圍著石頭轉，咂舌不已。

磐石不磐石與你又有何相干？

「多麼牢固堅實的地基呀，不用真可惜！」這主止不住感慨。

你一不立碑，二不修墓，要它做什麼？

「挪挪看，挪挪看呀！」這主雙手抱住石頭不放。

你橫豎也沒這麼大氣力。

「哪怕用腳踹也紋絲不動。」

毫無疑議，你自然承認，可不覺還是用腳尖碰了碰。

這主便來勁了，攛掇你：「站上去試試！」

有什麼可試的？可經不起這人鼓動，你站了上去。

「別動！」這主圍著石頭，當然也在你周遭轉了一圈，也不知審視的是石頭還是你，你不免也追隨他的目光，也轉了一圈，在那石頭上面。

此刻這主便兩眼望你，笑瞇瞇，語調親切：「是不是？不可動搖！」

說的當然是石頭，而非你。你報以微笑，正要下來，這主卻抬起一隻手阻止你：

「且慢！」

抬起的那手又伸出食指，你便也望著那豎起的食指，聽他說下去。

「你看，不能不承認這基礎牢固堅實而不可動搖吧？」

你只好再度肯首。

「感覺一下！」

這主指著你腳下的石頭。你不明白要你感覺的是什麼，總歸腳已經站在他那石頭上了。

「感覺到沒有？」這主問。

你不知道這主要你感覺的是石頭還是你的腳？」

這主手指隨即上揚，指的你頭頂，你不由得仰頭望天。

「這天多麼明亮，多麼純淨，透明無底，令人心胸開闊！」

你聽見這主在說，而陽光刺眼。

「看見什麼？說說看，看見什麼就說什麼！」這主問。

空空的天你努力去看，卻什麼也沒看見，只有些暈眩。

「再好好瞧瞧！」

「到底要看什麼？」你不得不問。

「一點不摻假的天空，貨真價實，真正光明的天空！」

你說陽光刺眼。

「這就對啦。」

「對了什麼？」你閉上眼問，視網膜上一片金星，站立不住了，正要從石頭上下來，又聽見他在耳邊提醒。

「對就對在暈眩的是你而不是石頭。」

「那當然……」你已經糊塗了。

「你不是石頭！」這主說得斬釘截鐵。

「當然不是石頭，」你承認，「可以下來了吧？」

「你遠不如這石頭堅硬！說的是你！」

「是不如——」你順應他，剛要邁步下來。

「別急，可站在石頭上看得比你下來看得要遠，是不是？」

「自然是這樣的。」你不覺順應他。

「那麼，遠方，你正前方，別顧腳下，說的是朝前看，看見什麼了？」

「地平線？」

「地平線算得了什麼，哪裡還看不見地平線？說的是地平線之上，好好瞧瞧——」

「瞧什麼呢？」

「你難道沒看見？」

「不就是天？」

「再仔細看看！」

「不行，」你說你眼花了，「五光十色……」

「這就對啦，要什麼顏色就有什麼顏色，多麼燦爛美妙的天空啊，希望的盡在眼前，你可算是開眼啦！」

「這總可以下來了吧？」你閉上眼。

「再看太陽！這會再看看金光燦爛的太陽，那什麼勁！你就會發現，聽著吶，說的是發現，你就會發現奇蹟！想都想不到的最美妙的奇蹟！」

「什麼奇蹟？」你捂住眼問。

這主便握住你手，你覺得有了點依靠，只聽見耳邊灌風，這主提示你：

「這世界多麼光輝奪目！」

這主拉開你捣住眼的那手，你便看到天空中一個墨藍轉黑無底的窟窿，開始心慌。

「心慌是不是？」這主很有經驗，「人看到奇蹟都會心慌的，要不然能稱之為奇蹟嗎？」

你說你想坐下。

「再堅持一下！」這主命令道。

你說實在堅持不住了。

「堅持不住也得堅持，人都堅持得住你怎麼就堅持不了？」這主呵斥道。

你站立不住，彎腰趴在石頭上求助，想嘔吐。

「把嘴張開！該喊就喊，該叫就叫！」

你於是便在這主指揮下，扯直喉嚨，聲嘶力竭吼叫，又止不住噁心，在這頑石或是基石上吐出一攤苦水。

正義也好，理想也好，德行和最科學的主義，以及天降大任於斯人，苦其心智，勞其筋骨，不斷革命，犧牲再犧牲，上帝或救世主，小而言之的英雄，更小而言之的模範，大而言之的國家和在國家之上的黨都建立在這麼塊石頭上。

你一開口喊叫，便上了這主的圈套。你要找尋的正義便是這主，你便替這主廝殺，你就不得不喊這主的口號，你就失去了自己的言語，鸚鵡學舌說出的都是鳥話，你就被改造了，抹去了記憶，喪失了腦子，就成了這主的信徒，不信也得信，成了這主的走卒，這主的打手，為這主而犧牲，等用完了再把你撂到這主的祭壇上，為這主陪葬或是焚燒，以襯托這主光輝的形象，你的灰燼都得隨這主的風飄盪，直到這主澈底安息了，塵埃落地，你就如同那無數塵埃，也沒了蹤跡。

21

林從大樓門口存自行車的棚子裡低頭推車出來，這些日子一直迴避他。他把車橫在出口，故意撩撥前輪，碰了下林的車。林這才抬頭看他一眼，勉強一笑，有點苦澀，還帶點歉意，倒像是自己不當心碰上他的車似的。

「一起走吧！」他說。

可林無意騎上車，不像以往那樣心領神會，一前一後隔開段距離，去幽會的地點，再說這大革命弄得公園夜間全都關閉了。他們推車走了一段路，竟無話可說。沿街滿牆這時都是大學造反派的標語，蓋過了血統紅衛兵橫掃一切牛鬼蛇神的那類口號，點名直指黨中央政治局的委員和副總理。

「余秋里必須向革命群眾低頭認罪！」

「譚震林你的喪鐘敲響了！」

林已摘掉了紅袖章，一條青灰的長毛圍巾包住頭臉，盡量掩蓋自己不再引起人注意，混同在街上灰藍棉衣的行人中，也看不出她的風韻了。餐館夜晚都早早關門，無處可去又無話可說，兩人推著車在寒風中走，分明隔開距離。一陣陣風沙揚起大字報的碎片在街燈下飄。

他覺得有點悲壯，面臨的是為正義殊死鬥爭，他同林的戀情卻眼看就要結束，又不免感到淒涼。他不是不想恢復同林的關係，但怎樣才能切入這話題，在平等的基礎上扭轉局面，不只是接受林賞賜的愛。他便問起林的父母，表示關心。林沒有回答，又默默無言走了一段路，依然找不到話溝通。

「你父親歷史好像有問題，」還是林先說了。

「什麼問題？」他吃了一驚。

「我不過是提醒你，」林說得很平淡。

「他什麼黨派都沒參加過！」他立即反駁，也是自衛的本能。

「好像……」林沒說下去，打住了。

「好像什麼？」他停下腳步問。

「我只是聽說那麼一句半句的。」

林繼續推車並不看他，依然凌駕在他之上，是提醒也是關照，關照他不要犯狂，儘管也還在庇護他，但他聽出這已不是愛了，彷彿他掩蓋了身世，這關照也包含懷疑，受到汙染。他止不住辯解：

「我父親解放前當過銀行和一個輪船公司的部門主任，也當過記者，是一家私人的商業報紙，這又怎樣？」

他即刻能記起的是小時候他父親藏在家中五斗櫃底下裝銀圓的鞋盒子裡那本毛邊紙的小冊子，毛的《新民主主義論》，但他沒說。說這也無用，他感到委屈，為他父親還首先不是他自己。

「他們說，你父親是高級職員——」

「這又怎麼的？也還是雇員，還是給解僱了，解放前就失業過。他從來也不是資本家，也沒當過資方代理人！」

他義憤了，又立刻覺得軟弱，無法再取得林的信任。

林不說話了。

他在一條剛貼上的大標語前踩下自行車的撐子，站住追問：「還有什麼？誰說的？」

林扶住車，迴避同他照面，低下頭說：「你不要問，知道就行了。」

前面一夥刷標語的青年男女拎起地上的漿糊和墨桶，騎上車走了，牆上剛寫的標語墨汁還在往下流。

「你躲我就因為這個？」他大聲問。

「當然不是，」林依然不看他，又補上一句，聲音很輕：「是你要同我斷的。」

「我想你，真的，很想你！」

他聲音很響，卻又感到無力和絕望。

「算了吧，不可能了……」林低聲說，避開他的目光，扭頭推車要走。

他伸手抓住林的車把手，林卻把頭埋得更低，說：「別這樣，讓我走，我只是告訴你，你父親歷史有問題——」

「誰說的？政治部的人？還是大年？」他追問，止不住憤怒。

林挺身轉過臉去，望著街上的車輛和馬路邊不斷過去的自行車。

「我父親沒畫成右派——」他還企圖聲辯，這又是他要遺忘的。他記得她母親說過，總算都過去啦，那是他母親還在世他還上大學回家過春節的時候。

「不，不是這問題……」林扭轉車把手，腳登上車踏子。

「那是什麼問題？」他握住林的車把不放。

「他們說的是私藏槍枝……」林咬住嘴唇，跨上車，猛的一蹬上車走了。

他腦袋一聲轟響，還似乎看見林淚眼汪汪一閃而過，也許是錯覺，也許是他顧影自憐。林騎在車上圍巾包住頭的背影和路上那許多身影混同，燈柱下破紙片和塵土飛揚，不一會便無法分辨了。大概就在那時候他蹭到了牆上剛貼的標語，弄上一衣袖的墨跡和漿糊，所以牢牢記得同林分手時的情景。

他心頭堵塞，狼狽不堪，沒有就騎上車。私藏槍枝這沉重的字眼足以令他暈眩，等回味過來這話的含意，便注定他非造反到底不可。

他們一幫子二十多人闖到中南海邊的胡同裡，在警衛森嚴的一座赭紅的大門口，要求那位聲稱代表黨中央的首長去他們機關認錯，為打成反黨的幹部和群眾平反。他們進入辦公室的時候，坐鎮這要職之前早已有過上將軍銜的老革命居然接見了他們，比起他們機關裡躲在辦公室裡那些謹小慎微擠不出一句多話的領導幹部，畢竟氣度非凡，堂堂正正端坐在那異常寬大的辦公桌前的皮靠椅上，也不起身。

「我不逢迎你們，我見過的群眾多了，我幹革命搞群眾運動的時候，你們這些小青年還不知在哪裡，這我倒不是倚老賣老。」首長先說話了，聲音洪亮也不是裝出來的，那番態度和腔調依然像在會場做報告一樣。

「你們年輕人要造反，這好嘛！我也造過反，革過命，人家也革過我，我也犯過錯誤，比你們的經驗總多一些。我講了一些錯話，傷害了一些同志的感情，大家有些義憤，我在這裡向同志們道歉。還要怎樣呢？你們就不會犯錯誤？就永遠正確？我可不敢講這話，除了毛主席，他老人家永遠正確！不允許懷疑！你們哪一個就不會犯錯誤？哈哈！」

這群烏合之眾，來的時候一個個氣勢洶洶，鬥志昂揚，這時都乖巧了，竟躬聽教訓，無人吭聲。他聽出了弦外之音，老頭子的忿懣和暗藏的威脅。他還不得不站出來，誰叫他承擔起這烏合之眾的頭頭，於是問：

「您是不是知道，您動員報告之後當夜人人過關檢查？被打成反黨分子的上百人，還有許多人都整了材料。您能不能指示黨委宣布平反，當眾銷毀這些材料？」

「各有各的帳，你們黨委是黨委的問題，群眾就沒有問題？我打不了保票，我已經講過了，我收回的是我講的話！我個人講的那些話！」

首長不厭煩了，站了起來。

「那麼，您能不能在您做報告的同樣場合，再說一遍這些話？」他也不能退卻。

「這要黨中央批准，我是給黨做工作嘛，也要遵守黨的紀律，不可以隨便講話。」

「那您做的動員報告又是誰批准的？」

這就到了禁區，他也感到了這話的分量。首長凝視他，兩道濃眉花白，冷冷說道：

「我講的話，我個人承擔，毛主席他老人家還用我嘛，還沒有罷我的官嘛！我說的當然我個人負責！」

「那麼，能不能把您這番話記錄下來，張貼大字報公布於眾？我們是群眾推派的代表，也好對群眾有個交代，」

他說完，看看身邊的群眾，而眾人都不說話。首長凝視他，他明白這是一場力量懸殊的較量，也已無後退之路，於是說：

「我們會把您剛才的話記錄整理，請您過目。」

「年輕人，我佩服你的勇氣！」

首長不失威嚴，說完轉身，打開辦公桌後面一道小門，進去了。令人未曾察覺的這小門剎時便關上，只留下那張皮轉椅，空對著他那幫烏合之眾。他牢牢記住了這句話，是威脅也是嘲弄。

大腹便便的黨委書記在會場上站著做檢查，口齒含混，幾個月前坐在中央首長身邊挺腹昂首那副氣派沒了，相反戴上一副老花眼鏡，雙手捧住稿子，伸得比面前的話筒還遠，逐字逐句念，似乎辨認這些字句都有些吃力：

「我錯誤理解了……黨中央的精神。執行了……一些不恰當的指示。傷害了……同志們的革命熱情，在此誠懇——」唸到這裡吳濤同志疙瘩了一下，聲音略微上揚：「誠誠懇懇，向在座的同志們，道歉——」

那肥胖碩大的腦袋微微低垂，做個鞠躬的意思，顯出老態，也表現得老實可掬。

「什麼不恰當的指示？說清楚！」

會場上一個聲音高聲質問。吳離開稿子，低頭從眼鏡框上方瞅了一下會場，會場上人們隨即互相環顧。吳立刻回到稿子上，繼續一板一眼唸下去，唸得更慢，字眼咬得更加清楚：

「老革命遇到了新問題，我們憑過去的老經驗，老框框辦事，在今天這種新形勢下是肯定不——行——了！」

講的都是空洞的官話，會場上又有些動靜。吳大概感到又有人要打斷，便突然離開稿子，提高聲音，加以強調：

「我，也執行了一些錯誤的指示，犯了錯誤！」

吳一手放開稿子，打了個手勢，顯然修改了稿子上含糊的措詞。

「什麼老框框？說得好輕鬆！你這老框框是不是指的反右派？」

這回是個不到中年的女人，一名被打成反黨的黨員科長，在會場上站起來了。吳隔著下垂的老花眼鏡，望著她，一時不知所措。

「你這老框框指的是什麼？是不是指的反右派時引蛇出洞？」這女人十分激動，聲音顫抖。

「是的，是的，」吳連忙點頭。

「誰的指示？怎樣指示？你說清楚！」這女人追問。

「中央的領導同志，我們黨中央——」吳摘下眼鏡，想看清會場上這女人是誰。

那女人也不示弱，相反揚起頭高聲問：「你說的哪一個中央？哪一位領導？怎麼指示你的，你說呀！」

會場上的人心裡都明白，神聖的黨中央已經分裂了，連黨中央的政治局也正在被毛主席的無產階級司令部中央文革取代。領導吳濤同志的那個司令部已鎮不住會場了，一片嗡嗡聲起。可身為黨委書記的吳濤依然嚴守黨的紀律，不回答，轉而改用沉痛的語調，大聲壓住：

「我代表黨委，向挨整的同志們道歉！」

他再一次低頭，這回肥胖的身軀整個前傾，顯得真有些吃力。

「把你們的黑名單交出來！」又一個中年男人喊道，也是一名挨整的黨員幹部。

「什麼黑名單？」吳慌了，立刻反問。

「你們清查內定要弄去勞改的黑名單！」

又是那女科長在喊，面色蒼白，憤怒得頭髮都散亂了。

「沒有這樣的事！」吳彎腰抓住話筒，立刻否認：「不要聽信謠言！請同志們放心，我們黨委沒有這樣的黑名單！我以黨性保證，真沒有！一些同志受了委屈，我們黨委不恰當打擊了一些同志，犯了錯誤，這我承認，黑名單的事可是絕對沒——。」

吳的話音還沒落，會場左前角一陣騷亂，有人離開座位到台前去。

「我要說幾句話！憑什麼不讓我說？要真沒有就不怕人說！」

是老劉在擺脫阻擋他上台的保衛處幹事。

「讓劉屏同志講話！為什麼不讓人說？讓劉屏同志講！」

呼應聲中，老劉推開阻擋，登上台，面對會場，揮手指向在講台上的吳濤：

「撒謊的是他！運動一開始，最早的大字報剛出來，黨委就召開了緊急會議，指示各部門黨支部書記，進行人員排隊，政治部早就有這樣的名單！更不要說清查之後──」

會場上炸開了，前前後後好些人同時站起高喊：

「政治部的人出來！」

「叫政治部的出來做證！」

「把整人的黑名單交出來！」

「只許左派造反！不許右派翻天！」

隨即又有人高喊，從座位間衝到了台前，這回是大年。

「革命無罪！造反有理！」

喊這口號的是大李，漲紅了臉，站在椅子上。他也站起來了，會場上已經亂了，人都紛紛站起來。

「我有三十六年的黨齡，我沒有反過黨，我的歷史，黨和群眾可以審查……」

老劉的話還沒講完，便被跳到台上的大年揪住。

「滾下去！就是沒有窩藏地主老子你這反黨野心家說話的權力！」

大年擰住老劉的胳膊往台下推。

「同志們！我父親不是地主分子，抗戰時支持過黨，黨對開明士紳有政策，這都有檔案可查——」

又有幾個扯掉過老劉兒子的袖章的紅衛兵上台了，老劉硬被推下台來，跌倒在地。

「不許打人！鎮壓革命群眾運動的沒有好下場！」他也激情爆發，止不住喊叫。

「上！」

大李揮手喊了聲，便跨過椅子背，衝上台去。他們這一夥也就都擁上台了。

兩邊對峙，各喊各的口號，只差沒有動手，會場大亂。

「同志們，紅衛兵同志們，兩邊的紅衛兵同志們，請大家回到座位了去——」

吳敲擊話筒，可沒人再聽他的，政治部的幹部也不敢再出來干預，會場上人全都站起來，群情激昂。他想不到怎麼就走到講台前，一把奪過吳手中的話筒，衝著話筒喊：

「吳濤不投降，就叫他滅亡！」

會場上立即呼應，他當機立斷宣告：

「黨委無權再開這種會唬弄群眾，要開，得由我們革命群眾來召開！」

台下一片掌聲。他擺脫了同紅衛兵對峙的僵局，儼然成了失去控制的群眾需要的領袖。

失去威懾的黨委書記成了眾矢之的，連背後的那位中央首長也明哲保身摘鉤了，電話再聯繫不上，執行了「不恰當的指示」的吳濤同志也就成了更高層的政治賭博的犧牲品。

22

馬格麗特也不知如今怎樣了，把你拖進泥坑寫這麼本屁書，弄得你進退兩難欲罷不能。沒有人對這些破事還有興趣，連你自己都覺得無聊透頂的這種苦難。可她在給你的每那封信上落款都畫了個黃六角星，總忘不了她是猶太人，而你要抹去的恰恰是這痛苦的烙印。

你給她打了七、八上十次電話，錄音帶總是重複那一連串帶唇舌音的長句子，你只聽懂一個德文字——畢特……無非是請留言，她卻從來沒回過電話。她最後那封信中說：找個快活的妞去吧，她不可能同你生活在一起，那會非常痛苦，雙倍的痛苦，她希望有個穩定的家，想有個孩子，做一回母親，一個中國種的猶太孩子能幸福嗎？她信裡的中文，一些字還少點筆畫，有點古怪，造成種陌生感，不像她說起漢語來那麼流利，那麼親切，還那麼性感，也包括她的用詞，她說肉體和性交時都那麼自然，令你感到她的溫暖和溼潤。可她的信寫得冷，把你拒之她肉體和情感之外，而且帶上嘲弄的語調，令你不免苦澀。你解讀的是：她已經三十多歲了，不可能同你滿世界流浪，下一回相見在巴黎或是紐約？永遠的尤利西斯，現代的奧德塞？就算是一次豔遇吧，你許多豔遇中的一回，你要的她都給了你，就到此為止。

她不可能成為你的女人，像朋友一樣就此分手，長久做個朋友或許可能，但不想成為你的情婦。找一個法國妞吧，同她做性愛的遊戲，滿足你的幻想，給你以靈感，而又不勾起你的痛苦。你不難找到一個這樣的女人，一個你要的那種婊子，可她要的是和平與安定，一個能給她溫馨的家庭。她並非尋求痛苦，所以擺脫不了，也是因為缺少安全感，這你恰恰給不了她。

可你找不到一個這樣的女人，聽你訴說現世的地獄，人不要聽你這些陳腐的真實，寧可去看好萊塢的災難恐怖片，編造的幻想。你要是編個性虐待的故事，做愛時沒準還得點刺激，享受一回性高潮，你卻無人可以交談，只自言自語，你就同你自己繼續這番觀省、解析、回顧或是對話吧。

你得找尋一種冷靜的語調，濾除鬱積在心底的憤懣，從容道來，好把這些雜亂的印象，紛至沓來的記憶，理不清的思緒，平平靜靜訴說出來，發現竟如此困難。

你尋求一種單純的敘述，企圖用盡可能樸素的語言把由政治汙染得一塌糊塗的生活原本的面貌陳述出來，是如此困難。你要唾棄的可又無孔不入的政治竟同日常生活緊密黏黏一起，從語言到行為都難分難解，那時候沒有人能夠逃脫。而你要敘述的又是被政治汙染的個人，並非那骯髒的政治，還得回到他當時的心態，要陳述得準確就更難。層層疊疊交錯在記憶裡的許多事件，很容易弄成聳人聽聞。你避免渲染，無意去寫些苦難的故事，只追述當時的印象和心境，還得仔細剔除你此時此刻的感受，把現今的思考擱置一邊。

他的經歷沉積在你記憶的折縫裡，如何一層層剝開，分開層次加以掃描，以一雙冷眼觀注他經歷的那些事件，你是你，他是他。你也很難回到他當時的心境中去，他已變得如此陌生，別將你現今的自滿與得意來塗改他，你得保持距離，沉下心來，加以觀審。別把你的激奮和他的虛妄、他的愚蠢混淆在一起，也別掩蓋他的恐懼與怯懦，這如此艱難，令你懋悶得不能所以。也別浸淫在他的自戀和自虐裡，你僅僅是觀察和諦聽，而不是去體味他的感受。

你得讓他，那個孩子，那個少年，那個沒長成的男人，那個做白日夢的倖存者，那個狂妄之徒，那個日漸變得狡猾的傢伙，那個尚未喪失良智卻也惡又還殘留點同情心的你那過去，從記憶中出來，別替他辯解與懺悔。可你觀察傾聽他的時候，自然又有種惆悵不可抑止，也別聽任這情緒瀰漫流於感傷。在揭開那面具下的他加以觀審的時候，你又得把他再變成虛構，一個同你不相關的人物，有待發現，這講述才能給你帶來寫作的趣味，好奇與探究才油然而生。

你不充當裁判，也別把他當成受難者，那有損藝術的激奮與痛苦才讓位於這番觀審，有趣的既不是你的審判和他的義憤，也不是你的感傷和他的痛苦，該是這觀省的過程本身。

23

那些日子大字報、大標語滿牆滿街，燈柱上都是，口號甚至寫到了大街路面上。廣播車從早到深夜穿梭不息，裝上的大喇叭高唱毛的語錄歌，傳單在空中飄舞，比國慶大典還要熱鬧。往年在觀禮台上檢閱人民的黨的各級領導卻上了敞篷卡車，由造反的群眾解押示眾，頭上罩的各式各樣紙糊的帽子，有的特高，風吹便倒，得雙手緊緊攥住。有的乾脆套上個辦公室裡的廢紙簍，胸前一律掛了牌子，墨筆寫的名子，紅筆打上叉。這革命伊始，初夏之時，中學校裡的孩子這樣批鬥他們的校長和老師；入秋時分，紅衛兵又如是揪鬥「黑五類」；到這隆冬臘月，鬥爭的對象終於輪到了以階級鬥爭為職業的黨的革命家，恰如偉大領袖當年在湖南起家，發動農民運動時立下的榜樣。

吳濤在禮堂的台上被大李按下腦袋，當時還很倔強，人都有尊嚴和義憤，不肯輕易低頭，大李當腰便是一拳，肚子肥胖的吳濤疼得彎下腰，面色紫紅，那頭便不再抬起了。

他坐在鋪紅台布的台上，以前是吳濤的位置，主持了各群眾組織聯合召集的批鬥大會。面對這些越來越激烈的行動，他似乎也坐在火山口上，稍加抑制就同樣會被趕下台去。會場上，群情激奮，黨委成員接二連三一個個被點名，都站到了台前，都學會低頭了，都交代揭發吳的言行，都來自上級下達的指示，都承認錯誤，也都一脈相承，沒有一句自己的話。倒是細高個子精瘦得像乾蝦米一樣彎腰的黨委陳副書記，靈機一動，補充揭發吳新近對黨委幾個核心成員說過：「毛主席不要我們了。」

會場氣氛重新沸騰起來，眾人高呼：「誰反對毛主席就叫他滅亡！」在一片打倒吳濤和毛主席萬歲萬萬歲的口號聲中，他聽出了一點悲哀。這才是吳濤的肺腑之言，可也好像在哪裡聽過，之後想起，中南海邊的那位首長丟出吳之前便流露了這種憤懣，可這話從吳濤嘴裡出來變成了悲哀。

作為會議的主持者，他必須聲色俱厲，明知道這點哀怨不足以定為反對偉大領袖，可如果不把老傢伙打倒，就憑他主持了這會，吳一旦重新爬起來，會不動聲色照樣也把他打成反革命。

會場上通過決定，勒令吳濤交出黨委會議記錄和他的工作筆記。會後，他同哥們唐、小于三人坐上書記專用的吉姆牌黑轎車，帶上吳濤本人立即去他家查抄。

他想把這事做得平和一些，沒有動手，叫老頭自己打開一個個抽屜和堆文件的書櫃。唐和小于在翻看衣櫥，又命令老頭把箱子的鑰匙交出來。

「那都是些舊衣服，」老頭嘟嘟囔囔抗議道。

「檢查檢查怕什麼？要窩藏了整群眾的黑材料呢？」唐哥們扠著腰，挺神氣，查抄沒準也有種快感。

老頭到飯廳去問他老伴拿鑰匙。正是晚飯時間，菜做好已經擺在桌上，飯廳的門開著，吳的老伴在家，還有個小女孩，他們的外孫女。吳的老伴一直待在裡面，故意在同小女孩說話，他想到也許有什麼重要的東西就藏在飯廳裡，可立刻又驅散這念頭，沒有進飯廳，也迴避同她們照面。

兩個月前，紅衛兵查抄他那屋之後的一個星期天中午，有人敲門。一個姑娘站在門檻邊，膚色白淨，臉蛋明媚，側面來的陽光照得眉眼分明，粉紅的耳輪邊鬢髮發亮，說是房東的女兒，住在隔壁院裡，來替她家收房租的。他從未去過那院落，只知道老譚和房東是老熟人。

那姑娘站在房門口，接過他交的房錢，眉頭微蹙，掃了一眼房裡，說：「這屋裡的家具，桌子和那張舊沙發都是我們家的，到時候要搬走。」他說這會就可以幫她搬過去，那姑娘沒有接話，亮晶晶的眼睛又冷冷掃了他一眼，明顯透出仇恨，扭頭下台階走了。他想這姑娘一定誤解了，以為是他告發的老譚，要霸占這房。幾個月之後，那姑娘再也沒來收房錢，更別說搬走這些家具。等院裡的黃老頭替街道的房管部門代收房租時，他才知道私人的房產已一概充公了。他沒有去探問這房主的情況，卻牢牢記住了那姑娘對他投射的冷眼。

他避免去看吳的老伴和那小女孩，孩子雖小也會有記憶，也會長久留下憎恨。

唐哥們搬開一個個箱子，吳濤邊開鎖邊說這是他女兒和小孩子的衣箱，一打開面上便是乳罩和女人的衣裙。他突然感到難堪，想起紅衛兵在他小屋裡查抄老譚的東西翻出避孕套時的情境，揮揮手說算了吧。唐哥們又在檢查沙發，掀開墊子，伸手摸索沙發扶手的夾縫，大抵是搜查者的本能，一旦承擔起搜查的角色。他巴不得趕快結束，包上了幾捆信件、公文材料和筆記本。

「這都是我私人的信件，同我的工作沒有關係，」吳說。

「我們檢查一下，都要登記的，沒問題的話再還給你，」他駁了回去。

他想說而沒說出的是，這已經很客氣了。

「這是我……平生第二次了！」吳遲疑了一下，還是說出了這話。

「紅衛兵來過？」他問。

「說的是四十多年前，我為黨做地下工作的時候……」吳眼皮皺起，似笑非笑。

「可你們鎮壓群眾不也抄家嗎，恐怕還沒這麼客氣吧？」他也含笑問道。

「那都是機關的紅衛兵幹的，我們黨委沒做過這樣的決定！」吳斷然否認。

「可也是政治部提供的名單！要不然他們怎知道查抄誰，怎麼就不也查抄查抄你呢？」他盯住吳反問。

吳不出聲了，畢竟老於事故，還默默送他們到院子門口。可他知道這老傢伙同樣恨他，有朝一日官復原職，會毫不動容便置他於死地，他必需掌握足以把吳打成敵人的材料。

回到機關大樓，他連夜翻看吳的那些信件，發現了一封稱吳為堂兄的家書。信中寫道：人民政府寬大為懷，從輕發落，但現今生計艱難，疾病纏身，家中尚有老小，唯盼堂兄能同當地政府遞上句話，顯然是這位親屬有什麼政治歷史問題求吳解救。他卻把這封信塞進個公文包裡，寫上已查，沒去追問，心裡有個障礙。

那些日夜他幾乎不回家，就睡在充當他們造反組織指揮部的辦公室裡。日日夜夜，大會小會，各群眾組織間串聯與分歧，造反派內部也爭執不休。人人像熱鍋裡的螞蟻燒得亂竄，個個宣稱造反。老紅衛兵也宣布造黨委的反，改組為「紅色革命造反縱隊」，連政工幹部們都成立了戰鬥隊，變節、出賣、投機和革命與造反，也分不清楚，紛紛自找出路。原有的秩序和權力網絡一經打亂，重新糾結組合，都發生在這座蜂巢樣的辦公大樓上下，無數的密謀又不僅僅局限在這樓裡。

無論哪一派群眾組織的鬥爭會上，吳濤都少不了被揪鬥。大年們鬥得更凶，掛牌子彎腰低頭不算，還反拎胳膊壓住膝蓋，弄得栽倒在地，如同幾個月前他們整治牛鬼蛇神那樣，把被造反派奪去的威風轉移到吳濤身上，被黨拋棄了的這位老書記不僅成了一頭無用的老狗，而且誰都怕黏上騷臭。

一天雪後，他在大樓的後院見吳濤在鏟踩得滑溜的冰雪，見來人了便趕緊快鏟。他站住問了句：「怎麼樣？」

老頭立住鐵鍬，呼呼直喘，連連說：「還好，還好。他們打人，你們不動手。」吳擺出一副可憐相，明明在向他賣好，當時他想。他對這無人敢理睬的老頭的同情卻是在一年之後，老頭總穿件打了補丁骯髒的藍褂子，每天早晨拿個竹篾編的大笤把，低頭掃院子，過往的人一眼不看，雙肩下踏，腮幫和眼窩皮肉鬆弛，真顯得衰老了，倒令他生出些憐憫，但他也沒同老頭再說過話。

你死我活的鬥爭把人都推入到仇恨中，憤怒像雪崩瀰漫。一波一波越來越強勁的風頭，把他推擁到一個個黨的官員面前，可他對他們並沒有個人的仇恨，卻要把他們也打成敵人。他們都是敵人嗎？他無法確定。

「你太手軟啦！他們鎮壓群眾的時候絕不留情，為什麼不把他們這些打手統統揪上台來？」大李在造反派內部會議上這樣指責他。

「能都打倒嗎？」他遲疑了，反問，「能把所有整過人的反過來再都打成敵人？總得允許人改正錯誤，講究點策略，區別對待，爭取大多數。」

「策略、策略，你這知識分子！」大李變得暴躁而霸道，話裡帶一股鄙夷。

「什麼人都團結，都吸收進來，造反派又不是大雜燴！這是右傾機會主義路線，要葬送革命的！」另一位新進入他們指揮部的黨員老大姊學過黨史，更為激進，衝著他來，在造反派內部也開始路線鬥爭。

「革命的領導權必需掌握在堅定的真正左派手裡，不能由機會主義分子掌握！」這位造反派黨員大姊很激動，臉漲得像一塊紅布。

「搞什麼名堂！」他拍了桌子，在這烏合之眾中也變得野性十足，卻又一次感到委屈。

那些爭論、那些義憤、那些激烈的革命言詞、那些個人的權力欲望、那些策畫、密謀、勾結與妥協、那些隱藏在慷慨激昂後面的動機、那些不加思索的衝動、那些浪費了的情感，他無法記得清那些日夜怎麼過的，身不由己跟著運作，同保守勢力辯論，衝突，在造反派內部也爭吵不息。

「革命的根本問題是政權，不奪權這反就白造了！」大李火氣十足，也拍了桌子。

「不團結大多數群眾和幹部，這權你奪得了嗎？」他反問。

「以鬥爭求團結，團結存！」于拿出了毛的紅《語錄》，論證他軟弱的階級根源，「不能聽你的，知識分子一到關鍵時候就動搖！」

他們都自認為血統的無產階級，這紅色江山就該屬於他們。無論革命還是造反，都歸結為爭奪權力，這麼條真理竟如此簡單，令他詫異。可他究竟要什麼，當時並不清楚，造反也是誤入歧途。

「同志們，革命緊要關頭不奪取政權，就是陳獨秀！就是右傾機會主義分子！」黨員大姊引用黨史，撇開他，向參加會議的人發出號召。

「不革命的趁早統統滾蛋！」還有更激進的跟著喊，後來者總要居上。

「誰要當這頭，當去！」

他憤然起身，離開了幾十人抽了一夜菸烏煙瘴氣的會議室，去隔壁的一個辦公室，拉起三把椅子睡覺了。他憤慨，更多是茫然。不是革命的同路人便是造反的機會主義分子？他大概還就是，困惑不已。

那個除夕夜就這麼不歡而散。新年之後，混戰便由大李們和幾個最激烈的戰鬥隊宣布接管已經癱瘓了的黨委和政治部開始的。

「砸爛舊黨委！砸爛政治部！一切革命的同志們，支持還是反對新生的紅色政權，是革命還是不革命的分界線，不容含糊！」

小于在廣播裡喊，每個辦公室都裝有喇叭，奪權的口號響徹樓道和各個房間。大李、哥們唐同一些工勤人員，解押一幫老幹部，還有些壯年的黨支部書記，胸前都掛上牌子，由吳濤打頭敲一面銅鑼，在大樓裡一層一層遊廊示眾。

搞什麼名堂！革命還大抵就是這樣搞起來的。那些平時作為黨的化身莊重的領導幹部一個個搭拉腦袋，魚貫而行，狼狽不堪，那位造反派黨員老大姊則領頭舉拳，振臂高呼：

「打倒走資本主義道路的當權派！新生的紅色政權萬歲！毛主席的革命路線勝利萬歲！」

哥們唐學首長檢閱的模樣，頻頻向擠在過道裡和堵在辦公室門口看熱鬧的眾人招手，引得一些人發笑，另一些則鐵青著臉。

「我們知道你反對奪權——」前中校說。

「不，我反對的是這種奪權的方式，」他回答道。

這位說客是從軍隊轉業來的政工幹部，只當上個副處長，這混亂之中也是位躍躍欲試的主，笑嘻嘻對他說：「你在群眾中比他們有影響得多，你出面我們支持，我們希望你拉出個隊伍來同我們合作。」

這場談話是在政治部的機要室，他之前從來沒進去過，機關的文件和人事檔案，也包括記載了他父親的問題的他的檔案，就存放在這裡。大李們奪權時把這些鐵皮保險櫃和鎖上的文件櫃都貼了封條，可也還隨時可以撕掉，但這些檔案卻無人敢銷毀。

前中校在大食堂吃晚飯時找到他，說的是想同他個別交換交換意見，約在這裡想必也別有用意，他進來的時候多少領會到了。他知道前中校背後是誰，幾天前黨委副書記陳把瘦骨嶙峋的大手搭在他肩上就傳達了這信號。陳本來主管機關政治部，平時不苟言笑，挨批鬥之後臉色更冷峻了，在樓道裡從他身後上前，當時前後無人，居然叫了聲他的名字，還帶上個同志。陳那骨節嶙峋的大手擱在他肩上不過一兩秒鐘，然後點了下頭，便過去了，似乎是不在意的舉動，卻表現出意乎尋常的親近，裝作忘了他曾在大會上也批鬥過他。他們比起那些造反的烏合之眾，政治經驗老辣得當然不是一星半點，反而向他伸出手。可他遠不是玩政治的老手，也沒這麼狡猾，只想到不能同他們為伍，於是重申：

「這種奪權我不贊成，但並不反對奪權的大方向，我畢竟支持造黨委的反。」

躊躇滿志的這位前中校沉吟了一下，點點頭，說：「我們也造反。」

這話就像說我們也喝茶一樣。他笑了笑，沒有再說話。

「這只是我們個人間隨便談談，剛才那番話就當沒說。」前中校說完便起身。

他也就離開了機要室，拒絕了這番交易，也隔斷了同他們的聯繫。

這場談話不到十多天，春節過後，二月初，老紅衛兵和一些政工幹部重新組合起隊伍，反奪權，砸了造反派控制的機關大樓裡的廣播站。雙方組織發生第一場武打，有人皮肉受了點傷，他當時不在場。

24

所謂純文學，純粹的文學形式，風格和語言、文字的遊戲和語言結構與程式，它自行完成而不訴諸你的經驗、不訴諸你的生活、生之困境、現實的泥坑和同樣骯髒的你，這文學還值得寫嗎？純文學即使不是一個遁詞，一個擋箭牌，也是一種限定，你沒有必要再鑽進一個別人或你自己設限的囚籠裡去。

你不為純文學寫作，可也不是一個鬥士，不用筆做武器來伸張正義，何況那正義還不知在哪裡，也就不必把正義再寄託給誰。你只知道你絕非正義的化身，所以寫，不過要表明有這麼種生活，比泥坑還泥坑，比想像的地獄還真實，比末日審判還恐怖，而且說不準什麼時候，等人忘了，又捲土重來，沒瘋過的人再瘋一遍，沒受過迫害的再去迫害或受迫害，也因為瘋病人生來就有，只看何時發作。那麼你是不是想充當教師爺？比你辛苦的教員和牧師遍地都是，人就教好了？

這令人絕望的努力還是不做為好，那麼又為什麼還去訴說這些苦難？你已煩不勝煩卻欲罷不能，非如此發洩不可，都成了毛病，個中緣由，恐怕還是你自己有這種需要。

你吐棄政治的把戲，同時又在製造另一種文學的謊言，而文學也確是謊言，掩蓋的是作者隱祕的動機，牟利或是出名。這般功利和虛榮達不到還止不住筆，自然有更深層本能的衝動，恰同動物。同一般動物的區別則在於這衝動如此頑固而持續，不受冷暖飢飽或季節的影響而不可抑止，恰如排洩，要排洩便排洩，而較之糞便排洩不同之處，又在於還要把排洩物賦予情感和審美，譬如說憂傷，並且把這樣的憂傷和自娛納入語言中去。你揭露祖國、黨、領袖、理想、新人，還有革命這種現代的迷信和騙局的同時，也在用文學來製造個紗幕，這些垃圾透過紗幕就多少可看了。你隱藏在紗幕這邊，暗中混同在觀眾席裡，自得其樂，可不是也有一種滿足？

這世界到處是謊言，你同樣在製造文學的謊言。動物都不撒謊，苟活在世上是怎樣便怎樣。人卻要用謊言來裝飾這人世叢林，這就是人和動物的區別，遠比動物狡猾的人需要用謊言來掩蓋自身的醜陋，為也生在其中找尋點理由。用訴苦來代替痛苦，那疼痛便似乎可以忍受了，早年鄉裡人送葬的哀歌便有這種麻醉作用，而且會唱上癮，教堂裡做彌撒的樂曲不也是如此？

巴索里尼把薩德的作品加以改編，搬上銀幕，把政治權力與人性的醜惡展示給人們看，就靠的這張把真實同觀眾隔開的銀幕，讓人覺得在暴力與醜惡之外觀看，那暴力與醜惡也就有其迷人之處，大抵便是藝術和文學的奧妙。

詩人之所謂真誠，也同小說家所謂的真實一樣，作者隱躲在背後如同在鏡頭背後的攝像者，都貌似公正，冷靜，客觀的鏡頭後面，反過來投射到底片上的也還是自戀和自憐，抑或自淫和受虐，那虛假的中性的眼光依然被種種欲望驅使，所呈現的都已經染上了審美趣味，卻假裝用冷眼漠然看世界。你最好還是承認你寫的充其量只是逼真，離真實還隔了層語言。係經營語言，把情感和審美網織進去，而將赤裸裸的真實蒙上個紗幕，你才能贏得回顧端詳的快感，才有胃口寫下去。

你把你的感受、經驗、夢和回憶和幻想、思考、臆測、預感、直覺凡此種種，訴諸語言，給以音響與節奏，同活人的生存狀態聯繫在一起，現實與歷史，時間與空間，觀念與意識都消融到語言實現的過程中，留下這語言製造的迷幻。

與政治騙局相比，文學的迷幻在於作者和讀者兩廂情願，不像政治騙局中被耍的不接受也得接受，文學則可看可不看，沒這種強制性。你並不相信文學就這麼純潔，所以選擇文學，也不過藉此排洩。

再說，你不論戰，不以論敵的高矮來伸長或截肢，不受理論的框架來剪裁或修補自己，也不以別人的趣味來限制你言說，只為自己寫得痛快，活得快樂。

你不是超人，尼采之後，超人和群盲這世界都已經太多了。你其實再正常不過，正常得不能再正常，實實在在得不能再實在，心安理得，泰然自在，嘻笑如彌陀佛，但你也不是佛。

你只是不肯犧牲，不當別人的玩物與祭品，也不求他人憐憫，也不懺悔，也別瘋癲到不知所以要把別人統統踩死，以再平常不過的心態來看這世界，如同看你自己，你也就不恐懼，不奇怪，不失望也不奢望什麼，也就不憂傷了。倘想把憂傷作為享受，不妨也憂傷一下，隨後再回到這極平常的你，嘻笑而自在。

你也就不那麼憤世嫉俗了，這總也時髦。也別誇大了對權力的挑戰，所以倖存，有這分言說的自由，也得到別人的恩惠。人不負我我不負人，是條虛假的原則，你既負人，人雖也負你，可你得到的恩惠加起來沒準更多，誠然也是你幸運，還有什麼可抱怨的？

你不是龍，不是蟲，非此非彼，那不是便是你，那不是也不是否定，不如說是一種實現，一條痕跡，一番消耗，一個結果，在耗盡也即死亡之前，你不過是生命的一個消息，對於不是的一番表現與言說。

你為你自己寫了這本書，這本逃亡書，你一個人的聖經，你是你自己的上帝和使徒，你不捨己為人也就別求人捨身為你，這可是再公平不過。幸福是人人都要，又怎麼可能都歸你所有？要知道這世上的幸福本來就不多。

25

這大混亂中他看不到有什麼前途，不如避開險惡。他想揀回那個失落的世界，在房東家姑娘身上看到的那令他動心的美，線條優美的臉蛋，修長的身材，那姑娘側身站在他門檻外，院子裡陽光把肉紅的耳輪勾畫得那麼精細，頭髮絲、眉眼和唇邊都彷彿發亮，美好得令他止不住驚訝，卻被那姑娘目光中的憎恨勾消了。他想消解這姑娘對他的誤解，到鄰院去了。他想像那是個清靜的庭院，獨門獨戶，同這亂世隔絕的一個小天地。就當他同院裡的黃老頭沒替房管局收過房租，他去鄰院交錢，作為找這姑娘的理由。

臨街的石台階上，單扇的小門一推便開了。影壁後不大的院子，出乎他意料，竟凌亂不堪，牆邊和房檐下都堆滿雜物，台階上方正屋門口，一個老女人在一個鋁盆裡搓洗被單，有小孩子在屋裡哼哼唧唧哭鬧。他懷疑走錯了門，正要退出，老女人抬頭問：「你找誰？」

「我來交房錢……」

「什麼？」

「我住在隔壁院子裡，來找房東，我那房原先的房主，好幾個月沒人收房租了。」他準備好的解釋。

老女人甩掉手上的肥皂沫，指了指邊上掛把鎖的廂房，便不再理會，埋頭使勁揉搓盆裡的被單。

他只能推測房東一家也出了問題，連他們住的房子也充公出讓了，從正屋趕到邊上廂房裡。那姑娘目光中透出的仇恨更難消除了，他也沒有勇氣再去那院做這番解釋。

早春三月，他去了北京遠郊西山裡的斜河澗。從西直門那個主要是貨運的火車站上的車。是去西北遠郊山區的慢車，貨車的末尾掛了兩節硬座車廂。學生大串聯的熱潮已過，空空的車廂裡前後只零星幾個乘客，他在一個無人的隔檔裡臨窗坐下。火車穿過一個接一個的隧道，在山谷間盤環上行，從窗口看得見噴出煤煙和蒸氣的老式車頭，拖著一節節貨車，這空盪盪的硬座車廂在車尾搖搖晃晃。

在一個沒有站台的叫雁翅的小站，他跳下車，望著環山遠去的火車，揚旗吹哨的調度員進到路基邊的一間小屋裡，剩下他一個人站在路軌邊的碎石堆上。

還是上大學的時候，他就來這裡義務勞動過，在山上挖坑種樹。也是早春，土還沒解凍，一鐵鎬下去挖不起兩寸土，幾天下來手掌便打起血泡。一次為了打澇浸在河裡被水沖走的麻袋，裝的是要種的樹種，他下到冰冷刺骨的急流去打撈，差點送了命，因此得到表揚，但共青團並沒要他。他和幾個都沒入得了團的同學，彼此互稱「老非」，成立了個劇社，剛做了兩個戲，校方學生會的幹部找到他們，分別談了話，雖然沒明令禁止，這劇團卻再也活動不起來，自動散夥了。

他們排演過契訶夫的〈萬尼亞舅舅〉，那過時的美，一個外省小莊園的姑娘，纖細善良，憧憬道：一切都應該是美好的，美好的人、美好的服裝，內心也美好，都是過時的憂傷，像燒掉的老照片。

順著鐵軌在枕木上走了一段，見遠處迎面來的火車，他下了路基，朝滿是亂石的河床走去。這永定河要不是雨後漲水，或上游的官廳水庫閘門不開的話，河水還清澈。

他帶林來過這裡，拍過照，林身腰嬌美，光腿赤腳提起裙子站在水裡。之後他們在山上的樹叢裡野餐、接吻、做愛。他後悔沒拍下林躺在草叢中敞胸撩起裙子時的裸體，可這都捉摸不到了。

還能做些什麼？還有什麼可做的？無須回到他的辦公桌前，去照章處理那些千篇一律宣傳文稿，沒人管束他，也不必造反了，那種的正義的激情莫名其妙，也過去了。衝鋒陷陣當了幾個月的頭頭，那種振奮癮也似乎過足了，毋寧說累了，夠了。他應該急流勇退，不必再扮演英雄的角色。

脫了鞋襪，赤腳走在冰冷清亮的水流中。流水涓涓映著細碎的波紋，星星點點的陽光閃亮，頭腦頓時清醒。他想到應該去看他父親，多時沒有家信了，應該趁這機會人不知鬼不覺悄悄去南方一趟，找他父親弄清楚他檔案中關於「私藏槍支」的事。

他趕在下午回到北京城裡，到家取了存摺，又騎車趕在儲蓄所關門之前取了錢，便去前門火車站買了當晚的車票。再回家把自行車鎖在屋裡，帶上個平時上班的挎包，夜裡十一點鐘坐上了南下的特快列車。

父子兩年未見，他突然回到家中，他父親高興得不行，特別去自由市場買來了北方吃不到的鮮魚活蝦，下廚房自己動手剖魚。他爸現今也學會動鍋鏟，一改他媽去世後鬱鬱寡言的樣子，興致勃勃話也多，竟關心起政治來了，一再問起從報紙上消失了的那些黨和國家首腦。飯桌上喝著酒，他不便令他爸掃興，講了些不見報的消息，同時告訴他爸這都是黨內最高層的鬥爭，老百姓無法弄得清楚。他爸說知道，知道，這省裡、市裡也一樣，還說也參加了造反派，他單位裡一貫整人的人事科長也靠邊啦。他憋了好一會，不得不點醒一下，說：「爸，可別忘了反右那時候的教訓——。」

「我沒有反對黨！我只是對他個人的工作提了點意見！」

他父親立刻激動起來，拿酒杯的手跟著哆嗦，酒便潑到桌上了。

「你又不是年輕人，你歷史上有問題，你不可以加入這樣的組織！你沒有參加運動的權利！」他也很激動，從來沒對父親用過這種語調。

「我為什麼不能？」他爸重重一聲把酒杯放下，「我歷史清清楚楚的，沒有參加過反動黨派，我沒任何政治問題！當年是黨號召鳴放，我只是說要撤掉同群眾隔離的那道牆，講的是他個人的工作作風，我從來沒說過黨的一個不字，那是他報復！這我在會上說的，許多人在場，人都聽見，都可以證明！我那百來字的黑板報稿子也是他們黨支部來要的！」

「爸，你太天真——」他剛要辯駁，又被他父親打斷。

「不用你來教訓我！不要以為你讀了點書，也是你媽太寵你，把你寵壞了！」

事？」

等他爸這陣發作過去，他不能不問：「爸，你有沒有過什麼槍？」

彷彿當頭一棒，他父親愣住了，漸漸垂下頭，手轉動酒杯，不說話了。

「有人向我透露，我的檔案中有這問題，」他解釋說，「我就是來關照爸的，到底有沒有這事？」

「都是你媽太老實……」他父親喃吶道。

那就是說，確有其事，他心也涼了。

「當時，剛解放頭一兩年，發下一份履歷表格，人人都得填，其中有武器這麼一欄，都怪你媽，沒事找事，要我照實填寫，我替個朋友轉手賣過一支手槍……」

「是哪一年？」他盯住問，他父親竟然成了他審問的對象。

「早啦，抗戰時期，還是民國——你還沒出世呢……」

人就是這樣招供的，都不能不招，他想。這已是無可爭辯的事實。他得盡量平靜，沉住氣，不可以審問父親，於是輕聲說：「爸，我不是責怪你。可這槍呢？」

「轉給了銀行裡的一個同事呀。你媽說要那東西做什麼？防身壯膽子呀，那年代社會動亂，可你媽說我槍都不知道往哪打，要走火了呢？就轉賣給銀行裡的同事啦！」

他爸笑了。

這不可以笑，他說得很嚴正：「可檔案裡記的是私藏槍支。」

林告訴他的正是這話，他不可能聽錯了。

他父親愣了一下，幾乎叫起來：「這不可能！都三十多年前的事了！」父子相望，他相信他爸，勝過於檔案，但他還是說：「爸，他們也不可能不調查。」

「就是說……」他父親頹然。

就是說，買槍的人如今誰還敢承認？他也絕望了。

他爸雙手覆面，也終於明白這意味什麼，哭了。一桌還沒怎麼動筷子的菜都涼了。

他說他不怪他爸，即使再出什麼事，也還是他的兒子，不會不認他爸。「大躍進」過後那大災荒的年代，他媽也是因為天真，響應黨的號召去農場勞動改造，勞累過度淹死在河裡，他們父子便相依為命。他知道他爸疼愛他，見他從學校回來浮腫，當時把兩個月的肉票買了豬油讓他帶走，說北方天寒地凍什麼營養都弄不到，這裡還可以從農村高價買到些胡蘿蔔。

他爸把滾燙的豬油倒進個塑料罐裡，罐子即刻萎縮熔化了，油從桌上又流到地下，他們蹲下用小勺子一點點從地板上刮起那層凝固了的豬油時，都默默無言，這他永遠忘不了。他還說：「爸，我回來就是要把這槍的事弄清楚，為的是爸，也為我自己。」

他父親這才說：「轉買手槍的是我三十多年前在銀行的一位老同事，解放後來過一封信就再沒有聯繫，人要在的話，想必也還在銀行工作。你叫他方伯伯，你還記不記得？他非常喜歡你，不會出賣你的。他沒有孩子，還說過要收你做他的乾兒子，你媽當時沒答應。」

家中有張舊照片，要還沒燒掉的話，這他記得，這位方伯伯禿頂，胖胖的圓臉，活像一尊彌陀佛，可穿西裝，打得領帶。騎坐在這穿西裝的活佛腿上的那小孩子，一身毛線衣，手捏著一支派克金筆，不撒手，後來這筆就給他了，是他小時候一件貨真價實的寶貝。

他在家只過了一天，便繼續南下，又是一天一夜的火車。等他找到當地的人民銀行詢問，接待他的是個青年，造反派群眾組織的，又問到管人事的幹部，才知道方某人二十年前就調到市郊的一個儲蓄所去了，大概也屬於以前的留用人員不受信任的緣故。

他租了一輛自行車，找到了這儲蓄所。他們說這人已經退休了，告訴了他家的地址。在一棟二層的簡易樓房裡，過道盡頭，他問到繫個圍裙在公用水池洗菜的一個老太婆，老太婆先愣了一下，然後反問：「找他做什麼？」

「出差路過，就便來看望這老人家，」他說。

老太婆支支吾吾，在繫的圍裙上直擦手，說他不在。他猜這老太婆可能是他家人，便和顏悅色解釋，是他老朋友某某的兒子，就是來看望老伯伯的。老太婆連連啊了幾聲，這才引他到一間房門口，開門讓他進去，然後很客氣給他泡上茶，請他坐一下，說她老伴在弄菜園子，這就叫去。

老人拿把鋤頭進來了，把鋤頭立在門後，眨著一隻耷拉的眼皮，光亮的禿頭只兩側還有幾根稀疏的白髮。他叫了一聲方伯伯，再一次說明是某某的兒子，轉達了他父親的問候。

老人邊點頭，耷下的眼皮不斷抽搐，望了他良久，才慢慢說：「記得，記得，記得……老同事，老朋友啦……你爸怎樣了？」

「他還沒事。」

「啊，沒事就好，現今沒事就好！」

寒暄一會之後，他說遇到一點麻煩，說的是可能會遇到的麻煩，是有關他父親轉手賣過一支手槍的事。

老人低頭不知找尋什麼，然後手端起茶杯，顫顫的。他說不需要老人證明，只是請他說一說情況：「我父親是不是託你轉手賣過一支手槍？」

他強調的是賣，沒說是老人買的。老人放下茶杯，手也不再抖了，於是說：「有這事，好幾十年前啦，還是抗戰時期逃難嘛，那年頭，兵荒馬亂，防土匪呀，我們在銀行裡做事多年，有點積蓄，鈔票貶值呀，都換成了金銀細軟，走到哪裡帶到哪裡，有根槍以防萬一。」

他說，這他父親都說過，也不認為這有什麼，問題是那槍的下落至今一直成了懸案，他父親私藏槍支的嫌疑也轉到他的檔案裡了，他說得盡量平實。

「都是想不到的事呀！」老人嘆了口氣，「你爸爸的單位也來人調查過，想不到給你也帶來這麼大的麻煩。」

「還不至於，但是一個潛在的麻煩，為了應付有一天發作，好事先心裡有數。」

他再一次說明不是來調查，擺出一副微笑，讓老人放心。

「這槍是我買的，」老人終於說了。

他還是說：「可我父親說是託你轉手賣的——」

「那賣給誰了？」老人問。

「我父親沒說，」他說。

「不，這槍是我買的，」老人說。

「他知道嗎？」

「他當然知道。我後來把它扔到河裡去了。」

「他知道嗎？」

「這他哪裡知道？那已經是解放後，社會安定，誰還留這東西做什麼？我夜裡偷偷把它扔到河裡去了……」

他也就沒有什麼可說的了。

「可你爸為什麼要說呢？也是他多事！」老人責怪道。

「他要是知道這槍扔到河裡去了……」他替他父親解釋道。

「問題是他這人也太老實了！」

「他也可能怕這槍還在，怕萬一查出來，追問來源——」

他想為他父親開脫，可他父親畢竟交代了，也連累到這老人，要責難的還是他父親。

「想不到，想不到呀……」老人一再感嘆，「誰又想得到這三十多年前的事，你還沒生下來呢，從你父親的檔案又到了你的檔案裡！」

在河床底連渣子都鏽完了的這支不存在的槍，沒準也還留在這退休的老人的檔案裡呢，他想，沒說出來，轉開話題：「方伯伯，你沒有孩子？」

「沒有。」老人又嘆了口氣，沒接下去說。

老人已經忘了當年想要收他當乾兒子的事，幸好，否則老人的心情也得同他父親那樣更為沉重。

「要是再來調查的話——」老人說。

「不，不用了，」他打斷老人的話。他已經改變了來訪的初衷，沒有理由再責怪他們，這老人或是他父親。

「我已經活到頭了，你聽我把話說完，」老人堅持道。

「這東西不是已經不存在了嗎？不是鏽都鏽完了嗎？」他凝望老人。

老人張嘴哈哈大笑起來，露出稀疏的牙，一滴淚水從那下垂的眼皮下流了出來。

老人同他老伴張羅，一定要留他吃飯，他堅持謝絕了，說還得回城裡退掉租的自行車，趕晚上的火車。

這位方伯伯送他出了樓，到了大路口，一再揮手，叫他問他爸好，連連說：「保重！保重呀！」

他騎上車，等回頭看不見老人的時候，突然明白過來：這番查證多此一舉，有個鳥用？

26

你總算能對他做這番回顧，這個注定敗落的家族的不肖子弟，不算赤貧也並非富有，界乎無產者與資產者之間，生在舊世界而長在新社會，對革命因而還有點迷信，從半信半疑到造反。而造反之無出路又令他厭倦，發現不過是政治炒作的玩物，便不肯再當走卒或是祭品。可又逃脫不了，只好帶上個面具，混同其中，苟且偷生。

他就這樣弄成了一個兩面派，不得不套上個面具，出門便帶上，像雨天打傘一樣。回到屋裡，關上房門，無人看見，方才摘下，好透透氣。要不這面具戴久了，黏在臉上，同原先的皮肉和顏面神經長在一起，那時再摘，可就揭不下來了。順便說一下，這種病例還比比皆是。

他的真實面貌只是在他日後終於能摘除面具之時，但要摘下這面具也是很不容易的，那久久貼住面具的臉皮和顏面神經已變得僵硬，得費很大氣力才能嘻笑或做個鬼臉。

他生來大概就是個造反派，只是沒有明確的目的，沒有宗旨，沒有主義，不過出於自衛的本能，後來才明白那造反也落在人的指揮棒下，已經晚了。

他從此沒了理想，也不指望人家費腦筋替他去想，既酬謝不了，又怕再上當。他也不再空想，也就不用花言巧語騙人騙己。現今，對人對事都已不再存任何幻想。

他不要同志，無需和誰同謀，去達到一個既定的目標，也就不必謀取權力，那都過於辛苦，那種無止盡的爭鬥太勞神又太費心，要能躲開這樣的大家庭和組合的集團，真是萬幸。

他不砸爛舊世界，可也不是個反動派，哪個要革命的儘管革去，只是別革得他無法活命。總之，他當不了鬥士，寧可在革命與反動之外謀個立錐之地，遠遠旁觀。

他其實沒有敵人，是黨硬要把他弄成個敵人，他也沒輒。黨不允許他選擇，偏要把他納入規範，不就範可不就成了黨的敵人，而黨又領導人民，需要拿他這樣的作為靶子來發揚志氣，振奮精神，鼓動民眾，以示奮慨，他便弄成了人民公敵。可他並不同人民有什麼過不去，要的只是過自己的小日子，不靠對別人打靶謀生。

他就是這樣一個單幹戶，而且一直就想這麼幹，如今他總算沒有同事，沒有上級，也沒有下屬，沒有領導，沒有老闆，他領導並僱用他自己，做什麼便也都心甘情願。

他也就不那麼憤世嫉俗，照樣食人間煙火，還特愛好祖國的烹調，這也是從小養成的胃口，他母親就做得一手好菜。他當然也吃西餐，法國大菜自然不用說，義大利的通心粉據說是馬可波羅從大唐帝國帶去的，可撒的調料卻是中國沒有的乾奶酪。日本生魚火鍋黏上衝鼻子的芥末，還有俄國的魚子醬，特別是黑色的，也都滿好吃。再如朝鮮的烤肉和酸辣泡菜，如果又能就上印度薄餅的話，想必會是一絕，他只是吃不了淡而無味的肯特雞，胃口有點挑剔，也因為他童年畢竟沾過點好日子的邊。

他還好色，少年時就偷看過他母親還年輕美好的裸體，在他母親洗澡的時候。從此，由衷喜愛漂亮女人，而他沒女人的時候，便自己下筆，寫得還相當色情。這方面，他毫不正人君子，甚至羨慕唐璜和喀薩諾瓦，可沒那豔福，只好把性幻想寫入書中。

這就是你給他寫的鑑定，以代替在中國沒準還保存而他永遠也看不到的那份人事檔案。

望著裂開的紙糊的頂棚，夜裡耗子在上面跑來跑去，徹夜打架，弄得裂縫越來越大，棉被都落上一條條黑絨絨的灰塵。他從來還沒這樣無聊過，無所事事，不必早起按時去上班，也不再忙於造反。不讀書也不留文字，可讀的書也統統裝進了木箱和紙盒子裡。他必須保持清醒，免得再回到白日夢裡。可隔壁那退休工人屋裡早起收音機就開得山響，唱的是革命樣板戲〈紅燈記〉，令他煩躁不安。即使手淫，還要蒙上被子，閉上眼睛努力回味林赤裸熾熱的身體，也還是抵制不了義正詞嚴聲調高昂的唱詞，只弄得非常沮喪。

他想借把梯子把頂棚的裂縫糊起來，可這蓬鬆下陷的紙殼弄不好全塌下來，多少年的積塵還不把滿屋子搞得烏煙瘴氣，就更沒法收拾，糊頂棚也是門手藝。他把老譚床上堆的雜物挪到牆角，把褥子鋪到那床上去，自己的那床乾脆拆掉，老譚肯定是回不來了。

想逍遙也無處可去，唯一可做的事是上街買群眾組織出的小報，還有各種各樣的揭發材料，回到屋裡做完飯，再邊吃邊看。他從首長們接見各群眾組織的講話中琢磨出不同的口徑和弦外之音，一個個慷慨陳詞，卻又像走馬燈樣不停更換，昨天還在解說毛的最新指示，沒準明天或是後天，那暗藏的殺機便落到自己頭上，成為反黨的罪犯。他當初造反的熱情也冷卻了，心中的疑問不斷上升，可又不敢確認。

他還得時不時去機關大樓裡照一下面，在他們造反派的總部坐一會，這時候好些組織分裂後又聯合組成了總部。人來人往的，他抽幾根菸，聊一會天，無非露個面，聽聽消息，乘人不察覺便溜了。這大樓裡沒完沒了的鬥爭與重新組合與新的鬥爭，他也沒興趣了。

最熱鬧消息最多的地方總在長安街上，每次上機關大樓都繞道一趟。中南海赭紅的高牆外，搭滿了帳篷和葦棚，巨大的紅布橫幅「首都無產階級革命派揪鬥批判劉少奇火線聯絡站」，加上各大學造反派的紅旗招展，數百個大喇叭夜以繼日通宵達旦高唱戰歌，以最高領袖紅太陽的名義聲討國家主席，連這場面也不再令他激動。

「劉少奇的女兒揭發她老子的最新材料！看哪，看哪！用革命經費打成金鞋拔子，吞為己有，劉少奇前妻的揭發！」

圍住叫賣小報的一圈人中，他認出了中學時的同學大頭，從背後拍了下肩膀，大頭一驚，回頭見他才釋然笑了。大頭拎個人造革的黑提包，也買了一包小報和材料。

「走，上我那裡去！」他萌生出一種舊情，大頭成了他已喪失的生活最後的一線聯繫。

「我買瓶酒去！」大頭也興奮起來。

兩人騎上車，到東單菜場爭著買了些熟食和酒，回到他那屋裡。下午的陽光照在窗簾上，室內暖洋洋的，幾杯酒後更是面紅耳熱。大頭說運動一開始就給揪出來了，人揭發他詆毀毛的哲學只兩本小冊子，在宿舍裡聊天不當心說走了嘴。就這麼一句話，如今人們有的是更大的目標，他這點反動言論也擱置一邊顧不上了。還說他可是一張大字報也沒貼過，這運動輪不到他的份，可他那數學也沒法搞了，就收羅小報，偷看閒書。

「什麼書？」他問。

「《資治通鑑》，從家裡帶來的。」笑容凝固在大頭酒後泛出紅光的圓臉上。

這帝王術他向來沒有興趣，還不明白大頭那笑容的涵義。

「你沒有讀過吳晗的《朱元璋傳》？」大頭反問他。那是一個試探，大頭伸出了觸角。

這文革就是從批判吳晗開始的，北京市的副市長，明史專家，早年寫過本明太祖如何誅殺開國元勛和功臣的書，運動剛剛開始便自殺了，開了隨後無數自殺的先例。他明白了這暗示，對他心中的疑問是個確認，手指敲了一下桌子，叫道：「你這鬼！」

大頭眼鏡片後透出晶晶目光，似笑非笑，已經不是少年時那個書獃子了。

「倒是翻過，當時以為是歷史，老皇曆了，沒想到……繞了個大彎子？」他也進而試探，問。

「印地安人的飛來器……」大頭接茬，笑嘻嘻的。

「可不也是辯證法？」

「就不知道更高還是更低了……」

隱語和腹語，不可直說的和不能說出的，帝王統治術加意識形態，抑或意識形態裝飾的政治權術，歷史大於意識形態，而現實呢？

大頭收斂了笑容。隔壁的收音機還在唱，這回是毛夫人指導的另一個樣板戲〈紅色娘子軍〉：「向前進，向前進，革命的擔子重，婦女的怨仇深！」這位一直被黨的元老們限制不得參政的江青同志壯志正在得以實現。

「你這裡怎麼這麼不隔音？」大頭問。

「那邊收音機開著倒還好些。」

「你房裡沒個收音機？」

「同屋的老譚有個半導體的被查抄了，人還一直隔離在機關裡。」

兩人沉默良久，隔壁收音機裡的唱詞聽得清清楚楚。

「有棋子嗎？下盤棋吧！」大頭說。

老譚倒有一副骨雕的象棋，他從堆在牆角裝雜物的紙盒裡找了出來，挪開酒菜，在桌上擺了起來。

「你怎麼想起這書的？」他回到剛才的話題，走了一子。

「報上剛開始批吳晗的時候，我老頭叫我回家了一趟，說他申請退休了……」

大頭推動棋子，壓低聲音，說得故意含混。大頭的父親是歷史教授，還有個民主人士的什麼頭銜。

「吳的那書你有嗎？還能不能弄到？」他又走一子。

「我家就有，老頭叫我看的，這會早燒了，誰還敢藏那書？只叫我把家裡那部線裝的《通鑑》帶來了，還是明版的刻本，就算留給我的遺產，這書是毛老頭早先叫高幹讀的，要不這如今也留不下來。」那毛字大頭說得很輕，一帶而過，又推一子。

「你老頭還真精！」他說不清是讚嘆還是嘆息，他沒有一位這樣明事理的家長，他父親那麼糊塗。

「也晚啦，不讓他退休，加上他以前的歷史問題，還是揪出來了。」大頭摘下眼鏡，一雙失去光澤的高度近視眼，貼近棋盤瞅了瞅，說：「你這下的什麼屎棋？」

他於是把棋子一手唬了，說：「玩不了，都是傻屄！」

這粗話叫大頭楞了一下，突然格格笑了起來。兩人便哈哈大笑，眼淚水都流了出來。

你們可要注意啦！這番議論要被人告發，就足以置於死地。

恐懼就潛藏在人人心裡，卻不敢言明，不可以點破。

等天黑了，他先到院子外去倒垃圾，拎了一筒啃剩下的雞骨頭和煤爐渣，見鄰居的房門都關上了，大頭趕緊騎車走了。大頭住的是集體宿舍，仍在審查之中，雖然有他老父的關照，也已經晚了，到軍人進駐實行管制清理階級隊伍的時候，在集體宿舍閒聊說走了嘴的那麼一句話，就成了大逆不道的罪行，弄到農場勞改，放了八年的牛。

同大頭那次談話之後，生出的恐懼令他們相互迴避，不敢再有任何接觸，相隔十四年才再度見面。大頭的父親已經去世了，在美國的一位叔父幫他聯繫了一所大學去深造。拿到護照和去美國的簽證後，大頭來告別。說起那次見面，酒酣耳熱，點破了這毛老頭發動文革的謎底。

大頭說：「要是你我那天的講話兜了出來，那就不是放牛了，這腦袋還不知在不在！」又說這一去美國，要能在大學裡弄到個教職，恐怕是再也不會回來了。

當時，十四年前的那天晚上，大頭走後，他敞開房門，讓一屋子的酒氣散淨。之後插上門，從興奮與恐懼中冷卻下來，躺到床上，望著頂棚的那道黑縫，好比突然捅開了一個螞蟻窩，裡面黑壓壓一片蠕動和混亂，那頂棚隨時都可能塌陷下來，令他周身發麻。

28

又到了冬天。爐火封上了，他靠在床頭，只檯燈亮著，一個有夾子的鐵罩子扣在燈泡上，把燈光壓得很低，照著花格子的被面，上身在暗中，望著被子上那一圈光亮。一個巨大無邊的棋盤，輸贏都不由棋子決定，暗中操作的是棋手，一顆棋子想有自己的意志，不肯糊裡糊塗被吃掉，豈不在發瘋？你還夠不上當個微不足道的小子兒，無非是隻螞蟻，亂腳下隨時隨地都會被踩死。而你又離不開這螞蟻窩，只能在蟻群裡胡混，哲學的貧困或貧困的哲學，從馬克思到那些革命賢哲，誰又能預料得到這革命帶來的災難和精神的貧困？

敲窗玻璃的聲音，他先以為是風，窗戶從裡面嚴嚴實實糊上棉紙，也拉上了簾子。又是輕輕兩聲。

「哪一個？」他坐起問，卻沒動靜了，於是從被窩裡起來，赤腳走到窗邊。

「是我。」窗外一個女人的聲音，很輕。

他猜不出是誰，拔了門栓，開了一線門縫，跟著一股冷風，蕭蕭推門進來了。他十分驚訝這中學女生深夜怎麼來了，他穿的短褲，趕緊鑽進被窩，讓女孩把門關上。剛闔攏的房門又吹開了，寒風呼呼往屋裡直灌，蕭蕭便靠在門背，頂住門。

「把門插上，」他說這話時並無心，卻見女孩遲疑了一下，轉身捏住鐵銷，然後輕輕插上了，他心裡一動。女孩解下把頭嚴嚴包住的棉線長圍巾，露出蒼白文靜的臉，垂下頭似乎在喘息。

「蕭蕭，怎麼啦？」他坐在床上問。

「沒什麼」，女孩抬起頭，依然站在門邊。

「凍壞了吧？把爐子打開。」

女孩把毛線手套摘了，舒了口氣，便拾起爐邊地上的鐵鉤，打開爐門和封住煤火的鐵蓋子，彷彿這就是她該做的事。看得出來，這瘦弱而不起眼的姑娘在家也不受驕寵，做慣了家務。

蕭蕭是同一幫中學生來他們機關參加運動的，很快也分成兩派，這女孩和幾個女生傾向他們這一派，可都像風一樣來來去去，激烈了幾天就不見了。只有蕭蕭還經常來他們總部，也不像別的女孩那麼咋咋呼呼熱中辯論，總靜靜待在一邊，不是看看報紙，就是幫忙抄寫大字報，她毛筆字寫得還可以，也有耐心。一天下午，要趕寫一批反擊對方的大字報，抄完張貼好已晚上九點多鐘了。蕭蕭說家在鼓樓，他也順路，便叫女孩坐在自行車後架上，帶上她。

先經過這院子門口，他問是不是吃點東西再走，蕭蕭便同他進屋，還是女孩動手煮的麵條。吃完，他又騎車送她到一個胡同口，蕭蕭說不用再進去，跳下車，一溜煙跑進胡同裡去了。

「吃過飯了？」他照例問她。

蕭蕭點點頭，搓著手，爐火映照的那臉立刻烤得紅通通的。他有段時間沒見到這姑娘了，在等她說明來意。蕭蕭依然默默坐在爐邊的椅子上，烤熱的雙手捣住變得嫵媚的臉蛋。

「最近做什麼呢？」他只好又問，端坐在床上。

「不做什麼。」蕭蕭捣住臉，望著爐火。

他等她說下去，女孩又沒話了。

「那你們學校裡這會兒幹什麼呢？」他於是再問。

「學校玻璃都砸了，冷得待不住，沒人去，同學都到處亂竄，也不知要幹什麼。」

「那不正好，你可以待在家裡，又不用上學。」

女孩沒有回應。他彎腰把搭在床那頭架子上的長褲拉過來，正要起床。

「你躺著好了，沒事。就來同你說說話的。」蕭蕭這才轉過身，抬起頭望他。

「那你自己泡茶！」他說。

蕭蕭依然坐著不動。他揣度她的來意，紅撲撲的臉蛋上變得晶瑩的目光立刻閃開。

「有點熱，我脫了棉衣？」蕭蕭說，像是問自己，又像是問他。

「熱就脫了，」他說。

女孩站起來，脫了大棉襖，裡面沒有罩衫，露出一身暗紅的毛線衣，箍住上身，他於是看見隆起的胸脯，有些彆扭，說：「我還是起來吧！」

「不用，真的不用，」蕭蕭又說。

「這麼晚，要鄰居看見了不好，」他還是有顧忌。

「院子裡漆黑的，只你窗上有點反光，沒人看見我進來，」蕭蕭的聲音一下子變得非常輕，剎時間，這還陌生的女孩同他竟然如此親近。

他點頭示意讓她過來。蕭蕭走到他床前，兩腿貼住床沿，他心猛然怦怦跳了起來，又聽見索瑟聲響。蕭蕭扯起毛衣和束在腰裡的洗得褪色淡淡發白的水紅棉衫，露出光光的細小的身腰和下半圈奶。他不覺伸手按在上面，女孩一手捏住他手背，他不明白是要引導還是阻止他撫摸，抬頭卻看不清蕭蕭的眼神。燈罩下，光圈裡細柔的肌腹明晃晃的，他手掌壓迫的小奶下沿突起一道嫩紅的傷痕。女孩細巧的手指緊捏住他手，他顧不得問這傷痕怎麼來的，手便硬伸進女孩貼身的衣衫裡，握住了乳房，倒不像看上去那麼瘦弱，柔嫩而鼓漲。蕭蕭喃喃吶吶，他分不清也來不及分辯她說的是什麼，一手抱住，女孩便伏倒在床上。

他不記得這女孩是怎樣到被子裡來的，又怎樣解開褲腰上扣得很緊的鈕扣，那光滑潤澤的髀間還沒長茸毛，他不知道她是不是處女，只記得她沒有扭捏，不加抗拒，沒接吻，也沒脫厚厚的絨褲，只褪到膝蓋下，任他把手伸進去撫摸。隨後又撩起毛線衣和棉衫，在被子裡，塗射在她柔軟的小腹上一片潤滑。他還記得的是，這姑娘偎依在他身邊，仍然閉著眼，檯燈罩子下光亮直照兩片豔紅的圓唇，微微啟開，令他對原先並不起眼好像還沒長開的這姑娘有一股柔情。他沒有料想到這事，沒有準備，又怕她懷孕。他不敢再進一步，不敢真享用她。

他不明白她的來意是不是就這個，不明白她出示乳房上的傷疤要表示的是什麼，他不知道明天該怎麼辦，不知道他的明天和女孩的明天，他們還有明天嗎？

他靜靜躺著，聽見桌上的鐘滴答滴答在走，四下如此安靜。他想問問這傷痕，這女孩顯然為此而來，想好了才有這決心和舉動，他側身望著她良久，又怕打破令人屏息的沉寂，秒針的滴答聲提醒他，時間正在流逝。就在他抬起身看鐘的當口，蕭蕭睜開了眼，在被子裡拉起衣褲，扣上了褲腰的鈕扣，坐了起來。

「你要走？」他問

蕭蕭點點頭，從被子裡爬出來，腳上還穿的一雙紫紅的毛線襪，下床彎腰穿鞋。他始終躺著，默默看著她套上棉襖，連頭包裹上長圍巾，整理完畢，見她把放在桌上的毛線手套拿在手裡，他這才問了一句：

「出什麼事了？」他自己都覺得聲音乾澀。

「沒事，」蕭蕭低頭說，捏著手套，然後一個手指一個手指套上。

「有事就說！」他覺得必須說這話。

「沒事，」蕭蕭依然低頭，隨即轉身，啟動門上的插銷。

他趕緊起身，赤腳踩在冰冷的磚地上，想留住這姑娘，可立刻又意識到他會做什麼。

「別出來，會著涼的，」蕭蕭說。

「你還會來嗎？」他問。

蕭蕭點了點頭，便出門把房門緩緩拉上。

可蕭蕭再沒有來過，在他們造反派總部辦公室也沒再出現。他沒有蕭蕭家的地址。這女孩是那一伙中學生裡在他們機關留得最久的一個，他無從打聽她的下落，只知道她叫蕭蕭，也許還是同學間叫的小名。他清楚的只是這叫蕭蕭的女孩乳房上，左奶，不，右奶，在他左手，這女孩的右奶，下方有一條將近一寸長還很嫩的肉紅色傷疤。他記得這姑娘是順從的，沒有扭捏，就要向他顯示那傷疤，以此博得他同情或是誘惑他？她十六或許十七歲？胯間還光溜溜的，那少女的軀體就足夠美好，足以刺激他，也許正因為這女孩太年輕太柔弱了，他才怕承擔責任。他不知道蕭蕭的父母是不是也受到衝擊，再也無法知道那傷疤的由來。這女孩正是因為這傷疤才來找他？求他保護尋求依靠？或是也出於恐懼和茫然？希望得到安慰才上了他床？他卻不敢接受，不敢將她留下。

接連有一段時間，他早晚騎車離家或回家路上，總繞道經過蕭蕭下車的那個胡同口，也從未碰上。這才後悔沒留住蕭蕭，沒對這姑娘說過一句親熱和安慰的話，如此小心，如此過分謹慎，又如此窩囊。

29

「你怎麼被捕的？」

「是叛徒出賣。」

「你叛變了沒有？說！」

「我的歷史黨都審查過，早有結論。」

「需不需要唸一份材料給你聽聽？」

老傢伙開始有些緊張，眼囊下鬆弛的皮肉抽搐了兩下。

「當今反共戡亂救國之際，本人喪失警覺，交友不慎，誤入歧途，這話還記不記得？」

「我記不得說過！」老頭矢口否認，鼻尖兩側冒汗。

「這才唸了幾句，剛開個頭，提示一下，還用唸下去嗎？」

「實在想不起來，都幾十年前的事了。」老頭口氣已軟，突出的喉結上下一動，嚥了口唾液。

他拿起桌上的材料晃了晃，在扮演一個討厭的角色，但是與其由人審判不如先充當審判者。

「這是一個抄件，原件還有簽字畫押，蓋的手印，當然是你當年的名字，弄得都改名換姓，這恐怕很難忘得了吧？」

老頭不吭氣了。

「還可以再唸幾句，幫助你回憶回憶，」他繼續唸道，「懇求政府從寬開釋，立據保證，再有媚共親匪形跡可疑人等，隨時舉報。這算不算叛變？你知不知道地下黨對叛徒是怎樣處置的？」他問。

「知道，知道，」老頭連連點頭。

「那你呢？」

「我沒有出賣過人……」那光禿的額頭也滲出汗珠。

「問你呢，你這是不是叛黨？」他問。

「站起來！」

「站起來說！」

「老實交代！」

在場的幾位造反派哥們紛紛喝道。

「我……我是交保釋放的……」老頭站起來了，哆哆嗦嗦，聲音在喉管裡剛能聽得見。

「沒問你怎麼出來的，不自首能讓你出來嗎？說！你這是不是叛變？」

「可是我……後來還是恢復了同黨的聯繫——」

「那是當時地下黨並不知道你已經自首了。」他打斷了。

「黨原諒，寬恕了我……」老頭低下頭來。

「你寬恕了嗎？你整人的時候那麼狠，你整群眾的時候暴跳如雷，人寫了檢查你還不放過！指示你下屬的支部，說把材料得釘死，不能讓他們再翻過來，這話你說過沒有？」

「說！說過沒有？」又有人大聲喝道。

「說過，說過，我有錯誤。」這同叛黨相比都是小問題，老頭連忙承認。

「豈止是錯誤？說得好輕鬆！你逼得人跳樓自殺！」有人拍桌子了。

「那……不是我，是執行上的問題——」

「正是你的指示，你親自指示，要把歷史問題同現實表現聯繫起來，追查清楚，說沒說過？」這哥們還揪住不放。

「說過，說過，」老頭乖巧了。

「誰反黨？叛黨的正是你！把這統統寫下來！」這哥們又厲聲喝道。

「怎麼寫？」老頭問，一副可憐相。

「這也需要祕書？」另一哥們嘲弄道。

有人笑了，眾人七嘴八舌，像逮到了一條大魚，興奮得不行。老頭稍稍抬起頭，面色發青，邋遢的下嘴唇煞白，顫禁禁說：

「我……我有心臟病……可不可以喝口水？」

他推過去桌上的一杯涼水，老頭從衣袋裡掏出個小藥瓶，手顫顫的倒出一顆藥片，喝了口水，吞下了。

這老傢伙年紀比他父親大得多，他想別當場心臟病發作弄出人命，便說：

「坐下，把水喝完，不行的話，可以在沙發上躺下。」

老頭不敢朝坐了人的沙發那邊去，可憐巴巴望著他。他一轉念，做了個決定：「聽著，明天一早交份自首叛黨經驗的詳細材料來，怎麼被捕的、怎麼出獄的、證明人是誰？在獄中又做了哪些交代，統統寫清楚。」

「嘿，嘿。」老傢伙連忙彎腰點頭。

「你可以走了。」

老頭一出門，正在興頭上的哥們便都衝他來了。

「有這麼份材料他還跑得了？無產階級專政天網恢恢！別讓這老東西心肌梗死在大家面前。」他油嘴滑舌，也一樣惡毒。

「他要回去自殺了呢？」有人問。

「量他還沒這勇氣，要不怕死，當年也就不會自首。明兒準把認罪書交出來，你們信不信？」說得眾哥們啞口無言。他由衷討厭開口閉口都是黨的這老傢伙，所以動了惻隱之心，也是在他泯滅了對革命的迷信，了結了那純淨無瑕的新人和那堂而皇之的革命製造出來的神話之後。老傢伙隱瞞了自首的事，把以前的筆名當成真名用，躲過了歷次審查，這許多年過得想必也心驚膽戰，他想。

不可以改變信仰，上了黨的這船就得一輩子跟到底？就不可以不做黨的臣民？要就沒有信仰呢？就跳出這非此即彼的硬性選擇，你就沒有主義，還能不能苟活？你母親把你生下來的時候並沒有主義，你這個注定敗落的家族的末代子弟就不能活在主義之外？不革命就是反革命？不當革命的打手就得為革命受難？你要不為革命而死，還有沒有權利苟活？又怎樣才能逃得出這革命的陰影？

阿門，你這生來就有罪之人，也當不了法官，不過以玩世而自衛，混同在造反派隊伍裡。你此時越益明確，也是找個棲身之地，藉調查黨的幹部為名，開了一疊子蓋上公章的介紹信，領一筆出差費，到處游蕩，不妨藉此見識見識這莫名其妙的世界，看看還有沒有什麼地方，可以逃避這鋪天蓋地的革命。

黃河南岸的濟南城裡，他在一條老街找到了個小作坊，要調查的對象是一名勞改釋放犯。管事的一位中年婦女腕子上帶的一雙袖套，在糊紙盒子，回答說：「這人早不在了。」

「死了？」他說。

「不在可不就是死了。」

「怎麼死的？」

「問他家裡人去！」

「他家還在？有誰？」

「你到底調查哪一個？」這女人反問他。

他無法向街道作坊的一個女工說明這死人同要調查的幹部當年是大學同班同學，一起參加過地下黨組織的學生運動，爾後一起坐過國民黨的監牢，以及如此這般錚錚如鐵的革命邏輯，也無需費口舌，做這許多解釋，可總得弄個人死了的憑證，好報銷出差的路費。

「能不能蓋個戳子？」他問。

「什麼戳子？」

「寫個人死了的證明呀？」

「這得到公安局派出所去，俺們不出這死人的證明。」

「得，去黃河咋個走法？」他學這女人的山東腔，問道。

「啥個黃河？」這女人問。

「黃河，俺中國就一條黃河，你們這濟南城不就在黃河邊？」

「說啥呢！那有啥個好瞅的？俺沒去過。」

這女人刷起漿糊，糊她的紙盒子，不再理會他了。

常言道，不到黃河心不死，他突然想起看黃河。自古歌詠的這黃河他雖然多次經過，總在火車上，從大橋一閃一閃的鋼鐵框架中看不出這河的偉大。在街上他問到個路人，告訴他黃河還遠，得乘汽車去洛口鎮，再步行一段路，上了大堤才能見到。

等他登上光禿禿高高的黃土大堤，沒一點綠色，對岸黃土撲撲的汎區沒有村舍，也不見一棵樹木，不同的水位泥沙淤集形成的斷層和斜坡下滾滾泥漿，河床高懸在市鎮之上，這湍急的近乎棕紅的泥江難道就是千古傳頌的黃河？這古老的中華文明就此發源？

天際下，泥江漫漫望不到頭，泛著點點耀眼的陽光。要不是遠處太陽下還有一隻帆船的黑影浮動，簡直沒有一線生機，黃河的歌頌者真來過河邊？還是信口胡編？

高天遠影，一隻木桅桿的帆船順流顛簸而來，灰白的風帆上大塊大塊的補丁，一個赤膊的漢子掌舵，還有個穿灰布褂子的女人在船舷上捨落什麼，艙底堆的半船石塊，也是用來防備汛期哪裡的堤岸決口吧？

他下到河灘，越來越稀溼的淤泥，脫下鞋襪，提在手裡，赤腳踩在滑溜細膩的泥沙中，彎腰把手伸進河水裡，抽回一手臂的稀泥漿，太陽下便結成一層泥殼。「喝一口黃河的水」，某位革命詩人曾經這樣詠唱過，可這泥湯別說人喝，連魚蝦怕也又難活。赤貧與災難原來也是可以歌誦的。這條近乎死了的巨大的泥水流令他驚訝，心中一片荒涼。多少年之後，一位中央要員說要在黃河上游豎立座民族魂的巨大雕像，想必也已經豎立在那裡了。

火車在長江北岸的一個小站夜裡臨時停車，人關在悶熱不堪的車箱裡，車頂上電風扇嗡嗡直轉，發餿的汗味更讓人難以喘氣。一停幾個小時，廣播裡解釋說，前方站發生了武鬥，路軌上堆滿了石頭，什麼時候通車還不知道。車裡的人圍住乘務員抗議，車門這才打開，人都下了車。他去稻田邊的水塘裡洗了洗，然後躺在田梗上，看滿天的星，抱怨的人聲也平息了，一片蛙鳴，瞌睡來了。他想起小時候躺在院子裡的竹床上乘涼，也這麼望過夜空，那童年的記憶比天上明亮的啟明星還更遙遠。

30

馬路上一包包水泥袋層層疊疊，碼得半人多高，留出一個個槍眼。街壘前面，橫七豎八堆滿了修路的路障、水泥攪拌器、倒扣在地燒柏油的大鍋，架起的鋼筋都纏繞上帶刺的鐵絲，馬路當中留出個剛能過人的豁口。交通已經割斷，無軌電車卸了電纜桿，一長串七、八輛空車都停在十字路口這邊。人行道上卻擠滿行人和附近的居民，半大不小的孩子們在人堆中鑽來鑽去，還有抱孩子的女人，穿背心拖鞋搖蒲扇的老人，都堵在鐵欄桿圈住的人行道口看熱鬧，在等一場武鬥？人群中嘰嘰喳喳，有說「紅總司」有說「革總」的，總歸，兩派都進入總動員，要決一死戰。他弄不清前方去火車站把守路口的是哪一派，索性從人群中出來，穿過十字路口，朝路障走去。

纏繞帶刺的鐵絲網的豁口後，一群戴袖章的工人，頭戴柳條的安全帽，手持磨尖了的鋼釺，堵住去路。他出示工作證，把守的翻開看了一眼，擺擺手讓他過去了。他好歹不是當地人，超然於兩派鬥爭之外。大街上一無車輛，空寂無人，他索性走在馬路當中，柏油路面暑熱蒸騰，烈日刺眼。人總不至於在這光天化日之下發瘋，他想。

叭的一聲，十分清脆，劃破了炎熱而令人睏倦的這片空寂。他沒立刻意識到是槍聲，環顧街道兩邊，見一座高大的廠房牆上赫然塗寫的標語：「為捍衛毛主席的無產階級革命路線血戰到底！」一個個斗大的字。他這才同槍聲聯繫起來，撒腿就跑，但即刻又止住腳步，別顯得驚慌失措，隱避的槍手眼中，會成為更加可疑的目標。可他還是趕緊上了人行道，挨牆疾行。

無法知道槍聲從何而來，是警告行人？還是就衝他來的？不可能無緣無故殺人，他一個路人，同這血戰的雙方毫無關係。可要是人就射殺他，又有誰能做見證？他突然意識到很可能莫名其妙死在這冷槍下，性命就懸繫在這偶然之中，隨即拐進第一個巷口。巷子裡同樣空寂無人，居民似乎都撤出了這個街區。心裡不由得生出恐怖，這才相信一座城市可以輕而易舉進入戰爭，人與人霎時間便互為仇敵，只因為一條看不見的路線，而雙方還都為之血戰。

火車站前的廣場上，竟然聚集了許多人，迴環排成長蛇陣，起端在售票處緊閉的窗口，都是等車票的旅客。他問前面的人，什麼時候開始賣票？那人也不知道，撇撇嘴，他還是排上了。不一會，背後又接上一串人，也不知從哪裡冒出來的。前前後後都沒有帶大件行李的，也沒有老人和孩子，都是青壯年男人，只前面兩步遠，隔了幾人，有個紮兩隻短辮子的姑娘，時不時向後張望，一碰到人的視線便轉臉低頭，顯得慌慌張張，可能怕人認出來。他猜度，這排隊等票的不少人是在逃難，可這許多人麇集在廣場上倒讓他心安，於是就地坐下，點起一支菸。

前後的人突然騷亂起來，隊形隨即散了，不知出了什麼事。他攔住人打聽，說是馬上要封江。他問封江是什麼意思？輪渡和火車都走不了！又有說要血洗！誰血洗誰？也問不出個所以。廣場上的人群瞬間四散，只零零星星剩下十多個像他這樣無去處的，漸漸又匯攏，依然排到緊閉的售票處窗前，形成一小隊，彷彿非如此不足以相互依靠。這就到了太陽西斜，車站上的大鐘指針已過五點，再也沒有人來了。

斷了消息來源的這十多人也都知趣，不再按順序在陽光下排隊傻等，就近找陰涼處說話或是抽菸。有人時不時評說，兩派正做最後談判啦，軍隊很快要介入啦，鐵路運輸不可能長時間中斷，再晚也等不到明天啦，都是一番想當然。他也不再詢問，那姑娘還在，抱腿低頭，縮在牆角，同別人都隔開一段距離。

他餓了，想起得買點吃的，也好準備熬夜。水泥地枕上揹包，大不了望一夜星空，這夏夜怎麼都好過。他離開售票窗口，轉了一圈，車站附近的小賣部全都上了鋪板，沒一家飯館還開門的。兩邊街巷也空無一人，幾個小時沒有車輛經過了，他這才感到氣氛凝重，有點緊張，不敢走遠，便又折回車站。鐘樓的陰影已伸延到廣場中央，售票處前，那一伙又少了幾個，那姑娘卻還蜷縮在原地，饒舌的那主不再說話了。

鐘樓的陰影伸延到大半個場子上，陰影的輪廓同影子外的陽光對比得更加分明。這麼個無人相識的車站前，等一班不知鐘點的火車，要是鐵路乾脆就中斷？沒準在等一場內戰？

砰砰砰！一陣沉悶的槍聲在人心裡迴響，眾人都站起來了。接著又一排連射，同樣沉悶，是機槍，就在不遠的什麼地方。人霎時如鳥獸四散，他也彎腰貼牆跑，這就是戰爭了，他想。

一個火力的死角，狹窄的通道一邊是牆，另一邊碼迭得高過頭的麻袋，他不知怎麼躲進了一個貨棧。停下腳步，喘息的間隙，聽見還有個聲音，回頭見那姑娘正靠在麻袋堆上，也上氣不接下氣在喘。

「那些人呢？」他問。

「不知道。」

「你哪裡去？」

這姑娘沒回答。

「我去北京。」

「我……也是，」那姑娘遲疑了一下，說。

「你不是本地人？」他問，那姑娘不回答。

「大學生？」他又問，那姑娘也不答。

天漸漸黑下來，涼風穿過，他感到汗透了的襯衫貼住脊背。

「得找個地方過夜，這裡也不安全，」他說，走出貨棧，轉身見這姑娘還默默尾隨他，但總保持兩三步距離，便問：「知不知道哪裡有旅館？」

「車站附近，再回去太危險，江邊碼頭那邊還有旅店，可要走一大段路。」這姑娘低聲說，顯然是本地人。他於是讓她帶路。

果然，沿岸大堤下方一條都是老房子的小街裡，居然還有幾個青年站在家門口，或是坐在門檻上，隔著街聊天，互相打探戰況。子彈沒打到頭上來之前總不免好奇，還挺興奮。店鋪和小吃攤子都已打烊，兩處門口燈光明亮的都是旅店，那種老舊的客棧，早年跑單幫的和手藝人落腳的地方。一家已客滿，另一家只剩個單人鋪位的一小間。

「要不要？」櫃檯後面搖把蒲扇的胖女人問。

他立即要下了，掏出證件，女人接過去，在簿子上登記。

「什麼關係？」女人邊填寫邊問。

「夫妻。」他瞥了身邊這姑娘一眼。

「姓名？」

「許——英，」這姑娘遲疑了一下，趕緊答道。

「工作單位？」

「她還沒工作，我們回北京。」他替她回答。

「押金五塊。房錢一天一塊錢，退房時結帳。」

他交了錢。女人把他的證件留下了，起身拿串鑰匙從櫃檯後出來，在樓梯邊打開扇小門，拉了下門裡的拉線開關。斜的樓板下吊了個燈炮，樓梯底下的儲藏室改成的這小房裡，有張單人鋪板床，一頭塞進人都直不起腰的角落裡，房裡另一頭只放了個洗臉盆架子，連把椅子都沒有。穿雙塑料拖鞋的胖女人踢里踏拉，晃動串鑰匙走了。

他閤上房門，同這叫許英的姑娘面面相覷。

「過一會我就出去，」他說。

「不用，」這姑娘說，在床沿坐下了，「就這樣也很好。」

他這才看清楚這姑娘，面色蒼白，便問：「是不是累了？你可以躺下休息。」

這姑娘依然坐著沒動。頭頂上樓板格格的響，有人下樓來了，隨後門外嘩嘩的潑水聲，大概是在天井裡沖澡。這小間也沒窗戶透氣，悶熱不堪。

「要不要把房門打開？」他問。

「不要，」這姑娘說。

「我替你打盆水來？我可以到外面去沖洗，」他說。

這姑娘點點頭。

他再回到房裡，這姑娘已經梳洗完畢，換了件無袖的小黃花圓領衫，脫了鞋，坐在鋪板上，一對短辮子緊緊的重新紮過，面色也紅潤了，顯出女孩氣。她屈腿讓出半截床，說：「你坐呀，這有地方！」

這姑娘第一次有了笑臉。他也就笑了，鬆弛下來，說：「不得不那麼講。」說的自然是登記住宿時填寫的夫妻關係。

「我當然明白。」這姑娘抿嘴笑了。

他於是插上房門，脫了鞋，上床在對面盤腿坐下，說：「真想不到！」

「想不到什麼？」這姑娘歪頭問。

「這還用問？」

這叫許英的姑娘又抿嘴一笑。

事後，很多年之後，他回憶當初，記起這一夜也有過調情，有過誘惑，有過欲望和衝動，也有過愛情，不僅僅是恐怖。

「那是你的真名？」他問。

「我現在還不能告訴你。」

「那麼，什麼時候？」

「到時候你自然知道，得看。」

「看什麼？」

「這你還不清楚？」

他便不說話了，感到舒緩和適意。樓板上沒響動了，門外天井裡的水聲也已平息，卻凝聚了一種緊張，彷彿在等什麼意外，這感覺也是他多少年後回顧這段經歷時，才重新感受到。

「是不是可以把燈熄了？」他問。

「有點刺眼，」她也說。

關了燈，摸回床上的時候他碰到她腿，她立即挪開，卻讓他在她身邊躺下。他很謹慎，仰面伸直了躺在床邊。可這麼張單人鋪板，身體不免有些接觸，只要對方不有意挪開，他也努力不過分。這姑娘潮溼的體溫和屋裡的悶熱都令他渾身冒汗。暗中望著依稀可辨傾斜的樓板，似乎就向他壓過來，更覺得氣悶。

「是不是可以把衣服脫了？」他問。

這姑娘沒有回答，但也沒有反對的表示。他赤膊和褪下長褲時都碰到她，她都不挪動，可顯然也沒睡著。

「去北京做什麼？」他問。

「看我姨媽。」

這難道是走親戚的時候？他並不信。

「我姨媽在衛生部工作，」這姑娘補充道。

他說他也在機關裡工作。

「我知道。」

「你怎麼知道的？」

「就剛才，你拿出工作證。」

「你也知道我姓名？」

「當然，不都登記了嗎？」

他黑暗中似乎看見，不如說感覺到這姑娘在抿嘴笑。

「要不然，我也不會……」

「睡在一起，是嗎？」他替她把話說出來。

「知道了就好啦！」

他聽出她聲音裡有種柔情，竟不住手掌摸住她腿，她也沒躲閃。可他又想是出於信任，沒敢再有什麼動作。

「你哪個大學的？」他問。

「我已經畢業，就等分配，」她繞開說。

「學的什麼？」

「生物。」

「也解剖過屍體？」

「當然。」

「包括人體？」

「又不是醫生，我學的是理論，當然也去醫院的化驗室實習過，就等分配工作，方案都定了，要不是……」

「要不是怎麼？這文革？」

「本來定的是去北京的一個研究所。」

「你是幹部子女？」

「不是。」

「那麼，你姨媽是高幹？」

「你什麼都想知道？」

「可連你名字是真是假都不清楚。」

這姑娘又笑了，這回身體索索在動，他手感覺得到，便握住她腿，隔著單褲，摸得到她的肌膚。

「會告訴你的，」她手抓住他手背，把他的手從大腿上挪開，喃喃道：「都會讓你知道的……」

他便捏住她手，那手漸漸柔軟。

砰砰的打門聲！敲打的是旅店的大門。

兩人都僵住了，屏息傾聽，手緊捏住手。一陣響動，大門開了，查夜的，或許就是來搜查。一幫子人先在樓下大聲問值班的那女人，然後敲開樓下一間間客房。也有上樓去的，腳步聲在他們頭頂樓板上響，樓上樓下都在盤查。突然，樓板上嗵嗵直響，有人跑動，立即叫罵聲起，跟著一片混亂。鈍重的一聲，像沉重的麻袋墜地，繼而一個男人嚎叫和紛雜的腳步聲，那嚎叫立刻變為撕裂的尖叫，漸漸喑啞了。

他們都從床板上坐了起來，心怦怦直跳，就等人敲這房門。又好一陣折騰，從樓梯上到了樓下。也不知是忽略了樓梯下的這間小房，還是登記簿上他填寫的來歷同這盤查無關，這門終於沒人碰。大門又關上了，那女人嘟嘟囔囔幾句之後，樓上樓下復歸寂靜。

黑暗中，她突然抽搐起來，他一把抱住那抖動的身體，吻到了汗津津的面頰、鬆軟的嘴唇，鹹的汗水和眼淚混在一起，雙雙倒在床蓆上。他摸到同樣汗津津的乳房，解開了褲腰間的鈕扣，手插到她兩腿間，全都溼淋淋，她也癱瘓了，任他擺弄。他進入她身體裡的時候兩人都赤條條的……

她後來說，他利用她一時軟弱占有了她，並不是愛，可他說她並沒有拒絕。默默完事之後，他摸到她胯間的黏液，十分擔心，要知道那個時候大學生不僅不許結婚，未婚懷孕和墮胎都會給她帶來災難。她相反卻寬慰他說：「我來月經了。」

他於是又一次同她做愛，這回她毫不遮擋，他感到她挺身承應。他承認是他把她從處女變成個女人，他畢竟有過同女人的經驗。可當時，如果她對他只有怨恨而無柔情，也不會在從門縫透進來的晨曦中還對他袒裎無餘，讓他用溼毛巾替她擦洗大腿上血汙，之後又對他那麼依戀。他記得他跪在磚地上親她那對翹起的奶頭，是她雙手緊緊抱住他脊背，喃喃喃喃說她怕，別弄大了，可她還是仰面在床板上，閉上眼，再一次交給了他。

當時，無論誰都無法知道等待他們的是什麼，也無法預計之後的事。抑止不住的狂亂，他上上下下吻遍了她，她沒有任何遮擋，恐懼之後鬱積的緊張決口橫溢，弄得兩人身上都是血，她竟然沒有一句責怪他的話。事後，他出門換了一盆清水，她叫他轉過身去，等她收拾停當。

她是在江邊碼頭他剛上渡船時被攔住了。他們先在旅店裡聽說火車通了，又說是火車站只有出站的不許進站，上車的得由輪渡到江對岸。積壓下來的旅客果然都集中在輪渡碼頭，黑簇簇的一群。早晨江面上一片大霧，當空的太陽赤紅一團，像是末日的景象。渡船上，圓領衫上別個胸章的水手提著擴音喇叭喊：「讓外地的旅客先上！外地的出示工作證先上！」

簇擁在碼頭上的人群本來就不成隊行，頓時一片混亂。他們被擠開了，他叫了聲她的名字，頭天晚上在旅店登記的那名字，她當時沒有反應。可她的書包還在他手裡，這包又是在那混亂的當口塞到他手裡的，她或許就要擺脫這包，裡面有她的學生證和她那派組織油印的告急材料。他被簇擁上甲板，拿不出外地證件的全被截住在碼頭上，紮小辮子的她那頭也夾在擠來擠去的人頭之中。他俯在甲板欄杆上，又叫了她一聲，也還是她的假名，她似乎還沒聽見，楞在原地不動，或許來不及明白是在叫她，渡船便離開了碼頭。

31

泥沼漫漫，稀疏長些水草，你在泥沼中，一身都是淤泥腐臭的氣味，想爬到個乾燥的地方好立足，就泥沼表面的積水洗身淨面，又明知無論如何也洗不乾淨，可好歹得從這淤泥中脫身，努力縱身一躍，還是落在泥潭裡，打了個滾，弄得更加一塌糊塗，拖泥帶水，還得再爬……

遠處朦朦朧朧，似乎有點燈光，朝那點亮光去不如說是朝亮光爬行，燈光從縫隙中透出來，一棟房子，一扇門，趴到門框邊上，伸手搆到那門，豁然開了，聽見風聲，卻沒有風，一間大廳裡有圈光亮照在眼前，你爬進光圈裡，竟然站了起來，結結實實的木頭地板，這才發現屌蛋精光，前面卻什麼也看不見……

你需要做一個姿態，然後不動，變成一座塑像；

你需要像一屢游絲，在空中飄盪，像雲翳一樣漸漸消融；

你需要在棗樹上，像帶刺的枝梢，像初冬的烏桕剩下的葉片凍得暗紫，在風中顫動；

你需要從溪澗涉水而過，需要聽見赤腳在青石板路上叭唧叭唧作響；

你需要把沉重的記憶從染缸裡拖出來，弄得滿地溼淋淋的；

你需要一個光亮潔白的舞台，讓他同一個也赤身裸體的女人，眾目睽睽之下打滾；

你需要從上往下俯視他們，顯示你空洞的眼窩，一對黑洞；
你需要看見這門後寂寥的天空中清澈滿圓的月亮裡的陰影；
你需要同一頭母狼性交，一起昂首嚎叫；
你需要踏著輕快細碎的步子，踢踢踏，踢踢踏，就地轉圈獨舞；
你希望你的舞者他，如同一條脫水的魚，在地上蹦蹦彈跳，
你希望是一隻殘忍的手，握住這滑溜溜彈跳不已的大魚，一刀剖開，而又不希望這魚就此死掉；
你需要在高音階上用極尖細的聲音敘述一個忘了的故事，比如說你的童年；
你需要在黑暗中，像隻下沉的船，緩緩沒入水底，還要看見許許多多泡沫上升，都靜悄悄沒有響聲；
你需要變成一條大頭魚，在水草中搖頭擺尾，游游盪盪；
你希望是一隻憂鬱的眼睛，深邃而憂傷，用這眼來觀看世界怎樣扭得來，扭得去，而這眼睛又在你掌心之中；
你希望你是一片音響，音響中離析出來一個細柔的中音，襯在一片音牆之前；
你希望你是一首爵士，那麼隨意又出其不意，即興而那麼流暢，再轉折成一個古怪的姿態，一個曖昧的微笑，一個包含笑意又令人詫異的相貌，然後就凝固了，變得麻木僵硬，然後你不動聲色，滑脫出來，又成了條泥鰍，而把古怪的笑容留在那僵死的臉上，咧開嘴，露出兩顆板牙，

菸燻黑了的門牙，或鑲的兩顆大金牙，黃燦燦的在這張僵死的嘻笑的臉上，也挺好玩的。

你希望是布魯塞爾市中心小廣場上撒尿的孩子，男男女女都用嘴去接他尿出的泉水，女孩們在一邊格格直笑，而你，又是個老者坐在酒吧裡望著，那麼蒼老，滿臉舒張不開深深的折皺，笑或不笑都一個樣，喝下一口醬油樣濃黑的甜啤酒。

你想當眾嚎啕大哭，卻不出聲響，人不知你哭什麼，不知你真哭，還是裝模作樣，你還就想對這裝模作樣的世界大哭一場，當然沒有聲音，做一副哭的模樣，令尊敬的觀眾不知所措，然後把胸膛扯破，掏出個紅塑料皮做的心，從中再抓出一把稻草或是手紙，撒向肯喝彩的人，走著滿瀟灑的步子，然後，然後滑了一跤，再也爬不起來，心肌梗死在台上，誠然，你不需要救護，不過在做戲，就要這樣展示痛苦和快意，憂傷和欲望，狡獪的微笑，弄不清是笑，還是一臉怪相，然後你悄悄溜掉，同剛剛結識被你打動芳心的姑娘，在廁所裡站著做愛，人只看得見你的腳，她兩腿盤在你腰上，你便拉響水箱，就要這樣嘩嘩流淌，洗滌你自己，讓全世界都流淚，叫全世界的玻璃窗都淌雨水，讓世界變得一片模糊，迷濛濛不知是雨還是霧，你便站到窗口，看著窗外的雪花無聲無息飄落，讓雪把城市全都覆蓋，像巨大的白色裹屍布，而窗前的你，默默憑弔他喪失了自己……

也可以換一下眼光，是你在觀眾席，看他爬上台來，空盪盪的舞台，赤條條站著，通亮的燈光下，他得有一段時間習慣這強光，才能透過照亮舞台的光束分辨空空的劇場後排坐在紅絲絨椅子上的你。

32

那姑娘留下的書包裡有個學生證，姓許倒不錯，倩才是她的真名。包裹還有一些告急的傳單和小報，她上北京或許負有告狀的使命，可這都是公開散發的印刷品，那麼也許只是去北京避難，又顯然害怕人認出來，才把有她證件的書包塞給他，他想。

他無從知道許倩的下落，只能從街上張貼的大字報和傳單中去找尋那城市的消息。他騎車沿長安街從東單到西單，又去了前門外火車站，再到北海後門，各處張貼的外地武鬥的告急他一一看遍，對種種慘案、槍殺、酷刑的控告，有時還有屍體的照片，這一切災難都似乎都同許倩有關，他覺得沒準就已經落在她身上了，不由得喚起切身的痛楚。

書包裡還有許倩穿過的那件小黃花的無袖圓領衫，留有她的氣味，捲成一團帶血跡的內褲似乎都成了遺物，令他心底隱隱作痛。他像是染上戀物癖，擺弄不已這包裹的東西，把那本語錄套上的紅塑料封皮也褪出來，封套裡居然有個小紙條，寫的是老地址，無量大人胡同，現今已經改為紅星胡同，或許就是她姨媽家。他立刻出門，又覺得過於唐突，回到房裡，把桌上的東西塞進包裹帶上，只留下了她那夜換下的衣褲。

夜裡十點多鐘，他敲開了一座四合院的大門，一個壯實的小伙子堵在門口，沒好氣問：「你找誰？」

他說要見許倩的姨媽，那小伙子眉頭緊蹙，明顯的敵意，他心想也是個血統紅衛兵，那番急切的衝動消失殆盡，便冷冷說：「我只是來通個消息，有東西交給她姨媽。」

對方這才說等一下，關上門。過了一會，小伙子陪了個上年紀的女人開了門，這女人打量了他一下，倒比較客氣，說有什麼事可以同她說。他拿出了許倩的學生證，說有東西要交給她。

「請進來吧，」那女人說。

院裡正中的北房有些零亂，但還保持高幹人家客廳的格局。

「您是她姨媽？」他探問。

那女人頭似點非點，有那麼點表示，讓他在長沙發上坐下。

他說她外甥女，估且算她的外甥女，沒上得了渡船，被擋在碼頭上了。這姨媽從包裹拿出那疊傳單翻看。他說那城市很緊張，動用了機槍，夜裡都在搜查，許倩顯然屬於被搜查的那一派。

「造什麼反！」姨媽把傳單放在茶几上，冒出一句，但也可以當成一句問話。

他解釋說他很擔心，怕許倩出什麼事。

「你是她男朋友？」

「不是。」他想說是。

又沉默了一會，他起身說：「我就是來轉告的，當然希望她平安無事。」

「我會同她父母聯繫的。」

「我沒有她家的地址，」他鼓起勇氣說。

「我們會給她家寫信的。」

這姨媽無意把地址給他。他於是只好說：「我可以留下我的地址和工作單位的電話。」老女人給了他一張紙，他寫下了。這位姨媽便送他出門，關門的時候在門後說：「你已經認識這地方了，歡迎再來。」

不過是句客氣話，算是答謝他這番不必要的熱心。回到他屋裡，躺在床上，他努力追索那一夜的細節，許倩說過的每一句話，黑暗中她的聲音和身體的反應都變成刻骨銘心的思念。

有人敲門，來人是他們這派的一位幹部老黃，進門就問：

「哪天回來的？找了你幾趟，機關裡也不照面，都幹什麼呢？你不能再這樣逍遙了！他們一個個揪鬥幹部，衝了會場！」

「什麼時候？」他問。

「就今天下午，都打起來了！」

「傷人了沒有？」

老黃說大年一伙把財務處管出納的科長打了，肋骨都踢斷了，就因為家庭出身資本家，亮相支持他們這一派的幹部都受到威脅，老黃的出身也不好，小業主，雖然入黨快二十年了。

「要保護不了支持你們的幹部，這組織就非被壓垮不可！」老黃很激動。

「我早退出了指揮部，只外出做點調查，」他說。

「可大家都希望你出來支撐，大李他們不懂保護幹部。誰都是舊社會過來的，哪個家裡和親屬沒有點問題？他們宣稱明天要召開揪鬥老劉和王琦同志的大會，你們要不制止，這樣下去就沒有幹部再敢同你們掛鉤。這不是我一個人的意見，老劉和一些中層幹部他們讓我來找你，我們都信任你，支持你，你得出來頂住！」

幹部們也在背後串聯，權力的爭奪弄到人人不結幫成派便無法生存的地步。他被這一派背後的幹部選中了，又得推到前台。

「我家裡也叫我來找你談，我們的孩子還小，我們要打成個什麼，小孩子怎麼辦？」老黃眼巴巴望住他。

他也認識老黃的妻子，在同一個部門工作，人情難卻。也許同失去許倩有關，這姑娘被攔截及在他的想像中可能遇到的凌辱也激發他，重新興奮起來。對失去權勢受到威脅的人的同情或是共鳴，那種人情又喚起衝動，勾起殘存的英雄情懷，大抵也因為他脊梁骨還沒被壓斷，還不甘心任人打敗。他連夜去找了小于，說服于必須保護支持他們的幹部，于立即又去找大李。他一夜未睡，又串聯了幾個年輕人。

清晨五點，他便到了王琦住的那胡同，認了一下門牌，兩扇鉚著鐵釘的舊宅大門緊閉，胡同很清靜，還不見行人。胡同口有個早點鋪子，已經開門營業。他喝了碗滾熱的豆漿，吃了個從油鍋裡剛撈出來的油餅，路口還不見一張熟識的面孔。又要了碗豆漿，又吃了個油餅，這才見大李騎車來了。他抬手招呼一聲，大李下了車，居然像老朋友一樣緊緊握住他手。

「你回來啦？我們正需要你。」大李也這麼說，然後又湊近他，低聲說，「老劉夜裡轉移走啦，藏起來了，他們去也只能撲空。」

大李一臉倦容，顯得真誠，他們的前嫌頓時消失了。這就如同兒時里弄裡孩子幫打群架，較之那虛假的同志關係多了層哥們義氣，這亂世還就得成幫結夥，好有個依靠。大李還說：

「我已經聯繫了一個消防中隊，頭兒是我鐵哥們，要打的話，我一個電話就可以來一撥人，還能把消防車開來，拿水龍頭滋他們丫挺的！」

六點鐘左右，小于也和機關裡的六、七個青年都聚集在胡同口，之後又都挪到王琦家門前，一伙子倚著自行車，嘴上都叼根菸捲。兩輛小汽車進胡同裡來了，三十米外停住，他們認出來是機關的車，車裡沒人出來，就這樣對峙了四、五分鐘，車往後退出巷口，掉頭走了。

「進門看看王琦同志去，」他說。

大李這會兒倒猶豫了，說：「她男人是黑幫分子。」

「看的又不是她丈夫。」他領頭進去了。

前辦公室主任從房裡迎了出來，連連說：「謝謝同志們來，請房裡坐，請房裡坐！」

王琦的丈夫，原先黨的理論家現今又被黨拋棄了的反黨黑幫分子，一個瘦小的老頭子，默默向大家點頭，相通的兩個房門都貼了封條，沒處迴避，來回在房裡跺步，一支接一支菸抽個不停，還直咳嗽。

「同志們都還沒吃早飯吧？我去給大家做些早點，」王琦說。

「不用了，剛才在胡同口都吃過了，王琦同志，就是來看看您的，他們的車走了，這會是不會來了，」他說。

「那我給你們泡茶吧……」畢竟是女人，這位前主任噙住眼淚，趕緊轉身。

事情就這樣莫名其妙轉化了，他轉而去保護「反黨黑幫」的家屬。王琦在任時警告他同林的關係不得過密，那壓力早已消解，較之那以後接連不斷的事變，也算不得什麼了，他相反感謝她為人寬厚，沒有追究他同林偷情的事，如今也算報答她了。

他和大李這幫哥們喝著黑幫分子的妻子革命幹部王琦同志家的茶，臨時開了個會，決定成立個敢死隊，以在場的這幾個哥們作為骨幹，對方組織如果揪鬥傾向他們這一派的幹部，立即趕赴現場保護。

但是武鬥還是發生了，大年們在辦公室裡揪鬥王琦，走廊上堵滿了人，辦公室內成了戰場，人站到桌子上，桌上的玻璃板也踩碎了。他不能退讓，擠進去，也站到桌子上，同大年對峙。

「把他拉下來，這他媽的狗崽子！」大年對那夥老紅衛兵下令，毫不掩蓋這種血統的仇恨。

他知道只要稍許軟弱，他們便會撲到他身上，把他打殘，再把他父親的懸案不分青紅皂白兜出來，扣上他階級報復的罪名。辦公室裡外，他這派文弱的老職員和舊知識分子居多，幹部們也多是文人出身，家庭和本人歷史大都有這樣或那樣的問題，救不了他，相反卻要他們這些年輕人出頭抵擋。

「聽著！大年，先把話說在前頭，哥們都不是省油的燈，照樣有一幫子，誰敢動手，今兒夜裡就把你連窩給端了！信不信？」他也吼叫。

人鬧到動物的地步，回歸原始的本能，不管是狼是狗都露出牙。他必須恫嚇，眼冒凶光，必須讓對方明明白白看清楚，他就是個亡命之徒，什麼事都幹得出來，此時他那模樣，想必也近乎個匪徒。

窗外樓下救火車呼叫，大李招來援救的及時趕到，帶頭盔的消防隊和印刷廠乘卡車趕來的造反派兄弟組織也打著大旗，進樓裡示威。各派有各派的招數，學校、工廠和機關的武鬥就這樣興起。要有軍隊在背後煽動，便動用槍砲。

33

他先看到的是油印的傳單，毛在人民大會堂接見北京五所大學的造反派首領，說「現在是你們小將們犯錯誤的時候了」，那語調如同帝王對手下的將相說該你休息了一樣，替最高統帥清除掉當年革命的老戰友立下汗馬功勞的小將蒯大富，不愧為學生領袖，立即明白這話意味什麼，當場哭了。老人家藉北京大學的一張大字報點起文革大火，再親手把他運動起來的群眾運動先從大學校園裡滅掉，數萬工人在毛的警衛部隊指揮下，開進了清華大學校園。

那天下午，他聞訊趕去，目睹了軍人帶領工人占領這最早的大學生造反派井崗山兵團最後的據點，面對體育場那棟孤零零的大樓。帶紅袖標的工人宣傳隊席地而坐，一個挨一個，一圈又一圈，遠遠圍住大樓和操場。斜陽殘照，從頂層的窗戶掛下兩條紅布黑字的巨大條幅：

「雪裡梅花開不敗，井崗山人敢上斷頭台！」每個字比一面窗戶還大，幾層樓高的布幅在風中飄動。由軍人和工人組成一行幾十人的隊伍，穿過樓前空場地，上了正門的台階。好一會之後，終於進入了切斷了水電供應的這座孤立的大樓。他混在上萬的工人隊伍和靜靜圍觀的人群之中，聽得見那兩大條幅在風中劈劈啪啪抖動。

將近一個小時後，先是右邊的大紅條幅從掛起的上端脫落，悠悠飄了下來，剛落到樓前的台階上，另一條上端也脫落了。萬歲的呼聲從人群中頓起，工人宣傳隊的廣播喇叭和鑼鼓聲大作。造反時呼喊過同樣的口號的那些學生，如今打著一面白旗，舉起雙手，像投降的戰俘一樣低頭魚貫而出。更多的工人進了大樓，居然拖出了幾挺重機槍，還推出來一門口徑不大的平射砲，就不知道有沒有砲彈。

一場輕而易舉的占領，雖然前一夜工人宣傳隊開進校園時有學生黑暗中扔了個自製的手榴彈，炸傷了幾名工人，大抵也出於絕望，被他們捍衛的偉大領袖用完了也就拋棄了。孩子發現被大人騙了也會跺腳哭鬧一番，如此而已。

他也就明白混亂該結束了，預感到不會有更好的命運，藉調查為名，立刻再度離開了北京。

「回去！」

他當時路過上海去看望他表伯父的時候，第一句告誡的就是這話。

「回哪裡去？」他問，又說了他父親的問題，所謂私藏槍支那無法解決的懸案，「有家也回不得！」

他表伯父聽了，咳嗽起來，拿個有噴管的小藥水瓶，朝喉頭噗哧噴了一下。

「回你機關裡去，就搞你的業務！」

「機關全都癱瘓了，也沒什麼業務可搞，才藉調查為名出來跑跑。」

「調查什麼？」

「不是審查幹部嗎？調查一些老幹部的歷史，發現滿不是那麼回事——」

「你懂什麼？這不是好玩的，你不是小孩子啦，別把腦袋弄沒了，還不知怎麼丟的！」他表伯父又要咳嗽了，拿藥水瓶朝喉嚨又噗哧一下。

「書也沒法看了，沒事可做。」

「觀察，你不會觀察嗎？」他表伯父說，「我現在就是個觀察家，閉門不出，哪一派概不參加，就看這台上台下輪番的表演。」

「可我不能不上班呀，不像表伯父您，還可以在家養病，」他說。

「不說話總可以吧？」他表伯父反問他，「嘴巴長在你自己的腦袋上！」

「表伯父，您是長期在家休養，哪裡知道運動一來，人人不能不表態，沒法不捲入！」

他這老革命的表伯父當然不是不知道，於是長嘆一口氣：「這亂世啊，要是過去，還能躲進深山老林，到廟裡當和尚去……」

這才吐出句肺腑真言，也是他表伯父第一次同他談及政治，沒再把他當小孩子了，說：「我也是藉病躲風啊，要不是大躍進之後黨內反右傾，靠邊到如今，不問世事已七、八年了，尚能苟延殘喘。」

他這表伯父又說到他的老上級黨的某位元老，戰爭年代有過番生死之交，文革爆發之前路過來看他，把警衛員支開到外面去，就關照過：黨中央要出大事啦，今後可能再也見不到了。臨走留下了一床織錦緞子被面，說是算是作為訣別的紀念。

「告訴你爸，誰也救不了誰，好自為之自己保重吧！」

這是他表伯父送他到門口最後的話。之後不久，還不算老邁的他這表伯父感冒了，住進部隊醫院打了一針。不料，幾個小時後就推進了太平間。他老上級失去人身自由的那位革命元勛，一年後也死在軍醫院裡，這卻是許多年後，他從一篇平反昭雪的悼文中讀到的。他們當年革命時肯定都沒有料到，這革命竟弄得他們自己也眼睜睜等死，一籌莫展。臨終時，他們就不後悔？他自然無從知道。

那麼，你還造什麼反？也進到這絞肉機裡去做餡餅，還是添點作料？

如今，你回顧當初，不能不自問。

可他說，情勢使然，容不得冷眼旁觀，他已經明白不過是運動中的一個走卒，不為統帥而戰還折騰不已，只為的生存。

那麼，能不能選擇另一種苟活的方式？比如說，就做一個順民，順大流而淌，今天且不管明天，隨政治氣候而變化，說別人要聽的話，見權力就歸順？你問。

他說那更難，比造反還更加吃力，要費更多的心思，得隨時隨地去捉摸那瞬息變化的天氣，而老天的脾氣和心思又如何摸得準？小民百姓他爸可不就這樣，臨了弄得還是吞下一瓶安眠藥片，同他那老革命的表伯父下場也不相上下。而他所以造反，也並沒有明確的目的，恰如螳臂擋車，僅僅出於求生的本能。

那麼，你大概就是個天生的造反派？或是生來就有反骨？

不，他說他生性溫和，同他父親一樣，只不過年輕，血氣方剛，還不懂世故，可他父輩的老路又不能再走，出路也不知在哪裡？

不會逃嗎？

逃到哪裡去？他反問你。他逃不出這偌大的國家，離不開他領工資吃飯那蜂窩樣的機關大樓，他的城市居民戶口和按月領的糧票（二十八斤），和油票（一斤），和糖票（半斤），和肉票（一斤），和一年一度發的布票（二十尺），和按工資比例購買手錶、自行車或毛線等日用品的工業卷（二・〇五張），以及他的公民身分，都由他那個蜂窩裡配給。他這隻工蜂離開那蜂巢又能飛到哪裡去？他說他別無選擇，就是一隻棲身在這蜂巢裡的蜂子，既然蜂窩染上瘋病，可不就相互攻擊，胡亂撲騰，他承認。

這胡亂撲騰就救得了命？你問。

可已經撲騰了呀，他當初能意識到，就不是蟲子了，他苦笑。

一隻會笑的蟲，多少有點怪異，你貼近端詳他。

怪異的是這世界，並非是寄生在這窩裡的蟲子，這蟲說。

34

出了山海關，塞外早寒，又趕上西北來的寒流，他在縣城租的那輛自行車別說騎了，逆風中推著走都十分吃力。下午四點多鐘，天色已昏暗，才到了公社所在地，離他要去的村子還有二十里路。他索性在趕騾馬車的農民歇腳的一家大車鋪過夜，就兩根鹹得發苦的蘿蔔乾，嚼完了一碗硬得難以下嚥的高粱米飯，躺到葦箔編的蘆蓆鋪蓋的土炕上，占了大半間屋躺得下七、八個人的大通鋪他一人睡，這天氣鄉裡沒人還趕車出遠門。也許是出示了首都來的介紹信的緣故，炕燒得特別熱。入夜越來越燙，跳蚤都該烤出油，他脫得只留條襯褲還冒汗，起身坐到炕沿一味抽菸，尋思這亂世農村沒準還是個去處。

早起，北風依然挺緊，他把那輛加重可以馱貨的自行車留在大車店，頂風徒步走了快三個小時，總算找到那村子。挨家挨戶問有沒有姓某名誰在小學校教書的一個老女人？人都搖頭，小學校村裡倒有，就一個教員，還是男的，他老婆生娃娃，回家照看去了。

「學校裡還有人沒有？」他問。

「都兩年多沒開過課啦，還有啥個學堂，生產隊做了倉庫，堆山芋蛋啦！」村裡人說。

他於是又問這生產大隊的書記，想找個負責人。

「老書記還少書記？」

他說總歸找個村裡管事的，當然還是老的好，情況想必更了解。人把他領到了一個老漢家。老頭咬住根竹竿銅頭的菸袋鍋，兩手正在辮藤條筐子，不等他說完來意，便嘟囔道：「俺不管，俺不管事啦！」

他不得不說明是從北京專門來調查的，這才引起老漢的敬重，停下手中的活計，捏住菸袋鍋，瞇起眼，露出一嘴褐黑的牙，聽他把情況說明。

「噢，有的，有這人，梁老漢的婆娘！當過小學堂的老師，早病退啦，來人調查過，她男人唱皮影戲的，成分貧農，沒啥問題！」

他解釋說，找這老漢的女人是調查別人的事，同他們本人沒關係。老頭於是帶他到了村邊的一個人家，進門前，喊了一聲：「梁老漢你屋裡的！」

屋裡無人答應。老頭推開屋門，裡面也沒人，轉身對跟在他們身後村裡的幾個小兒說：「快喊她去，有個北京來的同志在屋裡等！」

小兒們便飛也似的邊喊邊跑開了，這老漢也走了。

堂屋的牆皮灰黑，除了一張像牆皮一樣燻得烏黑的方桌和兩條板凳，空空盪盪。竈屋相通，也沒生個火。他坐定下來，冷得不行，門外陰沉的天，風倒是減弱了。他跺腳取暖，許久不見人來。

他想，在這麼個窮鄉僻壤，等一個被打倒的大官的前妻，這女人又何以流落這鄉裡？

怎麼成了做皮影戲的貧農老漢的老婆？可這同他又有什麼關係？無非是拖延回北京的時間。

過了將近兩個小時，終於有個老女人來了，進門前看見他在屋裡，遲疑了一下，停住腳，可還是進來了。老女人包塊灰布頭巾，一身青灰棉襖，免襠老棉褲，臃臃腫腫紮的褲腳，穿雙髒得發亮的黑布棉鞋，一個道道地地的老農婦，難道就是當年上過高等學府傳遞情報的那位革命女英雄？他起身問這女人，是不是某某同志？

「沒這人！」老女人立刻擺手說。

他楞了一下，又問：「你是不是也叫……」再說了一遍這名字。

「我跟我男人姓梁！」

「你男人是做皮影戲的？」他又問。

「老啦，早不唱了。」

「他在不在？」他小心探問。

「出去了。你到底找哪一個？」老女人反問道，解下頭巾，擱在桌上。

「四十多年前，你是不是在四川待過？認不認識一位叫——」他說出那位大官的名字。

這女人眼神一亮，可鬆泡的眼皮立即垂下，這就不是一雙無知村婦的目光。

「你同他還有過一個孩子！」他扔出這麼句話，得鎮住這女人。

「都早死啦，」女人說，摸著桌面，在條凳上坐下。

沒錯，就是這女人，他想，應該先寬慰她：「你為黨做過許多工作，可是老革命——」

「我沒有做過啥事，就伺候丈夫生娃子。」女人打斷他。

「你那丈夫當時是地下黨的特區書記，你難道不知道？」

「我又不是共產黨員！」

「可你丈夫，你那時的丈夫從事黨的祕密活動，你會不知道？」

「不知道，」她一口咬定。

「正是你掩護他逃跑的，你傳達的暗號，同他接頭的聯絡員才躲過了，沒有被捕，你很勇敢！」

「我啥也不知道，啥都沒做，」她矢口否認。

「要不要給你提供點細節，幫你回憶？你們家在二樓，臨街的窗邊掛了把蒲扇，你當時到窗邊把蒲扇摘了下來，懷裡還抱著孩子……」他等她回應。

「不記得有這事。」老女人閉上眼，不理睬他。

「這都有當事人的見證，寫的有材料。你丈夫，你這前夫，是從後面晾衣服的晒台爬出去的，這也有他寫的交代，你對革命有功呀，」他繼續誘導。

女人鼻孔出氣，輕輕一笑。

「你掩護你丈夫逃跑了，可你倒被埋伏的便衣特務逮捕了！」他發出感嘆，這也是調查的伎倆。

「你不都知道了，還調查個啥？」這女人睜開眼，突然衝他大聲反問。

他於是解釋說：「你不用緊張，這調查的不是你，也不是你那前夫，你掩護他跑的，他也沒被捕，材料都清清楚楚。要了解的是另一位地下黨員，後來被捕了，他同你也沒關係，可是也關在你同一個監獄裡，他怎麼出來的？據他交代，是黨組織營救出來的，你是否知道點有關的情況？」

「我已經說過了我不是黨員，黨不黨的別問我。」

「我問的是監獄裡的情況，比如說，放出來要不要履行什麼手續？」

「你問牢裡的看守去呀？問他們國民黨去呀！我一個女人，關在大獄裡，帶個還在吃奶的娃兒！」

女人發作了，手連連拍打桌子，就像農村老娘們樣的撒潑。

他當然也可以發作，那時調查人同被調查者的關係如同審訊，猶如法官與被告，甚至是獄卒與犯人，但是他盡量平心靜氣對這女人說，他不是來了解她如何出獄的，只是請她提供些當時監獄裡的一般情況，比如說，政治犯釋放是不是要履行什麼手續？

「我不是政治犯！」這女人一口咬死。

他說他願意相信，她不是黨員，作為家屬受到牽連，這他都相信，並不想，也沒有必要同她過不去。但是，既然來調查，就請她寫個證明。

「不了解就寫不了解，對不起，打攪了，就到此結束。」他把話先說明了。

「寫不到，」女人說。

「你不是還教過書？好像還上過大學吧？」

「沒啥好寫的。」她拒絕了。

就是說，她不願留下有關她這段身世的任何文字，不肯讓人知道她的歷史才隱藏到這鄉間，同個唱皮影戲的農村藝人相依為命，他想。

「你找過他嗎？」他問的是她前夫，那位高官。

女人也不置可否。

「他知道你還活著嗎？」

女人依然沉默，就是什麼都不說。他無奈，只好把鋼筆套上，插進上衣兜裡。

「你那孩子什麼時候死的？」他似乎信口問了一句，同時起身。

「在牢裡，也就剛滿月……」老女人也從條凳上起身，隨即打住了。

他也就沒再問下去，戴上棉手套。老女人默默陪他出門。他向她點點頭，告辭了。到了村外兩道車轍很深的土路上，他回頭，老婦人還站在屋門口，沒紮頭巾，見他回頭便進屋裡去了。

路上風向轉了，這回是東北來風，繼而飄起雪花，越下越大。荒禿禿的大平原，地裡的莊稼都收割了，雪片漫天撲來令他睜不開眼。天黑前，他到了公社的大車店，取了存放在那裡租來的自行車，本不必當晚趕回縣城，卻不清楚為什麼匆匆騎上。土路和田地大雪都覆蓋了，路的痕跡勉強能分辨。風從背後來，捲起的雪片紛飛，畢竟順風，他握緊車把手，在被雪掩沒的車轍裡顛簸，連人帶車跌倒在雪地裡，爬起又騎，跌跌撞撞，面前風雪迴旋，灰茫茫一片……

35

「跳梁小丑！」前中校對他喝斥道，這時成了軍管會的紅人，擔任清理階級隊伍小組的副組長，正職當然由現役軍人擔任。

你其實就是個蹦蹦跳跳的小丑，這全面專政無邊的簸籮裡不由自主彈跳不已的一粒豆，跳不出這簸籮，又不甘心被碾碎。

你還不能不歡迎軍人管制，恰如你不能不參加歡呼毛的一次又一次最新指示的遊行。這些指示總是由電台在晚間新聞中發表。等寫好標語牌，把人聚集齊，列隊出發上了大街，通常就到半夜了。敲鑼打鼓，高呼口號，一隊隊人馬從長安街西邊過來，一隊隊從東頭過去，互相遊給彼此看，還得振奮精神，不能讓人看出你心神不安。

你無疑就是小丑，否則就成了「不齒於人類的狗屎堆」，這也是毛老人家界定人民與敵人的警句。在狗屎與小丑二者必居其一的選擇下，你選擇小丑。你高唱「三大紀律八項注意」的軍歌，也得像名士兵，在每個辦公室牆上正中掛的最高統帥像前並腿肅立，手持紅塑料皮《語錄》，三呼萬歲，這都是軍隊管制之後每天上、下班時必不可少的儀式，分別稱之為「早請示」和「晚匯報」。

這種時候你可注意啦，不可以笑！否則後果便不堪設想，要不準備當反革命或指望將來成為烈士的話。前中校說的並不錯，他還就是小丑，而且還不敢笑，能笑的只是你如今回顧當時，可也還笑不出來。

他作為軍人管制下的清查小組裡一派群眾組織的代表，被他這派群眾和幹部推舉出來之時，就明白他末日到了。可他這一派的群眾和幹部居然指望他來支撐，又哪知道憑他的檔案中他父親「私藏槍支」這一條，就可以把他從這革命大家庭裡清除掉。

清查小組的會議上，張代表念了一份「內控」也即內部控制使用人員的名單。他第一次聽見這個詞，吃了一驚，這「內控」不僅對一般職工而言，也包括某些黨內幹部，清查混入群眾組織中的「壞人」首先拿他們開刀。這就不是兩年前紅衛兵的暴力了，也不是群眾組織間派別的武鬥，如今從容不迫，在軍人指揮下像部署作戰方案一樣，有計畫，有步驟，分批打擊。人事檔案軍管會啟封了，有問題的人的材料都堆在張代表面前。

「在座的都是群眾組織推選出來的代表，我希望同志們消除資產階級的派性，把混在你們組織中的壞人都清理出來。我們只允許有一個立場，那就是無產階級立場，不許有派別的立場！大家按人頭進行討論，敲定哪些個放到第一批，哪些個放到第二批。當然還有第三批，那就看是不是主動認罪，交代和揭發表現如何，再確定是從寬還是從嚴處理！」

張代表闊臉方腮，掃視在座的各群眾組織的代表一眼，一把粗大的手指在那一大疊的卷宗上戳了戳，隨後掀開茶杯蓋子，喝茶抽菸。

他小心翼翼提了幾個問題，也因為軍代表講了可以討論，他問他的老上級處長老劉除了家庭出身地主，是否還有別的問題？再就是一位女科長，當年的地下黨員，學生運動背後的組織者，就他這一派調查的結果，從未被捕過，也無叛黨投敵的嫌疑，不知為什麼也列入專案審查？張代表把頭轉向他，抬起夾著菸捲的兩隻手指，望著他沒說話。前中校就是這時候對他斥責道：「跳梁小丑！」

幾十年後，你看到逐漸披露的中共黨內鬥爭的若干回憶，毛澤東在政治局的會議上對手下稍有異議的將帥們大概就是這樣望著，照樣抽菸喝茶，便會有別的將帥起來斥責，用不著老人家多話。

你當然夠不上將帥，那位前中校還衝你說：「一個小爬蟲！」是的，你不過是小而又小的一隻蟲，這條蟻命又算得了什麼？

下班的時候，他在樓下車棚子裡取車，碰見他同一個辦公室的同事梁欽，他造反後兩年多那份工作都是梁接了過去，這造反生涯也該結束了。他見邊上沒人，對梁說：「你先走一步，過了前面的十字路口，慢騎，有話同你說。」

梁騎上車走了，他隨後攆上。

「上我家喝一杯去，」梁說。

「你家有誰？」他問。

「老婆和兒子呀！」

「不方便，就這麼邊騎邊說吧。」

「出什麼事了？」梁想到的就是出事。

「你歷史上有什麼問題？」他沒望梁，彷彿不經意問了一句。

「沒有呀！」梁差一點從車上跌下來。

「有沒有同國外的聯繫？」

「我國外沒親屬呀！」

「給沒給國外寫過什麼信？」

「慢點！讓我想想……」

又一個紅燈亮了，他們都腳著地，停住車。

「有這事，組織上問過，都好多年前啦……」梁說著就要哭了。

「別哭，別哭！這在大街上呢……」他說。

這會兒綠燈了，車流前湧。

「你對我直說吧，我不會連累你的！」梁止住了。

「說是你有特嫌，當心就是了。」

「哪兒的話！」

他說他也不清楚。

「我倒是寫過一封信到香港，我的一個鄰居，從小一起長大，後來他一個姑媽把他接到香港去了。我倒是寫過封信，託他替我買本英文俚語字典，就這事，都哪八輩子的事了！還是朝鮮打仗，我大學剛畢業，參軍在戰俘營當翻譯……」

「這字典你收到沒有？」他問。

「沒有呀！那就是說……這信沒寄出？扣下了？」梁追問。

「誰知道？」

「懷疑我……裡通外國？」

「這可是你說的。」

「你也懷疑我？」梁偏過頭，問。

「那就不同你說了。當心！」

一輛長長的兩節的無軌點電車擦邊而過，梁把手一歪，差點碰上。

「怪不得把我弄出了部隊……」梁恍然大悟。

「這還事小呢。」

「還有什麼？都說了，我不會把你兜出來的，打死都不會！」梁的車籠頭又打彎了。

「別把命軋進去了！」他警告道。

「我不會自殺的，做那蠢事！我還有老婆和兒子！」

「好自為重吧！」

他車拐彎了，沒說的是梁列在清查的第二批名單裡。

多少年後，多少年？十多年……不，二十八年後，在香港，酒店房間裡你接到個電話，對方說是梁欽，從報紙上看到在演你的戲。這名字你一時反應不過來，以為是什麼場合見過一兩面的哪位朋友，想看戲弄不到票，連忙說對不起，戲已演完了。他說他是你的老同事呀！想請你一起吃個飯。你說你明天一早的飛機，實在沒時間了，下回吧。他說那他馬上驅車來酒店看你，你不好再推託，放下電話，這才想起是他，你們最後那次騎車在街上的談話。

半個小時後，他進到你房裡，西服革履，細亞麻襯衫，一條色調青灰的領帶，不像大陸的暴發戶那麼扎眼，握手時也沒見勞力士金錶和金燦燦的粗手鍊或大金戒指，頭髮倒烏黑，以他這年紀顯然染過了。他說，來香港定居多年了，就是他當年寫信託買字典的那少年時的好友，知道他為那麼封信吃了大苦，過意不去，把他辦出來了。他現在自己開公司，妻兒移居加拿大，買的護照。他對你大可實說：「這些年掙了些錢，不算大富，穩穩當當度個晚年沒問題，兒子又有了個加拿大的博士文憑，不愁什麼了，我是兩邊飛，這香港要混不下去，說撤就撤了。」還說，他感激你當時那句話。

「什麼話？」你倒記不得了。

「別把命軋進去了！要不是你那句話，那勢頭哪盯得下來？」

「我父親就沒盯下來，」你說。

「自殺了？」他問。

「幸虧一個老鄰居發現了，叫了救護車，送進醫院救過來了，又弄去農村勞改了幾年，剛平反還不到三個月，就發病死了。」

「你當時怎麼不提醒他一下？」梁問。

「那時哪還敢寫信？信要查到的話，我這命沒準也搭進去了。」

「倒也是，可他有什麼問題？」

「說說看，你又有什麼問題？」

「甭說了，嗨！」他嘆了口氣。停了會又問：「你生活怎樣？」

「什麼怎樣？」

「我不是問別的，你現在是作家，這我知道，我說的是經濟上，你明白……我這意思？」

他語氣猶豫。

「明白，」你說，「還過得去。」

「在西方靠寫作維生很不容易，這我知道，更別說中國人了，這不像做買賣。」

「自由，」你說你要的是這自由，「寫自己要寫的東西。」

他點點頭，又鼓起勇氣說：「你要是……我就直說吧，手頭上一時有困難，週轉不開，你就開口，我不是什麼大老闆，可……」

「大老闆也不說這話，」你笑了，「他們捐點錢，辦上個什麼希望工程啦，好同祖國做更大的買賣。」

他從西服口袋裡掏出張名片，在上面添上個地址和電話，遞給你說：「這是我的手提電話，房子是我買下的，加拿大那地址也不會變。」

你說謝謝他，目前還沒什麼困難，要為掙錢寫作的話，也早就擱筆啦。

他有些激動，冒出一句：「你是真正在為中國人寫作！」

你說你只為自己寫的。

「我懂，我懂，寫出來！」他說，「希望你都寫出來，真正寫出那不是人過的日子！」

寫那些苦難？他走了之後，你自問。

可你已經厭倦了。

你倒是想起你父親，從農村勞改回來剛平反，恢復了職務和原工資，便堅持退休了，去北京看你這兒子，也打算日後就遊覽散心，安度個晚年。誰知你才陪他逛了一天頤和園，晚上就咳血。第二天去醫院檢查，發現肺部有陰影，隨後診斷是肺癌，已擴散到了晚期。一天夜間，病情突然惡化，住進醫院，次日凌晨便嚥氣了。他生前，你問過他怎麼會自殺的？他說當時實在不想活了，沒有更多的話。等到他剛能過活而且也想活的時候，卻突然死了。

追悼會上，平反了的死者的單位都得開個這樣的追悼會，好向家屬做個交代。當作家的兒子豈能不講點話，否則不恭敬的不是兒子對於過世的父親，而是對不住舉辦追悼會的死者同志單位的領導。他被推到靈堂的話筒前，又不好在亡父的骨灰盒前推讓。他不能說他爸從來沒革過命，雖也未反對過革命，不宜稱作同志，只好說一句：「我父親是個軟弱的人，願他在天之靈安息。」要是有天堂的話。

36

「把國民黨殘渣餘孽反動兵痞趙寶忠揪出來示眾！」

前中校在主席台上對話筒高聲宣布，他身邊端坐的是帶領章帽徽的現役軍人軍管會主任張代表，不動聲色。

「毛主席萬歲！」會場上突然爆發一聲呼叫。

後排的一個胖老頭被兩名青年從座位上拖了起來。老頭掙脫手臂，舉手揮拳狂呼：「毛——主席萬歲！毛——毛……」

老頭聲音嘶啞，拚命掙扎，又上去了兩名退役軍人，在部隊服役時學過擒拿，折臂反擰，老頭當即屈膝跪下，呼叫窒息在喉嚨裡。四個壯實的漢子拖住胖老頭，老頭兩腳還撐在地上，像條不肯上架開膛的生豬，蹬蹬的腳步聲中，眾人默默注視之下，老頭從座位間的過道拖到了台前，脖子上硬套住個鐵絲拴的牌子，還企圖引頸喊叫，耳根被緊緊按住，臉漲得紫紅，眼淚和鼻涕都流出來了。這看書庫的老工人，民國時代被抓過三回壯丁逃脫兩回爾後投誠解放軍的老兵，終於躬腰低頭跪倒在地，排在早已揪出來的那些牛鬼蛇神行列的末尾。

「敵人不投降，就叫他滅亡！」

口號響徹整個會場，可老頭子三十多年前早就投降了。

「頑抗到底，死路一條！」

也還是在這會場，四年前，這老頭由也在彎腰低頭行列中的前黨委書記吳濤選定為學《毛著》的榜樣，作為苦大仇深的工人階級代表，做過控訴舊社會之苦頌揚新社會之甜的報告，老頭當時也涕淚俱下，教育這些未改造好的文人。

「把裡通外國的狗特務張維良揪出來！」

又一個從座位間拖到台前。

「打倒張維良！」

不打自倒，這人嚇癱了，都站不起來了。可人人還喊，而人人都可能成為敵人，隨時都可能被打倒。

「坦白從寬，抗拒從嚴！」

都是毛老人家的英明政策。

「毛——主——席萬歲！」

可別喊錯了，那時候那麼多批鬥會，那麼多口號要喊，通常在夜晚，神智糊塗又緊張得不行，一句口號喊錯了，便立即成為現行反革命。做父母的還得反覆叮囑小孩子，別亂塗亂畫，別撕報紙。每天報紙的版面都少不了領袖像，可別撕破了，弄髒了，腳踩了，或是屎急了不當心抓來擦了屁股。你沒孩子，沒孩子最好，只要管住你自己這張嘴巴，話得說得清清楚楚，特別在喊口號時不能走神，千萬別結巴。

他凌晨回家騎車經過中南海北門，上了白石橋，屏息瞥了一眼，中南海裡依然樹影重重，路燈朦朧。隨後下坡，撒開滑行才舒了口氣，總算這一天又平安過去了。可明天呢？

早起再上班，大樓下一具屍體，蓋上了從門房值班室裡鋪位上拿來的一領舊草蓆，牆跟和水泥地上濺的灰白的腦漿和紫黑的血跡。

「是哪一個？」

「大概是編務室的……」

頭臉都被草蓆蓋住了，還有頭臉嗎？

「從幾樓？」

「誰知道哪個窗戶？」

這大樓上千人，窗戶也有好幾百，哪個窗口都可能出事。

「什麼時候？」

「總歸是快天亮的時候……」

不好說是深夜清查大會之後。

「也沒人聽見？」

「廢話！」

停留片刻的人都進樓裡去了，都規規矩矩準時上班，都回到原先各自的辦公室裡，面對牆上的領袖像，或望著先到的人後腦勺，八時正，每個房間的廣播喇叭都響起來了，大樓上下齊聲高唱〈大海航行靠舵手〉，這巨大的蜂巢比原先更秩序井然。

辦公桌上有一封寫上他名字的信，他心裡一驚。許久沒有過信件，再說從來也不寄到機關。看也沒看，他立即塞進口袋。整整一個上午，他都在琢磨誰寫來的信，還有誰不知他住址可能給他寫信？那筆跡也不熟識，會不會是一封警告信？要揭發他不必投遞給他本人，要不是提醒他注意的一封匿名信？但信封上的郵票八分，本市信件四分，肯定來自外地。當然也可能故意貼上個八分郵票障人耳目，那就是一位好心人，也許是本單位的沒辦法同他接觸，才想出這一招。他想到早隔離了的老譚，可老譚還可能寫信嗎？也許是個陷阱，對方一派的什麼人對他設下的圈套？那就正在關注他的動向。他覺得就在監視中，軍代表在清查小組會上說的那沒點名的第三批沒準就輪到他了。神經開始錯亂，想到他對面門外走廊上過往的人，是不是在觀察清查大會後潛藏的敵人異常舉動？這也正是軍代表在夜戰大會上的動員：「大檢舉，大揭發，把那些尚在活動的現行反革命分子統統挖出來！」

他想到了背後的窗戶，突然明白了一個人好端端的怎麼能跳樓，出了一身冷汗。他努力沉靜下來，裝得若無其事，辦公室裡沒跳樓的都若無其事，不也是裝出來的？裝不出來對自己失控，便朝樓下跳。

挨到午飯時間，再革命飯總是要吃的，立刻意識是句反動話，他得泯滅這些反動思想，哪怕是一個句子，憤慨鬱積在心都會給他釀成災難，禍從口出，這至理名言可是自古以來智慧的結晶。你還要什麼真理？這真理就是千真萬確，什麼都別想！別動心思，你就是個自在之物，你的病痛恰恰在於總要成為自為之物，就注定你災難無窮。

好，回到他，那自在之物，磨磨蹭蹭，等辦公室裡的人都走了再上廁所。飯前先去解手極為正常。他插上大便池門裡的插銷，掏出了信，沒想到竟是許倩寫來的。「我們這犧牲了的一代，不配有別的命運……」這話跳進眼裡，他立刻把信撕了。轉念，又把撕了的紙片全裝回信封，拉響水箱，察看便池四周，沒留一個紙屑才開門出來，洗手，用水擦了擦臉，鎮定精神，下樓去食堂了。

晚上回到房裡，他插上門銷，檯燈下把碎紙片拼湊齊，反反覆覆研讀這封來信。一個哀怨的聲音在訴說絕望，卻隻字沒提小客棧那一夜，也沒說到她碼頭上被截之後的事。信中說這是寫給他唯一的也是最後的一封信，他再也不會見到她了，一封絕命書。「我們這犧牲了的一代」，信就是這麼開頭的，說她分配到晉北的大山溝裡一個小學校當教員，賴在縣城的招待所裡還沒去。她之前，一個華僑女生也分派到大山裡的一個一人一校的小學，帶了她在新加坡的父母早為她準備好的六箱嫁妝，用毛驢馱去的，一個星期後便死在山溝裡了，無人說得出死因。她如果也去的話，就不會再見到她了。倩在呼救，他是她最後維繫的一點希望，想必她父母和姨媽都無法援救她。

半夜裡，他騎車趕到了西單郵電大樓，縣招待所的信紙上印有電話號碼，他要了個加急電話。一個女聲懶洋洋的沒好氣問找誰，他說明是北京的長途，找個待分配的大學生叫許倩的，電話便撂下了。話筒裡嗡嗡響了許久，才有個同樣沒好氣的女聲問：「你是誰？」他說出要找的是誰，對方說：「我就是」。他全然聽不出倩的聲音了，同她那一夜就沒大聲說過話，這陌生的聲音令他一時不知說什麼是好，話筒裡依然嗡嗡空響，他支支吾吾說：「知道你還在，就好。」「嚇了我一跳！這深更半夜突然叫起來，弄得人心驚膽戰！」倩在電話裡說。

他想說他愛她，無論如何得活下去，一路騎車準備好的那些話卻無法出口，這深夜北京打去的加急長途電話，那山區閉塞的小縣城裡的接線員一定在聽，他不能給倩惹來什麼嫌疑，讓人誤以為她有什麼事。話筒嗡嗡空響，他說收到她的信了。話筒又嗡嗡響，他不知道還應該再說什麼。「你要打電話的話，白天再打。」那聲音冷漠。「那麼，對不起，休息吧，」他說。那一頭電話便扣上了。

37

一個姑娘撲倒在你身上，你躺在床上，沒完全清醒過來。她笑嘻嘻同你打鬧，你不勝驚喜，希望不是在做夢。你被她的胸脯壓住，從敞開的領口摸到她細滑的皮膚，捏到結結實實的奶，她也不遮攔，就同你鬧著玩。你慶幸這不期而遇，卻叫不出她的名字，隱隱約約知道她的名字，可又怕叫錯了。搜索記憶，那麼個環境，有那麼個女孩，你時常在路上遇到，可總無法同她親近，這會兒就貼在你身上，你說怎樣也想不到能這樣見到她，你真高興！她說就是來找你的，路過這城市，聽說你在開會，就找到這裡來啦。你說別走了！她說當然，不過得先把行李存了，辦好登記住宿的手續。你沒立刻同她做愛，心想有的是時間，她既遠道來特地找你，不會就離開。你即刻翻身起來，問她行李在哪裡？她說，喏，不就撂在邊上那房裡。你側身探望，兩間房竟然相通，沒有隔斷，那房裡還有兩張床。你擔心再住進別人，說得趕緊找旅館的服務員換間雙人房。可正是午餐時間，那麼先去餐廳一起吃飯，她緊跟你，偎身相依，說找你可找得好苦，你依然在思索她的名字，望了望這熟識的面孔，可又難以確認。她更像女人而非少女，一個大姑娘或是一個小女人，同她做愛該不會有什麼障礙，再說她就為你而來。她問是不是要見見會議的主持人，先介紹一下？你說你如今是個自由人，想同誰一起就住一起，用不著誰來批准，你乾脆帶她去旅館的服務台換個雙人房間。櫃檯後的男人給了你一把鑰匙和一張紙條，鑰匙上的小牌有房間號，你問他這房在哪裡？那人說他只管登記，要問可以打電話，紙條上便有電話號碼。你問可不可以用他櫃檯上的電話，他說得投硬幣。你摸索口袋找不出零錢，又同那人商量，是不是可以先打了回頭再付？他不置可否，你打了電話，回答說房間在三樓。你乘電梯卻到了頂層，出來竟然是個停車場。你們又進電梯，到了樓下，依然找不到那房間。你攔住過道裡推個車在清理房間的女服務員問，她說還要再下一層。你們終於到了底層，是個考究的大餐廳，你想不如先吃飯。領座的打的領結，彬彬有禮說對不起，這得預先訂座，位子都滿了。你說是參加會議的，他說為與會者專門準備了，在另一個餐廳。你同她又乘電梯上去找你們的房間，細看鑰匙上的號碼有些古怪：No. 11 G. Y。你找到十四、十五、十六號房門，可就沒有十一號。你問過道邊的酒吧在高腳凳上坐的一個胖女人，想必是住在這裡的旅客，該知道這號碼怎麼回事。轉椅一轉，這女人轉過身指著你身後說，喏，那個洞穴！你不明白怎麼會是洞穴？而門框上釘的銅牌果然是11. G，後面還有個字母模糊不清，可能是Y。你掀開用玻璃珠子串成的門簾，裡面好大一排通鋪，你環顧這間大屋，通鋪右邊上方還有一層鋪位，伸入牆裡，爬著才能進去，四個雙人的鋪位都放上枕頭。你想到要同她做愛，便在盡裡最邊角放下了她的行李包。從房裡出來，你心想無論如何得另找個單間。可她說同來的還有個女伴，得住在一起，好在這城市她們還有熟人，總有辦法落腳。可你說她既然來找你……她說下一回吧，還有機會。她轉身要走，你醒來了，十分遺憾，想再追憶，想抓住些細節，弄明白這夢怎麼來的，卻發現睡在個單人床上，一個小房間裡，窗外鳥鳴。

你一時記不起怎麼會睡在這裡，頭腦昏脹，還沒全醒，昨夜酒喝多了。很久沒這樣濫飲，各種酒混雜，威士忌、五糧液、紅葡萄酒，而啤酒不過用來解渴，整箱的啤酒開起來沒完。蘇格蘭的威士忌是誰從英國帶來的，而五糧液來自中國，你記起來了，是一幫中國作家和詩人在這裡開會，斯德哥爾摩南郊，以被謀殺的帕爾梅總理命名的一個國際中心。

你重新睜開眼，坐了起來，望見窗外一片湖水，雲層很低，平坦的草地上樹木茂盛，只有鳥叫而四下無人，十分安靜。

你追憶夢中那姑娘給你的溫馨，不免悵然，怎麼做這樣個夢？都怪昨晚這一夥又談的是中國，喝那麼多酒，中國真令你頭疼。可這正是會議的宗旨，討論的是當代中國文學，由瑞典人出錢把一幫子海內外的中國作家請來，提供機票和幾天的吃住，這麼好一個度假勝地，還有啤酒，而烈性酒課稅很高，都是開會的人帶來的。哥們海飲，喝到天亮，這夏季七月正是白夜，天始終亮的，子夜也如同黃昏。湖對岸蒼莽的森林綿延，上方一條霞光緋紅，蟲子和鳥都睡著了，這幾個還在湖邊桑拿浴室外伸向湖面的木板涼台上大聲喧譁，高談闊論，聲音傳得很遠，震盪得如鏡的湖水波紋盪漾，一圈圈散向湖心，水草和倒影跟隨水波微微顫動，這並非是夢境。

這哥們偏偏侃了一通現今中國的奇聞，同文學自然沒多大關係。說是有個動物園的飼養員一早上班，還沒開始賣門票呢，人是動物園的工作人員走的旁門。剛進園，便聽見他伺候的老虎哀鳴，心想不到餵食的時候何以就叫？過去一看，這老虎竟伏在鐵籠邊血泊之中，一對前爪沒了，雖經包紮救護，無奈哪有虎血可輸，母大蟲失血過多，搶救無效。「砍虎爪做什麼？」有人問。

「在座的難道不知國人吃熊掌的傳統？」「可從來沒聽說老虎爪子也吃的。」

「做虎骨酒呀，自古治風溼的良藥！現今除了動物園裡，還哪裡能獵到老虎？」眾人都笑，說：「你這小子打骨子裡就反華，編的吧？」這哥們卻一本正經，說是來自大陸官方的報紙：「有朋友自祖國寄來的剪報，兩行字的簡訊！要在瑞典，還不得上頭版頭條！環保分子沒準得上街遊行，喂，瑞典有綠黨嗎？」

你沒去餐廳吃早飯，從窗口看見樓下的大轎車開了，人都去斯德哥爾摩觀光。

隨後，你沿湖邊鋪了沙石的土路走去，一片草場。一個個巨大的白塑料包，裝的大概是收割的草料。青綠的草地上，蒼蔥的森林邊緣，此一處彼一處，這些潔白的物體顯得那麼不真實，你好像又進入夢中。

順小路進到樹林裡，湖光不見了，林子深處樹木越見高大，最挺拔的是紅松。你突然聽見男女孩子的叫喊聲，不禁有些激動，彷彿回到童年，你自然也明白那時光不會再有了。你站住傾聽，想證實是不是幻聽，加緊腳步繼續前去。小路拐彎，前面有片林間隙地，果真有兩個女孩，高個子的女孩穿條剪去半截的牛仔褲，褲腿的毛邊在膝蓋以上，同個小一些的女孩各拖一個大口袋，在地上可能在揀松果。再遠，還有個小男孩，手裡拿個捕飛蟲的網兜跑來跑去。兩個女孩時而停下來，你免得干擾她們，放慢腳步。小男孩在前面邊跑邊叫，兩個女孩喊他，男孩子不聽還跑，她們拖著口袋也就跟上去。孩子們的聲音漸漸遠了，直到看不見他們的身影，長了草的土路也變得荒寂了。似乎還可以聽到孩子們隱約的叫聲，你站住諦聽，卻只有風穿過樹梢陣陣的松濤聲。

你還在追憶那夢，追憶撫摸她細滑結實的小奶那手感，追憶那張模糊不清但又熟悉的面孔，又想起另一個做過的夢。奇怪的是你已多次做過這樣的夢，竟然成了回憶，彷彿確實有過這麼個女孩。她和同班的女生下課了，你和她好像是同班，可不容易接近，她們快快活活總是一群，也同男孩們交往，甚至交往的就是男人，可你無法進入她們的圈子裡。你便又記起住過一個大院落，你家在後院，可你難以通過住滿人家的前院進入你家，那女孩好像就住在這前院。於是，同另一個夢境又聯繫起來，那女孩家在一條壅塞的小街裡，一個很深的老院子，一進套一進，她家在頭一進庭院，進大門後左手的廂房，你中學的一位同學也住在這院裡。你來看他是為的打聽這女孩家還在不在，臨了，你也沒找到你那同學。這又牽連起另一些夢境，類似不確切的回憶，夢境與回憶難以區別，你記得你小兒時的光景，大約四、五歲，那還是戰亂中父母帶你逃難，就住過一個大雜院，可你要找的卻是個胸前鼓突突的大姑娘，記憶和夢都含混不清。

童年如煙如霧，只若干亮點浮現，如何將那淹沒在遺忘中的往事恢復？漸漸顯露出來的也難以辨認，分不清究竟是記憶還是你的虛構？而記憶又是否準確？毫無連貫，前後跳躍，等你去追蹤，那閃爍的亮點便失去光彩，變成了句子，你能連綴的僅僅是一些字句。記憶能否復述？你不能不懷疑，你同樣懷疑語言的能力。所以複述記憶或是夢，總因為有些美好的東西在閃爍，給你溫暖、馨香、憧憬與衝動，而句子呢？

你記得確有一個女孩和他同坐一張課桌，也同一條板凳，那是個很白淨的小姑娘。一次考試時他的鉛筆斷了，那女孩發現了，便把課桌上她的文具盒推過去，裡面都是削得尖尖的各種鉛筆。他從此便注意到這女孩，上學和放學的路上，也要探望有沒有她的身影。他拿起過這女孩夾在課本裡的一張有香味的卡片，下課時，女孩便送給他了。同班的男生看見了紛紛起鬨：「他倆好！他倆好哪！」弄得他滿面通紅，但也許正因為有這種刺激，溫馨同女性對他來說，從此聯繫在一起。

你還記得少年時的一個夢，在個花園裡，草沒推剪，長得很高，草叢裡躺著個女人，潔白的裸體，一個冰冷的大理石雕，是他讀過梅里美的小說《伊爾的美神》之後做的這夢。他同這石像竟緊貼住睡在一起，怎麼性交的全然不清楚，可胯間溼了一灘，涼冰冰的，那是冬天夜裡，他醒來惶恐不安。

你想起伯格曼的那黑白的老影片《野草莓》，把一個老人對死的焦慮捕捉得那麼精細。你大概也漸入老境。他的另一部影片《絮語與叫喊》中的三姊妹和一個肉感的胖女僕，在寂寞與情欲與病痛與對死的恐懼的折磨中，這都喚起你同感。文學或藝術是否可以交流？本無需討論，可也有認為無法交流的。而中國文學是否也能溝通？同誰？同西方？還是大陸的中國人同海外華人？而什麼叫中國文學？文學也有國界？而中國作家有沒有一個界定？大陸、香港、臺灣，美籍華人是不是都算中國人？這又牽扯到政治，談純文學吧。有純而又純的文學嗎？那就談文學，那麼什麼是文學？這都同會議的議題有關，也都爭個不休。

這類文學與政治的爭論，你已膩味了，中國離你已如此遙遠，況且早被這國家開除了，你也不需要這國家的標籤，只不過還用中文寫作，如此而已。

38

幾輛大巴士停在不到一個月有五起跳樓的這大樓前，首批去農村的一百來人列隊等軍代表臨行前訓話，每人胸前別上一朵紙做的紅花，這也是張代表的指示，上車前叫幾個辦公室裡的人趕做出來的。

這一支隊伍戰士們一多半上了年紀，還有女人和到退休年齡而未能退休的，以及病休的高血壓患者，包括當年延安根據地的老幹部和在冀中平原打過地道戰的老游擊隊員，根據最新發布的毛的「五．七指示」，去種田，有了這朵紙花在胸前，勞改也光榮。

張代表從樓上下來了，手指併弄，擱在帽沿上，向大家行了個注目禮：

「同志們，你們從現在起就是光榮的五七戰士了！你們是先遣隊，負有建設偉大領袖毛主席號召的共產主義大學校的重大使命，我祝大家勞動和思想雙豐收！」

不愧是正規的軍人，沒有廢話，說完便抬起手臂向大家示意，這就該上車了。樓前來送行的有家屬，也有這樓裡的同事，各層窗口都有人招手。三年來的派仗也打夠了，走的好歹都算是同志，更有些女人抹眼淚，這場面就有點動人，但總體上氣氛歡快。

他心裡還真竊竊歡喜，把一切都清理了，連房裡那個搪瓷尿盆都刷洗乾淨，包裝到公家發的木條釘的箱子裡。下放的每人免費發兩個這樣的木箱，多要則個人付款，這都由國務院新成立的五七辦公室專門下達了文件。他那些書也統統釘死在木箱裡，雖然不知道何時還能打開，總得終生伴隨他，是他精神上最後一點寄託。

他遞交下放申請書的時候，張代表有點遲疑，說：「清查工作還沒結束嘛，還有更艱鉅的任務在後面——」

他不等軍代表說完便滔滔不絕，一口氣陳述了要接受勞動改造的決心和必要，還說：「報告張代表，我女朋友也大學畢業分配到農村了，幹校建設好了，也可以把她接來落戶，就在農村幹一輩子革命！」

這話就說得很明白了，他並非躲避嫌疑，而是極為務實的考慮。張代表眼珠一轉，這一轉可是決定他生死命運。

「好！」張代表接過了他的申請書。

他鬆了氣。

只有一個人說：「你不該走！」

那是大李，他聽出來是對他的譴責。他保護過的王琦同志來送行，眼睛紅了，轉過臉去。大李也還來同他握手告別，眼泡浮腫，卻顯得更憨厚了，他們始終也成不了朋友。他看出了大李的孤單，解散了的這造反派中他有的是戰友，卻沒有真朋友，而他也拋棄他們了。

下樓集合站隊之前，他去他的老上級老劉的房裡也握了個手，老劉那手緊緊捏住他，像捏住根救命的稻草，可這稻草也要逃避沉沒。他們默默無言捏住了一會兒，總不能牽扯住一起沉沒，老劉的手先鬆開了。他總算終逃離了這瘋了的蜂窩，這棟製造死亡的大樓。

前門外，火車站總那麼擁擠，站台上，車廂裡，告別的和送行的人頭攢動，這時主要是下放的機關職工、幹部和去農村落戶的中學生，大學生已經都打發到農村和邊疆了。上車的男女孩子堵塞在窗口，擠在車窗外頻頻囑咐的是他們的父母。站台上鑼鼓喧騰，工人宣隊員們帶領還不到下鄉年齡的一幫小孩子在敲打，把這分別的場面弄得十分熱鬧。

穿藍制服的調度員連連吹哨，人都退到站台上的白線後面，車卻遲遲不見起動。站台上突然一陣騷亂，先是一隊持槍的軍警跑出來，站成一線，跟上來長長一隊剃光頭的犯人，一律背個被包，手裡拎個搪瓷碗，踏著整齊的步子，低聲唱頌節奏分明的口號：

「老老實實，重新做人，抗拒改造，死路一條！」

唱頌聲低沉，一再重複，帶有安魂曲的莊嚴，孩子們敲的鑼鼓停了下來。犯人的行列斜穿過站台，隨同反覆的口號聲進到列車尾部加掛的幾節沒窗戶的悶罐子車裡。十分鐘後，列車在一片肅靜中緩緩起動。這時，先有幾聲壓抑不住的啜泣來自站台上，車上車下立刻弄成孩子和大人的一片哭聲，當然也還有揮手強打歡笑的，那人為的歡樂氣氛消失殆盡。

車窗外，水泥電線桿、紅磚房，灰色混凝土的建築物、一個個煙囪、光禿禿的樹枝丫紛紛後退。他可是心甘情願，總算逃離了這令人恐怖的首都。迎面來風還冷還硬，無論如何，他至少可以暢快呼吸一下，不用再每時每刻提心吊膽。他年輕力壯，沒有家小，沒有負擔，無非種地。他大學時就下鄉幹過，農活再累，神經卻不必繃得這樣緊張。他想哼個歌，還有什麼老歌可唱的？得，不唱也罷。

39

路易・阿姆斯特朗這老哥們，你自認是他兄弟，儘管他早已死了，可你瞧那黑白的老影片，一條條白道子在下雨，這老黑哥們卻唱得在地上直打滾。

一屢游絲，在風中飄……

你得活得快活，活得盡興，啊，馬格麗特，你又想起她，就是她讓你寫這本破書，弄得你好憋悶，好生壓抑，這婊子折騰得你好苦，真想狠狠再操操她，照她要的那樣抽打，這受虐狂，再抽她你可不會再流淚。

你還真想哭上一回，像個任性的孩子在地上打滾，哭得個死去活來，可你沒有眼淚，沒有，還真的沒有，你老啦，哥們！

管你是一條蟲，還是一條龍？更像一頭沒主人的喪家之犬，也不用愉悅誰，去討人喜歡。你，一隻打洞的鼴鼠，就喜歡黑暗，黑暗中什麼也看不見，看不見獵槍，也喪失目標，而目標又有何用？

如今你獲得了新生，揀起的這條性命想怎麼用，就怎麼用，你就要讓你這殘存的性命活得還有點滋味。最重要是活得快活，為自己活而自得其樂，別人如何評說，全不在乎。

用。

自由自在，這自由也不在身外，其實就在你自己身上，就在於你是否意識到，知不知道使用。

自由是一個眼神，一種語調，眼神和語調是可以實現的，因此你並非一無所有。對這自由的確認恰如對物的存在，如同一棵樹、一根草、一滴露水之肯定，你使用生命的自由就這樣確鑿而毫無疑問。

自由短暫即逝，你的眼神，你那語調的那一瞬間，都來自內心的一種態度，你要捕捉的就是這瞬間即逝的自由。所以訴諸語言，恰恰是要把這自由加以確認，哪怕寫下的文字不可能永存。可你書寫時，這自由你便看見了，聽到了，在你寫、你讀、你聽的此時此刻，自由便存在於你表述之中，就要這麼點奢侈，對自由的表述和表述的自由，得到了你就坦然。

自由不是賜予的，也買不來，自由是你自己對生命的意識，這就是生之美妙，你品嘗這點自由，像品味美好的女人性愛帶來的快感，難道不是這樣？

神聖或霸權，這自由都承受不了，你不要也要不到，與其費那勁，不如要這點自由。說佛在你心中，不如說自由在你心中。自由絕對排斥他人，倘若你想到他人的目光，他人的讚賞，更別說譁眾取寵，而譁眾取寵總活在別人的趣味裡，快活的是別人，而非你自己，你這自由也就完蛋了。

自由不理會他人，不必由他人認可，超越他人的制約才能贏得，表述的自由同樣如此。

自由可以呈顯為痛苦和憂傷，要不被痛苦和憂傷壓倒的話，哪怕沉浸在痛苦和憂傷中，又能加以觀照，那麼痛苦和憂傷也是自由的，你需要自由的痛苦和自由的憂傷，生命也還值得活，就在於這自由給你帶來快樂與安詳。

40

「不要以為把那些老反革命都肅清了就天下太平，你們可要擦亮眼睛，這些現行的反革命分子是我們更危險的敵人！他們隱藏得很深，十分狡猾，接過我們無產階級的革命口號，卻暗中挑動資產階級派性，攪混我們的階級陣線，大家千萬不要被他們蒙蔽，好好回想一下，運動中那些上竄下跳的人物，打著紅旗反紅旗的反革命兩面派，就睡在你們身邊！」

軍管會副主任龐代表戴寬邊黑框的眼鏡，在部隊裡可是當政委的，從北京專程來農場，站在晒場的石碾子上，手裡晃動一份文件，做的動員報告：「五七幹校不是階級鬥爭的避風港！」又開始清查一個稱之為「五．一六」的現行反革命集團，運動以來的造反派頭頭和活躍分子都在審查之列。他立即被解除了帶頭幹活的班長職務，停止勞動，詳細交代這些年，逐年、逐月、哪一天，在什麼地點，有哪些人，那開過哪些祕密會議，幹了哪些見不得人的勾當。

他當時還不知道大李在北京已經隔離審查了，連續幾天日以繼夜的審訊，加上拳打腳踢，供認了是「五．一六」分子，當然也供出了他，而且招認他們那次在王琦家碰頭是反革命組織的祕密策畫，同反黨黑幫分子也勾結在一起，並接受指揮，最終的目的是顛覆無產階級專政，再後來便關進了神經病醫院。王琦也隔離審查了。老劉隨後在大樓的地下室裡刑訊時打死的，再抬到樓上，從窗口扔下來，弄成個畏罪自殺。

他幸虧在風起於青萍之末，嗅出了地平線上圍獵的狗群的氣味。他如今已懂得這政治獵場上是怎樣運作的：根據林副統帥簽署的「一號戰備動員令」，大批人員連家屬們都遣散下來意味更澈底的清洗。前幾個月那種雖然艱苦卻還和平的氣氛迅速消失，新來的人重新點燃的敵意代替了他們原先那點哥們義氣，老的連隊、排、班打散了改組，黨支部重新建立起來，幹部都由軍管會在北京就任命了。他得趁獵場收攏前瞅空子突圍逃竄，半夜裡偷偷趕到縣城給他中學同學融發去了那份電報。

天無絕人之路，不如說天可憐見，放了他一條生路。下午人都下地去了，只有他在空空的宿舍裡寫交代。有人經過，他便裝模作樣抄上幾句毛的語錄。公社的郵電員騎車在門外場子上喊：

「電報！電報！」

他跑了出去，正是融的回電。聰明的融電報上的落款，只寫了他工作的那縣裡農技推廣站的電報掛號，而電文卻是：根據中央有關戰備的文件精神，同意接收某某同志下放到本縣農村人民公社落戶勞動。務必月底前速來報到，過時不再安置。

趁人還都在地裡幹活，他趕到了十里地外的校部。放電話和打字機的大屋裡沒人，裡間的小屋是宋代表辦公和睡覺的地方，房門閤上，裡面悉悉索索作響。

「報告宋代表！」

這都是當兵的規矩，他學得挺好。隔了一會兒，宋代表出來了，軍裝是工整的，只衣領的風紀扣還沒扣上。

「我這幹校可算畢業了，就等您發證書了！」

這話他一路上就想好了，而且以再輕鬆不過的口氣說出來，一副嘻皮笑臉的樣子。

「啥子個畢業了？」宋代表一臉沒好氣。

他卻把笑容凝固在臉上，雙手呈送上電報。識字不多的宋代表一手接過，把電文一個字一個字琢磨了一遍，抬頭，眉頭的皺紋也張開了，說：

「沒得錯，都符合文件精神。你有親屬在那邊？」

「投親靠友，」他引用的也是宋代表傳達的戰備動員令中的詞句，立刻又說，「有朋友在那邊安排的，到農村永久落戶！徹底接受貧下中農的再教育，再找個農村的妹子，總不能當一輩子光棍！」

「都找好啦？」宋代表問。

他聽出了友善，或是同情或是理解，宋代表打農村參軍從號兵好不容易熬到個副團級作戰參謀，老婆孩子尚在農村，一年也只有半個月的探親假，自然也想女人。軍管會分派他管這一大批人勞動也是個苦差。負責清查的軍管會副主任龐代表同各連隊黨支部書記布置了任務，前兩天趕回北京去了，這就叫冥冥之中，自有天意。

「朋友給我說了個妹子，我人不去怎辦，還不黃了？到哪裡都是勞動，娶個老婆也就安家啦！」

他得把話說得讓這農村出身的宋代表也覺得在理而中聽。

「倒也是，你可是想好了，這一走你還保留的北京城市戶口可就吊銷啦！」

宋代表也不講官話了，從抽屜裡拿出本公文格式，叫他自己填寫，又朝裡屋喊了聲：「小劉！給他蓋個公章！待會把那份材料趕快打出來！」

電話接線員兼打字員那小女人婷婷的出來了，頭髮好像剛梳過，腦後一對短辮子橡皮筋箍到髮根，兩撮頭髮翹翹的，拿鑰匙開了個上鎖的抽屜，取出公章，便坐到打字機前的凳子上，一個字一個字戳那笨重的鉛字盤。宋代表接過他寫好的公函，核對的當口，他連忙恭維：

「咱可是宋代表手下第一名畢業生！」

「這鬼地方，望不到頭的鹽鹼地，啥子也不長，除了風沙。哪像我們老家，種啥長啥，到哪裡還不是勞動嘛！」

宋代表總算把那紅印蓋上了。許多年之後，他見到當年一起種地的校友，聽說這頗通人情的宋代表，在他逃走不久同女電話員在麥地裡脫了褲子，做那檔子事，叫人用手電筒照見了，弄回了部隊。這宋代表的軍銜同貧瘠的地裡的麥子一樣，注定長不高。

回住地的路上，遠遠的拖拉機突突在犁地，他大聲招呼道：「哥們！」

唐哥們京城騎摩托的交通員那差丟了，也弄來農場，在機械班駕鐵牛。他跑過鬆軟的泥地，追上拖拉機。

「嘿！」唐哥們也抬手示意。

「幫個忙。」他在拖拉機下面跑。

「這年月，泥菩薩過江，自身難保呀，啥事？快說吧，別讓人看見我同你說話呢，聽說你們連隊在整你？」

「沒事啦！咱畢業啦！」

唐把機器停了下來。他爬上駕駛台，把蓋了戳子的公函亮了亮。

「得，抽根菸吧！」

「這都是宋代表恩典，」他說。

「你算是脫離苦海了，那就快走吧！」

「明早五點，你替我把行李都拉到縣城火車站，行不行？」

「那我弄個卡車去，宋代表不都批准了嗎？」

「風雲莫測，對誰也別說！」

「我一準把車開出來！要追問，找宋代表去，這麼說不就得？」

「記住，明早一準五點鐘！」他跳下駕駛台。

「我在你們宿舍的路口撳喇叭，你就上車，包在哥們身上了，誤不了事的！」唐拍了下胸脯。

拖拉機突突突突遠去，剩下的五里路他慢悠悠，蹓蹓躂躂，一路盤算怎麼對付掉這最後一夜，清晨時分又怎樣才能以最快的速度把行李和那幾個沉重的書箱子從宿舍搬到車上。他挨到天黑，耗過了晚飯時間，人們開始圍到井邊打水漱洗，他這才在宿舍裡露面。他也漱洗，乘機把零星物品打點好。在熄燈就寢前，他來到由軍管會新任命的連隊黨支部書記那屋，出示了他去農村落戶的公文。書記坐在條凳上，脫了鞋正在洗腳。他同樣以開玩笑的口氣對滿屋子的人鄭重宣布：「宋代表批准我畢業了，來向同志們告別，不算是永別吧，總之先行一步，去當個真農民，徹底改造啦！」

他又顯出一臉茫然，似乎心情沉重，表明這前途並非美妙。那主果真來不及反應，沒明白過來這是不是對他的特殊懲處，只說了句明天再說吧。

明天？他想，等不到這主去校部，等不到他們同北京軍管會電話聯絡，就已逃之夭夭。

回到宿舍，燈已經熄了，他摸黑和衣躺下。半夜裡就點微光，時不時看看手錶模糊不清的指針。估計將近天明，便起身靠在牆根，穿好鞋，沒立刻捲起地上的鋪蓋，那會把屋裡的人過早弄醒，同屋負責盯梢他的行動的那條狗，就有可能去報告連隊黨支部書記。

沒有人知道他黎明前動身，他暗中屏息諦聽有沒有汽車喇叭聲，從大路口到宿舍還有五、六十米，聲音不會太響。他覺得耳鳴，睜大眼睛，這樣聽得更真切，要在一聽到喇叭就捆起鋪蓋，推醒兩個人，幫他抬走對面牆根的那幾口木箱。

叭叭清脆的兩聲，天還沒亮，他一躍而起，悄悄開了門，撒腿跑到路口。

唐亮著車燈，向他抬手示意。他立即跑回來，推醒了睡在通鋪邊上的兩位。

「哥們就是信得過的！」

「這就走？」他們爬起來，還沒太醒。

「可不是，趕火車嘛，」他連忙捲起鋪蓋。

幾分鐘後，他跳上車，向迷迷糊糊的兩位哥們揮揮手，別啦，五七幹校，這勞改農場！

41

頭腦一片空白。車窗外灰黃蕭索的大平原，路邊光禿禿的樹枝閃閃而過。他一夜沒睡，十分疲勞，可沒有絲毫睡意，獃望著窗口，還不敢相信就這樣逃脫了。火車過了黃河大橋，田地裡有點灰暗的綠意，過冬的小麥開始綴青。又過了兩三個小時，停了幾個站，閃過的樹枝變得青灰，一根禿樹上有點嫩綠的葉片，之後便見到楊樹潤澤的新葉在風中抖動，送來早春的消息。你得救了，他心中湧出了這麼句話。

過了長江，田地都蔥綠了，水田裡秧苗的間隙映著光澤的藍天，這世界真真切切，他也舒緩過來了，這才沉沉入睡。

轉車之後，又搭上長途汽車在崎嶇的山道上顛簸，破舊的車子哐裡哐噹，震盪得像要散架。車窗外卻滿目青山蒼翠，山坡灌叢裡到處開的一簇簇水紅的杜鵑花，他興奮得不行。

那山區小縣城裡，一條青石板路面的老街巷盡頭，他找到了融的家，一棟土屋葺的稻草頂。融一個外地人，來這裡混得並不好，但獨門獨戶，門前還有青翠的竹子圍住個菜園，就足夠他羨慕的了。融的妻子是本地人，在個雜貨鋪子當售貨員，他們有個小兒子，才幾個月，睡在堂屋搖籃裡。屋外院子裡陽光和煦，一隻母雞領著一窩黃毛小雞在地上啄食，也令他感動。

融的妻子在竈屋裡給他們做飯，融問了問京城裡的事和他的情況，他講了一些。融說：「都鬥什麼呀？這裡可是天高皇帝遠，縣裡的幹部也鬥過一陣子，都不關老百姓的事。」

「融，還記得不？我們那時通信討論哲學，還刨根究底，探求生命最終的意義？」他想調笑一下。

「別什麼哲學了，都是唬弄人的，」融淡淡的一句便打發了。「不就是養家過日子，這草頂一下大雨就漏，今年冬天得換新草，瓦房也蓋不起呀。」

融的平和淡泊就這樣讓他回到生活中來。他想，就應該像融這樣實實在在過日子，便說：「我乾脆去大山裡，找個村子落戶！」

融卻說：「你可得想好啦，那種大山裡進得去，可就出不來。你呀，總是想入非非，還是現實點吧！」

融又幫他策畫去個有電燈的鄉裡，有公共汽車直達，要得個急病，也能當天送到縣醫院。

「想扎下根來，就得同農村幹部那些地頭蛇搞好關係，北京那些破事，你去縣裡報到的時候，同那些幹部一句也別談！」融告誡道。

「知道，再也沒妄想了，」他說，「這是來避難的，再找個農村的水妹子，生兒育女！」

「只怕你做不到，」融笑了笑。

融的妻子問他：「當真嗎？我給你說一個，這好辦！」

融卻扭頭對妻子說：「嗨，你聽他說呢！」

他看中了這農村小鎮的小學校邊上不同人家毗鄰的一間土屋，生產隊剛蓋的，冬天才上的椽子和瓦，用隔板填上泥土和石頭打成的土牆，還沒摸石灰。屋頂的天花也沒有安上，雨一大從屋瓦縫隙便飄下雨星子。這屋還沒人住過，他把土牆和門窗木框間透風的縫隙用石灰漿堵上，在窗玻璃裡面糊上白紙，支上個鋪板算是床。泥土地上墊上磚，擱上幾口書箱子，蓋上塊塑料布，擺上碗筷和日用品，屋裡放了個陶水缸，又在小鎮上的木器社訂做了一張書桌，就很滿足了。

下水田薅草回來，在長滿浮萍的塘裡把腿腳的泥洗了，泡上一杯清茶，拿把有靠背的小竹椅坐下，遙望對面霧雨中層層疊疊的山巒。「采菊東籬下，悠然見南山」，他不禁想起陶淵明的詩句，可沒有士大夫歸隱的悠閒。每天，剛矇矇亮，聽到村裡的廣播喇叭唱起「東方紅，太陽升，中國出了個毛……」，便同農民一起下水田裡插秧。然而，用不著再裝模作樣背誦毛的語錄了。一天勞累之後，不在別人監督下，有一杯清茶，靠在竹椅背上，兩腿一伸也就可以了。夜晚獨自一人躺在這寬大的板鋪上，也不用再提防說夢話，就是實實在在的幸福。

無非是從此當個農民，憑力氣掙飯。他得學會所有的農活，犁田、壩田、插秧、割稻、掏糞、挑擔，樣樣都幹，不指望那工資還能長久發下去。他得混同在鄉裡人之中，不讓人覺得他有什麼可疑之處，在這裡安身立命，沒準就老死在此，給自己找一個家鄉。

幾個月之後，他將近跟得上鄉人幹活的速度，不像縣裡來的下放幹部三天兩頭找個口實便回縣城去了。本地的幹部在農民眼裡都是老爺，下田也只是做做樣子，他卻得到一致的口碑，以為贏得了農民和鄉幹部們的信任，於是打開了釘上的那幾個書箱子。

托爾斯泰的〈黑暗的勢力〉這劇本就在書箱面上，從木條縫中透進的水弄得封面上托老頭的大鬍子黃跡斑斑。這劇本寫的是一個農民殺嬰的故事，那陰暗緊張的心理曾令他震動，同托氏早年的《戰爭與和平》那種貴族氣迥然不同。他沒再翻看，怕影響到內心剛剛取得的平和。

他想讀一些遠離這環境的書，一些非常遙遠的故事，純然的想像，一些莫名其妙的東西，譬如《易卜生劇作集》中的〈野鴨〉。而黑格爾的《美學》第一卷，他打買來多少年了還未曾翻閱過，讀點書也有助於調解體力的疲勞。他把馬克思和列寧的幾本書總放在桌面上，晚上入睡前，從書箱裡拿出要看的書，開著電燈靠在床上隨便翻看。電燈泡從房梁上吊下來，沒燈罩就由它把窗戶照亮，遠近的農家入夜後一片漆黑，捨不得用電，吃罷晚飯便睡覺了，就他屋這盞孤燈，也不用遮掩，而遮遮掩掩沒準還更讓人起疑，他想。

他並不認真讀，邊翻閱邊遐想，〈野鴨〉中的人物他弄不明白，黑格爾這老頭子無中生有，把審美的感受弄成沒完沒了的思辨，他們都活在另一個莫須有之鄉，而他這真實的世界他們來看同樣也不可理解，不可能相信。他躺在瓦頂下聽颯颯雨聲，這梅雨季節四下溼淋淋，路邊野草和水田裡插下的禾苗夜裡都在瘋長，一天比一天高，一天比一天來得油綠，他就要把生命消耗在年復一年長起來又割掉的稻田裡。一代代生命如同稻草，人同植物一樣，不用有頭腦，豈不更為自然？人類的全部努力積累的所謂文化其實都白費了。

新生活又在那裡？他想起羅說過的這話，他這同學比他明白得更早。他也許就該找個農村姑娘，生兒育女，便是他的歸宿。

早稻收割之前有幾天空閒，村裡男人們都上山打柴。他也褲腰上插把砍刀，跟著進山。每月他進縣城一趟，到管下放幹部的辦公室領一回工資。買擔木炭就夠燒上幾個月，上山砍柴無非是藉此認識四鄉的環境。

在進山前的山窪子裡，這公社最邊遠的生產隊，只有幾戶人家的一個小村子，他見到個戴銅邊眼鏡的老者坐在家門口太陽下，兩手捧一本蟲蛀了的線裝書，細瞇起眼，手臂伸得老長，書離得挺遠。

「老人家，還看書呢？」他問。

老人摘下眼鏡，瞄了他一眼，認出他並非當地的農民，唔了一聲，把書放在腿上。

「能看看你這書嗎？」他問。

「醫書。」老人立刻說明。

「什麼醫書？」他又問。

「《傷寒論》，你懂嗎？」老人聲音透出鄙夷。

「老人家是中醫？」他換個語調，以示尊重。

老人這才讓他拿過書去。這沒標點的古代醫書印在灰黃而光滑的竹紙上，想必是前清的版本，蟲蛀的洞眼之間紅筆圈點和蠅頭小楷的批注，用的還是硃砂，不說是祖上也大概是老人自己早年留下的筆跡。他小心翼翼把這本寶書雙手奉還，也許是他這恭敬的態度打動了老者，便招呼屋裡的女人：「給這位同志搬個凳子，倒碗茶！」

老人聲音還洪亮，長年勞動的緣故，也許懂中醫善於保養。

「不用客氣了。」他在劈柴的樹墩上坐下。

一個上了年紀卻還壯實的女人，也不知是老人的兒媳還是續弦的老伴，從堂屋裡出來，給他拿來個條凳，又提把大陶壺，倒了一滿碗飄著大葉子的熱茶。他道了謝，接過碗捧在手上，對面滿目青山，杉樹梢在風中無聲搖曳。

「這位同志從哪裡來？」

「從鎮上，公社裡來。」他回答道。

「是下放幹部吧？」

他點點頭，笑著問：「看得出來？」

「總歸不是本地人，從省裡還是地區來的？」老人進一步問。

「原先在北京。」他乾脆說明了。

這回是老人點點頭，不再問了。

「不走啦，就在這裡落戶啦！」

他用玩笑的語調，通常田間休息時農民們問起他都這語氣，免得多加解釋，最多加句山青水秀，幾好的地方呀！同顯然有學識的老人這話也不用說。

「老人家是本地人？」他問。

「多少代啦，世界再繁華好不過家鄉這塊土，」老人感慨道，「我也去過北京。」

這他倒並不奇怪，信口問：「哪年呀？」

「啊，有年頭了，還是民國，在北京讀的大學，民國十七年。」

「可不是。」他算了算，照公曆該四十多年前了。

「那時候教授時髦的穿西服，戴禮帽，提個文明棍，坐的黃包車來上課！」

如今教授不是掃街就是洗廁所，但這話他沒說。

老人說是考上官派留日的公費生，還有東京帝國大學的畢業證書，這他也毫不懷疑。他想知道的是老人怎麼又回到這山裡？可又不便直問，便轉個彎子：「老人家學的是醫？」

老人沒有回答，瞇眼仰望對面在山風中搖曳的樹林，又似乎在晒太陽。他想這就是他的歸宿，學點中醫，也好給鄉裡人看看病，一種生存之道。再娶個村姑生孩子，老來也有個照應，等做不動農活了就晒晒太陽，看看醫書作為消遣。

夜裡，他給倩寫了一封信，告訴她已經到農村落戶了，也可以說是永久的下落，而且有間土屋。她要是同意和他一起生活的話，他們立刻可以有個自己的窩。他工資目前還照領，再說她大學畢業也有工資，兩人加在一起在這鄉裡就很寬裕，可以安心過上人的日子，他特別把人字寫得大而工整，信紙上下格子都占滿。他希望她認真考慮，給個明確的回答。也還寫道，這農村的小學準備復課，計畫要改為中學，停了幾年課的這些孩子再讀書可不就到了上中學的年齡，也得有一兩位能教中學的教員，她來可以教書，學校總還是要辦的。信中唯獨沒有談到愛情，但他寫這些的時候充滿幸福感，重新看到了希望，這希望只需倩也同意，這希望又如此現實，他們兩人便可實現。他甚至很激動，這亂世也還能找到一塊安身之地，只要她也肯同他分享。

42

窗外的那棵老棗樹葉子落光了，光禿禿帶刺的枝椏戳向鉛灰的天，另一棵是烏桕，還剩下最後幾片紫紅的葉子在細枝頭上顫動不已。初冬，他收到了倩的回信，說她那農村小學校一放寒假就動身來看他，信寫得很簡短，寥寥數語，字跡工整，剛過半頁，信裡沒一句話談到要同他生活在一起，但終於決定來，想必也就深思過了。他看到了希望，把希望繼而變成切實的計畫。

晚稻收割、晒了，揚場了，儲存到生產隊的糧倉裡。田裡的水放乾，用作綠肥的草籽撒下，就等開春再犁地育秧。田裡一年的活計忙完了，農民們都在做自家的事，上山裡砍柴，修整豬圈，打土牆蓋屋的多半是為娶親或是兄弟分家，他也該做些準備迎接倩。但他這屋土打的牆得過了夏天乾透了才能抹石灰刷白，除了把門窗框子邊和椽子上透風的縫隙堵點泥巴，也就沒什麼可幹的。倩來自然是在這屋裡和他同床就寢，鄉裡人眼裡就得結婚，他得先放出風聲，讓村裡知道他要娶老婆了。倩要同意的話也好辦，去公社領一紙結婚證書就是了，不必照鄉裡的習俗備酒席，再說一切舊規矩也都革除了，問題是她信中並沒明確說是否來結婚。

小鎮邊上早年失火燒掉的老廟址上修整的兩間房是汽車站，每天一趟班車，從縣城來當即再返回。他難以記得清倩的面貌，可班車到的時候卻從下車的人中一眼便認出來了。倩拎個當地人沒有的那種旅行提包，還紮的兩個短辮子，不過臉色晒黑了，也似乎胖了些，不知是不是冬天穿得多的緣故。他立即上前接過提包，問：「這一路還順利嗎？」

倩說從哪裡到哪裡轉長途汽車，又上火車，又轉車，再坐長途汽車，好在融在縣城汽車站買好了票等她，立刻就接上了來這鎮上的班車。倩舒了口氣說：「上路已經是第四天啦！」

倩還很興奮，顯得也很自然，走在進村的田埂上，同他並肩相依，挨得很緊，好像多年相愛，就是他的親人。這姑娘就要同他生活在一起，成為他的妻子，彼此相依為命，這還需要說明嗎？

倩坐到墊了稻草的木板床鋪上，這屋裡最舒服的位置，他坐在對面，房裡唯一的一張椅子上，說：「累了就把鞋脫掉，可以靠在被子上休息。」

他替倩泡上一杯碧綠的新茶，這山鄉最好的土產。

倩環顧疙裡疙瘩的土牆，沒有天花板的灰黑瓦頂。他說過了夏天就抹上石灰，也可以買些木材把天花板裝上，再找木匠做幾件家具，她想怎樣布置就怎樣弄。倩說她那裡住的是窯洞，也是土牆，不過很乾燥，可要比這裡的農村窮得多，一片黃土，樹都少有，這時節，棒子茬都割了當柴燒，一點綠色也看不到。她那個小學還算像點樣，連她在內三個教員，那兩位都是當地人，學校由生產大隊的村幹部管理，她也是好不容易爭取到這麼個學校，一個二百來戶的大村子，離縣城三十里路，不通公共汽車，進城得就便搭農民的騾馬車。他說這鎮上的小學校也要復課了，他可以找公社和縣裡的幹部談去，把她調過來。倩也認可，沒有幻想，都很現實。

他們去小鎮上一家老茶館，叫了兩盤炒菜。這也是鎮上唯一的早點鋪和飯館，逢上初一、十五趕大集的日子，四鄉來的農民樓上樓下十多張方桌坐個滿堂，歇腳喝茶吃飯的大聲喧譁。平時，尤其是這下午，空空的只他們兩人，走在吱吱作響的木板樓上，臨窗往下張望，一條狹窄的青石板小街，樓上的人家窗戶相望，樓下開的若干鋪面。有肉鋪，豆腐店，兼賣百貨的布店，賣草繩、石灰、陶瓷和油鹽醬醋的雜貨鋪，油糧店同時也是榨油碾米的作坊，一個賣澡盆、水桶、鋤頭的木竹鐵器合作社，還有也賣點西藥的中藥鋪子。這裡也是公社的所在地，有獸醫站、衛生院、儲蓄所和兼管周圍幾個公社的派出所，有一名警察。過日子的必需品倒應有盡有，還有最基層的政權，頒發印有領袖像的結婚證。

吃完飯，兩分鐘走遍了這條街，他問倩要買些什麼，她不置可否。他便領她回到兼賣百貨的布店，買了面圓鏡子，背後有個鍍鎳的鐵絲襯子，可以擱在桌上。又買了一床雙人床單，這要同時付布票，還買了一對尼龍混紡的枕套，價錢高一點不收布票。倩沒有反對，還同他一起挑選。店裡有的幾條床單都是大紅花，枕套上繡也是雙喜，鄉裡人辦嫁妝才買，無挑選的餘地，倩都由他買下，沒有異議。

回到村裡那土屋，他把後窗關上。外面是個池塘，長滿浮萍，水塘邊有幾塊光滑的石板，平時早晚村婦用棒槌洗衣，夏天夜晚漢子們在那裡洗腳擦身。這初冬，也聽不見蛙鳴了。

倩說她累了，他便換上才買的床單，倩同他一起鋪上，也換上雙喜的枕套，他只有一個枕心，另一個枕套裡塞進他的毛線衣，倩把提包裡她的一些衣服也塞了進去。

倩先躺下，他坐在床邊，捏住她的手，倩這才說把燈關了吧。

他只記得她的身體，此外都是陌生的，一個他並不了解的女人，除了幾封來信，向他發出的不是求救便是哀怨，同是天涯淪落人，同病相憐。他愛她嗎？他以為是的。而倩呢？他無法知道，幾千里地外來找他，不就是尋求個依靠？她交給他，聽任他在她身上做他要做的，沒有反應，沒有激動，不抗拒，也不說話，之後便睡著了，他以為她睡著了。他有了個女人，一個名正言順屬於他的女人，一個可以建立共同生活的妻子，日後也就可以有共同的語言，相互信賴。總之，他不會真娶個村姑做老婆。這村裡，那些生了孩子的女人夏天敞個懷餵奶，田邊歇工同漢子們挑逗打鬧，那股粗野風騷勁，滿口髒話，什麼都不在乎，他也受不了。他倒是也學會了同村婦們逗嘴，但還保持個距離，不像這鄉裡的漢子同女人們打鬧起來，不是拉拉扯扯在女人身上蹭一把吃個豆腐，就是叫女人們一擁而上扒了褲子，在一片叫罵和笑聲中弄得捏住褲帶鼠竄。鄉裡成年幹不完的農活，沒別的好開心，可不也是一樂。嫂子們就說：「看不上我們的妹子怎麼的？城裡的姑娘哪有這般水靈？你就看看毛妹那膚色，鮮桃子掐得出水來！還什麼農活都做得，哪像你這樣笨手笨腳的，找個水妹子你幾省心喲！」說得毛妹那小女子抿嘴，拉住人衣襟，往背後躲。對這水靈靈的小女子，他也並非不動心，但看見那些村婦，便看見了日後，這不是他要的生活。

早晨，倩睜開眼，面色紅潤了，也有了笑容。而他，也確實喜悅。倩說不上嫵媚，但顯得乖巧，偎依在他懷裡，知道他在端詳，便又闔上眼睛，他握住她乳房，撫摸她。倩是順從的，聽任他手指在她身上游移，曲卷的兩腿便分開了。他又想她了，但克制住，不必這麼急於貪歡，他們要生活在一起，有的是時間。他親了親她，倩鬆張開的嘴唇用舌回應，他第一次感到她也逗他歡喜，他想倩是愛他的，並非只患難相依。

「我們登記去？」他問倩。

倩柔軟的身體貼緊他，埋在他懷裡，點了點頭，他受了感動。

「起來！馬上就去公社！」

他要同她成家，建立夫妻恩愛，要證明他愛她，立刻登記結婚，然後想法把她調來，他們要安安穩穩在這山鄉落戶，且不管天下如何，過自己的小日子就是了。

倩帶來了未婚的證明，是她所在的公社開出的，就是說，來之前便想好了。公社的幹部他都認識，無須再出示什麼證件。他們各自在表格上簽個名，填上出生年月日，由文書蓋個章，交了五分錢的紙張費，只花了一分鐘便手續齊備。

經過肉鋪，半片豬肉掛在鐵鉤上，他要下個大肘子。這鄉裡買肉不用肉票，出產也豐富，通常倒是餓不死人。可「大躍進」那幾年，也是黨的一聲號令，連口糧都交了公，有的村子整村都餓死了。鄉裡人也就學乖了，家家菜園子裡都種點芝麻或油菜籽好榨油，家家養豬，吃的是自家的鹹肉，缺的是錢。他說，往後我們也養豬吧，倩白了他一眼，沒明白這玩笑。

新婚的日子還是快活的，他生上炭爐子，等煙散盡，把炭火通紅的爐子搬進屋裡，燉上一大鍋肘子。倩開始輕聲唱歌，是文革前的老歌。他鼓動倩放聲唱，也跟著應和。倩居然有個好嗓子，音色挺亮，這可是個發現。倩笑了笑說：「我練過聲，是女高音。」

「真的？」他興奮起來。

「這算得了什麼？」倩懶洋洋的，那聲音也甜美。

「不，這很重要，有你這歌聲日子就過得了！」

這就是他們相通之處。他說：「倩，好好唱一個！」

「要聽什麼？你點吧，」倩有些得意，頭偏側一邊，也嫵媚了。

「那就唱個義大利民歌〈重歸索連托〉吧！」

「那是男高音的歌。」

「唱個《茶花女》中的〈飲酒歌〉！」

「那歌詞人聽見不好，」倩還在猶豫。

「這鄉下，不要緊，誰懂呀？你也可以不唱歌詞，」他說。

倩站起來，吸了口氣，卻又打住，說：「還是別唱那些外國歌吧。」

他一時想不出來有什麼可唱的。

「那就唱個早先的民歌〈三十里鋪〉！」倩說。

聲音抒發出來，倩眼神也放光了。窗外來了一堆小孩子，跟著又來了幾個婦人。歌聲終止了，窗外一聲感嘆：「唱得幾好啊！」

說這話的是毛妹，夾在其中。婦人們也就七嘴八舌：

「新娘子從哪來呀？」

「要住些日子吧？」

「可就別走啦！」

「娘家在哪裡呀？」

他開了門，乾脆請眾人進屋裡來，介紹道：「這是我老婆！」眾人卻只堵在房門口不肯進來，他於是拿出在鎮上買好的一大包硬塊水果糖，散給大家，說：「革命化嘛，新事新辦，我結婚啦！」

他就勢帶領倩去生產大隊黨支部書記、生產隊長、會計各家照了個面，一群吃著糖果的小兒跟在後邊。有婦人家說：「還不快捉隻老母雞去！」

有的要給雞蛋，有的老人家也照呼道：「吃菜就上我家園子裡來摘！」

「說得都好聽，隨後給錢，不要，不要，推推就就，也還會收下。不可以賒欠人情，但人情也還就有，我在這裡不算外人啦！」他對倩說，頗為得意，又說，「就憑你這副好嗓子，這鄉裡哪個學校不歡迎？你來用不著雨天烈日兩腿子泥，長年泡在水田裡，歌當然就唱給我聽。」

有這日子就該知足而常樂，一夜盡歡。倩不像林那麼炙熱，那麼纏綿，那麼貪戀，那麼嬌美，可他擁抱的是他自己合法的妻子。不用擔心，不必顧忌隔牆有耳，不怕窗外窺探，這做人起碼的幸福。聽著頭頂屋瓦上一片風雨聲，他想，明天雨停了，帶倩去山裡玩玩。

43

「你不過是用我，這不是愛。」倩躺在床上，毫無表情，說得很清楚。

他臨窗坐在桌前，放下手中的筆，回過頭來。他好幾年沒寫過什麼了，除了應付審查，抄過幾天語錄，那還是逃出農場之前。

他們去山裡轉了大半天，回來的路上下起雨來混身淋溼了。房裡生了炭火，竹籠罩上烘的溼衣服熱氣蒸蒸。

他起身坐到床沿，倩仰面在被子裡，眼睜睜的。

「說什麼呢？」他沒有觸動她。

「你葬送了我這一生，」倩說，依然仰面不看他。

這話刺痛了他，一時不知說什麼是好，獃坐著。

在山邊那山窪裡倩當時還好好的，滿有興致大聲唱歌來著。他跑到很遠的坡地上，枯黃的草叢遠近都不見人，叫倩放聲高唱，明亮的嗓音掠過山窪，風送來隱約的迴響。長滿荒草和灌叢的山坡下，收割了的梯田裡一簇簇的稻草根還沒犁過，顯得更為淒涼。要是春天，這山坡上開滿嫣紅的杜鵑花，田裡的油菜花則黃澄澄一片，可他更喜歡初冬這頹敗和荒涼的景象。

回來的路上，雨中，水溝邊，他採了一些還沒凋謝的雛菊和暗紅的黃楊枝葉，此刻已插在桌上的竹筆筒裡。

倩哭了，哭得他無法明白，他伸手想撫慰她，被她毅然推開了。

雨中，倩頭髮全溼了，雨水流得滿面，只低頭趕路。他當時不知道是不是那時她就哭過，只是說不要緊的，回到家生上炭火房裡就暖和了。他沒同女人一起生活過，不明白淋了這麼點雨何至於這樣發作。他一籌莫展，以為他愛她，為她做了一切能做到的事，這世間可能的幸福也只能如此。

他出門去了毛妹的家，為什麼去這小女子家而不是別人？因為進村的第二家就是，又還下雨，也因為毛妹的媽說過，要吃雞就來捉隻去。毛妹她媽在堂屋裡摘菜，說立馬抓隻老母雞，殺好就送過去，他說不急，明早也行。

回屋推開房門，他傻了，籠罩上的溼衣服扔到了地上，竹篾編的籠罩歪在一邊，也踩扁了。倩依然躺在床上，臉面朝裡。他努力抑住怒火，勉強在桌前坐下，窗外的雨連綿不斷。

鬱悶而無處發洩，他沉浸在書寫中，寫到天暗下來近乎看不清落筆，毛妹在門外叫。他起身開門，這女子提了隻拔光毛開了膛洗好的母雞，手裡端個碗，盛的是內臟。他不想讓她看見這一地零亂的衣服，接過雞，連忙關房門。但毛妹還是看見了，愣住了，眼光轉向他。他避開毛妹驚訝的大眼，把門闔上，插上門栓，默默坐在打翻了的爐邊，望著地上還一紅一暗的炭火。

「你不信上帝，不信菩薩，不信所羅門，不信阿拉，從野蠻人的圖騰到文明人的宗教，你同時代人更有許多創造，諸如遍地立的偶像，天上也莫須有的烏托邦，都令人發瘋得莫名其妙……」滿滿幾頁，寫在這小鎮上買來的薄薄的信紙上。倩是同他發作後看到的，再燒也晚了。

「你就是敵人！」

他現今的妻子說他是敵人的時候，他不容置疑看到了恐懼，那眼神錯亂，瞳孔放大。他以為倩瘋了，全然失常，或許真的瘋了。

「你就是敵人！」

和他同床就寢的女人忿恨吐出的這句話，令他也同樣恐懼。從倩放光的眼中也反射出他的恐懼。彼此互為敵人，他也就肯定是敵人。他對面的這女人頭髮散亂，只穿個褲叉，赤腳在地上，驚恐萬狀。

「你叫喊什麼？人會聽見，發什麼瘋？」他逼近她。

女人一步步後退，緊緊依住牆，蹭得土牆上的沙石直掉，叫道：「你是一個造反派，臭造反派！」

他聽出這後一句帶有的感情，有些緩解，於是說：「我就是個造反派，一個道道地地的造反派！又什麼著？」

他必須以進為退保持鋒芒，才能抑制住這女人的瘋狂。

「你騙了我，利用我一時軟弱，我上了你的當！」

「什麼當？說清楚，是那一夜在江邊？還是這婚姻？」

他得把事情轉移到他們的性關係上，得掩蓋內心的驚恐，語調努力壓得和平，但還得說：

「倩，你胡思亂想！」

「我很清醒，再清醒不過了，你騙不了我！」

倩一手便把擱在書箱子上連盤子帶雞拂弄到地上，冷冷一笑。

「究竟要鬧什麼？」他霎時憤怒了，逼近她。

「你要殺死我？」倩問得古怪，可能看見了他眼冒凶光。

「殺你做什麼？」他問。

「你自己最清楚，」女人低聲說，屏住氣息，膽怯了。

如果這女人再叫喊他是敵人，他當時很可能真殺了她。他不能再讓她再迸出這個字眼，得把這女人穩住，把她騙到床上，裝出個做丈夫體貼關懷的樣子，上前緩緩說：「倩，看你想到哪裡去了？」

「不！你不許過來！」

倩端起牆角蓋上的尿罐子，便朝他頭上砸來。他舉手擋住了，但頭上身上溼淋淋，這臊臭味勝過侮辱，他咬住牙摸去臉上直流的尿，一嘴的鹹澀，吐了一口，也毫不掩蓋他刻骨的輕蔑，說：「你瘋啦！」

「你要把我打成神經病，沒這麼容易！」女人獰笑道，「我也便宜不了你！」

他明白這話中的威脅，他要在這一切爆發之前先把桌上的那幾張信紙燒掉。他得贏得時間，抑止住沒撲過去。這時頭髮上的尿又流到了嘴邊，他吐了口唾沫，感到噁心，依然沒動。

女人就地蹲下，嚎啕大哭起來。他不能讓村裡人聽見，不能讓人看到這場面，硬把她拖起來，擰住她胳膊，壓住她直蹬的腿，按到床上，不顧她掙扎哭喊，抓起枕頭壓住她嘴臉。他想到地獄了，這就他的生活，他還要在這地獄中求生。

「再胡鬧就殺了你！」

他威脅道，從女人身上起來，脫下衣服，擦著頭臉上的尿。這女人畢竟怕死，抽抽噎噎，屏聲啜泣。地上那隻拔光毛肥大的母雞掏空了內臟，撐開剁了腳的兩腿，活像一具女人的屍體，令他由衷厭惡。

他日後許久厭惡女人，要用厭惡來掩埋對這女人的憐憫，才能拯救他自己。倩或許是對的，他並不愛她，只是享用了她，一時對女人的需要，需要她的肉體。倩說的也對，他對她並沒有柔情，那溫柔也是製造的，企圖製造一個虛假的幸福，他同她性交射精後的眼神，沒準就洩漏出他並不愛她。可在那種場合，在恐懼中喚起雙方的性慾，之後並沒有變成愛情，只留下肉慾發洩之後生出的厭惡。

倩哭哭啼啼，一再重複「你葬送了我，都被你葬送了……」喃喃吶吶的啼哭中，他聽出了倩的父親在國民黨時代的兵工廠當過總工程師，清理階級隊伍時已被軍管會定為歷史反革命分子。倩不敢咒罵對他老子的專政，不敢咒罵這革命，只能咒罵造反派，只能咒罵他，但對他也心懷恐懼。

「葬送你的是這個時代，」他回擊道，倩的信中也說過類似的話，「現實是誰都無法逃脫，注定要相互廝守，先別講什麼愛情！」

「那你為什麼還找我？找那小騷婊子去好了，為什麼還要同我結婚？」

「誰？你說誰呢？」他問。

「你那毛妹！」

「我同這村姑沒任何關係！」

「你看上的就是那小騷貨，為什麼拿我做替身？」倩哭兮兮的。

「真是莫名其妙！也可以馬上離婚，明天再去公社，聲明簽的字作廢，就說是一場玩笑，大不了一場討厭的鬧劇，讓這裡的鄉幹部和村裡人笑話一場就是了！」

倩卻抽抽噎噎又說：「我不再鬧了……」

「那就睡覺吧！」

他叫她起來，把尿濺溼了的新床單和墊的褥子都扯了，倩可憐巴巴站在一邊，等他鋪整好床，把提包裡的乾淨衣服扔到床上，讓她換上躺下。他從水缸裡打水，把頭臉和身上洗了一遍，在灰燼邊的小凳上坐了一夜。

他就永遠同她這樣廝守下去？他不過是她的一根救命稻草？他得等她睡著了，再把桌上的那幾張字跡燒掉。她要再發作只能說是神經錯亂。他再也不留文字，就在這臊臭味中腐爛。

倩說他希望她早死，再也不會同他出去，到無人之處，山巖或是河邊，他會把她推下去的，他休想再騙她出門，她就待在這房裡，哪也不去！

而他，希望她無疾而終，永遠消失掉，只不過這話沒說出來。他後悔沒找個鄉裡的姑娘，身心健康而別有什麼文化，只同他交配，做飯，生育，不侵入到他內心裡來，不，他厭惡女人。

倩走的時候，他送她到鎮子邊上的汽車站。倩說：「不用等車開了，回去吧。」

他沒說話，卻巴望那車趕快啟動。

44

這就又到了冬天，他坐的是村裡人自家打的火桶，兩塊錢買來的，桶裡擱上個陶瓷子，灰裡煨的炭火，加上個鐵絲做的罩子，坐上一杯茶。冬夜漫長，天早早就黑了。農閒季節，村裡人自家的活計白天可做，入夜便一片漆黑，就他這屋裡還亮著燈。他同新婚的妻子吵架的事村裡人說上十天半個月，也就沒人再問起，一切復歸平靜。

他這屋現今也沒有吆喝一聲便打門進來張望、閒扯、抽菸、喝茶的，他曾經這麼招待應酬過，來人就散根香菸。同村幹部們他早已混熟了，得建立起自己的生活習慣，也讓人習慣他這麼個不摻合村裡是非的讀書人。桌上總擺的幾本馬克思、列寧的書，讓識點字的村幹部們有些敬意。毛妹敲過他一回門，問他有什麼書好看的，他遞給她一本列寧的《國家與革命》，這女子瞅了一眼，說：「嚇死人了，這哪看得懂呀？」

毛妹算是讀過小學，也沒敢接。還有一次，這女子見房門開著，他燒了一壺熱水在洗被單。毛妹進來靠在門框上，說幫他拿到塘邊用棒槌捶洗，更乾淨，他謝絕了這番好意。小女子站了一會，又問：「你就不走啦？」

他反問：「走哪裡去？」

毛妹撇了一下嘴，表示不信，又問：「你屋裡的，怎麼就走啦？」

這女子問的是倩，免得說他女人或是他老婆，那雙水靈靈的鳳眼勾勾望住他，隨後便擰擰衣服角，低頭看鞋。他不能沾惹這女子，再也不信任女人，也不再受誘惑，沒再說話，一個勁在盆裡搓洗被單，讓毛妹待得沒趣，方才走了。

他唯有訴諸紙筆藉此同自己對話來排遣這分孤獨。動筆前也已考慮周全，可以把薄薄的信紙捲起塞進門後掃帚的竹把手裡，把竹節用鐵籤子打通了，稿子積攢多了再裝進個醃鹹菜的罎子裡，放上石灰墊底，用塑料紮住口，屋裡挖個洞埋在地下，再挪上那口大水缸。他並非要寫部什麼著作，藏之名山傳諸後世。他沒想這麼多，無法去設想未來，也沒有奢望。

遠處傳來幾聲狗叫，這村裡的狗也就都叫起來，後來又漸漸平靜了。黑夜漫漫，一個人在燈下，這傾吐的快意令他心悸，又隱約有些擔心，覺得前窗後窗暗中有眼。他想到門縫是否嚴實，這房門也早就仔細察看過多次，可他總覺得窗外有腳步聲，從火桶上挺起身屏息再聽，又沒有動靜了。

窗內貼了紙的玻璃上月色迷濛，月光是半夜出現的。他似乎又覺察到窗外有動靜，屏息悄悄移步到床頭，把拴在床頭的拉線開關輕輕一拉，一個模糊的影子映在窗上，一動即逝。他分明聽見窗外草叢的聲響，沒有再開燈，小心翼翼，不出聲響收拾了桌上的稿子，上了床，暗中望著糊上白紙被月光照亮的窗戶。

這清明的月色下，四下還就有眼，就窺探，注視，在圍觀你。迷濛的月光裡到處是陷阱，就等你一步失誤。你不敢開門推窗，不敢有任何響動，別看這靜謐的月夜人都睡了，一張惶失措，周圍埋伏的沒準就一擁而上，捉拿你歸案。

你不可以思想，不可以感受，不可以傾吐，不可以孤獨！要不是辛苦幹活，就打呼嚕死睡；要不就交配下種，計畫生育，養育勞力。你胡寫些什麼？忘了你生存的環境？怎麼啦又想造反？當英雄還是烈士？你寫的這些足以叫你吃槍子！你忘了縣革命委員會成立之時，怎樣槍斃反革命罪犯的？群眾批鬥相比之下只能算小打小鬧。這一個個可是五花大綁，胸前掛的牌子上黑筆寫的姓氏和罪名，紅筆在名子上打的叉，還用鐵絲緊緊勒住喉頭，眼珠暴起，也是更新的紅色政權的新發明，堵死了行刑前喊怨，在陰間也休想充當烈士。兩輛卡車，武裝的軍警荷槍實彈解押到各公社遊鄉示眾。前面一輛吉普車開道，車頂上的廣播喇叭在喊口號，弄得沿途塵土飛揚，雞飛狗跳。老太婆大姑娘都來到村口路邊，小兒們紛紛跟在卡車後面跑。收屍的家屬得先預交五毛錢的槍子費，你還不會有人收屍，你老婆那時候早就會揭發你這敵人，你父親也在農村勞改，又添了個老反革命的岳父，就憑這些斃了你也不冤枉。你還無冤可喊，收住筆懸崖勒馬吧！

可你說你不是白痴，有個腦袋不能不思考，你不革命不當英雄抑或烈士也不當反革命行不行？你不過是在這社會的規定之外游思遐想。你瘋啦！瘋了的分明是你而不是倩。看哪這人，居然要游思遐想！天大的笑話，村裡的老嫂子小丫頭都來看呀，該吃槍子的這瘋子！

你說你追求的是文學的真實？別逗了，這人要追求什麼真實？真實是啥子玩藝？五毛錢一顆的槍子！得了，這真實要你玩命來寫？埋在土裡發霉的那點真實，爛沒爛掉且不去管它，你就先完蛋去吧！

你說你要的是一種透明的真實，像透過鏡頭拍一堆垃圾，垃圾歸垃圾，可透過鏡頭便帶上你的憂傷。真實的是你這種憂傷。你顧影自憐，必需找尋一種精神能讓你承受痛苦，好繼續活下去，在這豬圈般的現實之外去虛構一個純然屬於你的境界。或者，不如說是一個現時代的神話，把現實置於神話中，從書寫中得趣，好求得生存和精神的平衡。

他把寫的這神話抄錄在他母親生前留下的一個筆記本裡，寫上亞歷佩德斯，編了個洋人的名子，希臘人或隨便哪國人，又寫上郭沫若譯，這老詩人文革剛爆發便登報聲明他以往的著作全該銷毀，因而得到毛的特殊恩典而倖存。他可以說那是半個世紀前郭老人的譯著，他在上大學時抄錄的，這山鄉乃至縣城裡誰又能查證？

那筆記本前一小半是他母親淹死前在農場勞動的日記。七年或是八年前，那是「大躍進」弄成的大饑荒的年代，他母親也同他去「五七幹校」一樣，去農場接受改造，又拚命苦幹，省下了幾個月的肉票和雞蛋票等兒子回家補養，而她看的還是養雞場，餓得人已經浮腫。黎明時分下了夜班，她到河邊涮洗，不知是疲勞過度還是餓得衰弱，栽進了河裡。

天大亮時，放鴨子的農民發現漂起的屍體，醫院驗屍的結論說是臨時性腦貧血。

他沒見到母親的遺體。保留在他身邊的只有這本記了些勞動改造心得的日記，也提到她要積攢休假日回家同她從大學回來過暑假的兒子多待幾天。他抄上了署名為亞歷佩德斯的神話，後來裝進放了石灰墊底的醃鹹菜的罎子內，埋在屋內水缸底下的泥土裡。

45

四鄉農民趕集的日子，鎮上這條小街兩旁擺滿了擔子和籮筐，紅薯、乾紅棗、板栗、引火的松油柴、新鮮香菇，帶泥的藕、細白的粉絲、一捆捆的菸葉子和一條條的筍乾，還在蹦跳的魚蝦、一串串的蔴鞋、竹椅子、水舀子、婦人、小兒、青壯年漢子和老頭兒，吆喝招呼，討價還價，要不要？不要拉倒！拉拉扯扯的，調笑吵架，這山鄉小鎮要不搞革命倒還有日子可過。

從地區首府不久前下放來的陸書記，一幫子公社幹部有前面開道的，有的後面跟著，如同陪首長視察，叫他迎面碰上了。被鄉裡人叫做陸書記的這位本地打游擊出身的老革命，官運不通，從省城歷次運動一層一層打下來，竟回了家鄉，也算是幹部下放，鄉裡這些地頭蛇把他奉若神明，自然不用下田勞動。

「陸書記」，他也恭恭敬敬叫了一聲這山鄉的大王。

「是不是從北京來的？」陸書記顯然知道有他這麼個人。

「是的，來了年把了。」他點點頭。

「習慣不習慣？」陸書記又問，站住了，瘦高的個子，有點痀僂。

「很好，我就是南方人，這山水風景宜人，出產又豐富。」他想讚美一句世外桃源，但即刻打住了。

「通常倒是餓不死人，」陸書記說。

他聽出了話裡有話，想必是下放到這鄉裡來也滿腹牢騷。

「捨不得走啦，請陸書記今後多加關照！」

他這話說得彷彿就是投靠陸書記來的，他也確實要找個靠山，又恭敬點個頭，剛要走開，不料這陸書記即刻就關照了，說：「跟我一起走走！」

他便跟隨在後。陸停了一步，同他並排，繼續和他說話，不再理會七嘴八舌的那些公社幹部，顯然是對他特殊的恩惠。同陸走到了這小街盡頭，兩邊店面和人家門前投來的笑臉，招呼接連不斷，他也就明白得到了陸書記的青睞，在這鎮上人們眼中的地位隨即也變了。

「去看看你村裡住的地方！」

這也不是命令，而是陸對他更大的關照。陸對跟隨的幹部們擺擺手，都遣散了。

他在田埂上領路，進了村邊他那屋。陸在桌前坐下，他剛泡上茶，小兒們來了。他要去關房門，陸又擺擺手說：「不用，不用。」

這消息立即傳遍全村。不一會，村裡人和村幹部都從他門前過往不息，陸書記陸書記叫個不停，陸頭似點非點，微微回應，拿起杯子吹了吹飄浮在面上的茶葉，喝起茶來。

這世上還就有好人，或者說人心本不壞；或者說這陸書記見過大世面，對人世了解透澈；或者說陸也生不逢時，也出於孤獨，需要個能談話的人，便對他施以慈悲，也緩解自己的寂寞。

陸碰都沒碰他桌上的馬列的書，明白這障眼術，起身時說：「有什麼事，儘管來找我。」他送陸到田埂上，望著那乾瘦有點痀僂的背影，腳力卻很健，並不像上了年紀的人。就這樣他得到了這山大王的關照，可當時還並不很明白陸到他這屋裡坐一坐的來意。

一天夜裡，他在桌前正寫得忘神，突然門外有人喊他，令他一驚。他立刻起身，趕緊把紙張塞進床上的草墊子裡，開了門。

「還沒睡吧？陸書記找你去革委會喝酒呢！」是公社的一名幹事，傳了個話，轉身就走了，他這才放了心。

公社革委會在小鎮臨河石頭砌的堤岸上，一個有望樓的青磚大院，早年豪紳的宅子。這宅子的主人鬥地主分田地那時槍斃了，鄉政府接了過來，爾後又變成人民公社所在地，新成立的革命委員會也照例在此辦公。院子和正屋大堂到處是人，屋裡濃烈的菸葉子和人的汗味混雜，他想不到夜裡還這麼熱鬧。

盡裡的一間房，新上任的革委會劉主任還有公社管民兵武裝的老陶關上門，在陪陸書記喝酒，陸叫他也坐到桌邊。桌上一包花生米，攤在包來的報紙上，還有碗油煎的細條小魚和一碟子豆腐乾，大概都是公社的幹部家端來的。幾位陪酒的酒盅沾個嘴邊便放下了，做做樣子並不真喝。一個揹步槍的農村後生推門探頭，向屋裡的人鞠個躬，槍筒便卡在門框上。

「誰叫你帶槍的？」管民兵的老陶沒好氣問。

「不是叫緊急集合嗎？」

「緊急集合歸緊急集合，沒說是武裝行動！」

這後生也弄不懂有好大的區別，辯解道：「怎麼辦呢？大隊民兵的槍都帶來啦……」

「別揹根槍到處亂晃！都擱到武裝部辦公室裡去，在院子裡待命！」

他這才知道全縣的民兵午夜十二點鐘要統一行動，從縣城到各村鎮，突擊「大監聽，大搜查」，縣革委會下達的緊急命令。地、富、反、壞、右五類分子家是重點監聽的對象，發現異常動靜立即搜查。將近午夜，革委會劉主任和管武裝的老陶到院子裡去了，先講了一番階級鬥爭的動向，再交代任務。隨後，民兵一隊隊出發了，院裡安靜下來。近處的狗先叫，遠處的狗逐漸回應。

陸脫了鞋，盤起腿，坐在木板床上，問起他家的情況，他只是說他父親也下農村了，自殺未遂的事沒談。他還講起他有個表伯父，也打過游擊，此時他還不知他這老革命前輩感冒剛住進軍醫院，打了一針，幾個小時便一命嗚呼。他當然也說到此地人生地疏，多謝陸書記這般關照。陸沉吟了一下，說：「這鎮上的小學校要重新開學了，改成初中，總還要識點字，學點常識嘛，你就到學校來教教書吧！」

陸還說小時候家裡窮，要不是村裡的私塾老先生好心免費收了他，讀了點書，受用至今。

兩、三個鐘點過去了，院子裡和外間又開始響動，民兵們帶的戰果陸續回來了。反革命沒抓到，但搜查到五類分子家裡窩藏的一些現金和糧票，還捉來了一對通姦的。男的是鎮上手工業合作社的鐵匠，女的是中藥鋪子歪嘴的老婆，她男人明明去縣城了，屋裡黑燈瞎火的還撲騰，捉姦的民兵們說，貼住窗戶足足聽了好一陣子，說起來就格格直笑。

「人呢？」老陶在外間問。

「都蹲在院裡呢。」

「穿衣服沒有？」

「那婆娘穿上啦，鐵匠還光身子呢。」

「叫他套上褲子！」

「褲叉是有的啦！褂子還來不及穿，不是叫現場活捉？要不都不認的啦！」

陸在裡間發話了：「叫他們寫個檢查，把人放了！」

不一會，還是那民兵的聲音，在外屋高聲喊：「報告陸書記，他說他不會寫字！」

「聽他說的！按個手印！」這又是武裝部老陶的聲音。

「睡覺去吧，」陸對他說，穿上鞋，同他一起從裡間出來，又對老陶說，「這種事管不過來的，由他們去了！」

到了院子裡，那女人低頭縮在牆根下，光個上身的鐵匠爬在地上對陸直磕頭，連連說：「陸書記，可是恩人呀，一輩子忘不了的恩人呀！」

「都回去吧，別丟人現眼了！以後別再犯啦！」

陸說完，便同他出了院子。

天還沒亮，空氣潮溼，露水很重。這陸書記恩大如山，也給了他一條出路，他想，要只是這山大王的天下，倒還有日子可過。

從此，他走在鎮上的這條小街上，碰上的公社幹部，連派出所那名警察都有招呼可打，拍個肩膀或是彼此遞根菸。隨後開辦中學，把小學沒讀完的那些大孩子招來，再上兩年學，算是初中班，他也從村裡搬進鎮子邊上閒了幾年的小學校裡，鄉裡人都稱他老師，對他來歷的打探和嫌疑似乎也就此消失了。

46

你要是學會用一張彌陀佛的笑臉來看這世界，便總也歡喜，心地和平，你就涅槃了。

你同鄉幹部們一起吃喝，聽他們扯淡，吹牛，講女人。「摸過毛妹不？」「別他媽扯淡，人黃花閨女！」「說！你摸過沒有？」「嗨，嗨，你怎曉得是黃花閨女？」「別瞎講，人提拔當民兵幹部啦！」「怎當的？狗日的，說！」「人可是根紅苗正的接班人，講點正經的嘛！」「你他媽才老不正經呢！」「狗日的，喝多啦？」「要動手怎麼的？」「喝，喝！」

這就是生活，喝到這份上才快活！你也得講怎樣搞根杉樹打兩口箱子呀，攢些按公家的收購價便宜的木材，你在這裡落戶早晚得蓋棟房子呀，可蓋房子是多麼高遠的計畫，你還是先弄塊菜園子，砌個豬圈，過日子的人豬能不餵？你有一搭沒一搭，同眾人嚼舌頭，你便是一個正常人，你的存在便不再扎眼。

你望著這一桌殘跡，滿桌一個個大碗裡的菜飯吃得差不多精光，十瓶白薯乾做的火辣辣的燒酒，空了九個瓶子，最後一瓶只剩下一半。你挪開出溜到桌下靠在你腿上的醉漢，抽動板凳，站了起來，那漢子便一頭歪倒在地，打起呼嚕。這堂屋裡，不管是在桌面上的還是出溜到地上的，橫三豎五的都喝得爛醉，一個個痴痴的似笑非笑，唯獨屋主駝子老趙還端坐在桌前上方，大口出聲喝著雞湯，不愧為村裡的大隊黨支部書記，又有酒量，還又把握得住。

五天來的民兵集訓，各村來的民兵七、八十人，頭一天上午，帶著綑好的背包集中在公社大院裡，坐在背包上聽公社革委會主任訓話，隨後便由管民兵武裝的老陶帶領，到打稻場上放槍打靶，在河灘岩石下安雷管，放炸藥包，實施爆破。又在放了水收割過的田裡操練班、排的進攻，散兵在田野一線散開，還甩了幾顆手榴彈，乒乒砰砰炸得泥土飛揚。這伙漢子著實撒了幾天野，最後一宿隊伍便拉到這村裡，駝子老趙當了二十年黨支部書記，有資歷又有聲望，公社撥給軍訓的伙食補助加上村裡各家抓來的十多隻活雞，駝子老婆也不吝嗇，貼上自家的一隻還下蛋的老母雞，有肉還有魚，加上鹹菜豆腐，把這伙好漢著實犒勞一番。

駝子堂屋裡的這一桌都是各村民兵的頭，遺下的在穀倉由大隊會計一家子伺候。能上老趙家這席的自然都有點臉面，你是由陸書記指定，代表學校來參加民兵軍訓。

「老師是京城裡毛主席身邊下來的，肯到這地方來吃苦，又是我們陸書記的人，就別推脫啦，入席入席，上座！」駝子老趙說。

婦人家照例不能上酒桌，駝子老婆在竈屋裡燒鍋掌勺，剛提拔的民兵連長年方十八的小女子毛妹則端菜上飯，跑進跑出。一桌八人從天黑吃喝到半夜。一瓶酒剛好倒滿一大湯碗，酒是一人一勺輪圈傳，機會均等，不多也不少。幾循過後，一個接一個的酒瓶倒空了，你說沒大傢伙這好酒量，一再推脫總算免了。

「你這京城裡來的體面人，肯賞光跟我們泥腿子鄉巴佬一個碗裡喝酒就夠難為的了，給老師上飯！」老趙說，毛妹便從背後在你碗裡扣上足足一大碗米飯。

眾人臉也紅了，話也多了，又笑又鬧，從革命的豪言壯語又轉到女人身上，話也就渾了，毛妹便躲進廚房，不再出場。

「毛妹呢？毛妹呢？」

漢子們臉紅脖子粗，嘻嘻哈哈直叫。老嫂子便出來圓場：「叫毛妹做什麼？別壯著酒興動手動腳的，人家可是黃花閨女！」

「黃花閨女就不想漢子？」

「嗨，這肉也吃不到你嘴裡！」

眾人便誇老嫂子好，老嫂子長，老嫂子短：「又會持家又會待人，老趙可是個有福的人！」本村的漢子便說：「誰沒有沾過老嫂子的恩惠？」

「去你的這張臭嘴！」老嫂子也逗得高興起來，把腰圍子一扯，兩手一叉，「一個個饞鬼，灌你們的苕水去！」

渾話說起來沒完沒了，酒氣直噴。你聽他們七嘴八舌，也就知道這些漢子沒一個孬種，要不哪能當上村幹部。

「要不是托毛主席的福，貧下中農能有今天？城裡的女學生哪能來這鄉裡落戶！」

「別打那門子歪心事啦！」

「就你他媽正經，沾沒沾過？說呀，說呀！」

「人家老師在這裡，也不嫌難聽？」

「人家老師才不見外，看得起我們泥腿子，不是跟我們一起打地鋪？」

你倒也是，同他們一起睡在鋪上稻草的穀倉裡，每天野外訓練完畢便看他們比力氣、摔跤、打滾，輸了的得給人扒褲子。尤其是有村裡的女人觀戰，也都跟著起鬨，還有上去抽皮帶的，男男女女糾成一團，毛妹這時趕緊跳開，躲到一邊捂嘴直笑。都快快活活，直到吹哨子熄燈。

你從堂屋裡出來，涼風徐徐，沒有令人作嘔的酒氣了，飄來稻草的陣陣清香。月色下，對面起伏的山影村落變得迷濛，你在屋邊的石磨盤上坐下，點起一支菸。你慶幸取得了他們的信任，夜裡你窗外再也沒有可疑的響動，再也沒發現月光投到窗上的人影，你不再受到監視，似乎已經在這裡扎下根，從此混同在這些漢子們之中。他們祖祖輩輩就這麼活過來的，在泥土與女人身上打滾，累了喝醉了便呼呼睡去，沒有噩夢。你聞到泥土的潮氣，坦然舒心，有點倦意。

「老師，還沒去睡？」

你回頭見毛妹從廚房後門出來，在柴堆前站定，迷濛的月光下顯出女性十足的韻味。

「幾好的月光……」你含含糊糊答道。

「老師真有閒心，看月亮呢？」

她朝你抿嘴一笑，甘甜的嗓音，語調輕揚，一個水靈靈的妹子，尖挺挺的胸脯，結結實實的，想必也已被漢子們摸過了。但她清新健壯，沒有憂慮，沒有恐懼，這就是她出生的土地。她可以接納你，彷彿就這麼說的，就看你要不要？她在等你回應，暗中亮澤澤的眼神盯住你，毫不羞澀和畏縮，重新喚起你對女人的渴望。她敢於這夜半面對你，就倚在柴堆邊，可你卻不敢同她調笑，不敢過去，不像這群漢子，這幫子土匪，不敢輕薄，沒那股勇氣。

47

雨天，又是雨天，細雨綿綿。下午上完兩節課早早放學了，鄉裡的學生回家去還有活要幹。你房間在教員辦公室邊上，磚屋有木板的天花再不漏雨。你心地平靜，尤其喜歡雨天，再不用頂個斗笠下田兩腿泡在泥水裡。關起房門，便風聲雨聲讀書聲，雖然並非聲聲入耳，你不過在心裡默讀，或是寫作。可你終於過上個正常人的生活，儘管沒有家室。你也不再要個女人同你在一個屋頂下，與其冒被揭發的危險不如獨處。欲望來了，你寫入書中，也贏得了幻想的自由，想什麼樣的女人筆下都有。

「老師，陸書記叫你去！」一個女學生在門外叫。

他裝的是撞鎖，不讓人隨便進他房裡，同學生談話都上隔壁的教員辦公室，特別是女生。住在對面籃球場那頭的校長總盯住他這房門，人熬了二十年當上的小學校長，現今一下子改成了中學，生怕這位置被他這麼個得到陸書記關照的外來人頂替掉。要是抓住他同女學生有點不軌，正好叫他捲鋪蓋就滾。他不過求個安身之地，還無法把這點向校長挑明。

這女學生孫惠蓉長得標緻伶俐，她爸早病死了，媽在鎮上的合作攤販賣菜，拉扯上三個女兒，這姑娘是老大。她總找些口實：「老師，幫你把髒衣服洗了吧！」「帶把莧菜給老師，我家園子裡剛摘的！」他每回路過孫家門口，女孩要看見他總跑出來招呼：「老師，進屋來喝杯茶！」這小街上每家每戶他差不多都認識，不是進堂屋裡坐過，就站在門檻邊抽根菸。且把他鄉認故鄉，他如今就是這地方的人了，可唯獨沒進這女孩的家門。女孩對他說過：「我們家是個女人國。」大概想有個父親，未必就想到男人。

女孩冒雨跑來的，頭髮淋溼了，他拿了把傘，叫她把傘拿去，又進房裡去取斗笠，女孩就跑了。他趕上幾步叫她，女孩子雨中轉身，搖搖頭，溼了的前襟貼住上身，顯出發育了的一對小奶，很得意，格格笑著跑了，大概是為她老師帶來了如此重要的口信。

陸住在公社大院裡的後院，從面對河堤的旁門進去。天井裡乾乾淨淨，青石板地面，一口小水井，這自成格局的小院是槍斃了的豪紳當年的小老婆住的，甚為幽靜。陸靠在墊了塊羊獐子皮的竹躺椅上，磚地上放個火盆，香噴噴燉的一鍋肉。

「辣子狗肉，派出所老張端來的，說是套的條野狗，誰曉得野狗還是家狗？由他說唄。」

陸沒起身，「你自拿碗筷，倒酒吧。我這脊背不舒服，過去槍傷留的後遺症，陰雨天就犯。那時候打仗哪有什麼醫生，揀條命算是萬幸。」

他於是自己倒上酒，在火盆前的小板凳上坐下，邊吃邊喝，聽陸靠在躺椅上侃侃而談。

「我也殺過人，親手開槍打死的，那是打仗嘛，不去說它。死在我手下的也數不過來了，不是都該死的。可該死的，反倒死不了。」

陸一反往常的沉默冷淡，興致十足，他不明白陸要說的究竟是什麼。

「林彪這老東西跌死啦，都傳達了吧？」

他點點頭。黨的副主席外逃墜機蒙古，文件是這麼傳達的。鄉裡人並沒有多大的震動，都說看林彪那一臉猴相就沒好下場。要相貌端正呢？在鄉裡人眼裡就該是皇帝。

「也還有沒跌死的。」陸放下酒杯冒出這麼一句，他也就明白陸的憤懣。但這話也等於什麼沒說，陸老於世故，歷經政治風險，不會同他真的交心，他也不必把砂鍋打破。他在這保護傘下，陸書記太平，他也可以苟活。喝酒吧喝酒，就辣子狗肉，也不管是野狗還是家狗。

陸起身從桌上拿過一紙，寫的是一首五言律詩，字面上表達的是對林某摔死的歡欣。「你給我看看平仄對不對？」

這大概就是叫他來的目的。他琢磨了片刻，建議動一、兩個字，說這就無可挑剔了，還說他有本專講古詩詞格律的書，可以送來供參考。

「我是放牛娃出身，」陸說，「家窮哪上得起學，總趴在村裡私塾先生的窗口聽蒙童誦讀，學會背些唐詩。老先生見我有心好學，也就不收學費，我時不時給他打擔柴，得空就跟著上課，這才識了字。十五歲上，扛了把火銃，跟去打游擊了。」

這一帶山裡正是陸當年游擊隊的根據地，如今的身分雖然是下放蹲點，沒有職務，卻是遠近好些公社新恢復的黨委書記們的書記。陸隱遁在此，之後還向他透露過也有敵人，當然不是早已鎮壓了的地主富農和土豪的民團武裝，而是「上頭有人」。他不知陸說那上頭在哪裡，有人是誰，顯然還不是縣城裡的那些幹部能整得掉他。陸隨時防備，枕下的草薦子蓋住一把軍用刺刀，床底下一個木箱子裡有一挺輕機槍，擦得油光鋥亮。還有一箱沒啟封的子彈，都是公社民兵的裝備，擱在這屋裡誰還沒法指控。陸是不是在等待時機，東山再起？或許防範這世道再亂，都很難說。

「這山裡人，平時為民，耕田種山，亂時為匪，殺頭可是常見的事。我就看殺頭長大的，那時候綑綁的土匪都昂個腦袋，站著等大刀砍下，面不改色，不像現今跪著槍斃，還勒住喉嚨。游擊隊也就是土匪！」這驚人的話也是從陸嘴裡說出來的，「不過有個政治目標，打豪強，分田地。」

陸沒說的是現今這分的田地也歸公了，按人頭分下點口糧，多的都得上交。

「游擊隊要錢要糧，綁票撕票，手段同土匪一樣殘忍。到時候沒交到指定的地點，就把抓來的活人兩腿分開，綁到碗口粗才長出來的新茅竹上，齊聲一喊，扳彎的茅竹彈起來，人就劈了！」

陸沒幹過也顯然見過，在教育他這個書生呢。

「你一個外來的讀書人，不要以為這山裡就這麼好混，不要以為這山裡就太平！要不扎下根來，待不住的！」

陸同他不講那些還一個勁往上爬的小幹部的官話，相反，把他腦子還殘留的一點革命童話掃蕩得乾乾淨淨。陸或許有朝一日需要他，得把他變得一樣殘忍，一樣手狠，成為這山大王東山再起的一名助手？陸還真說到他們游擊隊裡從都市裡來投奔的白面書生。

「那些學生懂得什麼叫革命？老人家這話倒是說對了，」陸說的那老人家指的是毛，「槍桿子裡面出政權！別看那些將軍和政委，誰手上沒沾鮮血？」

他說這輩子是當不了將軍，就怕打仗，心想得把話說在頭裡。

陸也說：「沒這麼大的癮，要不躲到這山裡來？可你得防人把你宰了。」

這就是生存的法則，就是陸活過來的人生經驗。

「你呀，到鎮上去做點社會調查，就說是我叫你來的。這不用開什麼公函，就說是我給你個任務，要你寫個這小鎮階級鬥爭的歷史材料，你就聽他們談吧，當然誰的話你也別全信，現今的事你也別問，問也問不出個名目。由他們侃去，就當聽故事，你心裡就有數了。早先這裡汽車都不通，就是個土匪窩子。你別看那鐵匠給你磕頭，就那麼乖巧？把他放過了，感恩戴德。要逼急了，能黑地裡背後給你一斧子！那街上燒茶水爐子瘸腿老太婆，你以為她是小腳？這山裡不興纏腳的，是游擊隊綁的肉票，大冬天把鞋扒了，腳趾都凍爛掉了，女人嘛，還就算給她留了條命。這房子就是她家的，她老子鎮壓了，長兄勞改死掉了，就一個老二，說是跑到國外去了。」

他就這麼教導你，生活也這樣教會你，把你那點同情心、正義感，以及由此不覺喚起的義憤和衝動統統泯滅掉。

「喝多啦！」陸說，「明朝酒醒，跟我去南山上轉轉，山上有個廟子，叫日本的飛機炸平了。日本人沒來到這裡，只到了縣城，游擊隊都躲在山裡，只好把山頂的廟子炸了。那早先是太平天國失敗後一個和尚修建的，長毛造反也不就是土匪成了氣候？還是抗不過朝廷，失勢後躲到這山裡來的，當了和尚。山上還有塊斷碑，字跡不全，你去認認看。」

48

要通過鏡頭看世界，那世界隨即就變，哪怕再醜陋的事物也會變得美妙起來。你當時有個舊照相機，在農村那些年每次進山都伴隨你，是你的另一隻眼睛。你拍山景，風中搖曳的竹山，一片羽毛狀的翠綠波濤，快門一響便固定在底片上。夜間在房裡沖洗出來，雖然失去了色彩，那黑白對比明亮的光影卻十分迷人，彷彿是一個夢幻的世界。你那時用的是過期的電影膠卷，整整一大盤處理品足有兩百多公尺，是你還在北京時託熟人從電影製片廠買來的，三十塊錢，近乎贈送。那時電影製片廠只拍新聞紀錄片，拍的都是革命的喜慶，總敲鑼打鼓，歡欣鼓舞，偉大領袖檢閱紅衛兵，氫彈爆炸成功，針刺麻醉，毛思想的一次又一次的偉大勝利。病人先做思想工作再開膛破腹，再不就是攀登朱穆朗瑪峰，紅旗飄揚在世界屋脊，都一概改用新出的偏紅的國產彩色片。可你更喜愛黑白照片，沒色彩的紛擾，可以長時間端詳，眼睛不疲憊。

你端詳那沒有色彩的村舍，灰黑瓦頂和細雨中的池塘，獨木橋上的母雞。你特別喜歡拍到的一隻黑母雞，這黑傢伙就在你鏡頭前，啄食後抬頭張望，不明白相機是什麼玩意，圓睜睜眼望著，那發亮的圓眼睛還真讓人提氣，牠抬頭凝視，你從中看出無限的含意。

還有一張廢墟，房裡長滿荒草，屋頂塌陷，一個死絕的村落，沒有人再去落戶，全部頹敗腐朽了，看不出一丁點當年「大躍進」的痕跡。那年打下的糧食全上交了，一村人餓得都成了死鬼，也包括村裡的黨支部書記，哪想得到黨不僅撒手不管，縣城的汽車站都有人把守，嚴禁外出流竄討飯。再說，城裡人糧食也都定量，要飯也無門。這山裡大一些的孩子都記得挖過葛根充飢，拉屎得屁眼朝上，小孩子互相用棍子撥弄，葛粉結成的屎球硬得像石子，拉回屎十分疼痛，這都是你的學生們說的，照片上自然看不出來，看到的淒涼卻也美。用相機的鏡頭來看，能把災難也變成風景。

你還拍到兩個可愛的姑娘，大的十八歲，小的十五歲。大姑娘側身沉思的樣子，她爸是縣城中學的教員，她爸的爸，也就是她祖父，是地主，她高中沒讀完便下放到這深山裡來了。

小的是個初中生，爸在省城一家眼鏡鋪配眼鏡，當然也留不住女兒。照片上，這姑娘仰面傻笑，好像誰搔到她癢處。她們到這山裡來了一年多，村裡的小學復課要教員，算是得到照顧，不用上山幹活改為教書。她們聽你說要帶學生們來採茶高興得不行，說那就住她們小學校裡吧，再合適不過啦，有兩間教室，一間睡男生，一間女生。中間的一間木板隔開，前面是她們備課改作業的房間，板壁背後擱了張鋪板床，是她們的寢室，說你要來就讓給你，她們可以在村裡過夜。儘管下鄉前在學校的時候，沒準也批鬥過她們的老師，可見到你這麼個從鎮上的中學來的教師，竟如同遇到親人。她們那麼熱情，給你蒸了鹹肉，炒了雞蛋，還做了新鮮的筍子湯，嘰嘰呱呱說個不停。你於是拍了這張照片，她們也不像山裡的女孩見舉起相機就躲，倒挺大方，還擺個姿態，就在那小女子憋不住氣傻笑的時候，你揑了快門。之後沖印出來，你發現那大姑娘眼睛避開鏡頭，神情卻那麼憂鬱，而另一個女孩傻笑中有種少女少有的放縱，都在那陡峭的岩壁和一棵老榧子樹粗黑的枝叉下。

陽春四月滿目蒼翠，茶葉快開採的季節，他沿山窪進去，翻過一座大山，從整根整根的樹幹在深澗上搭的木橋上過，溪水喧譁，陽光粼粼，來到這以種茶和毛竹為主的生產隊。他爬到半山腰上一片坡地，找到在刨坑點玉米種的生產隊長，說好帶鎮上的三十個學生來摘茶十天，就在小學校裡打地鋪，米由學生們從家裡揹來，柴草、蔬菜、油鹽、豆腐什麼的由隊裡供給，到時從工錢裡扣。這就下午四點了，他要再回鎮上可不得深山裡走半宿夜路，兩名小教員便留他在學校過夜。

山裡天黑得早，太陽下到岩壁後，學校的操場已經昏暗了。村寨籠罩在溪澗升起的霧靄中，在山上做事的男男女女都扛的鋤頭收工回家，村子裡也熱鬧起來，狗叫和人聲，屋頂上升起炊煙。

屋外潮氣很重，大姑娘在火塘裡點起炭火，又燒上一鍋熱水讓他洗腳。他跑了一天的山路，熱水泡腳不僅解乏，也是一番享受。另一個姑娘還拿來了她的香皂。她們坐到煤油燈下改了一會學生的作業，村裡人吃罷晚飯就來了，有漢子也有年輕後生，還有半大不小的娃娃。

漢子們多半圍在火塘邊，年輕後生擠到桌上油燈下要甩撲克牌，兩個姑娘便把作業本堆到一邊。待嫁的村妹子也有幾個，做了媽的女人大概都得守在自家屋裡忙碌。小兒們跑進跑出，鬧個不息，漢子們則同村姑們打情罵俏，山妹子們嘴也都潑辣。兩個城裡來的姑娘相比之下要甜聲細氣得多，但也改了先前同他說話的學生腔，出口時不時也雜句髒話，嘴也不饒人。這小學校又是村民們夜間俱樂部，大家都好生快活。

「熄燈了，熄燈了！人家老師走了一天山路辛苦了，要睏覺啦！」大姑娘開始趕人，眾人悻悻的好不情願散了。兩個姑娘也同他道了晚安，跟最後的人走了。

炭火剩下些遺燼，若明若暗，屋裡頓時冷清了。從黑暗的教室裡過堂風串來，涼颼颼的。他去關上房門，剛闔上便吹開了。再關便發現沒有栓子，門板和門框上滿是釘子眼，可門栓卻拔掉了。他定神片刻，又到教室去關大門，暗中摸不到門栓，兩扇門後插門杠的鐵釦結結實實倒在，可門杠不知在哪裡，他拖了張課桌頂住。回到房裡，拿了油燈，到隔半堵木板牆的裡間，盡裡還有個小門，通另一邊的教室。釘在門邊的插銷也拔掉了，只剩下門框上的鐵釦。

好在門框緊，還能闔上，他也就沒出去再察看那邊教室的大門是否還能關死。這屋裡倒也無可偷盜的，除了平時睡在這裡的兩個無依無靠的城裡來落戶的姑娘。

他吹熄了燈，脫了鞋襪和衣服，躺下傾聽山風沉吟，像野獸在喉嚨裡低吼，風聲掠過又聽見深澗傳來的水響。那一夜睡得很不好，似醒非醒，總覺得有什麼野物隨時會闖進來。早起撩開被子，才見那灰白的舊床單上到處一塊塊汙跡，兩個枕頭上也結滿那種痕跡，禁不住噁心。

回去的路上，他想到他的學生孫惠蓉的事，發現到農村這些年來日漸窩囊，他把自己隱藏得妥妥貼貼，雖然取得了內心的平靜，可以長時間面對這山，望著這淙淙不息的溪流，什麼都不去想，卻更像蛆蟲。

49

她要去看原始森林，你說這雪梨哪有什麼原始森林，起碼得開車跑上幾天，進入這澳洲大陸的無人煙之地。再說飛機上也都看過了，一片褐紅的旱海攏起些像魚骨頭樣嶙峋的山脊，一飛幾個小時都是如此，哪有什麼原始森林？她攤開遊覽地圖，指著一個個綠色塊說：「喏，這不就是！」

「這都是公園，」你說。

「國家公園就是自然保護區，」她硬說，「裡面的動植物都保持原生態！」

「還有袋鼠？」你問。

「當然！」她答。

「那得到動物園裡去看。這不是你們法國，把狼從世界各地買來，圈到一個地方，讓牠們竄來竄去供遊人觀看。」你拗不過她，只好嘟囔，「這得找戲劇中心的朋友弄個車。」

你又說是他們請來排演你的戲，同他們才認識，不便這樣麻煩人。可她說有火車直達，手指在地圖上從市中心的中央車站，划到皇家國家公園那一塊綠色邊上。

「喏，這就有一站，巴特蘭。你瞧，這很容易去！」

她，茜爾薇，剪個短髮，男孩子頭，像個中學生，顯得比她實際的年齡年輕得多，可過於飽滿的臀部透露出早已是個十足的女人。你烤了塊麵包，咖啡加奶，而她只喝黑咖啡，絕不放糖，也不吃麵包和奶油，保持線條。

你們從住的小樓裡出來，她突然想起又跑回房裡拿了浴巾和游泳衣，說是穿過公園，國家自然保護區公園，可直達海邊，沒準還能游泳晒太陽。

從中央車站到巴特蘭火車直達。一個小站，沒幾個人下車，出了站，一個小市鎮，森林還不知在哪裡。你說得問問，回到出站口問售票員：「去原始森林怎麼走？公園，皇家國家公園！」

「還得再坐一站，到羅福圖斯，」小窗口裡的售票員說。

於是再買票進站。二十多分鐘後車來了，可這車不去羅福圖斯，得再下一趟。

又等了半個小時，廣播裡說，下趟車晚點，請到另一邊的站台去等。她去問站台上的調度員怎麼回事，那大胖子說：

「等吧，等吧，車會來的。」值班室的門便關上了。

你提醒她，你們剛到澳大利亞的那天，人就告訴過你們，從雪梨到墨爾本坐火車的話，兩天、三天，一個星期，沒有準的，他們從來不坐火車，不是乘飛機就寧願開車。你說大概得等到天黑。而她，茜爾薇，走來走去，有點神經質。他叫她坐下，她也坐不住。

「到售貨機去買包花生米或是那油膩膩的澳洲特產，那小圓果，叫什麼？」你故意逗她，她不理睬你了。

又一小時過去了，車終於來了。

羅福圖斯。出了站，一個更小的市鎮，也是灰塗塗的，鐵軌之上的天橋掛了條橫幅：「歡迎參觀有軌電車博物館。」

「去不去？」你問。

她不理你，跑回售票處問，然後向你招手。你回到出站口，窗裡的售票員連連擺手示意，讓你們再進站，你問她：「這原始森林在站台裡？」

「人說的英語你不懂！」她說。

你再進站時用英語對售票員說了聲謝謝。她瞪了你一眼，笑了，氣已化解，向你解釋，人說的是從站台裡邊走更近。得，你跟她越過鐵軌，走在修路的石塊堆上，站台上一位穿制服的值班員望著你們，你便大聲問：「公園？皇家國家公園在哪裡？」

這英語你還能說。他指指你們背後一個斷了欄杆的出口。

你們到了公路上，有的是急馳而過的汽車卻沒有行人。火車站的圍牆上有塊大牌子，寫的「有軌電車博物館」，還畫了個箭頭。你們只好去這博物館問路。高高的門框裡一間相比之下像玩具似的小木屋，釘的牌子上寫明了參觀的票價，成人和兒童票價不同，票房裡卻沒有人。一片空場子上鋪的小鐵軌，停了一節老舊的有軌電車，木板車廂，油漆剝落。一個女人領著十來個小孩圍住一位戴繡邊大蓋帽的老人，正在講解這電車的歷史。等老人終於講完，女人領孩子們上了車，他轉身手抬到帽沿向你們行了個禮。茜爾薇說明來意，老人雙手一攤說：「這裡就是國家公園，到處都是，你們和我，我們這博物館，都已經在公園裡！」

他手比畫的所謂博物館，指的是門框內場地上停的這節老舊的有軌電車。

「那森林，原始森林呢？」剃男孩子頭的茜爾薇問，在這戴大蓋帽高大的老人面前更像個女孩。

「都是森林——」他再轉身指指公路那邊的桉樹林子。

你止不住笑出聲來，茜爾薇狠狠瞪了你一眼，又問老人：「從哪裡進去？」

「哪裡都可以進去，你們也可以上車，每人五澳元，你們都是成年人。」

「毫無疑問，」你掏出錢包，問，「這車也進森林裡去？」

「當然，這是來回票，票錢可以先不付，你們看了要滿意的話再付。要不滿意，也可以自己走回來，不是很遠的。」

老舊的電車叮噹一聲，便啟動了，鈴聲不老，倒很清脆。你同車上的孩子們一樣，很開心，茜爾薇卻撇了一下嘴，可也沒有理由不高興。車進入林子裡，桉樹，桉樹，桉樹，各種不同品種的桉樹，你橫豎也辨認不清。樹幹有棕紅的，棕黃的，青黃的，有才脫皮的，也有一片失過火燒得焦黑，枝幹扭曲，樹梢像散亂的長髮在風中飄搖，有點鬼怪味。一刻鐘後，到了軌道盡頭。

「看見袋鼠沒有？」你故意逗她。

「好，你嘲弄我，我就要找出一隻叫你看看！」

茜爾薇跳下車，跑進立了根牌子箭頭指向問訊處的一條小路。你在路軌邊坐下。過了好一會，她怏怏的回來了，手裡捏了幾張說明書，說有小路到海邊，可還得走幾個小時。太陽已偏到林子上方不高處，快下午四點了，她望著你不再拿主意。

「那就原路回去吧，總算也參觀了個有軌電車博物館，」你說。

你們同這批孩子又上車回去，她不再理你了，好像是你的過錯。再到車站，乘上回雪梨的火車，空空的車廂裡她在椅子上躺下。你查看旅遊圖，發現中途經過的一站克羅努那，就在海濱。你提議馬上下車，把她拖了起來。

出了站不遠果然就是海灘，夕陽下海水深藍，雪白的大浪滾滾，一道道撲向沙灘。她換上游泳衣，脊背上的帶子一下拉斷了，懊惱得不行。

「找個裸體浴場去，」你只好逗她。

「你不會生活！」她衝著你叫。

「那怎麼辦？」

你說把你游泳褲的帶子抽出來代替。

「你呢？」

「就在沙灘上坐著，等你。」

「這多不好，你要不下水，都不下！」

她其實很想，可又要顯得通情達理。

「可以把鞋帶子解下。」你急中生智。

「是個好主意，你還不笨。」

你終於用鞋帶把她的乳房兜住了，她使勁親了你一下，便跑進海水裡。海水冰涼，你才下到齊膝蓋處便直打哆嗦。

「真涼呀！」

她邊喊便逕自撲向白花花的海浪。

遠處，海灣左邊尖端，礁石外，有幾個男孩在衝浪。再遠便是墨藍的深海，一條條湧起的白浪消失了，又再湧起。夕陽被雲遮住，海風吹來，更涼。近處游泳的大都上來了，沙灘上躺的坐的人也起身，拎上東西，差不多走光了。

你從沙地上爬起來，套上衣衫，朝海望去，見不到她的頭影了，沖浪的那幾個男孩也都爬上了礁石。你有點擔心，站起來望，似乎有個小黑點在遠處時不時泛起的白浪花之間，好像還在向深海裡去。你開始不安，波浪上的反光不那麼明亮了，這浩瀚的南太平洋海天之間也趨於暗淡。

你同她認識不久，並不了解她，這之前只睡過幾覺。你說起有朋友邀請你來排個你的戲，她便安排休假同你來了。她彆彆扭扭，你說不上是不是愛她，可又令你迷惑。她有好幾個男人，如她所說都只是夥伴。「性夥伴？」你問。她並不否認，也許正因為如此才特別刺激你。她說她反對婚姻，她同一個男人同居過好幾年，還是分手了，她不能專為一個男人所有，你說你很贊同。她又說不是不希望有個穩定的關係，要穩定得雙方都穩定，可這很難，你說你也同感，這就有共同之處。她得活得透明，同你第一次上床過夜這話她就說了，也說到她有過的和現在仍維持的性關係。兩性關係誠實是最重要的，你也肯定這一點。她誠實，所以刺激你。

遠處的海面已經看不清楚了，你焦躁不安，抬頭向岸上張望，看看有沒有救生員值班。她卻從側面繞過來，見你看見了她，便站住了，嘴臉凍得青白。

「看什麼呢？」她問。

「找救生員。」

「不是看個漂亮女人吧？」她笑嘻嘻問，直打哆嗦，身上全起了雞皮疙瘩。

「倒是有一位，金黃金黃的頭髮，剛才躺在沙灘上晒太陽。」

「你喜歡金髮的女人？」

「也喜歡栗色的。」

「混蛋！」

她輕聲罵了你一句，你倒開心笑了。

你們在一個義大利小飯館吃的晚飯，玻璃櫥窗上畫了個粉白的聖誕老人，餐桌上方垂掛的一條條蒼綠的紙做的松針，聖誕節就要到了，這南半球還差不多是夏天。

「你心不在焉，跟你出來玩真沒勁，」她說。

「玩不就是休息？不必有特定的目的，」你說。

「那麼，也不必同個特定的女人，誰都行是嗎？」她從酒杯後盯住你。

「剛才都急壞了，差一點要去報警！」你說。

「那也晚啦，」她放下酒杯，摸摸你的手，說，「我故意嚇唬你的，你是個傻瓜，讓我教你怎麼生活吧！」

「好的，」你說。

那一夜，你同她做愛凶猛。

50

小鎮時常停電，他點的煤油燈，在油燈前更覺得心安。油燈下寫東西更少顧忌，也更容易傾吐。很輕的叩門聲，鄉裡沒人這麼敲門的，通常不是先喊話就是邊招呼邊砰砰打門，他以為是狗。校長家養的那條黃狗聞到屋裡燉肉有時會來扒門討骨頭，可接連好幾天他都在學校的食堂吃飯，沒生過火。他有點詫異，立即把寫的東西塞到牆角的木炭簍子裡，站在門後傾聽，沒聲音了。剛要轉身又聽見輕輕的叩門聲。

「是誰？」他大聲問，開了一線門縫查看。

「老師。」一個輕輕的女聲，人站在暗中門邊上。

「是孫惠蓉？」他聽出這聲音，於是打開房門。

這姑娘讀了兩年書畢業了，在鄉裡種田，鎮上非農業戶口的子女也得去村裡落戶，都有文件規定，由學校執行。他是孫的班主任，挑了個離鎮子只有五里路的生產大隊，大隊書記是他認識的駝子老趙。他又找了個有老媽的人家，對女孩好有個照應。

「怎麼樣，都好嗎？」他問。

「滿好的，老師。」

「可是晒黑啦！」

昏黃的煤油燈下這姑娘一臉黧黑，才十六歲，胸脯挺挺的顯得健壯結實，不像城市裡的女孩，從小就勞動也吃得了苦。孫進房裡來了，他讓房門敞著好避嫌疑。

「有什麼事嗎？」

「就是來看看老師。」

「那好呀，坐吧。」

他沒有讓這女孩一個人在他房裡待過，但是她現今已經離開學校了。孫轉身察看，依然站著，在看房門。

「坐吧，坐吧，就讓它開著。」

「沒有人看見我來。」她聲音依然很輕。

他立刻處在尷尬的境地。他記得她說過她家是個女兒國，有種苦澀，有點讓他動心。孫是這鎮上最出色的姑娘，學生們的宣傳隊到附近煤礦演出後，招來了礦上的一些青工，總到教室的窗外蹓蹓躂躂的，伸頭探腦，男生們便起鬨，叫是來看孫惠蓉的！校長從辦公室出來了，訓斥道：「看什麼啦？有什麼好看的？」小痞子們嘟嘟囔囔，「看看又怎的？能看跑啦？」訕訕的走了。河灘的石堤上也有用粉筆歪歪斜斜寫的「孫惠蓉在此被摸了奶」，校長把班上的男生一個個叫到辦公室查問，都說不知，出了辦公室在走廊上卻竊竊鬼笑。鄉裡的女孩也都早熟，女生之間說三道四，時常弄得吵架啼哭，他追問，便都漲紅個臉不吭氣了。宣傳隊演出前化妝，孫惠蓉拿個小圓鏡子左照右照，也會撒嬌：「老師，我這頭梳得好看嗎？老師，你來替我畫這口紅，老師你看看呀！」他用手指替她修整一下唇角，說：「挺好看的，行啦！」把她推開了。

這姑娘此刻就坐在他對面，昏黃的煤油燈下。他想把燈芯捻大，女孩卻輕輕說：「這就滿好。」

他想她在招惹他，轉過話題：「那家人怎麼樣？」問的是他替她選的那家有老媽的農戶。

「早不住那裡了。」

「為什麼不住了？」

他當時安排的是同那家的老太婆一屋裡住。

「我看倉庫呢。」

「哪裡的倉庫？」

「生產隊裡的。」

「在哪裡？」

「就路邊，橋那頭。」

他知道過了村邊的小石橋有棟孤零零的屋，又問：「就你一個人住？」

「就是。」

「看什麼呢？」

「堆的些犁耙和稻草。」

「哪有什麼好看的？」

「書記說，以後叫我當會計，也得有間屋。」

「你不怕嗎？」

她沉默了一會，說：「習慣了，也就好了。」

「你媽放心得下？」

「她又顧不了我，家裡還兩個妹呢，人大了還不得自己過。」

又沉默了，燈油裡有水分，燈火突突跳。

「有時間看點書沒有？」這也是做老師的該問的。

「還看什麼書呀？這不像在家那點菜園子，得掙工分呢，哪像在學校的那時候，幾好啊！」

可不，這學校對她來說就是天堂了。

「那就時常來學校看看，又不遠，回家就可來轉轉。」他只能這樣安慰她。

這姑娘俯在桌子邊角，低頭，手指在桌縫上畫。他霎時無話，聞到了她頭髮散發的氣味，冒出一句：「要沒什麼事就回去吧。」

這姑娘抬起頭問：「回哪裡去？」

「回家呀！」他說。

「我不是從家來的，」女孩說。

「那就回隊裡去，」他說。

「我不想回去……」孫惠蓉頭又坑下，手指仍在桌縫上畫。

「害怕一個人在倉庫裡？」他問，這姑娘頭埋得更低了。

「不是說習慣了嗎？要不要換回到那老太家去？要我去同那家人再說說，讓你再回去住？」

他只好再問。

「不……這……」

這姑娘聲音更低，頭也幾乎碰到桌面。他湊近聞到了她身上漚酸的汗味，立刻站了起來，幾乎有些惱怒，大聲說：「到底要不要我去幫你說？」

這姑娘也一驚，站起來了。他看到她驚慌失措的眼睛，淚晶晶的霎時就要哭了，便趕忙說：「孫惠蓉，先回家去吧！」

女孩緩緩低下頭，站在他面前卻一動不動。他記得，幾乎是硬把這姑娘推出房門的，握住她結實的臂膀叫她轉身。孫惠蓉仍然沒挪步，他在她耳邊於是輕聲說：「有話白天來再說吧！好不好？」

孫惠蓉就再也沒來過，他也沒再見到她。不，他還見過一次，那是初冬。她來學校找他那晚是剛秋涼的時候，大概將近三個月之後，他從孫家門口經過，這姑娘正在堂屋裡，明明看見他，不像以往一定要大聲叫老師進屋坐，喝個茶呀什麼的，卻立刻背過身去，到堂屋後面去了。

新年剛過，他班上的一個女生打了上課鈴還趴在課桌上哭，他調查原委，男生們都不說。問到班裡一個小女生，才講出他們男生剛才下課時說那女生：「有什麼好神氣的？到時候還不是像孫惠蓉樣的，叫駝子弄出肚子來就老實了！」

課後，他問到校長：「孫惠蓉怎麼了？」

校長含含糊糊，說：「不好講的，搞不清楚，打胎啦！是不是強姦，這可不好瞎說的。」

他這才回想這姑娘來找他可能是向他求救，那事情已經發生了？還是女孩預感到要出事？還是已經發生了但還沒懷孕？要說的都沒說出來，而這又是無法說，都在這姑娘的眼神裡，欲言又止，在遲疑中，在她身上酸酸的汗味和她舉止中。孫一再看房門，又看的是什麼？她避開他的目光打量這房裡又在找尋什麼？她可能有非常清楚的打算，又在那停電的夜晚不讓人看見。她說了沒人看見她來，顯然就已經留神了，就懷有隱密要告訴他？如果他當時關上房門，不那麼拘謹，她顯然希望他把房門關上，就可以向他傾訴，就有可能避免這場厄運？她不要他把燈捻子捻大，在昏暗中或許她才說得出口？或許還有更複雜的心理，好讓他憐憫她，拯救她？阻止或是干預那行將發生或是已經發生了的事？還是有其他的目的？

小鎮上人人都知道孫家的丫頭叫駝子給糟蹋了，她媽帶她去打胎了，再多就無從打探。孫家門上掛了把大銅鎖。他於是去了派出所，同公安員老張他也一起喝過酒。張正在訓斥個賣麻油的老農，一小鐵皮桶子的油和籮筐都扣下了。

「糧油都是國家統購統銷物資，知道不知道？」

「曉得，曉得。」

「曉得還賣？不是知法犯法？」

「都是我自家菜園子裡種的呀！」

「誰知道是你自家種的，還是生產隊裡偷的？」

「不信，就問去呀？」

「問誰去？」

「問村裡去，隊長都曉得呀！」

「曉得，曉得，叫你們隊長打條子來領！」

「這同志，行行好，下回不賣了行不行？」

「這都國家有法令規定！」

老頭子蹲在地上賴著還就是不走。他坐著抽完一根菸，看來一時半時還完不了，便起身說他改時間再來。張倒滿客氣，留住他問：「有什麼事？」

「我想了解一下我那學生孫惠蓉的事，」他說。

「這案子卷宗都在，你要就拿去看看。這種事做老師的也管不過來呀，這還是本鄉本土的，那外地來的女知青出事的就更多啦。只要本人和家長不起訴，不出人命，能不管就不管。」

張打開公文櫃，找出了個卷宗夾子遞給了他，說：「拿去看好了，都結案啦。」

他仔細研究了卷宗裡的每張紙片，有對當事人孫惠蓉和駝子分別調查做的筆錄，駝子蓋的指印，孫簽了名也蓋的指印。還有調查駝子老婆的談話紀錄，附有女孩寫給駝子的一封信，寫在從學生作文本子撕下來的紙上，附有蓋了郵戳的一個信封，地址寫的是本公社轉趙村大隊書記某某某同志收，寫的是駝子的大名。信中抬頭稱「親愛的哥」，駝子五十開外了，這姑娘還未成年。信文只有兩行，大致是：我很想我哥，就是沒法子見到，那事就這樣說好啦，我永不後悔。悔字寫錯了是個別字，明明白白落款孫惠蓉，信上的日期是在事情鬧出來之後。

對駝子的老婆調查筆錄的是：那小騷貨勾引她家男人，死不要臉，還膽敢給她男人寫信，這小婊子就想弄個招工指標。信就是她截住的，她氣不過了，交到公社裡來的！而事情鬧出來又出自於公社衛生院的王醫師，對王醫師的調查紀錄寫的是：她媽找來，求他去家裡幫忙做個人工流產，說是不能來衛生院做，怕傳出去街上鄰居都知道，這丫頭日後還怎麼嫁人？王醫師說，他不做這種違法的事，不合手續私下打胎要傳出去，他這醫師還當不當？還不滿鎮上風言風雨，弄得人都以為他同這小女子有一手？王醫師說得很乾脆，不合法的事可不能做！

這事怎麼傳出來的調查材料裡沒提。駝子的口供很簡單：強姦？瞎說嘛！他從來不幹這種喪天害理的事！別說他老婆兒女一大家子人，就他這書記哪還有臉面當下去？這紅旗大隊也不能倒呀，他得對得起各級領導組織上的栽培嘛！這女學生鬼著呢，別看人小，心計不小！她明明在裡頭洗澡，洗澡就是咯，門栓在裡面，那麼厚的門板，她不自己打開外面撬得了？要不情願怎的不叫？一共幾回？問她好了，每回都在她鋪板上！又不是大野地裡，那麼粗的門槓會自己脫掉？要強姦怎不早告了，還等肚子大了？招工嘛，這倒也不怪她，哪個知青不想招工種一輩子田的？要有個指標，能照顧就照顧，這也不算犯法，誰去都一樣，大隊就管個推薦，公社才批得了條子，他一個人能定得了？

至於孫惠蓉本人的口供，厚厚一疊子，問得極為詳細，從她洗澡用的那塊廉價的香皂，到怎麼從澡盆裡溼淋淋弄到稻草堆背後的鋪板上去的，細節都問得不能再詳盡了，猶如再姦一遍。案子的結論是：女知青資產階級思想作怪，不安心務農，調離該大隊，換一個公社勞動，加強思想改造。對駝子的組織結論：生活作風嚴重腐化，社會影響惡劣，黨內記大過處分，暫且保留職務，以觀後效。

他猶豫了好幾天，終於向陸談起，請陸干預一下孫惠蓉的事。

「她媽已經找過我了，」陸說，「胎也打了，找了個縣醫院的關係，她媽領她去做的，這事都處理了，你別管啦。」

「可問題是她還沒成年——」他剛要辯解。

「你不要攪到這裡面去！」陸卻打斷他，厲聲告誡，「這鄉裡人事關係沾親帶故，盤根錯節，你一個外鄉人，還想不想在這裡待下去？」

他霎時無話可說，也就明白了，他也不過是在陸的庇護之下討生活。

「我已經關照了，把這女孩子弄到別的公社去，等事情涼它個一年半載的，風聲平息了，給一個招工指標，她媽也同意了。」

還有什麼可說的？都是交易。人世世代代都在這泥巴裡打滾，還又能怎樣？這地方好歹接納了他，就乖乖待著，也算明白了，他永遠是個外鄉人。

51

同茜爾薇談起這些往事，她不像馬格麗特，全然不一樣，沒耐心聽你講述，也沒興趣追究你的以往。她關心的是自己的事，她的愛情，她的情緒，每時每刻也變化不停。你要同她談三句以上政治，她便打斷你。她沒有種族血統的困擾，她的情人大半是外國人，北非的阿拉伯人，愛爾蘭人，有四分之一猶太血統的匈牙利人，或是以色列的猶太人，而最近一個倘若也算情人的話，便是你，但她說更願意同你成為朋友而非性夥伴。她當然也有過法國同胞男友或性夥伴，可她說想離開法國，去某個遙遠的地方，比如印度尼西亞或菲律賓這樣的熱帶國家，或是去澳大利亞。她喜歡晒太陽，去明晃晃的海濱，重新開始過一種新鮮的生活，卻又掉進老套子裡去。她同個男人當然不是你，懷孕了，這是她第三次打胎。她本想生下這孩子，做女人總得生一回孩子，到底要還不要？那漢子總沒個明確的話，她一氣之下打掉了。事後，這男人才說打不掉就生下來，他要！那得她養？她不是不想要個孩子，但得先有個穩定的家庭，可這樣的男人她還沒找到，所以苦惱。她的苦惱是深刻的，人都有的最根本的苦惱，自由與限定的矛盾，換句話說，自由的限度在哪裡？她沒有生計問題，她在六樓頂樓的一小套間是她父母買給她的。窗外一片帶煙筒的紅瓦屋頂，屋頂背後遠處一個教堂的尖頂也盡收眼底，這令人心醉的巴黎，陰雨天又令人惆悵，在她房間裡你沒法不想到做愛。

說她的苦惱是深刻的，不是她找不到她愛而人也愛她的男人，男人她才不缺。男人們也都愛她，至少某個階段，即使有了新歡之後也還時不時找來。她說她並不是個賤貨，她這樣提醒你，她倒是想認認真真做件有意義的事，更確切不如說是有趣的事，講的是藝術創作，也如同生孩子，有個值得她全身心都投入的孩子，也包括精神之子，這才是問題的深刻之處。可什麼才值得人全身心投入？說實在的又只有愛情，可經營好這愛情卻很難，要知道這並不取決於她一個人。

你操她或是她讓你操的時候，她真心投入，可你一滿足就完了，她覺得特別委屈。當然這世上有的是做愛做得好的男人，但她又並不那麼愛他們，她到底要尋求什麼？最多的愛和最大的快感，這就如同理想或夢什麼的，也是烏托邦。這她完全明白，所以憂傷，她的憂傷也是深刻的，人類深刻的憂傷，無法排解永恆的憂傷。

她欣賞藝術如同愛男人一樣，但她不可能去做藝術，那得有為事業獻身的精神，可她又以為那很蠢。她才不傻到為藝術去獻身，要活得藝術，而不是做個供人觀賞的藝術品。況且，她本人差不多就是，擁有年輕女人足夠的魅力，沒有多少男人抵擋得住，但她不是男人的玩物。相反，她享受男人，愛也要成為享受她以為才值得，但是愛情給她帶來的往往是沮喪。

你還無法給她解脫，你想你是理解她的，所以努力克服嫉妒，對她說，去享受她愛的男人吧！像教唆愛娃去誘惑的魔鬼，你就是那條蛇，可她並不需要你教，早就會了，早就懂得誘惑和受誘惑。你還在為一個人生存的基本權利苦苦掙扎之時，她比你那時要年輕得多，你還沒嘗到禁果的那年紀，她就已經飽嘗了禁果之後的苦澀。你還是白痴或努力不肯當白痴的那年紀，她就已經聰明過頂了。她不能忍受一丁點委屈，除非她想要的那種受虐的快感，注意：那她是當作享受才接受的。

可千萬別把她當成個女權主義者，她同你一樣沒有主義，誰說到女權主義者這詞她就撇嘴。你不敢對女權主義妄加議論，又沒切身體驗到男權的壓迫，不是女人也就不可能真懂此中的苦衷，這反抗的意義何在。

無論如何，茜爾薇不是女權主義者，絕對不是。她說她其實可以做個很好的妻子，同你度過個美妙的不眠之夜，早起就已經替你把咖啡燒好，麵包片也烤得發黃，赤腳把托盤端到床上，盤腿坐在你對面，看你吃得香她也歡喜，那張笑臉同打開窗簾射進房裡的陽光一樣，看不出熬夜的倦容，那會兒是很可愛的姑娘，更確切說，一個容光煥發的少婦，在她脾氣好的時候。

可她要是憂鬱症發作，你就一愁莫展，你那些屁話都安慰不了她。你便知道不可娶她為妻，你們只能是情人，也許會成為終生朋友，如她所說，可成不了伴侶，這也令你憂傷。所以，她的憂傷如此深刻，也深刻影響到你，不可治癒。

你擔心她哪一天會自殺，像她那位女伴馬蒂娜。馬蒂娜死前的一個星期，同她有過場談話，還錄了音。一個舊的袖珍錄音機放在桌上，她們邊喝酒邊說話，錄音機就開著，是馬蒂娜開的，她先沒在意，後來發現小紅點亮著，錄音帶在轉，她問：「你錄音？」馬蒂娜舌頭有點大，下午就喝起，她到的時候桌上已經好些空啤酒瓶子，把啤酒當飯吃當水喝是馬蒂娜的家常便飯。她哈哈笑起來了，錄音帶裡馬蒂娜的聲音，那嗓子沙啞。茜爾薇說她這女友本來嗓子挺好，天生的女中音，進神經病院以前還在個合唱團裡湊數，參加演出過福雷的〈安魂曲〉，在聖日爾曼大教堂，法國音樂電台還錄過音，正規演出。

你從未見過馬蒂娜，你認識茜爾薇的時候她死了已經好幾個月了。留給茜爾薇唯一的遺物是這一小盤磁帶，聽到後一半，錄的時候電池快用光了，她們的聲音，特別是馬蒂娜的那粗嗓音，變得就像男人，以至於含糊得完全聽不清。

她們開始說的沒一句正經，「你也喝一點？」「來一杯」，「我還有半瓶紅酒，」「沒變酸吧？」「哪裡，昨天才開的……」然後是玻璃杯響動和嘁嚓嘁嚓的聲音，大概在擦桌子。茜爾薇說馬蒂娜家髒亂得簡直就沒法下腳，可以前不是這樣的，是她從神經病院出來之後。馬蒂娜說她恨神經病醫院，恨她母親，是她母親把她弄到神經病院去的。錄音帶裡還說在街上碰到個男人，就帶回家來了。然後是兩人笑，尖聲的是茜爾薇，大舌頭的是馬蒂娜，兩人笑了很久，又是酒杯的響動。「怎麼樣？」是茜爾薇問。「我把他趕走了？他一直賴到第二天下午，我說我要叫警察啦，他才嚇走了。」又是笑聲。

「她死的時候多大年紀？」你問過茜爾薇。

「比我大……九歲，死的時候過了三十八。」

「年紀並不大。她沒結過婚？」你問。

「沒有，都是同居，後來都分手了。」

「怎麼死的?」

「不知道,死後第四天,她母親才給我打電話,說有這麼盤錄音帶。我要回來的,她母親先不肯給,我說有我的聲音,要留個紀念。」

「你沒問過她母親?她到底是怎麼死的?」

「她母親不多講,只說是自殺的,也不同我見面,她認識我,磁帶是寄來的,馬蒂娜的本子上當然有我地址。」

她給你看過馬蒂娜的照片,一個眼和嘴線條特別分明的姑娘,咧開大嘴在笑,也可能畫了妝的緣故,同茜爾薇那淺褐的眼仁相比,眉眼要深得多,是她們那年夏天一起漫遊西班牙拍的,說起來都快十年了。馬蒂娜邊上的萬桑,精瘦,眼窩深陷,滿臉青鬍子渣,當時和馬蒂娜同居,有部小麵包車,他們把她同她腦袋後面那長像挺帥的小伙子讓也帶上,茜爾薇那時剛上大學,讓比她大兩歲,據讓說她是他第一個真正的情人,她寧願相信,雖然讓同她之前早就有過這樣的經驗,不用說,性經驗。她給你看的另一本照片冊裡有馬蒂娜死前一年的照片,嘴角垮下,已經像個過氣了的女人。茜爾薇說,她人要比這照片上好看得多,有種成熟女人的誘惑力,那種憂鬱的倦態。

她很難說得清楚她同馬蒂娜的感情,她們之間無話不談,可她有好幾年同馬蒂娜疏遠了。那是從西班牙回來後,討厭她,茜爾薇說她討厭馬蒂娜。她同讓帶的是帳篷,一天夜裡下大雨,弄得很狼狽,沒法睡了。是馬蒂娜叫他們到車裡去的,她同讓先在車裡前座上靠著睡。馬蒂娜又要她到後邊同她躺在一起,卻同萬桑做起愛來,弄得她很不自在,裝作睡著了。隨後不知怎麼的,馬蒂娜又爬到前座去了，讓萬桑同她睡在一起，她迷迷糊糊的，外面又在下雨。天矇矇亮的時候，她聽見馬蒂娜同讓做那事，萬桑便把手也伸進她睡裙裡，她也就同萬桑做了起來，當時雨打在車頂上一片沙颯聲，似乎很自然。第二天他們住的旅店，是萬桑要的個加床的房間，馬蒂娜笑嘻嘻說把大床讓給萬桑和她，她沒拒絕，讓也不吭氣。她第一次聽見讓做愛時喊叫，她也叫了。她啜吸男人就是從那時開始的。

生活就是這樣，馬蒂娜同萬桑分手了，她也並不愛這男人。馬蒂娜同讓持續了多久她沒有過問，但她再也不愛讓了，不再管他的事，也有了別的男朋友。

「你還要聽嗎？」她問你，帶種嘲弄的神情。

她又說她想知道的是馬蒂娜在同她錄音的時候，是不是就已打定主意自殺？又為什麼不同她說？她如今並不怨恨她，那早就過去了，那種破滅感和刺激已不再令她暈眩，是馬蒂娜的餿主意還是萬桑設的圈套？可她就往裡跳，並不怨恨誰，那迷醉和苦澀她都品嚐過，負罪與快感，都超越於道德之外。她對馬蒂娜的感情是無法說清楚的，而馬蒂娜是她唯一可以傾吐的人。

「這你們男人不懂，你們不可能懂，兩個女人之間的感情，你不要誤會了。」她說她不是同性戀，同馬蒂娜之間從來沒有過你們男人想像的那種事，她知道你想像的是什麼。她也可以告訴你，她還是有些依戀馬蒂娜，她理解她為什麼自殺，她沒有神經病，她家人偏要把她當神經病來治，為的是臉面，她母親不能容許女兒成個賤婊子，但她不是婊子，從來也不是，她只是無人能理解，人不願意去理解一個人，就是這樣。

52

「人民勝利了！」

天安門城樓上就是這樣宣告的。可勝利的不是人民還是黨，黨又粉碎了一個反黨集團，在毛死後不到一個月把寡婦江青逮捕了，人民又召集到天安門廣場慶祝勝利，黨永遠正確！永遠光榮！永遠偉大！而永垂不朽的還是安詳躺進水晶棺裡由人民瞻仰的毛澤東。

隨著黨的老幹部平反、復職、提陞的風潮，他保過的一些幹部特別是王琦同志居然頗念舊情，把他這小民也收回北京了。他是在前門外大柵欄那條狹窄的老街上，突然迎面碰到了當年一起造反的大李，軍管期間隔離審查了兩年多，又住了三、四年神經病院才放出來。大李也認出他來，一雙大手緊緊握住他，那手還挺有勁，對直望他，笑嘻嘻的。原機關裡的人說大李瘋了，見人就笑，果真如此。街上的人前碰後撞，他們堵在窄窄的人行道上，大李抓住他不撒手，始終一副憨厚的笑容，他不忍多看，寒暄幾句，硬是抽手，趕緊走了。

大年是銬上手銬正式逮捕的，在前軍管會犯了「路線錯誤」撤走之後，由新來的軍代表隔離審查，然後在大會上宣布了罪行，直接死在他手上的有兩條人命，老劉就是他夥同幾個打手在機關大樓地下室裡夜間嚴刑逼供，用有橡皮包裹的電纜線把內臟打爛了，然後抬到樓上，從窗戶裡推下去，製造個自殺的現場。另一名用同樣辦法置死的是個從國外回來的女華僑，還電刑逼供，用變壓器把電壓降低，逼她對錄音機供認是臺灣的特務機構派遣來的，發展了哪些人，特務組織的上下級是誰，以便進一步再清除掉那些異己的幹部。參與策畫的前中校也同時逮捕了。

原先被打成反黨黑幫分子的王琦的丈夫重新起用了，回到黨中央的機構參與審理新的反黨集團的專案。王琦提陞了，但顯出老態，顯得更慈祥了。她軍管時也被隔離審查，單獨關在庫房的一個小房間裡半年多，房頂上一個一百瓦的燈泡日夜總亮，電燈的開關在門外，窗戶從外面用硬殼紙釘死不透縫隙，白天黑夜都分不清，要她一遍又一遍寫材料，交代當年北平地下學生運動的情況，她說當時神經都錯亂了，一閉上眼睛就覺得人頭朝下腳在上倒著旋轉。她說她的情況就算是最好的，沒有體罰，沒有人身汙辱，大概因為她老了，也許有她過去的一些老同志還在軍隊裡任要職，有點關照。

老幹部們大都復職了，少數年歲太大如前黨委書記吳濤，先平反恢復待遇，諸如工資、住房和子女的工作安排，再辦理退休。可像老譚那樣黨外小小的副科長，歷史又有汙點，就一直在幹校勞動，直到這幹校也取消了，交回到當地政府又重新作為罪犯的勞改農場，老譚這才回到首都，又不夠退休年齡，只好等待分配個別的什麼工作。

林離婚了，又結婚了，丈夫是個新任命的副部長，文革中前妻死了。

他開始發表作品成了作家，離開了那機關。林請他去她的新家吃過飯，再婚的丈夫也在，同他談起文學，說：「我們黨經歷的這場災難真應該好好寫一寫，教育後代啊！」林在客廳裡陪著，廚房裡有個保姆在做菜。林也是最早用外國香水的，很可能是法國灑迺爾的最新香型，總歸是名牌。

他卻還在辦離婚。他妻子倩寫信向作家協會告發他思想反動，可沒有憑據。他解釋說她文革中精神受了刺激，不正常，再加上是他提出離婚因而憎恨他的緣故。歷時十年的「文化大革命」積攢下來要離婚的雖然沒有要結婚的多，這現象也司空見慣。剛恢復作業的法院尚有太多的老怨案來不及處理，不想再製造新的麻煩，他這才終於解脫了這場婚姻。他向倩承認葬送了她的青春，不光是毛主席的文革，他也有責任，可這對於喪失的青春也無法補償，幸虧倩的父親歷史反革命加特務一案也不了了之，她好歹也從農村回到了老父身邊。

他收到過陸的一封信，信中說：「山上那許多好樹都砍掉了，何在於這根朽木。」陸回絕了分給他的新設立的地區黨紀律檢查委員會主任的職務，還說就此退休，要在山裡蓋棟房子養老。

又過了一年，他有個去南方出差的機會，特地繞道去看望曾經庇護過他的這位恩人。他先到的縣城，他老同學融還住在那草屋裡。其間修葺過一回，可換過的稻草屋頂又該換了。融還添了個兒子，縣城裡計畫生育管得沒都市那麼嚴，戶籍警也都是老熟人，融好歹來了二十年了，老婆又是本地人，拖了一陣子小孩的戶口還是給上了。融依然當他那農科技術員，他老婆也還在城關的合作社鋪子裡賣雜貨，想調到家背後小街上的百貨店，好就近照顧家裡的兩個小孩，給管事的幹部送的禮不夠，終於沒辦成。融的話更少了，同他默默相對的時間很長。

從縣城的班車來到那小鎮，這種農村的公共汽車也還老樣子，下車的沒完上車的便一擁而上。車開走了，他沒進小街，也沒去學校，怕碰上熟人拖去吃飯什麼的一時脫不了身，去一家不去另一家也不好，心想拖來拖去還不得弄上一兩天。他站在場上張望，看有沒有個熟人好問問陸現今蓋的屋在哪裡。

「喲——」木器生產合作社的一個後生嘴上刁的根菸捲，認出了他，過來了，握個手。他們早先民兵集訓一起打過靶，也喝過酒侃過大山混得滿熟，這會兒沒準當上個小幹部了，倒沒拉他去家吃飯的意思，只說待會兒上木器社坐坐去。他在此不過寄居，人走茶涼，還就是個外鄉人。

他問明了陸的新屋在河那邊山沖裡的煤窯後山，過了河還有七、八里地，且得走一陣。融告訴他說縣裡的幹部都傳聞陸發了瘋，在山裡蓋了個茅廬，吃素煉丹行黃老之道，求長生不老呢。上面，更高層，陸的那些官復原職或提陞高就的老同志們，都認為無疑是革命意志衰退，這又是他進山見到陸之後陸告訴他的。

「不想再弄髒了我的手，這總可以吧，茅舍紫竹園，種菜讀文章，不像你還年輕，我老啦，這輩子就這樣交代了。」陸對他這樣說。

陸住的當然並非茅舍，而是一棟外面看來並不起眼的磚瓦房，不登上煤窯後的山崗看不見。陸領了一筆老幹部退休安置費，自己設計監工，當地農民蓋的。屋內是青石板地面，臥室裡有一塊石板可以掀開，是個暗道的入口，通到溪流邊的小柴屋裡，溪流那邊便是松林。陸總算保全了自己，也還隨時想到可能的暗算，這也是他畢生的經驗吧？

堂屋的牆腳嵌的是一塊殘碑，從山頂上的破廟廢墟裡叫農民抬來的，字跡殘缺不全，大致可以讀出建廟的那和尚的身世和心跡：一位落魄秀才參加了長毛造反，那太平天國也是企圖在地上建立個烏托邦，內鬨與殘殺導致失敗，之後出家在此。臥室裡堆了不少書，有當時內部出版供黨內高幹參考的日本首相《田中角榮自述》和三卷本的《戴高樂將軍回憶錄》，也有線裝的《本草綱要》，不知是哪年間的版本，還有剛重新再版的古詩詞。

「想寫點什麼，題目倒是有了，『山中人日誌』，這題目怎樣？就不知能不能寫出來，」陸說。

他和陸都笑了，這份默契就是他同陸的交情，那些年所以得到陸庇護的緣故吧。

「去弄幾個菜來下酒！」

陸倒並非吃素，領他去煤礦的食堂。山崗下豎起的電動絞車架是煤井出口，有好幾排工房。正是傍晚下工的時候，竹棚子蓋的大食堂裡，礦工們都拿著大碗在打菜飯的窗口排隊，陸進伙房去了。突然有個女聲叫：「老師！」

排在一身煤灰的漢子們當中一個轉過身來的年輕女人，他立刻認出來是他學生孫惠蓉，穿的農婦的大褂子，可那眉眼嬌美的模樣卻還未變，只不過臉盤和身上都變得渾圓了，那麼高興迎上前來。

「你怎麼在這裡？」

他也止不住驚喜，剛要上前，陸從伙房裡出來了，推了他肩膀一把，命令道：「走！」

他不由自主聽從了，也因為以前一直在陸的庇護下，也成了習慣。可他還是回過頭來，看了這姑娘一眼，那明顯的慌張、失措、失望和屈辱盡在那雙變得更加深黑的眼睛裡，嘴微微開張，喃喃想要說什麼，卻沒說出來，依然愣在排隊拿碗的漢子們之外，人都在看她。

「別理她，這婊子跟誰都睡，弄得這礦上動刀子打架！」

陸在他身邊低聲說道。他心還沒平息下來，勉強跟上陸的腳步，就聽陸說：

「一到月初開支，這些鬼有兩個錢就往她屋裡去了，弄得村裡的女人又罵又鬧。這會在礦上看廣播站呢，沾不得她，你要同她再多講上兩句，她就賣騷，人還以為你也沾過，脫不了身的！」

半個多小時後，陸擺上了碗筷，倒上酒，食堂的廚子來了，從帶蓋子的籃子裡端出一盤盤還熱的炒菜。他無心喝酒，深深後悔沒站住同孫惠蓉說上話，可又能說什麼呢？

你同她般若兩個世界，儘管你那世界也一樣乾淨不了，而她就在這煤坑裡永遠也不可能爬出來。她忘了同你隔開的距離，忘了她的遭遇，忘了她在當地人眼裡那暗娼的身分，還把你當作老師，她並非是向你求援，可能壓根兒也沒再想過改變她的處境，剎時泛起的一片天真，那女孩時朦朧的鍾情，歡喜而忘乎所以，即刻當頭棒喝，這對她的傷害令你觸痛，久久不能原諒你這軟弱。

夜裡躺在陸的那有暗道的房裡，聽著窗後淙淙流水和一陣陣掠過松林的風濤。他第二天一早過的河，趕到鎮上搭早班車回了縣城。

你拍過孫惠蓉的照片，你幫她化的妝，抹過口紅，那還是她到生產隊落戶之前，國慶節學生毛澤東思想宣傳隊演出時照的，她唱的是革命樣板戲中同日偽匪軍周旋的女英雄阿慶嫂，也是縣教育局發下來的教學大綱中規定的，學生的音樂課都得學唱，她嗓子最好。如今她是不是有男人了，還是仍在農民集體經營的那煤窯子當暗娼賣淫，就無從知道了。你離開這國家之後，當局查封你在北京的那套住房時，這些照片也連同你的書籍和手稿都順帶沒收了。

你離開中國之前，你當年教過的另一個學生，大學畢業已經工作了，出差去北京時看望過你。你問起這陸書記，他說過世了。你問怎麼死的？「病死的吧，」他說也是聽說。

陸的妻子你沒見過，說是在地區的師範學校教書，長年病休，精神不太正常，一直同女兒在一起，也許是自我保護的托詞，免得受牽連，再說女人也未必過得了那種山中隱居的歲月。

你後來做過一個夢，這鎮子不是那樣屋挨屋，簇擁在一條小街和幾條小巷裡，而是非常荒涼，零零散散稀稀落落拉得很開。那學校在一個山崗上，門窗都敞開空盪盪的。你去找陸，他家也像個村舍，孤零零周圍沒有別的人家，門上掛的把鐵鎖。那是下午時分，斜陽照在澄黃的土牆上，你不知如何是好，你好像是找他想辦法幫你離開這裡，你不肯終生老死在那空盪盪的學校裡。他們叫你看守這學校，沒完沒了改許多作業本子，你沒有時間抬頭想一想自己的事情，而你究竟要想什麼也不清楚。你就站在土牆前，看著那把掛在門上的鐵鎖，聽見風聲起於你身後深秋收割過只留下禾茬子的稻田……

53

他平生第一次如此接近看到了這位偉人，是在天安門廣場上，在故宮與前門的中線，人民英雄紀念碑背後，用密集的鋼筋水泥澆注據說可以防氫彈和九級地震剛落成的陵墓裡。那水晶棺裡，毛的頭顱確實很大，顯然也腫脹了，雖濃妝塗抹還是看得出來。他在五公尺外，排在隊列裡，經過的時間只能兩至三秒鐘，心中的話尚來不及形成。

他覺得有點話要對老人家說，當然不對水晶棺裡作為人民領袖的屍體，而是對那個只套件浴衣的毛，至於是同哪位女友剛從床上起來，或是從游泳池裡出來，這並不重要，一個如此偉大的領袖有諸多女友，也無可厚非。他只是想同脫下統帥的軍裝，除去領袖面具的這位老人家說：您作為一個人活得夠充分了，而且不能不說極有個性，可說真是個超人，您主宰中國成功了，幽靈至今仍然籠罩十多億中國人，影響之大甚至遍及世界，這也不必否認。您可以隨意扼殺人，這就是他要說的，但不可以要一個人非說您的話不可，這就是他想要告訴毛的。

他還想說，歷史可以淡忘，而他當時不得不說毛規定的話，因此，他對毛的這種個人的憎惡卻無法消除。之後，他對自己說，只要毛還作為領袖、帝王、上帝供奉的時候，那國家他再也不會回去。他逐漸明確的是：一個人的內心是不可以由另一個人征服的，除非這人自己認可。

他最終要說的是，可以扼殺一個人，但一個人哪怕再脆弱，可人的尊嚴不可以扼殺，人所以為人，就有這麼點自尊不可以泯滅。人儘管活得像條蟲，但是否知道蟲也有蟲的尊嚴，蟲在踩死、捻死之前裝死，掙扎、逃竄以求自救，而蟲之為蟲的尊嚴卻踩不死。殺人如草芥，可曾見過草芥在刀下求饒的？人不如草芥，可他要證明的是人除了性命還有尊嚴。如果無法維護做人的這點尊嚴，要不被殺又不自殺，倘若還不肯死掉，便只有逃亡。尊嚴是對於存在的意識，這便是脆弱的個人力量所在，要存在的意識泯滅了，這存在也形同死亡。

算了吧，這些屁話，但他正是為這些屁話而支撐下來。如今，他終於能公然對毛說出這話的時候，老人家已經死了三十多年了，這話他也只能對毛的鬼魂或是陰影說說罷了。

毛穿的一身浴衣，就算從游泳池裡出來的吧，個子很高，肚皮肥大，聲音挺尖，有點像女聲，湖南口音重，但面容慈祥，如同天安門城頭那永不改變的巨幅油畫像上那樣，看上去是個很和藹的人。喜歡抽菸，一支接一支，牙都抽黑了，抽的是特製的熊貓牌香菸，香味撲鼻。毛愛好味道濃厚的食物，比如辣椒和肥肉，這一點他醫生的回憶錄總不至於胡編。

「朋友，」毛說。毛有時對人稱朋友而不都叫同志，也有許多年紀輕輕的女友，他當然不在此列。男人夠得上毛也稱作朋友的，國人中有林彪，後來說是外逃墜落在蒙古的溫都爾汗，黨的文件破例公布了飛機殘骸的照片；外國人則有尼克松，毛同他侃侃而談，一談就三個小時，那時候都快八十的人了還談笑生風，儘管靠打的針藥支撐，可連基辛格這樣聰明的猶太人都很欽佩，雖然說不上崇拜。

毛說朋友，肯定不是對他而言，可他還是止不上前，想問的是：您老是不是真相信馬克思的共產主義，那理想國？還是用來做個幌子？（這問題問得不免天真，也因為還在當時，之後他是不會再問了。）

「全世界一百多個黨，大多數的黨不信馬列主義了」，毛這話是文革初期給夫人江青的信中說的，那信顯然也是寫給全黨的，未必是夫妻間的私房話，後來黨居然作為清除當了寡婦的毛夫人一大根據，向全民公布了。

他當時寧願想，毛既這麼說大抵還是信的，那麼，老人家要締造的就是這樣一個地上的天國？如果不算地獄的話，這也是他當時想問的。

「一個初級階段，」毛說。

那麼您這高級階段什麼時候能到來呢？他恭恭敬敬請教。

「七、八年又來一次，」毛在給夫人的信中就這樣寫道。「這次文化大革命，就是一次認真的演習。」老人家接上一支菸，停了一下，又寫道，「而且在七、八年以後，還要有一次橫掃一切牛鬼蛇神的運動。爾後還要有多次掃除。」寫完，笑了，露出一口黑牙。據毛的醫生的回憶錄中透露，一天三包，而且從不用牙刷刷牙，毛晚年接見外國來賓的新聞影片中也相當明顯。

老人家真是個偉大的戰略家！把國人和世界上許多人都騙了，這也是他想說的話。

毛皺了下眉頭。

他連忙說，您的敵人都敗在您手下，您這一生可是百戰百勝。

「不要被勝利沖昏了頭腦，我是準備跌得粉碎的。那也沒什麼要緊，物質不滅，不過粉碎吧了。」黨公布毛的那封已不算機密的家信中就這麼寫道。

粉碎的不過是您太太，您老人家依然無恙，人們照樣去您的紀念堂瞻仰您，這就是您偉大無可否認的證明，他對毛的鬼魂或是陰影說。

「自信人生二百年，會當擊水三千里。」

您老早年就寫詩，還不能不說是一大文體家，霸氣可是空前絕後，把中國的文人都滅了，這又是您偉大之處。他說他還能弄點文墨也是得等老人家過世之後。

「在我身上有些虎氣，是為主，也有些猴氣，是為次。」

他說他最多也只有一丁點猴氣。

老人家露出一絲笑意，像捏死條蟲，把還剩多半截的菸捺滅了，那意思是要休息去了。

毛躺在水晶棺裡，蓋的好像是黨旗，他記不清了，總之黨領導國家，毛又領導黨，那國旗也大可不必蓋了。在長長隊列中，經過毛遺體前，當時他心中大致有這麼些還沒這樣成形的話。可他沒敢多停留一步，走過時甚至都沒敢回頭再看一眼，生怕背後的人察覺他眼神中的異常。

如今你從容寫來，想對這主宰億萬人的帝王說的是，你因為渺小，心中的帝王便只能主宰一個人，那便是你自己。你如今終於公然把這話說出，也就從毛的陰影裡走出來了，可這並不是一件容易的事。你生不逢時，趕上了毛統治的時代，而你生當其時，也由不得你，這所謂的命運。

54

你不再活在別人的陰影裡，也不把他人的陰影作為假想敵，走出陰影就是了，不再去製造妄想和幻象，在一片虛空寧靜之中，本來就赤條條一無牽掛來到這世界，也不用再帶走什麼，況且帶也帶不走，只恐懼那不可知的死亡。

你記得對死亡的懼怕從兒時起，那時怕死遠超過今天，有一點小病便生怕是不治之症，一有病痛就胡思亂想，驚慌得不行，如今已經歷過諸多病痛乃至於滅頂之災，還活在這世上純屬僥倖，生命本來就是個奇蹟，不可以言說，活著便是這奇蹟的顯現，一個有知覺的肉體能感受到生命的痛苦與歡欣不就夠了？還尋求什麼？

你對死亡恐懼都是在心力衰弱的時候，有種上氣不接下氣的感覺，擔心支撐不到緩過氣來，如同在深淵中墜落，這種墜落感在兒時的夢中經常出現，令你驚醒盜汗，其實那時什麼毛病也沒有，你母親帶你多次去醫院檢查過，如今則懶得去做體檢，哪怕醫生叮囑也一再拖延。

你再清楚不過生命自有終結，終結時恐懼也同時消失，這恐懼倒恰恰是生命的體現，知覺與意識喪失之時，剎那間就終結了，不容再思考，也不會有什麼意義，對意義的追求曾經是你的病痛，同少年時的朋友當初就討論過人生的終極意義，那時幾乎還沒怎麼活，如今人生的酸甜苦辣似乎都嘗遍，對意義的追索徒然無益只落得可笑，不如就感受這存在，對這存在且加以一番關照。

你彷彿看見他在一片空虛中，稀微的光亮不知來自何處，也不站立在什麼確定不移的土地上，卻又像一根樹樁，只是沒有投影，天地之間的那地平線也消失掉了，或是又像雪地裡一隻鳥，左顧右盼，時而凝視似乎在沉思，而沉思什麼並不清楚，不過是個姿態，一個多少有點美妙的姿態，存在就是姿態，盡可能適意，張開手臂，屈膝轉身，回顧他的意識，或者說那姿態便是他的意識，便是意識中的你，從中便得到隱約的歡喜。

沒有悲劇，喜劇或鬧劇，那都是對人生的一種審美，因人因時因地而異，抒情也大抵如此，此時的情感到彼時，感傷與可笑也可以互換，也不必再嘲弄，自嘲或自我清理似乎都已經夠了，只是靜靜延續這生命的姿態，努力領略此時此刻的奧妙，得其自在，在獨處自我審視的時候，至於在他人眼中如何，都不再顧及。

你不知還會做出什麼事情來，又還有什麼可做，都不用刻意，想做便做，成則可不成則罷，而做與不做都不必執著，此刻覺得餓了渴了，便去吃喝，當然也照樣會有觀點、看法、傾向乃至憤怒，尚未到憤怒都沒力氣的年紀，自然也還會有所義憤，不過沒那麼大的激情，可七情六欲依然還有，就由它有去，但再沒有悔恨，也因為悔恨既徒勞且不說損傷自己。

你只看重生命，對生命還有點未了之情，留給自己一點興趣，有待發現與驚訝，也只有生命才值得感嘆，難道不是這樣？

55

有一天黃昏時分經過鼓樓，他下車正要進一家小吃鋪子，有人叫了一聲他的名字。他回頭，一個女人站住，望著他想笑又沒笑，咬了一下嘴唇。

「蕭蕭？」他有點拿不準。

蕭蕭笑了，不很自然。

「真對不起，」他一時不知說什麼好，「想不到……」

「都認不出來了吧？」

「長結實了……」他記得的是那少女纖細的身體，一對小奶。

「成個農村娘們了？」這女人話裡帶刺。

「不，健壯多了！」他趕緊找補。

「不就是個公社社員唄，可不是一朵向陽花了，已經謝啦！」

蕭蕭變得很尖刻，影射的是一首對黨的頌歌，把社員喻為向著太陽轉的葵花。他換個話題：

「回城了？」

「在跑戶口，我是藉我媽有病需要照顧回來的，我家就我一個獨女，來辦回城的手續，戶口還沒上得了呢。」

「你家還在老地方？」

「那屋還能拆了？我爸過世了，我媽從幹校回來啦。」

蕭蕭家的情況他一無所知，只好說：「我去過你家那胡同，找過你……」

這說的也是十年前的事了。

「不上我家去坐坐？」

「好。」他順口答應，卻並非有這意思。當年他曾騎車穿過那胡同許多次，就希望能再碰上，這他沒說，只含糊道，「可不知你家門牌號……」

「我也沒告訴你。」蕭蕭居然記得很清楚，也就沒忘記那個冬夜，她天沒亮走的。

「我早不住在原來的那屋了，也去農村將近六年，現在住的是機關裡的集體宿舍。」

這不過是一個解釋，而蕭蕭沒有說是不是也找過他。他推車同蕭蕭默默走了一程。進了個巷口，這胡同他騎車轉過許多趟，從這頭到那端，拐進個別的巷子繞一圈，再從這胡同那頭轉回來，巷子兩邊的院門一一都留意過，心想也許能碰上，可他連蕭蕭姓什麼都不知道，也無法打聽，這想必是她的小名，她同學或許家裡人這麼叫的。這胡同走起來還挺長。

蕭蕭上前進了個院門，一個大雜院，大門裡左手的一個小門上掛了把鎖，房門邊擱個煤爐。她拿鑰匙開了房門，屋裡除了一張被子疊起來的大床，到處零亂不堪。蕭蕭匆匆把靠椅上的衣物拾起，扔到床上。

「你媽呢？」他在靠椅上坐下，座墊的彈簧直響。

「住醫院了。」

「什麼病？」

「乳腺癌，已經轉移到骨頭裡去了，希望還能撐個一年半載，等我把戶口上上。」

這話說得他也不好再問了。

「喝茶嗎？」

「不用，謝謝。」他總得找點話說，「怎麼樣？講講你，你自己的事——」

「講什麼？有什麼好講的？」蕭蕭就站在他面前，問。

「農村呀，這些年？」

「你不也在農村待過，你不知道？」

他有點後悔跟她來。這壅塞的屋裡亂糟糟，也敗壞心中令他憐惜的那少女的印象。蕭蕭在床沿坐下，眉心打個結，望著他。他不知該同她再說些什麼。

「你是我第一個男人。」

得。他想起她左奶，不，他左手那便是她右奶上嫩紅的傷疤。

「可你真笨。」

這刺痛地，立刻想問問那傷疤的事好回擊，卻問了句「為什麼？」

「是你不要的……」蕭蕭說得很平靜，低下頭。

「可你那時還是個中學生！」他辯解道。

「早就是農村娘們啦，下去不多久，還不到年把……鄉裡人才不管這些！」

「可以上告——」

「告誰去？」

「你就是一個傻瓜！」

「我以為……」

「以為什麼？」

「以為，當時我以為你是個處女……」他回想當時，這樣以為才沒敢壞她。

「你怕什麼？怕的是我……你就是個孬種！我知道我這樣的家庭出身，不會有好下場，是我夜裡送上門去的，可你不敢要！」

「怕背上包袱。」你不得不承認。

「我才沒告訴你我父母的事。」

「可我猜得到。現在也晚了，怎麼說呢……」他說，「我結婚啦！」

「當然晚了，我也可以告訴你，我就是個破鞋，兩次流產，兩個我不要的雜種！」

「你避孕呀！」他也得用話刺傷她。

「哼，」她冷笑一聲，「農村人不備套子的。誰叫我命不好，沒好娘老子，也沒個後台，總不能一輩子在村裡這樣下去。」

「你還年輕，別這麼自暴自棄……」

「我當然還得活，這不用你來教育我，我受夠了教育！」她笑，真笑，雙手撐住床沿，肩膀抖動。

他陪她笑，眼睛溼潤了。蕭蕭卻打住了，他突然從她臉上似乎看到了早先那女孩的柔弱，但一閃現便過去了。

「你不想吃點什麼？只有掛麵，你不是也給我下的掛麵嗎？」

「是你做的，」他提醒她。

蕭蕭到擱在門外的媒爐邊下麵去，把房門帶上了。他端詳這亂糟糟的屋裡和扔在床上的衣服，也有換下髒了待洗的內褲。他需要毀掉那個像夢一樣令他憐惜的印象，需要放縱一下，需要把這女人當作揀來的賤貨，鄉裡人都弄的一個婊子。

蕭蕭把下好的麵端到桌上，刎弄開桌上的糧本、鑰匙和一些小零碎，他從背後抱住她，手就按在她胸脯上，手背上挨了一巴掌，也不是真打。

「坐下吃吧！」

蕭蕭並不氣惱，也不動情，她同男人的關係大概就如此，習以為常了。吃麵時蕭蕭低頭沒說話，他想她明白他想的是什麼，不需要再說，這已經沒有什麼障礙了。

蕭蕭很快吃完了，把碗筷一推，昂頭那麼獃獃看著他。

「我是不是應該走了？」他問，這又是他虛偽之處。

「你看著辦吧。」蕭蕭說得很平淡，依然沒改變姿態。

他便起身到她身邊，捧住她頭，要親她，蕭蕭頭扭過去，低下沒讓他吻。他手從衣領口伸進去，捏住了這女人變得肥大的奶。

「上床吧，」蕭蕭嘆了口氣說。

他坐到床沿，看這女人把房門插上，吊在灰黃的舊報紙糊的頂棚下的電燈沒熄滅，開關就在門邊上。蕭蕭不理會他，逕自把衣服脫了。他一時詫異，竟沒看見她奶的下方燈影裡的傷疤。他解鞋帶的時候，蕭蕭上床了，把棉被拉開，仰面躺下蓋上。

「你不是都結過婚了？」這女人眼睜睜說。

他沒說什麼，覺得受到侮辱，需要報復，報復什麼卻並不清楚，他猛的拉開被子，撲到女人身上，想到的是在那個路邊生產隊的倉庫裡另一個女孩的身體，鬱積的暴力全傾洩在她體內……

蕭蕭眼睛依然閤上，說：「你放心吧，就是有了，也不用刮，我習慣性流產。」

他查看這陌生的女人一身的皮肉，肉紅的奶頭和深棕的乳暈中點點乳突，都鼓漲漲的，乳房還白皙柔軟，這才認出下方有那麼一條寸把長淺褐的傷痕。他沒觸動，仍然沒問這由來。

蕭蕭說她現在什麼也不怕了，鄰居要說什麼說去。可他說他是個已婚的人，要居民委員會發現告到他單位裡，他那離婚的事就吹了。他套上衣褲的時候，蕭蕭依然躺在床上，似乎在微笑，但嘴角垮下。

「你還來嗎？」蕭蕭問，又說，「我以前的同學都不見，特別寂寞。」

他卻再也沒去過蕭蕭家，也避免經過鼓樓，怕再碰上她，不知說什麼好。

56

他好不容易終於摘除了套在臉上的面具，這麼一張假面皮，一個按設定的格式大量成批生產的塑料模壓套子，頗有點彈性，能撐能縮，套在臉上總也呈現為一張正確而正經的正面人物，可以用來扮演群眾角色，諸如工人、農民、店員、大學生和工職人員，或有知識的分子譬如教師、編輯、記者，戴上聽筒便是醫生，摘下聽筒換上眼鏡便成了教授或是作家，眼鏡誠然可戴可不戴，而這張面具卻不能沒有，扯掉這面皮的只能是小偷流氓之類的壞分子和人民公敵。這是一個最常用的面具，對人民普遍適用。而人民的領袖和領導以及人民的英雄則有更為誇張也更為堅硬的面具，大概是高密度聚乙烯做的，用鎚子都砸不爛。

他把玩手上這面具，擠弄眉眼，拿不準還能不能還原一個人正常的表情，可他又不肯再戴上新的面具，諸如持不同政見者、文化掮客、預言家或暴發戶。摘掉了面具的他不免有些尷尬，惶惶然不知所措，可他好歹擺脫了虛妄、焦慮和不必要的矜持，既然沒有領導，不受黨或什麼組織的管轄，也沒祖國，無所謂故鄉，父母雙亡，又沒家室，了無牽掛，孓然一身，倒也輕鬆，想去哪裡便去哪裡，隨風飄蕩，只要人別來麻煩他，他自身的煩惱則自個兒解決，要自身的煩惱也放得下，就全然無所謂，都不在乎了。

他不再把什麼包袱背到肩上，也勾銷了感情的債務，清算了他的以往，如果再愛再擁抱個女人，得人也喜歡，也接受他，否則至多在咖啡館一同喝杯咖啡或啤酒，說說話，調調情，然後便各自走開。

他所以還寫，得他自己有這需要，這才寫得充分自由，不把寫作當作謀生的職業。他也不把筆作為武器，為什麼而鬥爭，不負有所謂的使命感，所以還寫，不如說是自我玩味，自言自語，用以來傾聽觀察他自己，藉以體味這所剩無多生命的感受。

他同以往唯一沒割斷的聯繫只是這語言，當然他也可以用別的語言來寫，所以還不放棄這語言，只因為用來更方便，不必去查字典，但這方便的語言對他來說並不十分適用，他要去找尋他自己的語調，像聽音樂一樣傾聽他的言說，又總覺得這語言還太粗糙，沒準有一天也得放棄掉，去訴諸更能傳達感覺的材料。

他羨慕的是一些演員有那麼靈巧的身體，特別是舞者，他很想也能用身體來自由表達，隨意做個絆子，跌倒爬起來再跳，可年歲不饒人，弄不好傷筋折骨，舞可是跳不動了，只能在言語中折騰，語言如此輕便倒還讓他著迷，他就是個語言的雜耍者，已不可救藥，還不能不說話，哪怕獨處也總自言自語，這內心的聲音成了對自身存在的確認，他已經習慣於把感受變成言語，否則便覺得不夠盡性，這給他帶來的快感如同做愛時呻吟，或是喊叫。

他就坐在你面前，同你相望，在對面的鏡子裡哈哈大笑。

57

此時此地在紐約，頭一天零下十度還下雪，第二天一下子又轉暖，滿地骯髒的冰碴子，鞋都進水了，為這鬼天氣得買雙厚皮靴，你更喜歡巴黎溫和的冬天。這裡的華人還真多，走在街上，前後不時都可以聽到北京話、上海話、山東話，還有那你勞改過的農場邊上村裡人說的河南土話，而且什麼樣的中國小吃都有，乃至於蟹黃湯包和刀削麵，一個又一個中國城，不論是市中心的曼哈頓還是皇后區的法拉盛，如此中國，比中國還中國，華人紐約客在這裡重建一個又一個虛假的故鄉。

你沒故鄉，也不必在美國做個華人的戲，要的是道道地地的西方演員。你希望找個特別美國的女演員做主角，首演之後才見到美女林妲，雖然她也有四分之一土耳其血統。你同她是在義大利的一個戲劇節認識的，你的戲演出後的那午夜晚餐，她到你們這桌上來，摟住你使勁親了一下你臉頰，說：「真喜歡你的戲，你如果到紐約排戲的話，別忘了找我！」說得那麼動容，令你心花怒放。你沒忘記把她的電話和地址給劇團，但她沒得到電話，也錯過了徵選演員的廣告，而紐約美女又那麼多，好演員也有的是。她來看演出，散場時哭了，不知是因為見到你還是因為戲，還是惋惜錯過演這戲的機會，總之你也挺受感動。

你在這個世界上其實並不那麼孤單，有許多熟習的和剛結識的朋友，你發現同他們溝通往往比你的一些華人同胞更容易，也更為直率，你同西方女人做愛也更少障礙。半夜裡你接到個電話，來自巴黎，你說想念她。「想的什麼？」電話裡她問。你說想她的氣味。「那就把這氣味從電話裡傳去，溼乎乎的，怎麼樣？」她笑了。「還不夠。」你說想的是她人，整個兒，從上到下。「沒別的女人在你床上？」她問。「此刻沒有，但沒準什麼時候也可能有。」你說。「你這混蛋！」她說，「可我還是親你，周身一個遍！」

你不是正人君子，不用裝蒜，一心想把你的欲望撒遍世界，叫滿世界泥濘！這當然是畨妄想，不免又有點憂傷，而你又知道這憂傷也摻了假，其實慶幸揀回了這條性命，生命此刻屬於那個叫混蛋的你，也讓那叫你混蛋的法妞分享，你就願意給她，讓她也溼淋淋你好品嘗。

那過去的一切已如此遙遠，你滿世界晃蕩，並不真悲傷。你喜歡爵士，藍調的隨意，就像你弄那個戲。在道具倉庫裡找出來的一個舊畫框，當中吊上一條模特兒的塑料大腿，寫上個「什麼」，這What寫得頗為花俏，就算你的簽名。你嘲弄這世界，也嘲弄嘲弄你自己，兩相抵消才活得快活。你就願意成為一首藍調，像黑人歌手瓊・哈特曼唱的那老調子：

他們說墜落愛中
真美妙
如此美妙

他們說墜落愛中
可是美妙得沒治啦……

排練場裡演員們說，一位黑人歌手昨夜在高速公路上停下來修車被人槍殺了，當天的報紙還刊登了死者的照片，你雖然沒聽過他的歌卻止不住也憂傷。

你很難再去愛一個中國姑娘，你離開中國時把那小護士扔了，如今已不覺得有什麼內疚，也不再在內疚中過日子。

柔和的月光，迷濛的山坡，茅屋影影約約，收割完的稻田在山谷間展開，坡地上一條土路爬過穀倉門前，一首老得沒牙的田園詩，你似乎看見了這麼個夢境，也看見了那棟土屋大門關閉，你那女學生就在裡面給強姦了，無人可以求援，也因為無可選擇，她希望得到個招工指標，好不必去種自己的口糧，這就是她要付出的代價。她遠在地球那邊，早忘了還有你這麼個人，你徒然感嘆，勾起的與其說是思念，還不如說是欲望。

她說此刻沒有欲望，她說想哭，眼淚還就刷刷流了下來。你說你充滿欲望不可抑制。可她說她不願成為替身，你要進入的並不是她，她也進不到你心裡，你非常遙遠。你說你就在她身邊，只因為這夜和她同床，想刺激她才講這麼個故事，可她說別拿她來發洩你心裡的隱痛。你說想不到她這麼個法妞還這麼蠢，她說就是笨，有什麼辦法？你問她怎麼也不懂得雄性之惡？可她說這樣躺在一起就很好了，她珍惜同你的關係，別讓性慾弄髒了這美好的情感，就讓她安安靜靜躺著，又說，她也可以很瘋狂，要是個不認識的男人就由他去了，只因為她愛你，不肯一下就敗壞了同你的關係。你提醒她說過是個婊子。她說說過，也還是個你的小婊子，但不在此刻。你問得到什麼時候？她說不知道，但會是你的小婊子，那時候你要什麼她全都給，可你又沒帶套，她怕得病，別怨恨她，她說誰叫你事先不曾想到？這東西半夜裡又哪裡去找？你實在要的話，就射在她身上，千萬別在裡面。你擁抱她，嗅她身體的氣味，上下撫摸，你的精液，她的眼淚，分不清誰的汗水，統統抹在她小腹、乳房和奶頭上。你問她高興不？她說你要做什麼就做什麼，只是別問。她抱住你，讓你貼緊她鼓脹脹的胸脯，說無論如何她愛你，這喃喃絮語和呼出的氣息就在你耳邊。

拉開窗簾就又是一天了，你們隨後在一家酒吧，坐在外面的大陽傘下，那是個星期天，下午的陽光金黃。她專門來看你的戲，還要趕回巴黎，六點鐘是她男朋友的畫展開幕式，她說要忠實於他，而她也愛你。而你滿心歡喜，手伸進陽光裡，說可以抓一把陽光在手掌上，讓她試試，她便仰面笑了。侍者來了，說對不起，早過了午餐時間，廚師下班了。那麼還有什麼可吃的？只有火腿煎雞蛋。就火腿煎雞蛋！

陽光金燦燦的不像是真的，你發現所有的東西都在發光。她說就像吸了毒。是的，同她在一起，你覺得周圍一切都不真實，聽到人說話的聲音，又遠又清晰。她說她也覺得特別特別快樂！

你說你想把這一切都寫出來，她說這會很美。你說是她給了你這些感受，幫助你把苦難變得美好，那一切曾經那麼沉重。她說過去之後苦難也會變得美好，你說她是一個道地的法國妞。一個女人！她說，是糾正又是肯定。你說還是一個女巫，她說大概就是，她就要你把痛苦發洩出來，你就變乖了。是的，你裡外都非常清爽，像透透澈澈洗滌過一樣。她說她就要這種感覺，你不覺得特別珍貴嗎？你說這感覺是她給你的，她說她要的是你這人，而不是你的欲望。你說你可還想把她撕碎了，吞下去。那就沒有了，她說，你難道不覺得可惜？

你送她到火車站，她勾住你手臂。你說你愛她，她說她也是。你說你非常愛她，她說她也一樣。活還是值得的，你說，注意，你想唱歌啦！她笑得直不起腰來。她說跟她上車吧！你說晚上還有演出，你不能把演員們撂下不顧，多少還有這麼點責任。她說知道，別聽她的，她就要這麼說說。車門關上了，列車起動的時候她做了三下口型，那唇型說我愛你。你也知道她不過這樣說說而已，也如她所說還要對她男朋友保持忠實。而你真的愛她，也還會再愛上別的女人。

你輕飄飄，飄蕩而失去重量，在國與國，城市與城市，女人與女人之間悠游，並不想找個歸宿，飄飄然只咀嚼玩味文字，像射出的精液一樣留下點生命的痕跡。你一無所得，不再顧及身前身後事，既然這生命都是撿來的，又何必在乎？你僅僅活在這瞬間，像一片行將飄落的樹葉，是那烏桕、白楊還是椴樹？總歸是葉子早晚都得落下，還在風中飄動這時得盡可能自在，你還就是那不可避免敗落的家族不可救藥的浪子，要從祖宗、妻室和記憶的繫絆、牽扯、困擾、焦慮中解脫，猶如音樂，像那首黑人的爵士：他們說墜落愛中這真美妙，如此美妙，可真是美妙得沒治了……

吊在破舊畫框中那條有你簽名叫什麼的塑料大腿，由一位癟嘴的老者拉線，歌聲中在舞台上緩緩升起，莊嚴得像在升一面國旗。你那位舞者，一個日本姑娘，亭亭玉立在舞台前沿，也十分莊重，伸出雙手獻給觀眾一支折斷的玫瑰，再燦然咧嘴一笑，露出滿嘴黑牙。這真美妙，如此美妙，可真美妙得沒治啦！

那革命的藝術和藝術的革命人都早已玩過，你再玩也玩不出什麼新鮮，這世界就像一面展開的破旗。清晨，從普羅旺斯開車往阿爾卑斯山去，迎面而來平坦坦的一片霧，你也沒有形骸，沒有分量，在嘲弄與自嘲中隨風消融……

你就是一首憂傷的爵士，在女人的股掌中，那潮溼幽深的洞穴裡，貪婪而不知饜足，還有什麼可抱怨的，這隻可憐的小鳥？

你是一隻薩克風管，隨感受而呻吟，隨感受而叫喊，啊，別了革命！你要覺得哭也痛快，就放聲大哭，你不怕丟失什麼，到無可丟失時你才自由，像一縷輕煙，大麻葉的清香混雜魚腥草的氣息，還有什麼可顧慮的？還有什麼畏懼？消失之時就消失了，消失在女人的豐滿潤澤的大腿間，這真叫美妙，這才透澈了解什麼叫做生命，不必憐惜，不必節省，統統揮霍掉，這真美妙得沒治啦！

風中柔韌的茅草，丹麥那北海岸海風遒勁，起伏的沙丘上，一片茅草叢有一圈逆風而動，你以為是一對野天鵝，走近才見一對裸體男女，轉身走開卻聽見他們在你背後嘻笑。荒涼的海灘外蒼黑的海上，白浪翻滴，撲向納粹占領時留下的生滿海藻的混凝土碉堡。

你想哭，就趴在她厚碩的乳房上，汗淋淋又被精液塗抹得潤滑的奶上哭，不必矜持，像那個需要母親溫暖的孩子。你不只享用女人，也渴求女性的溫柔、寬容與接受。

你第一次見到女人裸體正是你的母親，從半開的房門中看到裡面的燈光，你暗中睡在竹涼床上，聽見水響，想看個明白，雙肘撐起，竹床便也出聲響。你媽抹一身肥皂出來了，你趕緊埋臉伏下，裝睡著了。她回到澡盆裡那門卻還開著，你偷看到哺育過你的乳房和黑叢叢生育了你的地方，先是屏息，然後呼吸急促，隨後在萌動的欲望和迷糊中睡著了。

她說你就是一個孩子，此時此刻你欲望平息，滿足了，疲憊了，就是她的乖孩子。她輕輕撫摸你，你在她手掌下平平貼貼由她端詳，端詳你的身體，你胯間萎縮的那東西她叫做她的小鳥。你她目光柔和，撫弄你頭髮，你深深感激，想依傍什麼，依傍那給你生命、快樂和安慰的女人。你把這稱之為愛，稱之為性，稱之為憂傷，稱之為令你焦慮不安的欲望，稱之為語言，一種表述，抒發的需要，一種發洩的快感，不包含任何道義，沒一點虛假，淋漓盡致，把你洗淨了，透明得成了一縷生命的意識，像門後透出的一線光，那門後卻什麼也沒有，朦朦朧朧，如雲翳中月亮的泛光，你聽見了海鷗在夜空中呼哧鼓翼，海潮從幽黑的深處湧現，化成白花花的一線海潮，在義大利瓦萊喬，探照燈照亮海濱，沙灘上空寂無人，在一把把紅白條子的大陽傘前，你佇立良久。

而此刻紐約這夜間，人行道上的冰雪又髒又泥濘，這非常平民的紐約，邋裡邋遢的紐約，用金錢堆集起來高聳入雲的紐約，令人暈眩的紐約，得站在大街上吸著寒氣抽菸的紐約，你同她，你戲中扮演情竇初開的少女、蕩婦、母親的殭屍、尼姑、女鬼卻沒一句台詞的日本舞者，演出完了去找個能抽菸的酒吧好喝上一杯。

從曼哈頓的八街或是九街走到了三十好幾街，終於在第三還是第四或第五也許是第六大道上，你對數字一向記不住，找到了一個巴西或是墨西哥酒吧。總之，那裡氣氛很好，桌上點的蠟燭，可搖滾樂太響不宜調情，面對面大嗓門說話才聽得清，談的也都是藝術，挺嚴肅的藝術。她說非常高興能在一個戲裡演這許多角色，真過癮，這戲彷彿就是為她寫的。你罵了一通《紐約時報》，劇團僱的推廣人一再說打了招呼，他們的記者準來，戲都演完了也沒見個人影。她說外百老匯的劇場就是這樣，很難上得了他們的版面，可她能同你一塊兒工作，毫無遺憾。

「我會想你的，」她望著染成墨藍指甲的手指說。

這就談到了生活，你說前兩天她指甲好像是茶色，她說她經常換，而且幾個指甲可以顏色不同，還問你喜歡什麼樣的？你說最好是青灰的，這在舞台上顯得更冷，雖然看的是舞、是肢體，這就又回到藝術。

「那唇膏呢？」她問。

「有烏黑的嗎？」你問。

「要什麼顏色的都有，你怎麼不早說？」

「那是化妝師的事，沒顧得上，」你說。

「可戲已經演完啦！」她發出感嘆。

「下一步，有什麼新戲或演出？」你轉而問她。

「等吧，看機會，有一個音樂劇也要挑舞蹈演員，下星期我有兩個徵選演員的機會。我爸早就要我回日本去，不是加入上班族，就是嫁人，我爸說跳舞吃不了飯，要玩也該玩夠啦。」

她還說他父親快要退休，不能養她一輩子。可她母親倒由她自己決定，她母親是臺灣出生的華人，還很開通。她說她不喜歡日本，女人在那社會並不自由。你說你很喜歡日本文學，特別是日本文學中的女性。

「為什麼？」

「很性感，也很殘忍。」

「那是書本上，不是真的。你沒有過日本女人？」她問。

「很想有一個，」你說。

「那你就會有的。」她說完，朝酒吧的櫃檯望了望。

你結了帳，她說聲謝謝。

在四十二街地鐵的中央車站，這四十二街你記得很清楚，每天排戲和演出都在這裡轉車，分手的時候，她說到巴黎去的話會找你的，她也會給你寫信。可你沒有收到過她的信，你也只是幾個月之後清理紐約之行的一包材料時，看到在扯下的一角餐巾紙上她留的地址，給她寄過張明信片，沒有下落，就不知道她是不是回日本去了。

58

他碰到一群人，熱熱鬧鬧，敲著鑼，打的鼓，好一派喧譁。

「走哇，走呀，走哇！」眾人紛紛嚷道。

他說有事，自個兒的事還沒辦。

「自個兒的事？什麼事也沒這重要！走，跟我們走，咱們大家夥一塊走！」

「幹什麼去？」他問。

「哥們，看好日子去，好日子就要到來啦，迎接好日子去呀！你個人的那點屁事能有這重要嗎？」

眾人推推搡搡的，興高采烈，排成大隊，呼喊口號。

「好日子在哪兒呀？」他不由得跟著問。

「好日子在前頭！說了在前頭就在前頭！說了在前頭，前頭就有！」

眾人都說，越說越起勁，越說越有信心。

「誰說的前頭就有好日子？」他被人推推搡搡，不由得邊走邊問。

「大家說有就有，大家夥都說，不得錯，跟咱大夥兒走，好日子肯定在前頭！」

眾人高唱好日子歌，越唱精神越昂揚，越唱士氣還越高漲。夾在眾人之中那他，也不能不唱，要不唱，左右懷疑的目光便都朝他望。

「喂，哥們，你怎麼啦？有毛病是不是？你啞巴啦？」

他要表明沒有天生的缺陷，只好隨同眾人高歌，要唱還就不能不合拍，不能不跟上眾人的腳步，慢半拍鞋跟便踩掉。要再貓腰到眾人腳下去提鞋，那眾腳可不得從頭上過？掉了的鞋只好由它掉了，一隻掉了鞋的腳叫眾腳踩了，還有一隻腳就只好跳，顛顛跛跛，好歹得跟上趟，跟上眾人齊聲唱，高聲唱頌好日子歌。

「好日子在前頭，好日子就要到來啦！好日子還就是好，好日子永遠永遠在前頭！」

唱得越激昂，好日子就變得越好，好日子熱浪滾滾，越唱越熱乎，好日子來得就越早。

「好日子就要到來啦！迎接好日子去呀！為好日子戰鬥！為好日子去死也在所不惜！」

眾人都得了熱病，發了瘋，他還不能不瘋，不瘋也得裝發瘋。

「不好啦，開槍啦！」

「誰開槍了？」

「前面開槍啦？」

「胡說八道！前面是好日子，能開槍嗎？」

「塑料子彈吧？」

「放焰火呢？」

「曳光彈！」

「啊——」

「見血了？死人啦！」

「為好日子衝鋒，為好日子陷陣！為好日子犧牲也無上光榮！做好日子的烈士！烏啦——」

眾人萬萬想不到，衝鋒槍和機關槍一陣陣掃射和點射，點射和掃射像是炒豆，又像放鞭炮。眾人如喪家之犬，四下紛紛逃竄，死的死，傷的傷，沒死沒傷的趕緊做鳥獸散……

他總算躲到個槍子打不到的死角，有點激動，有點哀傷。漸漸又聽見遠遠的人聲，沒準又是一群人，也敲著鑼打的鼓，隱隱約約也像在喊口號。細聽，好像也說的是好日子，再聽又像在爭論，好日子要來，不，一時半時來不了，可總會來的，好日子不可能不來，早晚要來到……他趕緊走開，好日子也令他害怕，好日子到來之前，寧可先溜了。

59

你應邀來到還是中學的地理課上記住的這地中海濱的軍港土倫，坐在海港邊專為書展臨時搭起的大棚子裡，同一排排書攤後百來位作者一樣，在自己的書前捏桿筆，等候買書的讀者要求簽名。可一個個走過的人看的是書，並不理會掛牌寫上大名的作者，哪有歌星哈理戴那許多狂熱的崇拜者，列隊等候他從直升飛機上下來簽名，還有保鏢和警察前呼後擁，維持秩序。你全然在那一雙雙游移的目光之外，人視而不見。他們從你面前經過，有時停下，翻翻面前印有你的名字的書，可你這名字又意味什麼？人從書中要找尋的無非是自我認同，投出的目光也從那書再反射到自己心裡。

你好在無所事事，有充分的餘裕捕捉這一雙雙焦灼或茫然找尋的目光，自得其樂。一個俊俏的姑娘人群中游動，栗色的頭髮似乎隨意挽個髮髻，眉心擰緊，面容惆悵得令人心動，垂下的寬眼簾顯得有些憔悴，大概過了個不眠之夜，興許是床上的男人沒能留住，可這麼好的姑娘不如說是男人沒留得住她，否則，不會星期天一早一個人來逛書市。她終於來到你這攤位，拿起的卻是邊上一本別人的書，看了看書背的介紹，放下了，又翻開另一本。她無意買什麼書，或許也不知道究竟要做什麼，放下那本，就手又拿起你的一本，眼睛看的卻是別處。她目光收斂，終於落到手上的你這本書，把背面翻轉過來，還沒讀上一兩句簡介便擱下了，甚至都沒看見作者近在咫尺。她就在你眼面前，眉心依然擰緊，那副愁容在臉上細微游移，真美妙得比什麼書都更為生動。

誰會是你的讀者？寫的時候不可能想到，寫那書時你不可能想到有一天會坐到地中海濱的這書市上，面對這些興許可能的讀者。他們其實沒有必要關心乃至購買你的困擾。賣書的好在是書攤的老闆，你不過是個活擺設，又過早喪失了虛榮，過於旁觀，還就是閒人一個。再說，世上有那麼多書還鋪天蓋地在出，多一本少一本並不重要，何況你又不靠賣書謀生，也只有不以此謀生還寫，這書之於你才必不可少。

你把筆插進上衣口袋，問書攤的老闆要了幾張白紙，塞入衣兜，去海港邊蹓躂。這陽光明朗得似乎可以敲響的土倫，老港邊的小街上，咖啡、酒吧和餐館一家接一家，海鮮攤子擺在門外，空空的沒什麼人。往市中心去的一條大街這星期日的早市卻十分熱鬧，從水果、蔬菜到成衣，各種日用雜貨，也有許多阿拉伯人的攤販和一家華人小吃外賣店，生意都不錯，極右派民族陣線當政的市政府不知是否覺得礙眼。市中心他們也有個書展，同請你來的地區左派政府組織的這書展互打擂台。你還是躲不開政治，哪裡也躲不開，突然感受到馬格麗特的焦慮，如此現實，像似乎錚錚作響這明晃晃的陽光，彈指便可觸摸得到。

你無意去那書展看看有何新鮮，民族主義的陳腔濫調哪裡都一樣，於是回到港灣，在一家咖啡館門前坐下，想寫點什麼。

人之脆弱，但脆弱又有何不好？你就是條脆弱的性命。超人要代替上帝，狂妄而不知所以，你不如就是個脆弱的凡人。全能的主創造了這麼個世界，卻並沒設計好未來。你不設計什麼，別枉費心機，只活在當下，此刻不知下一刻會怎樣，那瞬息的變化豈不也很美妙？誰都逃不脫死亡，死亡給了個極限，否則你變成為一個老怪物，將失去憐憫，不知廉恥，十惡不赦。死亡是個不可抗拒的限定，人的美妙就是在這限定之前，折騰變化去吧。

你也不是那佛，不是三身六面七十二個化相的化身菩薩。音樂和數學和佛，都是無中生有，從自然萬物不可名狀中抽象出數的概念，抽象出音階、調性、節奏的組合和轉變，抽象出佛或上帝，抽象出美，在自然狀態中都捕捉不到。你這自我，也同樣是無中生有，說有便有，說沒有就渾然一團，你努力去塑造的那個自我真有這麼獨特？或者說你有自我嗎？你在無限的因果中折騰，可那些因果何在？因果如同煩惱，同樣是你塑造出來的，你也就不必再去塑造那個自我了，更不必再無中生有去找尋所謂對自我的認同，不如回到生命的本源，這活潑的當下。永恆的只有這當下，你感受你才存在，否則便渾然無知，就活在當下，感受這深秋柔和的陽光吧！

公園裡的樹葉發黃，從你窗口俯視，滿地落葉，凋零了還沒腐朽。你開始老啦，可並不想回到童年，你看樓下停車場上那些孩子吵吵嚷嚷，並不知道要幹什麼，青春固然可貴，等他們終於明白自己要幹什麼，也就老了。你不想再重新折騰一遍，在虛榮與焦慮、徬徨與慌亂中再去掙扎，你並不羨慕他們，羨慕的只是他們新鮮的生命。可混沌的生命並沒有這分透明的意識與自覺，你由衷滿意此時此刻，由衷滿意這一無虛妄的孤獨，如此透澈，如秋水漣漣，映照的是明晃晃的光影，喚起你內心的涼意。不再去判斷，不再去確立什麼。水波蕩漾，樹葉飄落就落下了，死對你也該是十分自然的事。你正走向它，但在它到來之前還來得及做一場遊戲，同死亡周旋一番。你還有足夠的餘裕，來充分享用你剩下的這點性命，還有個可感受的軀體，還有欲望。你想有一個女人，一個和你同樣透澈的女人，一個把這世界上的一切繫絆都解脫的女人，一個不受家庭之累不生孩子的女人，一個不追求虛榮和時髦的女人，一個自然而然充分淫蕩的女人，一個並不想從你身上攫取什麼的女人，只同你此時此刻行魚水之歡的女人，但你哪裡去找到這樣一個女人？一個和你同樣孤獨並滿意這種孤獨的女人，將你的孤獨同她的孤獨融化在性的滿足之中，融化在撫愛和彼此的眼光裡，在彼此的審視與搜索中，可這女人你又哪裡去找尋？

60

夠了！他說。

夠了什麼？你問。

他說夠了，結束掉！

說誰呢？誰結束掉誰？

他呀，你這筆下的人物，把他了結了。

你說你不是作者。

那麼，作者是誰？

這還不清楚，他自己呀！你不過是他的意識。

那你怎麼辦？他完了，你豈不也跟著就完？

你說你可以成為讀者，恰如觀眾看戲，書中那他同你沒多大關係。

他說你倒真會超脫！

可不是，你本不負有責任，對他也不承擔義務和道義之類的負擔，還就是個閒人，有些餘裕，湊巧有機會關注一番這麼個人物，也夠了，累啦，要結束就結束他好了，可好歹是個人物，總得有個結局，不能說了結就處理掉，像堆垃圾。

人還就是垃圾，或早或晚都得清理了，要不人滿為患，這世界早臭了。

所以才鬥爭，競爭，戰爭，以及由此而來的種種立論？

別推理！都令人頭疼。

你很悲觀。

悲觀不悲觀，這世界也還是這樣，不是你能決定的，你又不是上帝，誰也主宰不了。哪怕是小說中的這麼個人物的結局，是得一場急病，心肌梗死，還是掐死，捅刀子，暗槍還是車禍？也還取決於作者，由不得你。總歸，看樣子他不肯自殺，可你也實在夠了，你不過是他語言的遊戲，他要結束了，你才能自行解脫。

而他說，他也是遊戲這世界，只因為耐不住寂寞。你與他彼此也形同路人，你既不是他的同志，也不是他的法官，又不是他終極的良心，那良心還不知為何物，只不過由你對他加以一番關照，你同他這時間和環境的錯位造成了距離，你沾了時間和地點的便易，便有了距離，也即自由，可以從容觀省他，而他作為個自在之物，其實那煩惱也是自找。

那麼，得，你別他而去，或者說他也得同你分手，還有什麼可說的沒有？

佛家說涅槃，道家說羽化，而他說就由他去吧。

誰也超度不了誰，可不就由他去了。

這當口，他站住了，回頭看看你，就此分道揚鑣。他說他的問題就在於生得太早了，才給你惹來這許多煩惱。要是晚生一個世紀，比如這行將到來的新世紀，沒準就沒這些問題了。

可下一個世紀的事誰也無法先知，那世紀果然新嗎？又何從知道？

61

佩爾丕釀，同西班牙接壤的法國邊境的一個城市。剛認識的這地中海文學中心的朋友問你有沒有鄉愁，你斷然回答沒有，說早已割斷了，一了百了！飯店對面的廣場邊，一家賣糕點和冰淇淋的小店開張典禮，張燈結綵招徠顧客，還有個小銅管樂隊在使勁鼓吹，很快活的音樂。一個小老太婆在跳當地的卡塔蘭民間舞，南方人的熱情和他們帶大舌音的法語都讓你覺得親切。

這初夏帶上節日氣氛的夜晚，加上銅管樂的歡快，也在慶賀你的新生？你終於贏得了生之喜悅。餐館的老闆也拿本書來請你簽名，說是他老婆愛讀小說，想到中國去旅行，你笑了笑。

你是再也不會回去了。哪怕有一天？有人問。不，那不是你的國家，它只在你記憶中，變成了一個暗中的源泉，湧出種說不清的情緒，這就是你個人獨有的中國，同那國家已毫無關係。

你心地和平，不再是個反叛者，如今就是個觀察家，不與人為敵，誰要把你當成敵人，你也不再顧及，所以回顧，也是在沉靜中一邊思索，再前去何處。

你不知當時怎麼把這張照片夾在一本書裡帶出來了，他消瘦，光個頭顱。你審視這張還保留在手頭的老照片，有點發黃了，三十多年前在那個稱之為「五七幹校」的勞改農場拍的，你想從他的目光中悟出點什麼。他揚起個刮光了腦袋，像個葫蘆瓢，自詡為囚犯，有種傲慢，也許因此才拯救了他，沒真垮掉，可如今這分傲慢也全然不必要了。如今你就是一隻自由的鳥，想飛到哪裡便儘管飛去。你覺得面前似乎還有片處女地，至少對你而言是新鮮的。你慶幸還有這種好奇心，並不想沉浸在回憶裡，他已成為你的足跡。

把此時此刻作為起點，把寫作當作神遊，或是沉思或是獨白，從中得到欣悅與滿足，也不再恐懼什麼，自由是對恐懼的消除。你留下的這些不孕的文字，讓時間去磨損。永恆這對你並沒有切身的意義，這番書寫也不是你活的目的，所以還寫，也為的是更充分感受此時此刻。

此時此刻，在佩爾不釀，早餐後，窗下車輛馳過，街燈乳白的圓燈罩上便有一道光亮的影子從球面滑過，還來不及看清是什麼樣的車，那光影瞬間即逝。這世界有那麼多光和影子，同樣也都會消逝。你玩味此刻的光影，就該把這他也作為光影來玩味，便會有一點詫異，啊，這一閃即逝的光影！

多麼美妙的音樂，施尼特克，你此時在聽他的大協奏曲第六，飄逸的音響中，生存鬱積的焦慮飄逸昇華在很高的音階上，琴弦上的長音猶如光影一畫而過，便得到宣洩。你同時代人施尼特克，無需去了解他的生平，可他在同你對話，劃過的每一條音，在琴弦的高音階上又喚起和弦的迴響。

窗外是初夏明亮的陽光。這東比利牛斯地區的佩爾不釀市，八百年前有過個城邦憲法，主張寬容、和平與自由，一個接納避難的城市，當地的喀達蘭人引以為榮的「八百年的民主與自由今天正受到威脅」，這城市八百年大慶專刊上的社論這麼寫道。

你從未想到有一天會到這裡來，更別說有讀者找你簽名。一個小伙子請你給他的女友在書上寫句話，說是這姑娘有事來不了。你寫下一句：語言是個奇蹟，令人溝通，而人與人卻往往溝通不了。但後半句沒寫，你不可以隨便亂寫，糟蹋別人的好意。你盡可以自我玩弄，卻不可以隨便玩弄語言。

音樂想必也如此，沒必要的花俏最好抹掉。施尼特克找尋的正是這種必要，他不用音響來炫耀，用得很節省，留下那麼多間隙，每個句子都傳達真實的感受，不裝腔作勢，譁眾取寵。你得真有可說才說，沒可說就不如沉默。

一輛一輛車的光影在球面的燈罩上劃過，街那邊是梧桐樹和棕櫚，一個安靜的小公園。這是法國梧桐的故鄉，這種梧桐插枝就活，差不多已遍布世界，也進入到你的記憶裡，你兒時那城市街道邊和公園裡到處都有，你頭一次親一個女孩的時候，那小五子就靠在一棵脫了皮光潔的梧桐樹幹上，也是夏天，比這還炎熱。

活著多好，你在唱生活的頌歌，所以唱也因為生活並非都虧待你，有時還令你心悸，正如這音樂，那麼一丁點鼓點，很乾淨，號聲就響了。

茜爾薇的那位女伴馬蒂娜自殺前不久在街上隨便找流浪漢帶回房裡過夜，臨了還是自殺了，留下的錄音帶裡說她受不了神經病醫院，她的死同任何人都沒有關係，活膩了便自殺了，這也是個結局。你不知道你結局如何，也不必去設想一個結局。要是有一天新法西斯上台，你就躲到這佩爾不醸來？要是那時這裡也還是一個寬容接納避難的城市。你不去幻想災難。

說人生來注定受苦，或世界就一片荒漠，都過於誇張了，而災難也並不都落到你身上，感謝生活，這種感嘆如同感謝我主，問題是你主是誰？命運，偶然性？你恐怕應該感謝的是對這自我的這種意識，對於自身存在的這種醒悟，才能從困境和苦惱中自拔。

棕櫚和梧桐的大葉子微微顫動。一個人不可以打垮，要是他自己不肯垮掉的話。一個人可以壓迫他，凌辱他，只要還沒窒息，就沒準還有機會抬起頭來，問題是要守住這口呼吸，屏住這口氣，別悶死在糞堆裡。可以強姦一個人，女人或是男人，肉體上或是政治的暴力，但是不可能完全占有一個人，精神得屬於你，守住在心裡。說的是施尼特克的音樂，他猶豫，在暗中摸索，找尋出路如同找尋對光亮的感覺，就憑著心中的那一點幽光，這感覺就不會熄滅。他合掌守住心中的那一點幽光，緩緩移步，在稠密的黑暗裡，在泥沼中，不知出路何處，小心維護那飄忽的一點幽光。說他頑強，不如說他耐心，那種柔韌卷曲，織一個繭像蛹一般裝死，閉上眼睛去承受那沉寂的壓力，而細柔的鈴聲，那一點生存的意識，那點生命之美，那幽柔的光，那點動心處便散漫開來……

他門前那棵烏桕光禿的樹枝上，霜打過的幾片暗紅的殘葉在風中抖動，那無依無靠的姑娘青春的光澤，溪澗裡的潺潺流水，在獨木橋上啄食後昂頭凝神的黑母雞，他都憐惜，作為自身的投影，以及那農村水妹子對他的誘惑和嘲弄喚起的欲念，也維繫他對生命的執著，都令他屏息期待，雖然不知出路在何處，盡可能捕捉住這點滴的美感，才不至於精神崩潰，並且靠手淫以自慰，如同通過偷偷寫作來得以緩解。

還有墊在床板上當年收割的稻草的清香，在水塘裡洗過陽光下曝晒後的被單的氣息，和那女孩身上的汗酸味，和他勾畫她嘴唇上的口紅那柔軟的快感，以及抓住她結實的胳膊推她出門時碰到那尖挺的奶勾起心中的悸動，他都用來溫暖自己，在想像中同她交媾，而且訴諸語言，寫在他的書中，以求得精神的平衡。

你對女人充滿感激之情，不僅僅是欲望。你索取，她們並非一定要給予你。你無比貪婪，不可能都得到，上帝沒給予你，你也不必感謝上帝，可你畢竟有種普遍的感激之情，感激風，感激風中顫動的樹，感激自然，感激給你生命的父母。你如今沒有怨恨，變得平和了，也許是老了，爬坡便喘氣，開始吝嗇那原先使不完的精力，這就是老的徵兆。你已經在走下坡路，陰風頓起，不，你還不急於走下去，那雲霧中的遠山，也似乎同你在差不多的高度，儘管走下去，別管坡下是不是深淵，墜落時不如去想遠處山巔那一抹斜陽。

在那個小港灣，突出的岩石上有個很小的教堂，立了個白色的十字架，黑鐵的基督面對地中海釘在上面。風平浪靜的港灣裡，沙灘上，男男女女和跑來跑去的小孩子，一個穿泳裝的女人閉目躺在岩石的折縫裡。

他們說馬蒂斯在這裡住過，畫過畫，陽光透明耀眼，這就是馬蒂斯筆下的光線和色彩，而你是向幽暗中走去。

他們開車帶你去巴塞羅那，赭紅的達利博物館頂上一個個巨大的蛋，出這老頑童的西班牙是個快活的民族，滿街的人遊遊蕩蕩，濃眉黑眼的西班牙姑娘有很高的鼻梁。然後去一個鄉間飯店，早先的磨房，你們斜對面的餐桌圍坐的是一家人，丈夫、妻子和他們面頰白裡透紅鮮豔得出眾的女兒。眉眼長而黑的這女孩還沒充分長開，有一天也會成為畢加索畫中那樣健壯而肉感的大女人。她坐在父母的對面，躁動不安，想自己的心事，或許並不清楚在想什麼，這就是生命，她不知道她的未來，這難道重要嗎？她不知道她也會痛苦，或許焦慮也開始醒覺了，烏黑茂盛的長髮更襯托出她皮膚白皙，臉頰嫣紅，大約剛十三、四歲，十三、四歲的少女就已經開始躁動不安，這便是生命之美，猶如馬格麗特的痛苦，她也會成為馬格麗特嗎？

你此刻聽到的是柯達依的彌撒曲，管風琴中的女聲合唱。你也有種宗教情懷，人們需要禱告正如需要吃飯需要做愛一樣。昨天夜裡，你房間樓上那女人叫床，折騰得你也一夜不安。從半夜一時起直到三點多鐘，尖叫，喘息，後來又大笑。你不清楚樓板上發生的是強姦還是盡歡，先以為是你床頭隔壁，後來聽見樓板直響，好像是在地板上做性遊戲，或是馬格麗特說的那種強姦，哪怕是真的，在旅館的房間裡也沒有人會去過問。最後你聽到了笑聲，縱聲大笑，都激起你強烈的欲望。而此刻你心境和平，管風琴和女低音與男高音奇妙的組合。

剛才在樓下餐廳早餐的時候，聽到的都是德語的「早上好」，彬彬有禮，一幫子高大壯實的中老年太太和先生們，一個德國旅遊團，自助餐，拿的是整盤的香腸丁、烤火腿片，都吃得很多，並不怕胖。這些太太們是不會那樣叫床的，你想。他們吃個不停，很少說話，刀叉的聲音很輕。只在靠窗口的桌上有個女孩，對面一個上了年紀的男人，吃完了在喝咖啡，兩人都沒說話，在望街。昨天的好天氣變了，地上潮溼，雨已停了。他們不像情人，更像是父親帶經濟還不獨立的女兒度假，那盡情嚎叫和大笑的也許還在房裡熟睡。

管風琴和合唱。旅館房裡都是講究的舊家具，沉重的橡木桌子，深棕色的雕花衣櫃，帶圓柱的木床也雕的花。窗外街燈燈罩的球面沒有閃光，街上這會沒車輛經過，星期天，快中午了，你在等朋友來車接你去機場，十二點多的飛機回巴黎。

一九九六至一九九八年於法國

跋

劉再復

我沒有讀過高行健的詩，他的詩也極少發表。但讀了《一個人的聖經》之後我立即想到：行健是個詩人。這不僅因為這部新的作品許多篇章就是大徹大悟的哲理散文詩，而且整部作品洋溢著一個大時代的悲劇性詩意。這部小說是詩的悲劇，是悲劇的詩。也許因為我與行健是同一代人而且經歷過他筆下所展示的那個噩夢般的時代，所以閱讀時一再長嘆，幾次落淚而難以自禁。此時，我完全確信：二十世紀最後一年，中國一部里程碑似的作品誕生了。

《一個人的聖經》可說是《靈山》的姊妹篇，和《靈山》同樣龐博。然而，《靈山》的主人公卻從對文化淵源、精神與自我的探求回到現實。小說故事從香港回歸之際出發，主人公和一個德國的猶太女子邂逅，從而勾引對大陸生活的回憶。綿綿的回憶從一九四九年之前的童年開始，然後伸向不斷的政治變動，乃至文化大革命的前前後後和出逃，之後又浪跡西方世界。《靈山》中那一分為三的主人公「我」、「你」、「他」的三重結構變為「你」與「他」的對應。那「我」竟然被嚴酷的現實扼殺了，只剩下此時此刻的「你」與彼時彼地的「他」，亦即現實與記憶，生存與歷史，意識與書寫。

高行健的作品的構思總是很特別，而且現代意識很強。一九八一年他的文論《現代小說技巧初探》曾引發大陸文壇一場「現代主義與現實主義」問題的論爭，從而帶動了中國作家對現代主義文學及其表達方式的關注。在文論引起爭論的同時，他的劇作《車站》、《絕對信號》則遭到批判乃至禁演。這些劇作至今已問世十八部，又是二十世紀中國現代主義的開山之作和最寶貴的實績。由於高行健在中國當代文學運動中所起的先鋒作用及其作品的現代主義色彩，因此，他在人們心目中（包括在我心目中）一直是現代主義作家。《一個人的聖經》卻完全出乎我的意料之外。這部新的長篇竟十分「現實」。我完全想不到高行健會寫出這樣一部書如此貼近現實、如此貼近我們這一代人大約四十年間所經歷的極其痛苦的現實。這一現實是尖銳的，現實中的政治又尤其尖銳，而高行健一點也不迴避。他不僅直接觸及政治，而且把在政治壓迫之下的人性脆弱與內心恐懼坦露無餘，寫得淋漓盡致。作品深刻揭示了政治災難何以能像瘟疫一樣橫行，而人又如何被這種瘟疫毒害，改造得完全失去本性。儘管我也親身經歷和體驗過這些政治災難，但是，讀這書的時候我的身心仍然受到強烈的震撼。

描寫大陸二十世紀下半葉現實的作品已經不少，這些作品觸及到歷次政治變動和文化大革命中的紅衛兵運動及上山下鄉等等，然而，沒有一部作品能像《一個人的聖經》令我這樣震動，我雖一時無法說得清楚原因，但有一個直感，即面對那個龐大的荒謬的現實，用舊現實主義的方法，即一般的反映論的方法是難以成功的。這種舊現實主義方法的局限在於它總是滑動於現實的表層而無法進入現實的深層，總是難以擺脫控訴，譴責、暴露以及發小牢騷等寫作模式。八〇年代前期的大陸小說，這種寫作方式相當流行。八〇年代後期和九〇年代大陸作家已不滿這種方式，不少新銳作家重新定義歷史、重寫歷史故事。這些作家擺脫「反映現實」的平庸，頗有實驗者和先鋒者的才華，然而他們筆下的「歷史」畢竟給人有一種「編造」之感。而這種「編造」，又造成作品的虛空，這是因為他們迴避了一個現實時代，對這一時代缺乏深刻的認識與批判，與此相應，也缺少對人性充分認識與展示。高行健似乎看清上述這種思路的弱點，因此他獨自走出自己的一條路，這條路，我姑且稱它為「極端現實主義」之路。所謂「極端」，首先是拒絕任何編造，極其真實準確地展現歷史，真實到真切，準確到精確，嚴峻到近乎殘酷。高行健非常聰明，他知道他所經歷的現實時代布滿令人深省的故事，準確的展示便足以動人心魄。「極端」的另一意思即拒絕停留於表層，而全力地向人性深層發掘。《一個人的聖經》不僅把中國當代史上最大的災難寫得極為真實，而且也把人的脆弱寫得極其真切。

在給「極端現實主義」命名的時候，我想到兩個問題：一、這種寫作方式是怎樣被逼上文學舞台的？二、這種寫作方式獲得成功需要什麼條件？

關於第一個問題，我讀近年的小說時已感到文學的困境，甚至可稱為絕境。所謂困境就是兩種最基本的寫作路子都已走到頂了：不僅老現實主義方法走到頂，而且前衛藝術的方式也走到頂了。老現實主義方法不靈，可是我們又不能迴避生存的真實和生存的困境，不能迴避活生生的嚴酷的現實，這該怎麼辦？當今一些聰明的文學藝術家找到一條出路叫做「玩」，玩前衛、玩先鋒，玩純形式，玩語言，玩智力遊戲，把文學變成一種觀念，一種程序。然而，到了世紀末，人們已逐漸看清這些遊戲蒼白的面孔。語言畢竟不是最後的家園，工具畢竟不是存在本身，文學藝術畢竟不是形式的傀儡，包裝畢竟不是精神本體，後現代主義畢竟只有「主義」的空殼並無創造實績。總之，藝術革命走到盡頭了，前衛遊戲也玩到盡頭了。高行健看清了形式革命的山窮水盡，因此他告別了「主義」，也告別了革命和藝術革命。他的「極端現實主義」，就是在上述這種思路「轟毀」之後選擇的新路。他選對了。他勇敢、果斷地走進現實，走進生命本體，並以高度的才華把自己擁抱的現實與生命本體轉化為詩意的藝術形式。

關於第二個問題，我在掩卷之後思考了好久，思考中又再閱讀。我終於發現在這部作品背後作者對主人公對現實的冷靜觀察的眼光。高行健無論是戲劇創作還是小說創作，都有一種冷眼靜觀的態度，而在《一個人的聖經》中表現得格外明顯。這部小說所觸及的現實不是一般的現實，而是非常齷齪、非常無聊，甚至非常無恥的現實，所觸及的人也不是十分正常的人，而是一些被政治災難嚇破了膽和被政治運動洗空了頭腦的肉人、空心人等，也可以說是一些白痴。如果用和現實相等的眼光來看這種現實和人，那是很危險的：作品可能會變得非常平庸、乏味、俗氣或情緒化，但是高行健沒有落入這一陷阱。他進入現實又超越現實，他用一個對宇宙人生已經徹悟、對往昔意識形態的陰影已經完全掃除的當代知識分子的眼光來觀照一切，特別是觀照作品主人翁。於是，這個主人翁是完全逼真的，他是一個非常敏感、內心又極為豐富的人，但在那個恐怖的年代裡，他卻被迫也要當個白痴，當個把自己的心靈洗空、淘空而換取苟活的人，可是，他又不情願如此，尤其不情願停止思想。於是，他一面掩飾自己的目光一面則通過自言自語來維持內心的平衡，小說抓住這種緊張的內心矛盾，把人物的心理活動刻畫得細緻入微，把人性的脆弱、掙扎、黑暗、悲哀表現得極為精采，這樣，《一個人的聖經》不僅成為扎扎實實的歷史見證，而且成為展示一個大的歷史時代中人的普遍命運的大悲劇，悲愴的詩意就含蓄在對普遍的人性悲劇的叩問與大憐憫之中。高行健不簡單，他走進了骯髒的現實，卻自由地走了出來，並帶出了一股新鮮感受，引發出一番新思想，創造出一種新境界。這才真的是「化腐朽為神奇」。

一九九六年，在我為香港天地圖書公司主編的《文學中國》學術叢書中，高行健貢獻了一部題為《沒有主義》的近三百頁的文論集子。從這部文論中可以看到，高行健是一個渾身顫動著自由脈搏、堅定地發著個人聲音的作家，是一個完全走出各種陰影尤其是各種意識形態陰影（主義陰影）的大自由人，是一個把個人精神價值創造置於生命塔頂的文學藝術全才。沒有主義並非沒有思想和哲學態度。高行健恰恰是一個很有思想很有哲學頭腦的人，並且，他的哲學帶有一種澈底性。因為這種哲學不是來自書齋學院，而是來自他對一個苦難時代刻骨銘心的體驗與感悟，因此，這種哲學完全屬於他自己。在《一個人的聖經》中我們看到，他對各種面具都給予澈底摧毀，對各種假象和偶像（包括烏托邦和革命）都一概告別，而且不去製造新的幻想與偶像。這部小說是一部逃亡書，是世紀末一個沒有祖國沒有主義沒有任何偽裝的世界遊民痛苦而痛快的自白，它告訴人們一些故事，還告訴人們一種哲學：人要抓住生命的瞬間，盡興活在當下，而別落進他造與自造的各種陰影、幻象、觀念與噩夢中，逃離這一切，便是自由。

一九九九年一月二十日，於科羅拉多大學校園

【附錄】

二○○○年諾貝爾文學獎得獎頌辭

瑞典皇家學院

西元二○○○年諾貝爾文學獎授予中文作家高行健：

以表彰其作品放諸四海皆準的價值、刻骨的洞察力和精妙的語言，為中文小說藝術和戲劇開闢了新的道路。

在高行健的作品中可以見到文學從個人在群眾歷史中的掙扎得到新生。他識見深遠，見解獨到，不認為這個世界是可以解釋的，確信只有透過寫作，方能得到解脫。

巨著《靈山》獨樹一格，自成一類，其他作品無法與之相較。小說的根據是作者在中國南部和西南偏遠地區的漫遊印象。這裡仍流傳著巫術、民謠和江湖好漢的奇談，然當地人並不以為荒誕，還視為真人真事。在此，也可能遇上仙風道骨的人物。小說由多重敘事編織而成，有互相映襯的多個主人公，藉以展現同一自我的不同面向。作者靈活自在地運用人稱代名詞，急遽轉換敘事觀點，迫使讀者對所有人物的告白產生質疑。這種寫作策略來自於他的戲劇創作。他的劇作常常要求演員在扮演角色的同時，又抽離自身，從外部描述。由「你」、「我」、「他／她」等人稱代名詞，呈現複雜多變的內心距離。

《靈山》不但是一部敘述主人公旅程的朝聖小說，也代表一個反思的過程，這條反思之路的兩邊，分別是虛構與真實人生、幻想與記憶。而探討知識問題的形式是漸行漸深，以擺脫目的和意義。這種多聲部的敘述，文體的交融與寫作本質的深入探究，讓人聯想到宏偉的德國浪漫主義宇宙詩。

高行健的另一部長篇《一個人的聖經》，主題與《靈山》一脈相承，但更好掌握。小說的核心是在為中國文化大革命的喪心病狂算總帳。作者毫無保留、掏心剖腹地敘述自己獻身政治行動、遭受迫害，乃至身為旁觀者的經驗。他的敘述或許可能凝聚成異議人士的道德化身，但他不願站在這個位置，也拒絕擔任救贖者。他的文字從來就不是柔順的，對善意亦然。劇作《逃亡》不但激怒了當權者，在中國民主運動中也引起一番非議。

高行健曾指出，西方非自然主義戲劇潮流對他戲劇創作的影響。他提到阿陶德（Artaud）、布萊希特（Brecht）、貝克特（Beckett）和坎托爾（Kantor）等人。然而，「挖掘大眾戲劇資源」對他來說同樣重要。他創作的中國話劇結合了中國古代的儺戲、皮影、舞蹈和說唱傳統。他也歡迎這樣的可能：就像中國國劇，僅僅借用一招一式，或者隻言片語就能在表演舞台上的時空中自由穿梭。在當代人性鮮明的意象中，穿插了變化多端、奇詭怪異、象徵式的夢境語言。情色主題使得他的文本帶有狂熱與激情；而誘惑的情節則是他作品中的基本模式。因此，他筆下呈現的女性面向，與男性的質量可等量齊觀——只有少數男性作家能做到這點。

文學的理由
——得獎演說

高行健

我不知道是不是命運把我推上這講壇，由種種機緣造成的這偶然，不妨稱之為命運。上帝之有無且不去說，面對這不可知，我總心懷敬畏，雖然我一直自認是無神論者。

一個人不可能成為神，更別說替代上帝，由超人來主宰這個世界，只能把這世界攪得更亂，更加糟糕。尼采之後的那一個世紀，人為的災難在人類歷史上留下了最黑暗的紀錄。形形色色的超人，號稱人民的領袖、國家的元首、民族的統帥，不惜動用一切暴力手段造成的罪行，絕非是一個極端自戀的哲學家那一番瘋話可以比擬的。我不想濫用這文學的講壇去奢談政治和歷史，僅僅藉這個機會發出一個作家純然個人的聲音。

作家也同樣是一個普通人，可能還更為敏感，而過於敏感的人也往往更為脆弱。一個作家不以人民的代言人或正義的化身說的話，那聲音不能不微弱，然而，恰恰是這種個人的聲音倒更為真實。

這裡，我想要說的是，文學也只能是個人的聲音，而且，從來如此。文學一旦弄成國家的頌歌、民族的旗幟、政黨的喉舌，或階級與集團的代言，儘管可以動用傳播手段，聲勢浩大，鋪天蓋地而來，可這樣的文學也就喪失本性，不成其為文學，而變成權力和利益的代用品。

這剛剛過去的一個世紀，文學恰恰面臨這種不幸，而且較之以往的任何時代，留下的政治與權力的烙印更深，作家經受的迫害也更甚。

文學要維護自身存在的理由而不成為政治的工具，不能不回到個人的聲音，也因為文學首先是出自個人的感受，有感而發。這並不是說文學就一定脫離政治，或是文學就一定干預政治，有關文學的所謂傾向性或作家的政治傾向，諸如此類的論戰也是上一個世紀折騰文學的一大病痛。與此相關的傳統與革新，弄成了保守與革命，把文學的問題統統變成進步與反動之爭，都是意識形態在作怪。而意識形態一旦同權力結合在一起，變成現實的勢力，那麼文學與個人便一起遭殃。

二十世紀的中國文學的劫難之所以一而再、再而三，乃至於弄得一度奄奄一息，正在於政治主宰文學，而文學革命和革命文學都同樣將文學與個人置於死地。以革命的名義對中國傳統文化的討伐導致公然禁書、燒書。作家被殺害、監禁、流放和罰以苦役的，這百年來無以計數，中國歷史上任何一個帝制朝代都無法與之相比，弄得中文的文學寫作無比艱難，而創作自由更難談及。

作家倘若想要贏得思想的自由，除了沉默便是逃亡。而訴諸言語的作家，如果長時間無言，也如同自殺。逃避自殺與封殺，還要發出自己個人的聲音的作家不能不逃亡。回顧文學史，從東方到西方莫不如此，從屈原到但丁，到喬依斯，到托馬斯曼，到索爾任尼津，到一九八九年天安門慘案後中國知識分子成批的流亡，這也是詩人和作家還要保持自己的聲音而不可避免的命運。

在毛澤東實施全面專政的那些年代裡，卻連逃亡也不可能。曾經庇護過封建時代文人的山林寺廟悉盡掃蕩，私下偷偷寫作得冒生命危險。一個人如果還想保持獨立思考，只能自言自語，而且得十分隱祕。我應該說，正是在文學做不得的時候我才充分認識到其所以必要，是文學讓人還保持人的意識。

自言自語可以說是文學的起點，藉語言而交流則在其次。人把感受與思考注入到語言中，通過書寫而訴諸文字，成為文學。當其時，沒有任何功利的考慮，甚至想不到有朝一日能得以發表，卻還要寫，也因為從這書寫中就已經得到快感，獲得補償，有所慰藉。我的長篇小說《靈山》正是在我的那些已嚴守自我審查的作品卻還遭到查禁之時著手的，純然為了排遣內心的寂寞，為自己而寫，並不指望有可能發表。

回顧我的寫作經歷，可以說，文學就其根本乃是人對自身價值的確認，書寫其時便已得到肯定。文學首先誕生於作者自我滿足的需要，有無社會效應則是作品完成之後的事，再說，這效應如何也不取決於作者的意願。

文學史上不少傳世不朽的大作，作家生前都未曾得以發表，如果不在寫作之時從中就已得到對自己的確認，又如何寫得下去？中國文學史上最偉大的小說《西遊記》、《水滸傳》、《金瓶梅》和《紅樓夢》的作者，這四大才子的生平如今同莎士比亞一樣尚難查考，只留下了施耐庵的一篇自述，要不是如他所說，聊以自慰，又如何能將畢生的精力投入生前無償的那宏篇巨製？現代小說的發端者卡夫卡和二十世紀最深沉的詩人費爾南多·畢索瓦不也如此？他們訴諸語言並非旨在改造這個世界，而且深知個人無能為力卻還言說，這便是語言擁有的魅力。

語言乃是人類文明最上乘的結晶，它如此精微，如此難以把握，如此透澈，又如此無孔不入，穿透人的感知，把人這感知的主體同對世界的認識聯繫起來。通過書寫留下的文字又如此奇妙，令一個個孤立的個人，即使是不同的民族和不同的時代的人，也能得以溝通。文學書寫和閱讀的現實性同它擁有的永恆的精神價值也就這樣聯繫在一起。

我以為，現今一個作家刻意強調某一種民族文化總也有點可疑。就我的出生、使用的語言而言，中國的文化傳統自然在我身上，而文化又總同語言密切相關，從而形成感知、思維和表述的某種較為穩定的特殊方式。但作家的創造性恰恰在這種語言說過了的地方方才開始，在這種語言尚未充分表述之處加以訴說。作為語言藝術的創造者沒有必要給自己貼上個現成的一眼可辨認的民族標籤。

文學作品之超越國界，通過翻譯又超越語種，進而越過地域和歷史形成的某些特定的社會習俗和人際關係，深深透出的人性乃是人類普遍相通的。再說，一個當今的作家，誰都受過本民族文化之外的多重文化的影響，強調民族文化的特色如果不是出於旅遊業廣告的考慮，不免令人生疑。

文學之超越意識形態、超越國界，也超越民族意識，如同個人的存在原本超越這樣或那樣的主義，人的生存狀態總也大於對生存的論說與思辨。文學是對人的生存困境的普遍關照，沒有禁忌。對文學的限定總來自文學之外，政治的、社會的、倫理的、習俗的，都企圖把文學裁剪到各種框架裡，好作為一種裝飾。

然而，文學既非權力的點綴，也非社會時尚的某種風雅，自有其價值判斷，也即審美。同人的情感息息相關的審美是文學作品唯一不可免除的判斷。誠然，這種判斷也因人而異，也因為人的情感總出自不同的個人。然而，這種主觀的審美判斷又確有普遍可以認同的標準，人們通過文學薰陶而形成的鑑賞力，從閱讀中重新體會到作者注入的詩意與美，崇高與可笑，悲憫與怪誕，幽默與嘲諷，凡此種種。

而詩意並非只來自抒情。作家無節制的自戀是一種幼稚病，誠然，初學寫作時，人人難免。再說，抒情也有許許多多的層次，更高的境界不如冷眼靜觀。詩意便隱藏在這有距離的觀注中。而這觀注的目光如果也審視作家本人，同樣凌駕於書中的人物和作者之上，成為作家的第三隻眼，一個盡可能中性的目光，那麼災難與人世的垃圾便也禁得起端詳，在勾起痛苦、厭惡與噁心的同時，也喚醒悲憫、對生命的愛惜與眷戀之情。

植根於人的情感的審美恐怕是不會過時的，雖然文學如同藝術，時髦年年在變。然而，文學的價值判斷同時尚的區別就在於後者唯新是好，這也是市場的普遍運作的機制，書市也不例外。而作家的審美判斷倘若也追隨市場的行情，則無異於文學的自殺。尤其是現今這個號稱消費的社會，我以為恰恰得訴諸一種冷的文學。

十年前，我結束費時七年寫成的《靈山》之後，寫了一篇短文，就主張這樣一種文學：

文學原本同政治無關，只是純然個人的事情，一番觀察，一種對經驗的回顧，一些臆想和種種感受、某種心態的表達，兼以對思考的滿足。

所謂作家，無非是一個人自己在說話、在寫作，他人可聽可不聽，可讀可不讀，作家既不是為民請命的英雄，也不值得作為偶像來崇拜，更不是罪人或民眾的敵人，之所以有時竟跟著作品受難，只因為是他人的需要。當權勢需要製造幾個敵人來轉移民眾注意力的時候，作家便成為一種犧牲品。而更為不幸的是，弄暈了的作家竟也以為當祭品是一大光榮。

其實，作家同讀者的關係無非是精神上的一種交流，彼此不必見面，不必交往，只通過作品得以溝通。文學作為人類活動尚免除不了的一種行為，讀與寫雙方都自覺自願。因此，文學對於大眾不負有什麼義務。

這種恢復了本性的文學，不妨稱之為冷的文學。它所以存在僅僅是人類在追求物欲滿足之外的一種純粹的精神活動。這種文學自然並非始於今日，只不過以往主要得抵制政治勢力和社會習俗的壓迫，現今還要對抗這消費社會商品價值觀的浸淫，求其生存，首先得自甘寂寞。

作家倘從事這種寫作，顯然難以為生，不得不在寫作之外另謀生計，因此，這種文學的寫作，不能不說是一種奢侈，一種純然精神上的滿足。這種冷的文學能有幸出版而流傳在世，只靠作者和他們的朋友的努力。曹雪芹和卡夫卡都是這樣的例子。他們的作品生前甚至都未能出版，更別說造成什麼文學運動，或成為社會的明星。這類作家生活在社會的邊緣和夾縫裡，埋頭從事這種當時並不指望報償的精神活動，不求社會的認可，只自得其樂。

冷的文學是一種逃亡而求其生存的文學，是一種不讓社會扼殺而求得精神上自救的文學，一個民族倘竟容不下這樣一種非功利的文學，不僅是作家的不幸，也該是這個民族的悲哀。

我居然在有生之年，有幸得到瑞典皇家學院給予的這巨大的榮譽與獎賞，這也得力於我在世界各地的朋友們多年來不計報酬、不辭辛苦，翻譯、出版、演出和評介我的作品，在此我就不一一致謝了，因為這會是一個相當長的名單。

我還應該感謝的是法國接納了我，在這個以文學與藝術為榮的國家，我既贏得了自由創作的條件，也有我的讀者和觀眾。我有幸並非那麼孤單，雖然從事的是一種相當孤獨的寫作。

我在這裡還要說的是，生活並不是慶典，這世界也並不都像一百八十年來未有過戰爭如此和平的瑞典，新來臨的這世紀並沒有因為經歷過上世紀的那許多浩劫就此免疫。記憶無法像生物的基因那樣可以遺傳。擁有智能的人類並不聰明到足以吸取教訓，人的智能甚至有可能惡性發作而危及到人自身的生存。

人類並非一定從進步走向進步。歷史，這裡我不得不說到人類的文明史，文明並非是遞進的。從歐洲中世紀的停滯到亞洲大陸近代的衰敗與混亂乃至二十世紀兩次世界大戰，殺人的手段也越來越高明，並不隨同科學技術的進步人類就一定更趨文明。

以一種科學主義來解釋歷史，或是以建立在虛幻的辯證法上的歷史觀來演繹，都未能說明人的行為。這一個多世紀以來對烏托邦的狂熱和不斷革命，如今都塵埃落地，得以倖存的人難道不覺得苦澀？

否定的否定並不一定達到肯定，革命並不就帶來建樹，對新世界的烏托邦以剷除舊世界作為前提，這種社會革命論也同樣施加於文學，把這本是創造的園地變為戰場，打倒前人，踐踏文化傳統，一切從零開始，唯新是好，文學的歷史也被詮釋為不斷的顛覆。

作家其實承擔不了創世主的角色，也別自我膨脹為基督，弄得自己神經錯亂變成狂人，也把現世變成幻覺，身外全成了煉獄，自然活不下去的。他人固然是地獄，這自我如果失控，何嘗不也如此？弄得自己為未來當了祭品且不說，也要別人跟著犧牲。

這二十世紀的歷史不必匆匆去做結論，倘若還陷入在某種意識形態的框架的廢墟裡，這歷史也是白寫的，後人自會修正。

作家也不是預言家，要緊的是活在當下，解除騙局，丟掉妄想，看清此時此刻，同時也審視自我。自我也一片混沌，在質疑這世界與他人的同時，不妨也回顧自己。災難和壓迫固然通常來自身外，而人自己的怯懦與慌亂也會加深痛苦，並給他人造成不幸。

人類的行為如此費解，人對自身的認知尚難得清明，文學則不過是人對自身的觀注，觀審其時，多少萌發出一縷照亮自身的意識。

文學並不旨在顛覆，而貴在發現和揭示鮮為人知或知之不多，或以為知道而其實不甚了了的這人世的真相。真實恐怕是文學顛撲不破的最基本的品格。

這新世紀業已來臨，新不新先不去說，文學革命和革命文學隨同意識形態的崩潰大抵該結束了。籠罩了一個多世紀的社會烏托邦的幻影已煙消雲散，文學擺脫掉這樣或那樣的主義的束縛之後，還得回到人的生存困境上來，而人類生存的這基本困境並沒有多大改變，也依然是文學永恆的主題。

這是個沒有預言沒有許諾的時代，我以為這倒不壞。作家作為先知和裁判的角色也該結束了，上一個世紀那許許多多的預言都成了騙局。對未來與其再去製造新的迷信，不如拭目以待。作家也不如回到見證人的地位，盡可能呈現真實。

這並非說要文學等同於紀實。要知道，實錄證詞提供的事實如此之少，並且往往掩蓋住釀成事件的原因和動機。而文學觸及到真實的時候，從人的內心到事件的過程都能揭示無遺，這便是文學擁有的力量，如果作家如此這般去展示人生存的真實狀況而不胡編亂造的話。

作家把握真實的洞察力決定作品品格的高低，這是文字遊戲和寫作技巧無法替代的。誠然，何謂真實也眾說紛紜，而觸及真實的方法也因人而異，但作家對人生的眾生相是粉飾還是直陳無遺，卻一眼便可看出。把真實與否變成對詞義的思辨，不過是某種意識形態下的某種文學批評的事，這一類的原則和教條同文學創作並沒有多大關係。

對作家來說，面對真實與否，不僅僅是個創作方法的問題，同寫作的態度也密切相關。筆下是否真實同時也意味下筆是否真誠，在這裡，真實不僅僅是文學的價值判斷，也同時具有倫理的涵義。作家並不承擔道德教化的使命，既將大千世界各色人等悉盡展示，同時也將自我坦裎無遺，連人內心的隱祕也如是呈現，真實之於文學，對作家來說，幾乎等同於倫理，而且是文學至高無上的倫理。

哪怕是文學的虛構，在寫作態度嚴肅的作家手下，也照樣以呈現人生的真實為前提，這也是古往今來那些不朽之作的生命力所在。正因為如此，希臘悲劇和莎士比亞永遠也不會過時。

文學並不只是對現實的模寫，它切入現實的表層，深深觸及到現實的底蘊；它揭開假象，又高高臨駕於日常的表象之上，以宏觀的視野來顯示事態的來龍去脈。

當然，文學也訴諸想像。然而，這種精神之旅並非胡說八道，脫離真實感受的想像，離開生活經驗的根據去虛構，只能落得蒼白無力。作者自己都不信服的作品也肯定打動不了讀者。誠然，文學並非只訴諸日常生活的經驗，作家也並不囿於親身的經歷，耳聞目睹及在前人的文學作品中已經陳述過的，通過語言的載體也能化為自己的感受，這也是文學語言的魅力。

如同咒語與祝福，語言擁有令人身心振盪的力量，語言的藝術便在於陳述者能把自己的感受傳達給他人，而不僅僅是一種符號系統、一種語義建構，僅僅以語法結構而自行滿足。如果忘了語言背後那說話的活人，對語義的演繹很容易變成智力遊戲。

語言不只是概念與觀念的載體，同時還觸動感覺和直覺，這也是符號和信息無法取代活人的言語的緣故。在說出的詞語的背後，說話人的意願與動機，聲調與情緒，僅僅靠詞義與修辭是無法盡言的。文學語言的涵意得由活人出聲說出來才充分得以體現，因而也訴諸聽覺，不只以作為思維的工具而自行完成。人之需要語言也不僅僅是傳達意義，同時是對自身存在的傾聽和確認。

這裡，不妨借用笛卡兒的話，對作家而言，也可以說：我表述故我在。而作家這我，可以是作家本人，或等同於敘述者，或變成書中的人物，既可以是他，也可以是你，這敘述者主體又一分為三。主語人稱的確定是表達感知的起點，由此而形成不同的敘述方式。作家是在找尋他獨特的敘述方式的過程中實現他的感知。

我在小說中，以人稱來取代通常的人物，又以我、你、他這樣不同的人稱來陳述或關注同一個主人公。而同一個人物用不同的人稱來表述，造成的距離感也給演員的表演提供了更為廣闊的內心的空間，我把不同人稱的轉換也引入到劇作法中。

小說或戲劇作品都沒有也不可能寫完，輕而易舉去宣布某種文學和藝術樣式的死亡也是一種虛妄。

與人類文明同時誕生的語言有如生命，如此奇妙，擁有的表現力也沒有窮盡，作家的工作就在於發現並開拓這語言蘊藏的潛能。作家不是造物主，他既剷除不了這個世界，哪怕這世界已如此陳舊。他也無力建立什麼新的理想的世界，哪怕這現世界如此怪誕而非人的智力可以理解，但他確實可以多多少少做出些新鮮的表述，在前人說過的地方還有可說的，或是在前人說完了的地方才開始說。

對文學的顛覆是一種文學革命的空話。文學沒有死亡，作家也是打不倒的。每一個作家在書架上都有他的位置，只要還有讀者來閱讀，他就活了。一個作家如果能在人類已如此豐盛的文學庫存裡留得下一本日後還可讀的書該是莫大的慰藉。

然而，文學，不論就作者的寫作而言，還是就讀者閱讀而言，都只在此時此刻得以實現，並從中得趣。為未來寫作如果不是故作姿態，也是自欺欺人。文學為的是生者，而且是對生者這當下的肯定。這永恆的當下，對個體生命的確認，才是文學之為文學而不可動搖的理由，如果要為這偌大的自在也尋求一個理由的話。

不把寫作作為謀生的手段的時候，或是寫得得趣而忘了為什麼寫作和為誰寫作之時，這寫作才變得充分必要，非寫不可，文學便應運而生。文學如此非功利，正是文學的本性。文學寫作變成一種職業是現代社會的分工並不美妙的結果，對作家來說，是個十足的苦果。

尤其是現今面臨的這時代，市場經濟已無孔不入，書籍也成了商品。面對無邊無際盲目的市場，別說是孤零零一個作家，以往文學派別的結社和運動也無立足之地。作家要不屈從於市場的壓力，不落到製作文化產品的地步以滿足時興的口味而寫作的話，不得不自謀生路。文學並非是暢銷書和排行榜，而影視傳媒推崇的與其說是作家，不如說做的是廣告。寫作的自由既不是恩賜的，也買不來，而首先來自作家自己內心的需要。

說佛在你心中，不如說自由在心中，就看你用不用。你如果拿自由去換取別的什麼，自由這鳥兒就飛了，這就是自由的代價。

作家所以不計報酬還寫自己要寫的，不僅是對自身的肯定，自然也是對社會的某種挑戰。但這種挑戰不是故作姿態，作家不必自我膨脹為英雄或鬥士，再說英雄或鬥士所以奮鬥不是為了一個偉大的事業，便是要建立一番功勛，那都是文學作品之外的事情。作家如果對社會也有所挑戰，不過是一番言語，而且得寄託在他作品的人物和情境中，否則只能有損於文學。文學並非憤怒的吶喊，而且還不能把個人的憤慨變成控訴。作家個人的情感只有化解在作品中而成為文學，才禁得起時間的損耗，長久活下去。

因而，作家對社會的挑戰不如說是作品在挑戰。能經久不朽的作品當然是對作者所處的時代和社會一個有力的回答。其人其事的喧囂已蕩然無存，唯有這作品中的聲音還呼之即出，只要有讀者還讀的話。

誠然，這種挑戰改變不了社會，只不過是個人企圖超越社會生態的一般限定，做出的一個並不起眼的姿態，但畢竟是多多少少不尋常的姿態，這也是做人的一點驕傲。人類的歷史如果只由那不可知的規律左右，盲目的潮流來來去去，而聽不到個人有些異樣的聲音，不免令人悲哀。從這個意義上說，文學正是對歷史的補充。歷史那巨大的規律不由分說施加於人之時，人也得留下自己的聲音。人類不只有歷史，也還留下了文學，這也是虛妄的人卻也還保留的一點必要的自信。

尊敬的院士們，我感謝你們把諾貝爾這獎給了文學，給了不迴避人類的苦難，不迴避政治壓迫而又不為政治效勞獨立不移的文學。我感謝你們把這最有聲譽的獎賞給了遠離市場的炒作不受注意卻值得一讀的作品。同時，我也感謝瑞典皇家學院讓我登上這舉世注目的講壇，聽我這一席話，讓一個脆弱的個人面對世界發出這一番通常未必能在公眾傳媒上聽得到的微弱而不中聽的聲音。然而，我想，這大抵正是這諾貝爾文學獎的宗旨。謝謝諸位給我這樣一個機會。

領獎答謝辭

高行健

尊敬的國王陛下：

站在您面前的這人，還記得，他八歲的時候，她母親叫他寫日記，他就這樣寫下去了，一直寫到成年。

他也還記得，上中學的時候，教作文的一位老教師在黑板上掛了一張招貼畫，說不出題目了，大家就寫這張畫吧。可他不喜歡這畫，寫了一大篇對這畫的批評。老先生不但沒生氣，給了他個好分數，還有個評語：「筆力很健」。他就這樣一直寫下去，從童話寫到小說，從詩寫到劇本，直到革文化的命來了，他嚇得全都燒掉了。

之後，他弄去耕田好多年。可他偷偷還寫，把寫的稿子藏在陶土罈子裡，埋到地下。他後來寫的，又禁止發表。

再後來，到了西方，他也還寫，便再也不在乎出版不出版。即使出版了，也不在乎有沒有反響。突然，卻來到這輝煌的大廳，從國王陛下手中接受這樣高貴的獎賞。

於是，他止不住問：國王陛下，這是真的嗎？還是個童話？

高行健的生平與作品

國際著名的全方位藝術家，集小說家、戲劇家、詩人、戲劇和電影導演、畫家和思想家於一身。一九四〇年生於中國江西贛州，一九八八年起定居巴黎，一九九七年取得法國籍。二〇〇〇年獲諾貝爾文學獎。其小說和戲劇關注人類的生存困境，瑞典學院在諾貝爾獎授獎詞中以「普世的價值、刻骨銘心的洞察力和語言的豐富機智」加以表彰。

小說作品已譯成四十種文字，全世界廣為發行。他的劇作在歐洲、亞洲、北美洲、南美洲和澳大利亞頻頻演出，多達一百三十多個製作。他的畫作也在歐洲、亞洲和美國的許多美術館、藝術博覽會和畫廊不斷展出，已有九十次個展，出版了三十多本畫冊。近十年來，他又拍攝了三部電影詩，融合詩、畫、戲劇、舞蹈和音樂，把電影做成一種完全的藝術。

他還榮獲法國藝術與文學騎士勛章、法國榮譽軍團騎士勛章、法國文藝復興金質獎章、義大利費羅尼亞文學獎、義大利米蘭藝術節特別致敬獎、義大利羅馬獎、美國終身成就學院金盤獎、美國紐約公共圖書館雄獅獎、盧森堡歐洲貢獻金獎；香港中文大學、法國馬賽—普羅旺斯大學、比利時布魯塞爾自由大學、國立臺灣大學、國立中央大學、國立中山大學、國立交通大學和國立臺灣師範大學皆授予他榮譽博士。此外，二〇〇三年法國馬賽市舉辦了他的大型藝術創作活動「高行健年」。二〇〇五年，法國艾克斯—普羅旺斯大學舉辦「高行健作品國際學術研討會」。二〇〇八年，法國駐香港及澳門總領事館和香港中文大學舉辦了「高行健藝術節」。二〇一〇年，英國倫敦大學亞非學院舉辦「高行健的創作思想研討會」。二〇一一年德國紐倫堡—埃爾朗根大學舉辦了「高行健：自由、命運與預測」大型國際研討會。同年，韓國首爾高麗大學舉辦「高行健：韓國與海外視角的交叉與溝通」，韓國國立劇場則舉辦「高行健戲劇藝術節」。二〇一四年香港科技大學高等研究院舉辦「高行健作品國際研討會」。二〇一七年國立臺灣師範大學舉辦「高行健文學節」。二〇一八年，法國艾克斯—馬賽大學圖書館設立「高行健研究資料室」。

高行健著作

小說

一九八四 •《有隻鴿子叫紅唇兒》（北京：十月文藝）
一九八九 •《給我老爺買魚竿》（臺灣：聯合文學）
一九九〇 •《靈山》（臺灣：聯經）
一九九九 •《一個人的聖經》（臺灣：聯經）
一九九九 •《高行健》（香港：明報）
二〇〇一 •《高行健短篇小說集》（臺灣：聯合文學）

劇作

一九八五 •《高行健戲劇集》（北京：群眾）
一九九五 •《高行健戲劇六種》（臺灣：帝教）
《彼岸》、《冥城》、《山海經傳》、《逃亡》、《生死界》、《對話與反詰》、《附錄：百年耕耘的豐收》

一九九六 ・《周末四重奏》（香港：新世紀）
二〇〇〇 ・《八月雪》（臺灣：聯經）
二〇〇一 ・《高行健劇作選》（香港：明報）
二〇〇一 ・《周末四重奏》（臺灣：聯經）
二〇〇一 ・《車站》（臺灣：聯合文學）
二〇〇一 ・《絕對信號》（臺灣：聯合文學）
二〇〇一 ・《野人》（臺灣：聯合文學）
二〇〇一 ・《彼岸》（臺灣：聯合文學）
二〇〇一 ・《冥城》（臺灣：聯合文學）
二〇〇一 ・《山海經傳》（臺灣：聯合文學）
二〇〇一 ・《逃亡》（臺灣：聯合文學）
二〇〇一 ・《生死界》（臺灣：聯合文學）
二〇〇一 ・《對話與反詰》（臺灣：聯合文學）
二〇〇一 ・《夜遊神》（臺灣：聯合文學）
二〇〇四 ・《叩問死亡》（臺灣：聯經）

詩集

二〇一二 ・《遊神與玄思》（臺灣：聯經）

論著

一九八一 ・《現代小說技巧初探》（廣州：花城）
一九八八 ・《對一種現代戲劇的追求》（北京：中國戲劇）
一九九六 ・《沒有主義》（香港：天地圖書）
二〇〇一 ・《另一種美學》（臺灣：聯經）
二〇〇一 ・《沒有主義》（臺灣：聯經）
二〇〇一 ・《文學的理由》（香港：明報）
二〇〇五 ・《冷的文學：高行健著作選》（香港：香港中文大學）
二〇〇八 ・《論創作》（臺灣：聯經）
二〇一〇 ・《論戲劇》（與方梓勳合著）（臺灣：聯經）
二〇一四 ・《自由與文學》（臺灣：聯經）

電影

二〇〇六 ・《側影或影子》

二〇〇八　•《洪荒之後》

二〇一三　•《美的葬禮》

藝術畫冊

一九八六　•《高行健水墨》（柏林：萊布尼茨基金會）
Gao Xingjian Tusche Rausch (Berlin: Leibniz Gesellschaft)

一九九三　•《高行健》（法國：布爾日市文化中心）
Gao Xingjian (France: Maison de la Culture de Bourges)

一九九五　•《高行健水墨作品展》（臺灣：臺北市立美術館）
Ink Paintings by Gao Xingjian (Taiwan: Taipei Fine Arts Museum)

二〇〇〇　•《高行健水墨一九八三—一九九三》（德國，弗萊堡：莫哈特藝術研究所）
Gao Xingjian Tuschmalerei 1983-1993 (Germany, Freiburg: Morat Institut for Kunst and Kunstwissenshaft)

二〇〇一　•《墨與光》（臺灣：行政院文化建設委員會）
Darkness & Light (Taiwan: National Museum of History)

二〇〇二　•《回到繪畫》（紐約：哈普科林斯出版社）
Returne to Painting（New York: HarperCollins Publishers)

二〇〇二　•《高行健》（馬德里：索非婭皇后國立美術館）
Gao Xingjian (Madrid: Museo Nacional Centro de Arte Reina Sofi)

二〇〇三　•《高行健，無字無符號》（法國，艾克斯—普羅旺斯：壁毯博物館）
GaoXingjian, Ni mots ni signes (France, Aix-en-Provence: Musée des Tapisserie,)

二〇〇五　•《高行健，無我之境，有我之境》（新加坡：新加坡美術館）
Gao Xingjian, Experience (Singapore: Singapore Art Museum)

二〇〇七　•《高行健，世界末日》（德國，科布倫斯：盧德維克博物館）
Gao Xingjian La Fin du Monde (Ludwig Museum, Koblenz, Germany)

二〇〇七　•《高行健，具象與抽象之間》（美國，印第安那：聖母大學施尼特美術館）
Gao Xingjian Between Figurative and Abstract (U.S.A., Indiana: Snite Musuem of Art, Notre Dame)

二〇〇七　•《側影或影子 高行健的電影藝術》（巴黎：宮杜爾出版社）
Silhouette/Shadow The Cinematic Art of Gao Xingjian (Paris: Editions Contours)

二〇〇八　•《高行建，洪荒之後》（西班牙，拉里奧亞：烏爾慈博物館）
Gao Xingjian Despuès del diluvio (Spain: Museo Wurth La Rioja)

二〇〇九　•《高行健，洪荒之後》（里斯本：星特拉現代藝術館）
Gao Xingjian Depois do dilùvio (Lisbon: Wurth Potugal et Sintra Museu de Arte Moderna)

二〇一〇・《高行健，世界終極》（西班牙，帕爾馬：卡薩索勒里克藝術基金會）
Gao Xingjian Al Fons del Mon (Spain: Casal Solleric Fondacion Espal d'Art)

二〇一三・《高行健，靈魂的畫家》（巴黎：索伊出版社）
Gao Xingjian Peintre de l'âme (Paris: Editions du Seuil)

二〇一三・《高行健，靈魂的畫家》（倫敦：亞洲水墨出版社）
Gao Xingjian Painter of the Soule (London: Asia Ink)

二〇一三・《內在的風景　高行健繪畫》（華盛頓：新學院出版社）
The Inner Landscape The Painting of Gao Xingjian (Washington: New Academia Publishing)

二〇一五・《高行健，墨趣》（巴黎：哈贊出版社）
Gao Xingjian Le Goût de l'encre (Paris: Editions Hazan)

二〇一五・《洪荒之後》（臺灣：聯經）

二〇一五・《高行健，呼喚文藝復興》（西班牙：庫德薩基金會）
Gao Xingjian, Liamada a un Renacimiento Kubo (Spain: Kutxa Fundazion)

二〇一六・《美的葬禮》（臺灣：國立臺灣師範大學）
Reqiem for Beauty (Taiwan: National Taiwan Normal University)

二〇一九・《高行健呼喚新文藝復興展》（法國：索蒙城堡領地）

Gao Xingjian Appel pour une nouvelle Renaissance (France: Domaine de Chaumont-sur-Loire

二〇一九 ・《高行健呼喚新文藝復興》（法國：巴黎藝術博覽會，克洛德・貝爾納畫廊）
Gao Xingjian Appel pour une nouvelle Renaissance (France: Art Paris 2019 Galerie Claude Bernard)

主要個展

一九八五 ・北京人民藝術劇院，北京
The People's Art Theater, Beijing

一九八五 ・柏林市貝塔寧藝術館，柏林
Berliner Kansterhaus Bethanien, Berlin

一九八七 ・北方省文化廳，里爾，法國
Département de la culture, Lille, France

一九八八 ・滑鐵盧市文化館，法國
Office municipal des beaux-arts et de la culture, Wattrelos, France

一九八九 ・東方博物館，斯德哥爾摩
Ostasiatiska Museet, Stockholm

一九九三・布爾日市文化之家，法國

Maison de la culture de Bourges, France

一九九五・臺北市立美術館，臺灣

Taipei Fine Arts Museum, Taiwan

一九九七・斯邁爾藝術中心畫廊，紐約

The Gallery Schimmel Center of the Arts, New York

二〇〇〇・瑞典學院圖書館，斯德哥爾摩

Bibliothèque de l'Académie Suédoise, Stockholm

二〇〇〇・莫哈特藝術研究所，弗萊堡，德國

Morat Institut for Kunst and Kunstwissenshaft, Freiburg, Germany

二〇〇一・主教宮藝術館，亞維農，法國

Palais des Papes, Avignon, France

二〇〇一・國立臺灣歷史博物館，臺灣

National History Museum, Taiwan

二〇〇二・索菲婭皇后國家美術館，馬德里

Museo Nacional Centro de Arte Reina Sofia, Madrid

二〇〇三・孟斯市美術館，比利時

Musée des beaux-arts de Mons, Belgium

二〇〇三・壁毯博物館，艾克斯—普羅旺斯，法國

Musée des Tapisseries, Aix-en-Provence, France

二〇〇三・老慈善院博物館，馬賽，法國

Musée de la Vieille Charité, Marseille, France

二〇〇四・巴賽隆納當代藝術中心，巴塞隆納，西班牙

Centre culturel contemporain de Barcelone, Spain

二〇〇五・新加坡美術館，新加坡

Singapore Art Museum, Singapore

二〇〇六・法國學院，柏林

Institut Français, Berlin

二〇〇六・伯爾尼美術館，伯爾尼，瑞士

Musée des Beaux-Arts de Berne, Switzerland

二〇〇七・路德維克博物館，科布倫斯，德國

Ludwig Museum, Koblenz, Germany

二〇〇七・聖母大學斯尼特藝術館，印第安那，美國

Snite Museum of Art, University of Notre Dame, Indiana, U.S.A.

二〇〇八・ZKM博物館，卡爾斯魯爾，德國
Museum ZKM, Karlsruher, Germany

二〇〇八・讀者圈基金會，巴塞隆納，西班牙
Circulo de Lectores, Barcelone, Spain

二〇〇八・烏爾茨博物館，拉里奧亞，西班牙
Museo Wurthe La Rioja, Spain

二〇〇九・星特拉現代藝術館，里斯本
Sintra Museu de Arte Moderna Coleccao Berardo, Lisbon

二〇〇九・利耶日現當代藝術館，利耶日，比利時
Musée de l’Art moderne et de l’Art contemporain de Liège, Belgium

二〇一〇・卡薩索勒利克藝術基金會，帕爾馬，西班牙
Casal Solleric Fondacio Palma Espal d’Art , Palma de Mallorca, Spain

二〇一三・馬里蘭大學藝術畫廊，美國
The Art Gallery, University of Maryland, U.S.A.

二〇一五・伊塞爾博物館，布魯塞爾，比利時
Musée d’Ixelles, Brussels

二〇一五・比利時皇家美術館，布魯塞爾，比利時

Musées Royaux des Beaux-Arts de Belgique,Brussels

二〇一五 ・西班牙，聖—巴斯田，庫伯庫特薩基金會舉辦「高行健呼喚文藝復興」展。
Kubo Kutxa Fundazion, San-Sebastian, Spain

二〇一六 ・臺灣，臺北，亞洲藝術中心
Asia art Center, Taipei, Taiwan

二〇一九 ・法國，盧瓦爾河碩蒙城堡舉辦「高行健呼喚新文藝復興」展。
Domaine de Chaumont-sur-Loire, France

主要參展

一九八九 ・大皇宮美術館，具象批評年展，巴黎
Grand Palais, Figuration Critique, Paris

一九九〇 ・大皇宮美術館，具象批評年展，巴黎
Grand Palais, Figuration Critique, Paris

一九九一 ・大皇宮美術館，具象批評年展，巴黎
Grand Palais, Figuration Critique, Paris

・特列雅科夫畫廊，具象批評巡迴展，莫斯科
Trejiakov galerie, Figuration Critique, Moscou

- 美術家協會畫廊，具象批評巡迴展，聖彼得堡
  Galerie de l'Association des Artistes, Figuration critique, Saint-Pétersbourg

一九九八
- 第十九屆國際古董與藝術雙年展，羅浮宮，巴黎
  XIXe Biennale Internationale des Antiquaires, Carrousel du Louvre, Paris

二〇〇〇
- 巴黎藝術博覽會，羅浮宮，巴黎
  Art Paris, Carrousel du Louvre, Paris

二〇〇三
- 當代藝術博覽會，巴黎
  Foire Internationale d'Art Contemporain, Paris

二〇〇四
- 當代藝術博覽會，巴黎
  Foire Internationale d'Art Contemporain, Paris

二〇〇五
- 巴黎藝術大展，羅浮宮，巴黎
  Art Paris, Carousel du Louvre, Paris

二〇〇六
- 第二十四屆布魯塞爾當代藝術博覽會，布魯塞爾
  Brussels 24th Contemporary Art Fair, Brussels

二〇〇六
- 蘇黎世藝術博覽會，瑞士
  Kunst 06, Zurich, Switzerland

二〇〇七
- 蘇黎世藝術博覽會，瑞士

Kunst 07, Zurich, Switzerland

二〇〇八・巴黎藝術博覽會，大皇宮，巴黎
Art Paris, Grand Palais, Paris

二〇一二・第十二屆布魯塞爾古董與藝術展，布魯塞爾
BRAFA12 Brussels Antiques & Fine Arts Fair, Brussels

二〇一二・巴黎藝術博覽會，大皇宮美術館，巴黎
Art Paris, Grand Palais, Paris

二〇一三・巴黎藝術博覽會，大皇宮美術館，巴黎
Art Paris, Grand Palais, Paris

二〇一四・巴黎藝術博覽會，大皇宮美術館，巴黎
Art Paris, Grand Palais, Paris

二〇一五・第十五屆布魯塞爾古董與藝術博覽會，布魯塞爾
BRAFA 15, Brussels Antiques & Fine Art Fair, Brussels

二〇一七・巴黎藝術博覽會，大皇宮美術館，巴黎
Art Paris, Grand Palais, Paris

二〇一九・巴黎藝術博覽會，大皇宮美術館，巴黎
Art Paris, Grand Palais, Paris

當代名家．高行健作品集
一個人的聖經：諾貝爾文學獎得主高行健經典之作，
出版20週年紀念全新版

2019年12月三版　　定價：新臺幣380元
2023年9月三版三刷

著者	高行健
叢書編輯	黃榮慶
校對	鄃啟菁
封面設計	兒日

出版者	聯經出版事業股份有限公司	副總編輯	陳逸華
地址	新北市汐止區大同路一段369號1樓	總編輯	涂豐恩
叢書編輯電話	(02)86925588轉5307	總經理	陳芝宇
台北聯經書房	台北市新生南路三段94號	社長	羅國俊
電話	(02)23620308	發行人	林載爵
郵政劃撥	帳戶第0100559-3號		
郵撥電話	(02)23620308		
印刷者	文聯彩色製版印刷有限公司		
總經銷	聯合發行股份有限公司		
發行所	新北市新店區寶橋路235巷6弄6號2樓		
電話	(02)29178022		

行政院新聞局出版事業登記證局版臺業字第0130號

本書如有缺頁，破損，倒裝請寄回台北聯經書房更換。　ISBN 978-957-08-5419-0 (平裝)
電子信箱：linking@udngroup.com

國家圖書館出版品預行編目資料

一個人的聖經：諾貝爾文學獎得主高行健經典之作，出版20週年紀念全新版/高行健著．三版．新北市．聯經．2019年12月．448面．14.8×21公分（當代名家．高行健作品集）
[2023年9月三版三刷]

ISBN 978-957-08-5419-0（平裝）

857.7　　108019099